Thunderhill

Thunderhill

ein geheimnisvoller Ort

Roman

Kirsten Antonia Naumann

Zum Tor des grünen Hügels hallten die Hufe der Bisons wie Donner in der weiten Prärie. Zur rechten Zeit versammelten sich dort die Indianer vor einer Höhle namens Thunderhill.

Impressum

ISBN: 9781686957802

Widmung und Danksagung

*G*laube, Hoffnung und Liebe. Die Liebe aber ist das Größte unter allen. Diese Liebe erträgt alles, sie glaubt alles, sie hofft alles und hält allem stand. 1. Korinther 13

Gott ist die Liebe und wer in der Liebe bleibt, bleibt in Gott und Gott bleibt in ihm. 1. Johannes 4

Dieses Buch ist allen denjenigen gewidmet, die auf der Suche nach der schöpferischen Vollkommenheit sind, um Vergangenes hinter sich zu lassen und voller Selbstvertrauen, Freude und Liebe am Leben in die Zukunft zu schauen.

Ich danke allen lieben Menschen, die mich dazu ermuntert haben, diesen authentischen Roman zu schreiben, um Zeugnis über einige wahre Gegebenheiten abzulegen.

Ich danke Gott, dass seine unendliche Liebe mich auf den harten steinigen Weg begleitet und mir letztendlich zu einem glücklichen Leben ohne Angst und Sorge verholfen hat.

Und besonderem Dank gilt meiner Freundin *Katharina Auer* und meiner Mutter, die sich viel Zeit genommen haben, um kritische Anmerkungen zu machen und Korrektur zu lesen.

Inhaltsverzeichnis

Part I: Die Cherokees

*W*ir schreiben Mitte 19. Jahrhundert A.C., als sich die Konflikte zwischen den Indianern und den Weißen in Nordamerika zuspitzten.

White Wing's und
Thunderhorse's Liebessturm

„*I*ch träume, oder? Ich sitze hier am Ozean mit dem schönsten und allerschönsten Mädchen, das ich je gesehen habe."

Die Wangen *White Wing's* wurden rot. Sie klimperte mit ihren großen, kastanienbraunen Augen und senkte sie dann beschämt. Die Mandelform ihrer Augen waren durch lange gebeugte Wimpern eingebettet. Ihr glänzendes blau-schwarzes Haar hatte sie an beiden Seiten ihres Gesichts zu Pferdeschwänzen gebunden, die jeweils eine weiße Feder trugen. Ihr vollmundig kirschroter Mund hatte schöne deutliche Konturen. Ihr weißer Lederrock unterstrich ihre weibliche Form.

Weißes Leder zierte auch den Kragen ihres schönen blauen Hemdes, das mit nativen Ornamenten bestückt war, und das Ende des Rockes trug einen blauen Saum. Ihre Kleidung war traditionell aus dem indianischen Stamm der ‚Cherokee'. Es umrundete ihre gut geformte Brust und ihre großen Hüften. Der Rock endete über den Knien. Die karamellbraunen Beine waren schlank, aber stark und athletisch. Die Füße waren mit weißen Lederstiefeln bedeckt, die auch mit blauen Ornamenten verziert waren. Sie trug ein blaues Amulett, den Lebensstein, der die heimischen Indianer schützte und ihnen viel Glück schenkte. Die weißen Federn, die das Amulett umgaben, signalisierten Stärke und Freiheit. Das Amulett enthielt das

Symbol des Friedens. *White Wing* trug passende Ohrringe aus den blauen Lebenssteinen und weißen Federn.

White Wing hob den Kopf und schaute tief in *Thunderhorse's* Augen. „Ich kann mich an die Zeit erinnern als wir Kinder waren und ich dich immer bewundert habe. *Thunderhorse* konnte mit Pferden umgehen, wie sonst niemand anders. Ich war fasziniert, wie du sie dazu bringen konntest, dir wie Hunde zu folgen."

Thunderhorse lächelte: „Klein *Thunderhorse* war ein pummeliger kleiner Kerl und ziemlich ungeschickt. Meine Geschwister lachten über mich, denn mit Pfeil und Bogen traf ich keinen Baum. Ich war mehr daran interessiert, mit Pferden zu spielen, als die Kampftechniken zu lernen."

„Aber *Big Grey Hair* glaubte an *Thunderhorse* und wählte ihn als seinen Nachfolger, um seinen Schritten zu folgen. Und das obwohl du nicht der Sohn des großen Häuptling bist", antwortete *White Wing* und seufzte:

„Und der große Häuptling hatte recht. *Thunderhorse* ist nicht nur einer der besten Krieger geworden, er hat auch ein gutes Herz und das spricht direkt in meines." *White Wing* legte ihre kleine Hand mit den schlanken zerbrechlichen Fingern auf sein Herz.

„Und du bist ein *Manitou*[1] gegebener Gedichteschreiber", fügte sie lächelnd hinzu und klimperte mit ihren langen Wimpern.

---

[1]*Manitou*"war für die Indianer die höchste Macht im Schamanismus. Sie stellten sich eine Energie oder Kraft vor, die sich überall in der Natur offenbarte. Alle Dinge wurden als Teil eines Ganzen angesehen und hatten den gleichen Stellenwert. Später wurde die unpersönliche Energie durch den Einfluss der Europäer auf einen höheren Gott „Großen Geist" übertragen.

Thunderhorse legte seine starke Hand um ihr kleines Handgelenk und zog sie weich an seine Brust, umarmte sie und flüsterte ihr ins Ohr: „*Thunderhorse* hat *White Wing* auch schon seit langer Zeit geliebt, aber er konnte es ihr nicht zeigen. Dank *Manitou* ist jetzt der richtige Zeitpunkt gekommen, meiner Feder meine Liebe zu offenbaren."

Thunderhorse küsste sanft ihre roten Wangen und ihre kirschroten Lippen. Sein Herz schlug so laut, dass er sich Sorgen machte, dass *White Wing* seine Aufregung bemerken könnte. Beide waren in dem siebten Himmel der Liebe und vergaßen ihre Umgebung.

Plötzlich überraschte sie ein starker Stoß von hinten und *Thunderhorse* fiel nach vorne. *White Wing* sprang auf, aber ihr Gesicht verwandelt sich in ein entspanntes Lächeln. „Ha ha, das ist nur *Thunder's Black Bear*."

Eine weiche, schwarze Nase mit weit offenen Nasenlöchern untersuchte ihre Schultern und schnüffelte wie ein Hund an ihr herum. *Thunderhorse* stand auf, strich den Sand von seinen Kleidern, näherte sich seinem Pferd und strich sanft über seinen Kopf.

„Hey mein Freund, du willst immer im Mittelpunkt der Aufmerksamkeit sein, hmm?" *Thunder's Black Bear* lehnte seinen Kopf auf seine Schulter und genoss es, von vier Händen gleichzeitig berührt zu werden.

„Er ist so schön, seine breiten, großen Augen bemerken alles, sein blaues Auge funkelte wie ein blauer Kristall", bewunderte *White Wing* das Pferd.

Thunder's Black Bear war dunkel schwarz und weiß gefleckt. Seine Haarmähne war stark und glänzend und sein langer Schweif wehte im Wind. Auf der einen Seite hatte er sieben kleine schwarze Punkte, die wie kleine Sterne aussahen. Er hatte dunkel mit weiß gemischte starke Hufen, große Wangen und einen schönen, geformten, geraden Kopf. Ein Ohr war weiß und das Andere schwarz. Beide waren in diesem Moment entspannt und hingen an der Seite herunter. Sein athletischer Körper mit großer Brust war mit vielen Muskeln bepackt, die unter seinem leuchtenden Fell leicht zu erkennen waren. Durch das Streicheln von *Thunderhorse* senkte sich sein Kopf immer mehr und er schlief fast ein.

„Er hat auch einen scharfen Verstand. Als ich fünf Jahre alt war, war *Thunder's Black Bear* ein einjähriger Hengst, der mich seither immer begleitete. Wir spielten zusammen auf der Wiese, liefen um die Wette, und ich kroch zwischen den Beinen unter seinem Bauch. Seit dieser Zeit genieße ich es wirklich, einen treuen Freund zu haben, auf den ich mich immer verlassen kann."

„Wie hast du ihn gefunden?" fragte *White Wing* neugierig.

„Eigentlich hat er mich gefunden." *Thunderhorse* lächelte und setzte fort: „Eines Tages spielte ich mit meinen Geschwistern und Cousins Verstecken und ich ging in den Wald, um auf einen Baum zu klettern. Ich saß auf einem Ast und wartete, ob mein Versteck entdeckt wurde. Ich fühlte mich recht sicher und nickte ein, weil ich mich langweilte. Plötzlich schwang der Zweig von rechts nach links und von links nach rechts. Ich war total erschrocken, und schnellte hoch wie ein Blitz und ‚Plumps‘ fand ich mich auf dem Boden wieder. Ich sah in zwei große Augen und fühlte einen warmen Luftstrom, der in mein Gesicht blies. *Thunder's Black Bear* sah ziemlich überrascht aus, war aber eher neugierig als ängstlich. Der kleine Hengst war gerade von seiner Mutter getrennt und etwas entfernt von seiner Herde auf eigener Entdeckungsreise. Er schüttelte den Ast, um an die jungen, frischen grünen Blätter zu gelangen, die so köstlich waren."

White Wing lachte: „Was ist aus deinem Spiel geworden?"

„Die anderen eilten herbei als sie den Lärm hörten, aber als sie mich auf dem Boden liegen sahen mit einem kleinen Pferd über mich gebeugt, konnten sie nicht mehr aufhören zu lachen. Ich muss mit einem Pferdemaul in meinem Gesicht lustig ausgesehen haben. Natürlich habe ich unser Spiel verloren, aber das machte mir nichts aus. Ich war so froh über das unerwartete Ereignis, da ich ständig meinen Vater angefleht hatte, ein eigenes Pferd zu bekommen. -Aber er sagte immer zu mir: „Zur richtigen Zeit wird dein Pferd zu dir kommen, mein Sohn. Sei geduldig."- Ich war sehr enttäuscht und betete zu *Manitou*. Ich dachte, wenn der Vater nicht hörte, wie stark mein Wunsch war, dann würde *Manitou* mein Herz hören. In diesem Moment, in dem ich *Thunder's Black Bear* traf, war ich überzeugt, dass *Manitou* ihn zu mir geschickt hatte. Und auch Vater hatte recht, dass das Pferd zu mir kommen würde. Von diesem Moment an wusste ich, dass dieses kleine Fohlen mein spezielles Pferd sein würde. Ich wollte es Vater wissen lassen und ihm *Thunder's Black Bear* schicken. Daher versuchte ich ihn einzufangen, aber ich hatte keine Chance. *Thunder's Black Bear* war geschickt und konnte mir immer wieder entkommen. Ich bat meine Verwandten um Hilfe, doch es war hoffnungslos. Sogar fünf Leute konnten ihn nicht bändigen. Ziemlich erschöpft setzte ich mich auf den Boden und überlegte, wie ich mein schönes Pferd präsentieren könnte. Meine Verwandten ließen meinen Vater in der Annahme, dass wir alles versucht hätten, jedoch hätte es nicht geklappt.

Ich war enttäuscht und wütend und scheuchte *Thunder's Black Bear* von mir weg. Ich schrie ihn an: - „Wenn du nicht mit mir kommen willst, dann geh weg und lass mich in Ruhe." - Der Kleine lief davon. Ich drehte mich um und sah ihn nicht mehr. Tränen liefen an meinen Wangen herunter und ich versuchte, mein Gesicht zu verbergen. Ich war verlegen und dachte an die Blamage, die ich Vater gegenüber hätte. Etwas ironisch sprach ich zu *Manitou*: - „Ich war für einen Moment lang glücklich, und dafür danke ich dir *Manitou*. Mein Vater wäre sehr stolz auf mich gewesen, mich mit meinem eigenen kleinen Pferd zu sehen, aber alle meine Wünsche werden wohl nicht in Erfüllung gehen." - Während ich mich in Selbstmitleid verlor, hörte ich ein Geräusch hinter mir. Es war wie jemand, der sich anschlich und mir näher kam. Blitzschnell drehte ich mich um, auf eine Verteidigung vorbereitet, doch was durfte ich sehen? Mein kleiner Hengst nähert sich mir Schritt für Schritt. - „Und was bedeutet das? Ich fordere ihn auf, zu gehen, aber er kommt zurück? "- fragte ich mich. Dann versuchte ich, ihn erneut zu fangen, aber wiederum ohne Erfolg. Daraufhin scheuchte ich ihn ein zweites Mal weg. Ich ignorierte ihn und wartete hinter dem Hügel bis er wiederkommen würde. Aber diesmal kam er nicht wieder."

White Wing seufzte und erwiderte sanft: „Du musst sehr traurig gewesen sein. Bist du zurück zu deinem Stamm gegangen und hast deinem Vater deine Geschichte erzählt?"

„Nein, ich dachte, es wäre eine Schande, meinem Vater von meinem Scheitern zu erzählen. Ich war mir sicher, ich musste eine andere Lösung finden."

„Was hast du dann getan?" fragte *White Wing* neugierig. *White Wing* zog ihre Augenbraue hoch und *Thunderhorse* war von ihrer Schönheit fasziniert. Er schaute tief in ihre Augen und küßte sie sanft auf ihre verführerischen Lippen.

„Ich werde es dir später erzählen", flüsterte er und forderte *White Wing* auf: „Schau in den Nachthimmel und genieße!"

Der dunkle Himmel war durch den Mond erhellt. Die vielen hellen Sterne, die den Mond umgaben, spiegelten sich in den Augen von *White Wing* wider und glänzten wie Kristalle. *Thunderhorse* begann zu singen, eine Leidenschaft, die alle indianischen Stämme teilten.

„When the moon touches the ocean, its light seducing the darkness under the waves, what we keep is the memory.

„Wenn der Mond das Meer berührt, und das Licht die Dunkelheit verführt. Was wir behalten ist unsere Erinnerung.

The memory of our time together.

Die Erinnerung an unsere gemeinsame Zeit.

Time of love taking every breath.

Die Zeit der Liebe, die jeden Atem nimmt.

Eye to Eye, lips on lips, heart to heart, as the moon touches the ocean.

Augenblicke der Blicke, Lippen an Lippen, Herzen des Glücks, wenn der Mond das Meer berührt.

Thunderhorse will never forget the moments, when your light beguiles my mourning soul.

Thunderhorse wird niemals die Momente vergessen,

die Momente als das Licht deiner Liebe meine trauernde Seele betörte.

What we keep is the memory of our time together, Time together that is without end.

Was wir behalten ist die wunderschöne Zeit , die Zeit zusammen, die niemals vergeht.

Can you feel the salt on my skin, when the moon touches the ocean?

Kannst du es fühlen, das Salz auf meiner Haut, wenn der Mond das Meer berührt?

Burning deeper and deeper in our wounds, making us forget the unforgettable.

Das tiefer und tiefer brennt in unsere Wunden, um danach Unvergessliches vergessen zu machen.

Can you remember in our first moments together, when our happiness eddied and churned us around and around?

Kannst du dich erinnern, als das Glück um uns herum wirbelte, immer und immer wieder, als wäre es der erste Moment?

Listen to the sound of the waves, singing a silent song of love.

Hör doch, lausch den Gesang der Wellen, das lautlose Lied der Liebe.

The memory of your smooth skin touching mine, deeper and deeper it pierces into my heart, together they melt as the moon touches the ocean.

Was ich behalte ist die Erinnerung an deine sanfte Haut, die mich berührt, und tiefer und tiefer mein Herz durchdringt, um endlos in der Ewigkeit zu verschmelzen, wenn der Mond das Meer berührt.

Tell me, please tell me every single moment of your life. I want to be part of it.

Sag mir, bitte erzähl mir jeden einzelnen Moment deines Lebens. Ich möchte daran teilnehmen.

Listen to your words, which reach my heart and drive like a wind through my soul.

Hör auf deine Worte, die mein Herz erreichen und wie die lauschige Brise meine Seele durchfahren.

Word for word, ear to ear,.

Worte um Worte, erschallend erhört.

The sound of your voice coming from your lips, like the waves of an ocean.

Jeder Klang deiner Stimme, der von deinen Lippen verzaubernd entsandt.

The memory, I will forever hold in my mind.

Was wir behalten ist unsere Erinnerung an das Rauschen des Meeres.

Singing a song for the moon, which brings light to the darkness." Als Dankeslied für den sinnlichen Mond, der Mond, der Licht in die Dunkelheit bringt."[2]

White Wing war überwältigt, und ihre leuchtenden Augen waren mit Tränen gefüllt. „Ich hätte mir nie vorstellen können, dass *Thunderhorse's* Worte mich je so stark berühren könnten und mein Blut tief erstarren lassen." Sie umarmte *Thunderhorse* und küsste ihn sanft auf seine Lippen. Er zog sie an seine starke Brust und presste seine Lippen auf ihre und küsste sie leidenschaftlich. *White Wing* sprang auf und nahm *Thunderhorse's* Hand: „Komm schon, wir müssen uns abkühlen, lass uns ein Bad im Ozean nehmen."

„Meine Feder, wusstest du schon, dass Delfine dem Menschen sehr ähnlich sind? Sie bilden Gruppen und wählen einen Gruppenführer, wie wir es tun und sie fühlen die gleiche Leidenschaft wie der Mensch, wenn sie ein wunderbares Mädchen treffen", erklärte *Thunderhorse* lächelnd, während er *White Wing* ins Wasser folgte.

---

[2]Indianische Legenden und Mythen existieren seit Tausenden von Jahren und sind heute noch für viele Stämme von Bedeutung. Indianische Gedichte hatten ihre Wurzeln in den Liedern und Gesängen der Volksstämme. Viele Gedichte sind moralisch und handeln von der Beziehung der Menschheit zur natürlichen Welt. Andere sind inspirierende Liebesgedichte oder beinhalten das Ritual der Balz. Die Indianer schrieben Lieder und Poesie für praktische Zwecke sowie um die unsichtbaren Kräfte in ihrem Leben zu bewältigen. Sie haben den Leuten geholfen, nach ihren Lebensgrundsätzen zu handeln und sie durch Zeiten großer Emotionen und Bedürfnisse zu führen.

„Willst du mein Delphin sein?" fragte sie ihn.

„*Thunderhorse* kann sich nichts Schöneres wünschen", antwortete er ihr und schwamm um sie herum.

„Du siehst meinen Körper geformt wie ein Torpedo, der glatt durch den Ozean gleitet. Meine Aprikosenhaut vermischt sich mit dem Wasser. Das Ziel ist fern, aber ich habe es klar vor Augen, das Ziel einer romantischen Liebe. Meine Flossen bewegen sich sanft, aber stark von meinem Wunsch geprägt, mit all meiner Leidenschaft meine Liebe zu finden. Mein Körper bewegt sich auf und ab in den Wogen des Wassers, das mir eine sanfte Massage gibt. Mein Körper erwärmt sich durch meine heißen Gedanken an den Wunsch der Leidenschaft. Dann endlich finde ich meine Auserwählte. Ich streife ihren Körper. Unsere Haut berührt sich. Einem sanften Kuss auf meiner Nase folgt ein leidenschaftlichen Kuss auf meine Lippen. Und schließlich erreiche ich mein Ziel. Ich bin im Moment der Liebe gefesselt. Unsere Körper gleiten aneinander. Wir sind im innigen Moment, den wir nie vergessen werden. Es ist der Spielplatz der Liebe. Ich liege geschmeidig an ihrem Körper. Unsere Körper peitschen wellenförmigen durch das Wasser. Wir verschmelzen durch die anregenden Klänge der Wellen. Wir sind völlig unabhängig von der ganzen Welt und folgen einfach unseren Gefühlen der Intimität. Na, *White Wing*, würde ich dir als Delfin gefallen?"

White Wing war fasziniert: „Natürlich würde ich gerne so einen gut aussehenden einfühlsamen Delfin um mich herum haben. Und dass dieser auch noch so ein *Manitou* gegebenen Poet ist, macht ihn noch unwiderstehlicher." Sie kicherte und schwamm davon und *Thunderhorse* folgte ihr so schnell er konnte.

„Oh, meine weiße Feder, du bist eine starke Dame und eine unglaublich gute Schwimmerin", keuchte er außer Atem. Sie lachte laut auf. *Thunderhorse* schwamm an ihr vorbei und stoppte sie. Er schaute ihr tief in die Augen, wurde plötzlich ganz ernst und fragte sie: „Möchte *White Wing Thunderhorse's* Squaw werden?"

Sie war überwältigt, erwiderte seinem Blick und rief: „Ja, ja! Ich dachte schon, mein Geliebter würde mich nie fragen."

Dann eilte sie voller Glück zurück ans Ufer. Er folgte ihr, lief zu seiner Tasche und zog einen Ring heraus, der im Mond glitzerte. Er nahm ihre Hand und streifte den Ring über ihren kleinen Finger.

„Herz zu Herz, Seele zur Seele, wenn der Mond den Ozean berührt."

Sie war gerührt und dicke Tränen rannten über ihr Gesicht. Der Ring trug ebenfalls den blauen Lebensstein, der den Indianern Schutz verleihen sollte. Im Ring stand eingraviert

„*White Wing* und *Thunderhorse* auf ewig".

Sie küssten sich leidenschaftlich.

„Ich liebe dich, meine Feder", hauchte er ihr ins Ohr.

„Und so auch ich", antwortet sie.

Sie waren das glücklichste Paar der Welt, lagen Arm in Arm und niemand konnte dieses Glück stören. Nach einer Weile der innigen Glückseligkeit meinte *Thunderhorse*:

„Wir sollten unsere Pläne für eine Weile geheim halten, bis wir fühlen, dass unsere Eltern dafür bereit sind." Dann fuhr er fort: „Aber jetzt sollten wir unser Zusammensein genießen bis der Mond im Meer versinkt und die Sonne uns einen neuen Tag schenkt. Heute schöpfen wir in unserer gemeinsamen Glückseligkeit die Kraft der Liebe und bewahren die Wärme in unseren Herzen für einen neuen Morgen und Übermorgen." Er umarmte sie, hielt sie dicht an sich und beide fielen in einen tiefen Schlaf.

„Wach auf, *White Wing*. Horch: der weiße Mann wird kommen, um die Büffel zu töten. Du musst aufwachen! Bete zum Schutz mit deinem Lebensstein und deinem Amulett und geh so schnell du kannst zurück zu deinem Vater."

Ein Geist erschien ihr in ihrem Traum. *White Wing* sprang wie ein Tornado auf und weckte *Thunderhorse*. Er war überrascht. Schlaftrunken fragte er sie, warum sie so nervös sei. Sie stotterte, dass sie es ihm später erklären würde, während sie zum Stamm zurückreiten würden. Er folgte ihrer Bitte. *Thunderhorse* pfiff und *Thunder's Black Bear* kam aus dem Busch, wo er die ganze Nacht seinen Bauch mit köstlichem Weidegras vollgeschlagen hatte. Beide zogen sich an, sprangen auf seinen Rücken und galoppierten so schnell sie konnten zurück zu ihrem Stamm.

White Wing's Vater besuchte den heiligen Mann der ‚Cherokee'-Indianer, der als höchsten Priester auch ‚Uru' genannt wurde. *Healing Feather*, der Heilige, bat um die Anrufung der heiligen Geister. Er summte ein Gebetslied und warf Steine in den Sand. Die Konstellation dieser Steine sollten ihm Antworten geben. Er bestätigte die Vision von *White Wing*.

Thunderhorse fragte sie erstaunt: „Hattest du jemals zuvor eine Vision?"

Sie nickte: „Schon als Kind konnte ich in die Zukunft sehen und hatte Vorahnungen, auch leider über den Tod von bestimmten Menschen. Es war wie eine Art Warnung. Zuerst habe ich es nicht geglaubt und ich dachte, dass ich nur einen Traum hatte, aber immer mehr bekam ich Beweise dafür, dass meine Träume wahr wurden. Die Visionen kamen nicht nur während ich träumte, sie kamen auch durch Meditation oder bevor ich einschlief.

Eines Tages sah ich fasziniert einen kristallinen Aschenbecher an, als dieser plötzlich in tausend kleine Scherben zersprang. Von diesem Tag an meinte mein Vater, dass ich etwas Besonderes sei."

„Natürlich bist du etwas Außergewöhnliches. Das weiß ich schon lange", antwortete *Thunderhorse* lächelnd und zwinkerte ihr zu. Er drückte sie an sich heran und sie lehnte ihren Kopf auf seine muskulöse Brust. Plötzlich tippte der Älteste und Häuptling des Stammes *Big Grey Hair* auf seine Schultern und unterbrach die Harmonie der Beiden: „*Thunderhorse*, komm in das große Zelt! Ich habe alle Weisen zu einem Treffen zusammengerufen."

Big Grey Hair hatte keine Ahnung über die innige Beziehung von *White Wing* und *Thunderhorse*. Er sah sie oft zusammen und er nahm an, dass die Umarmung nur eine Geste der Ermutigung war.

Die Männer versammelten sich im großen Zelt und die Friedenspfeife wurde entflammt, was die Vereinigung und das Vertrauen zwischen den Männern zeigen sollte. *Healing Feather* wurde hinzu gebeten. Er nahm den blauen Kristall und fragte die Geister um Rat. Er summte wieder den Lobpreis des *Manitou* und brachte sich in Trance.

„Ich sehe den weißen Mann, der in rasendem Tempo auf Pferden angeritten kommt. Er schießt unsere Büffel nieder, aber nicht um sie zu essen, sondern um das Fell auf dem Markt zu einem hohen Preis zu verkaufen. Aber unser Stamm ist klug. Wir nehmen Farbe, um die Büffel anzumalen. Die Farbe kann nicht ausgewaschen werden und macht das Fell für den Markt wertlos. Der weiße Mann verliert das Interesse an den Büffeln. Aber seid auf der Hut! Er wird wiederkommen. Seid wachsam, Tag und Nacht!"

Big Grey Hair nahm den Sprechstock. „Wir nehmen unsere Blasröhrchen und schießen Farbe auf so viele Büffel wie möglich. Darüber hinaus ändert ihr unsere Pfeile ab, damit diese auch auf weit entfernte Büffel treffen. Seid schnell und vorsichtig. Der weiße Mann wird erwartet, wenn die Sonne dreimal uns den Tag schenkt."

Two Eyes Look Twice unterbrach *Big Grey Hair*, was im Kreise des Weisenrates eine Unverschämtheit darstellte, denn der Sprechstock signalisierte, wer reden durfte. Jeder Andere musste stillschweigend zuhören. Alle drehten sich ihm empört zu und schauten ihn mit erzürnten Augen an, als würden Pfeile ihn direkt durchdringen.

Big Grey Hair reagierte wütend: „*Manitou* gab uns zwei Ohren und einen Mund, damit wir doppelt so viel hören wie reden. Wenn du reden willst, geh hinaus und rede mit deinen Geschwistern."

Während *Two Eyes Look Twice* das Zelt verließ, fuhr *Big Grey Hair* fort: „Jeder Mann wird gehen bevor die Sonne sich verabschiedet und wird nicht wiederkommen, bevor die Arbeit erledigt ist. Sagt den Frauen, dass sie die Farbe, Blasröhrchen und Pfeile vorbereiten! *Manitou* sei mit euch. *Big Grey Hair* hat gesprochen. Das ist alles, was ich zu sagen habe."

Big Grey Hair gab den traditionellen Segen, indem er drei Finger auf sein Herz legte und sie danach zum Himmel erhob. Die Männer verließen das Zelt und taten, wie *Big Grey Hair* es angefordert hatte. In dieser Nacht trugen alle Büffel wasserfeste Farbe. Sie sahen sehr lustig aus, manche mit vielen Klecksen, manche mit großen Punkten. Die ganze Herde bestand aus einer wilden Farbkomposition.

Die nächsten Tage vergingen und kein weißer Mann erschien.

„*Manitou* erhörte unsere Gebete", seufzte *White Wing's* Mutter *Swinging Fist* erleichtert, während sie Wäsche wusch, die durch die Aktion genauso stark mit Farbklecksen bestückt war wie die Büffel. *White Wing* half ihr und ohne ihren Blick von der Wäsche abzuwenden fragte sie ihre Mutter beiläufig:

„Mam, kennst du die Eltern von *Thunderhorse*? Er ist kein echter Cherokee, oder?"

„Nein. Er ist vom Stamme der Choctaw-Apachen, meine Kleine. Vor langer Zeit kämpften die Apachen und die Pawnies miteinander. Die Pawnies töteten bis auf Wenige das Dorf der Apachen und verbrannten alles. Als *Thunderhorse's* Mutter eine Vorsehung hatte, versteckte sie ihr Neugeborenes außerhalb des Dorfes in einem Baum, bevor die Pawnies kamen. Dieser Baum befand sich auf einer Weide in der Mitte einer Pferdeherde, wo das Kind durch den Familienhund *Snoozer* bewacht wurde. Seine Mutter versteckte sich mit einigen anderen des Stammes in einer Höhle, bis der Kampf beendet war. Ich weiß das nur, weil eines Tages ein Mann aus dem Stamm der Choctaw-Apachen uns besuchte und behauptete, sein Vater zu sein. Aber *Tom Thinks Twice* wollte nichts von diesem Kerl wissen. Für ihn war er der Vater, denn er brachte ihm alles bei, was ein Vater seinem Sohn an Wissen und Kampfeskunst weitergeben konnte. Was wirklich passiert war, nachdem sich *Thunderhorse's* Mama versteckt hatte, ist unbekannt. *Snoozer*, der Hund, kam zu unserem Stamm völlig nass vom Gewitter. Er schüttelte sich, wimmerte und bellte. Doch zuerst verstand niemand, was mit diesem Hund los war. Schließlich sagte *Thunderhorse's* neuer Vater *Tom Thinks Twice*: - „Dieser Hund will uns etwas mitteilen."-

Snoozer drehte sich um und begann zu laufen und *Tom Thinks Twice* folgte ihm. Am Baum angekommen, sprang der Hund daran hoch und *Tom Thinks Twice* konnte ein Strohbündel erkennen. Er kletterte auf den Baum und fand den kleinen *Thunderhorse* ruhig schlafend im Stroh, als wäre nichts passiert. Das Bündel war total nass, aber der kleine Junge war durch die starken Äste und Blätter vor dem starken Regen gut geschützt gewesen. So wurden *Thunderhorse* und *Snoozer* von unserem Stamm adoptiert. Und die neuen Eltern waren glücklich, ein weiteres Kind zu den anderen drei hinzuzubekommen", fügte *Swinging Fist* lächelnd hinzu.

„Darum nannten sie ihn *Thunderhorse*, oder?" fragte *White Wing* nach.

„Ja und er kann diesen Namen in allen Ehren tragen, weil niemand anderes so gut Pferde versteht wie er. Er ist nicht nur ein hervorragender Reiter, sondern er kann auch in die Seele der Pferde schauen, versteht ihre Gefühle und Sprache und kann mit ihnen kommunizieren. Eines Tages erzählten Mitglieder unseres Stammes von einem kleinen Jungen, der sehr süß und ein bißchen pummelig war. Er hatte einen ledernen Kilt und eine Feder in seinem langen schwarzen Haar. Er trug ein Band mit unserem Cherokee-Muster um die Stirn. Er rannte um ein kleines Pony herum, krabbelte unter seinem Bauch und rollte im Gras herum. Er lachte und kicherte und spielte mit dem kleinen Pony. Das Pony folgte ihm, wohin er auch ging. Es war ein sonniger Tag und diese beide genossen das Leben. Es schien so zu sein, dass sie einander verstanden, als wären sie die besten Freunde."

„Das muss *Thunder's Black Bear* gewesen sein", stellte *White Wing* fest. „Er hat mir erzählt, wie er ihn zum ersten Mal gefunden hat", fügte sie hinzu.

„Oh, du weißt schon viel über ihn", neckte *White Wing's* Mutter sie und lächelte verschmitzt. *White Wing's* Wangen erröteten, sie senkte beschämt ihren Kopf und rubbelte grinsend die Wäsche am Waschbrett weiter.

Swinging Fist stand auf, trocknete ihre Hände, ging zu *White Wing* und hob ihren Kopf: „Komm, spuck es aus. Denkst du, dass ich nicht bemerkt habe, wie deine Augen blitzen, wenn *Thunderhorse* in der Nähe ist und die Liebespfeile dein Herz lauter schlagen lassen? Ich bin deine Mutter, mein

‚Flügel‘, und ich kenne dich sehr gut." *White Wing* war erleichtert und umarmte ihre Mutter.

„Wir lieben einander, Mam. Er ist so ein guter Mann. Wir wollen heiraten", flüsterte sie.

„Wenn du wirklich sicher bist, dass er der Richtige ist, dann folge deinem Herzen. Und wenn mein ‚Weißer Flügel‘ glücklich ist, dann bin auch ich glücklich. Aber du und *Thunderhorse* müsst es offiziell machen und er muss deinen Vater und den Ältesten um Erlaubnis bitten, dich zu heiraten, bevor dein Vater es selbst herausfindet. Du kennst das Temperament deines Vaters *Big Guy* und wie wütend er wäre, wenn seine geliebte Tochter ihm ein so wichtiges Ereignis vorenthielte und er es von Anderen erfahren müsste."

Die Hochzeit

Das ganze Dorf war aufgeregt. Männer und Frauen bereiteten alles für die Zeremonie vor. Die Geschwister von *Thunderhorse Little Tubs, Middle Son* und *Two Eyes Look Twice*, schmückten die Pferde. Sie malten diese blau und weiß an, welche die typischen Hochzeitsfarben der Cherokees aber auch die Lieblingsfarbe von *White Wing* waren. Sie färbten Federn in den gleichen Farben, dekorierten die Pferdeköpfe und flochten die bunten Federn in die Mähnen ein. Natürlich war der schwarz- weiße Hengst *Thunder's Black Bear* speziell geschmückt, was er auch mit großem Stolz in Form eines aufrecht tragenden Schwanzes und Kopfes demonstrierte. *Thunder's Black Bear* trug auch einige Türkis- Lebenssteine in seiner Mähne zusätzlich zu seinen Federn und den Bemalungen. Er konnte die festliche Stimmung der Menschen fühlen, und wußte, dass heute ein ganz besonderer Tag für seinen besten Begleiter und ihn war. Sein Fell glänzte im Mond, und seine Haarpracht war wunderschön eingeflochten. *Little Tubs* schenkte seinem Bruder die schönste Pferdedecke, die er selbst geknüpft hatte. Die Decke passte zur Hochzeitsdekoration.[3]

Thunderhorse trug einen schönen Hochzeitsanzug, der von seiner Oma genäht worden war, und von seinem Vater an ihn weitergegeben wurde.

---

[3]Hochzeitszeremonien der Indianer werden nach traditioneller Art abends gefeiert. Wasser wird als Symbol der Reinigung von Körper und Geist angesehen. Tradition ist es, dass die Braut und der Bräutigam sich die Hände reinigen, um sich Übel und schlechte Erinnerungen der vergangenen Zeiten wegzuwaschen und gereinigt in eine gemeinsame Zukunft zu gehen.

„Mein Sohn, dieser Hochzeitsanzug soll dir viel Glück bringen. Er hat mir damals viel Glück mit deiner Mutter gebracht", sagte er, „und auch starke gesunde Kinder", fügte er lächelnd hinzu und gab seinem Sohn eine große Umarmung.

Dann stellte sich *Thunderhorse* vor seinen Vater, rieb seine Hand am Kinn und sprach: „Ich frage mich gerade, wie ich in deinen Anzug passen kann, wenn ich mir dich so anschaue. Ich meine, du musst früher richtig schlank gewesen sein", antwortete *Thunderhorse* schmunzelnd.

„Ja, ja, schlanker schon, aber nicht so dürr wie du es jetzt bist. Deine Mutter hat ein bisschen nachgeholfen, dass der Anzug zu einem so kleinen Hühnchen wie du passt", konterte er.

Er schlug auf *Thunderhorse's* Schulter und beide lachten aus vollem Herzen.

Dann wurde *Thunderhorse* ernst: „Ich möchte Dir ein Geheimnis verraten. Du hast mich immer wie Deinen Sohn behandelt und dies bedeutet mir sehr viel. Es ist eine Überlieferung von meinen Vorfahren. Jetzt ist es an der Zeit, ehrenvoll meinen Vater und Lehrmeister einzuweihen. Die Familientradition meines Stammes der Choctaw-Apachen gibt vor, es von Ur-Großvater zu Großvater, von Großvater zu Vater weiterzugeben und schließlich an den Sohn, der es ehrenvoll tragen und an seinen Nachfolger weitergeben soll. So ist es an mich überliefert worden und ich möchte es in Zukunft auch an meinen Sohn weitergeben. Deshalb möchte ich Dich damit vertraut machen, falls mir etwas passiert. Denn mein Sohn wird ein Cherokee sein."

Als *Thunderhorse* gerade seinem Vater erklären wollte, worum es sich handelt, wurde er plötzlich von seiner Mutter *Smiling Cat* unterbrochen. *Tom Thinks Twice* klopfte ihm besänftigt auf die Schulter, denn er sah, dass *Thunderhorse* recht enttäuscht war, die Gelegenheit nicht nutzen zu können.

„Später mein Sohn, später kannst Du mir erzählen, was immer Du auf den Herzen hast", beruhigte er *Thunderhorse*. *Smiling Cat* platzte aufgeregt herein und rief:

„Mein Sohn, deine Braut ist bereit. *Swinging Fist* bittet auch deinen Vater jetzt zu kommen, um einmal in seinem Leben zur richtigen Zeit zu erscheinen."

Sie schaute ihn vorwurfsvoll an und fügte hinzu, dass sie *Swinging Fist* recht geben müsse. *Tom Thinks Twice* protestierte:

„Sohn, sie trägt ihren Namen nicht immer in allen Ehren. Sie kann sich in eine richtig wilde Katze verwandeln."

Thunderhorse lachte und meinte schnippisch, dass sie doch bitte heute nicht ihre Krallen ausfahren solle. Er wolle mit einem unversehrten Vater in die Ehe treten. Und wie das Gesetz der Aktion und Reaktion es vorschreibt, hatte er auch schon ihre Faust in seinen Rippen.

White Wing sah wunderschön aus. Ihre Zwillingsgeschwister *Peppy* und *Pepper Rose* kümmerten sich ausgiebig um die Braut, um sie an ihrem wichtigsten Tag in ihrem Leben wie eine Prinzessin zu präsentieren. *Peppy* hatte viel Spaß und kicherte die ganze Zeit, während sie *White Wing's* Kostüm verzierte. Im Gegensatz zu *Pepper Rose*, die keinerlei Ambitionen hatte, ihre Schwester zu unterstützen und lustlos bei der Sache war. *Peppy* puffte *Pepper Rose* sanft in die Seite:

„*Pepper Rose*, was ist los mit dir? Du siehst sehr unglücklich aus. Komm schon, freue dich mit uns. Unsere Schwester wird einen wundervollen Kerl heiraten."

„Schön für sie", murmelte *Pepper Rose*.

„Freust du dich nicht für mich?" fragte *White Wing* sie etwas traurig.

„Ich habe nur Kopfschmerzen, nichts weiter", sagte *Pepper Rose* in einem mürrischen Ton. *White Wing* versuchte zu beschwichtigen, da sie eher glaubte, dass *Pepper Rose* darüber traurig war, dass sie noch nicht die Liebe ihres Herzens gefunden hatte:

„Ihr Beide werdet auch einen wunderbaren Mann in der Zukunft bekommen." *White Wing* nahm *Pepper Rose's* und *Peppie's* Hand und setzte fort:

„Nichts wird uns trennen. Erinnert ihr euch? Als wir jung waren, schworen wir bei *Manitou*, dass uns nichts auseinander bringen könnte, egal was auch immer passieren würde. Und auch wenn ich verheiratet bin, werde ich euch immer unterstützen und hinter euch stehen. Vergesst dies niemals."

Peppy reagierte mit einem Lächeln, während *Pepper Rose* ihre Hand wegzog und ihren Kopf gleichgültig nach unten senkte.

Swinging Fist trat in das Zelt: „*White Wing*, bist du bereit? Oh, du siehst so hübsch aus, mein ‚Flügel'."

Sie nahm *White Wing's* Hand und führte sie zum Pferd. Sie saß auf und ritt zum Ozean, begleitet vom ganzen Stamm, der die traditionelle Hochzeitsmusik spielte. *Thunderhorse* wartete mit seinem wunderschön geschmückten *Thunder's Black Bear* bereits auf seine Braut. Als *White Wing* bei ihm ankam, half *Thunderhorse* ihr vom Pferd. *Swinging Fist* tippte ihrem Mann sanft auf die Schulter. Die beiden tauschten Blicke aus, die auf glückliche Erfahrungen hinwiesen, die sie während ihrer eigenen Hochzeitsfeier gemacht hatten. Die Zeremonie wurde von *White Wing's* Vater eingeleitet, gefolgt von den Worten *Thunderhorse's* Vater. Braut und Bräutigam zogen ihre Mokassins aus, um ins Meer zu laufen. Sie hielten sich an den Händen. Der heilige Mann *Healing Feather* goss Wasser über ihre Hände:

„*Manitou* ist Zeuge dieser Vereinigung zweier Menschen unseres Stammes. Möge er sie mit viel Glück in diesem Leben und in der Ewigkeit segnen. Mögen sie den Gesetzen unserer Stammestradition im Willen von *Manitou* folgen und die folgenden Worte wiederholen: - „*Thunderhorse*, der vierte Sohn von *Smilling Cat* und *Tom Thinks Twice*, ist gewillt mit *White Wing*, der ersten Tochter von *Swinging Fist* und *Big Guy*, vereint zu sein, jetzt und in Ewigkeit, so *Manitou* es will." -

Thunderhorse schaute tief in ihre leuchtenden Augen, feucht von den Tränen des Glücks. Während er diesen Satz des heiligen Mannes wiederholte, streifte er ein Hochzeitsarmband über ihr Handgelenk, das zu dem Ring passte, den er ihr vorher gegeben hatte. Dieses Armband war aus dem Türkis- Lebensstein mit dem Muster eines Spinnennetzes angefertigt. Um den Wert zu erhöhen, wurde der Türkis-Lebensstein von roten Korallen- Riffspalten eingerahmt. Die Farben blau und rot symbolisierten die Vereinigung von Wasser und Feuer. *Thunderhorse* fügte zu dem Heiratsgelöbnis hinzu:

„Herz zu Herz, Seele zu Seele auf ewig."

White Wing übergab ihrem Bräutigam ein schönes Messer, das in einem Messerhalter aus feinstem Leder mit wertvollen Steinen und einem Hufeisen in Silber gefertigt war. Ihr Vater hatte das Messer extra als Hochzeitsgeschenk für *Thunderhorse* angefertigt. *Thunderhorse* packte es aus einem Stück buntem Leinen, das von *White Wing* genäht worden war, und legte es an seinen Gürtel an. *White Wing* wiederholte dasselbe Hochzeitsgelübde wie *Thunderhorse* und fügte hinzu:

„*Manitou* sei in jedem Atemzug und in jedem Herzschlag unseres gemeinsamen Lebens für immer bei uns."

Der heilige Mann beendete die Zeremonie mit den Worten:

„*White Wing* und *Thunderhorse* sind jetzt Ehemann und Ehefrau unter den Sternen des dritten Jahrzehntes im Zeichen des Löwen und des sechsten Vollmondes, dem fruchtbaren Jahrzehnt, das gesunde Nachkommen verspricht. *Manitou* hat gesprochen."

Die Geschwister gossen unter lautem Jubeln und Trommeln des ganzen Stammes Wasser über die Köpfe des frisch vermählten Paares. Dann konnte gefeiert werden. Das neue Paar ritt zurück ins Dorf, diesmal beide auf dem stolzen Hengst *Thunderhorse's Thunder's Black Bear*. Das Essen war zubereitet und das Hochzeitszelt sah aus wie ein Blumenmeer. Um die Feuerstelle herum tanzten und jubelten Stammesbrüder. Die Kinder spielten mit *Stroker*, einer der letzten Nachkommen von *Snoozer*, der sich schon lange im Hundehimmel aufhielt. Alle waren in bester Stimmung bei einem ausgiebigen Hochzeitsessen und bei Feuerwasser, das für diesen besonderen Anlass von den Stammesältesten gebrannt worden war. Alles schien in bester Harmonie.

Doch plötzlich horchte *Stroker* auf, hob den Kopf und drehte sich um. Auch *Thunder's Black Bear* spitzte seine Ohren in die gleiche Richtung und begann zu schnauben. Er wurde sehr nervös. Die Kinder bemerkten die Reaktion von Hund und Pferd und rannten zu den anderen ins Zelt, um sie zu warnen. Aber es war schon zu spät. Eine Truppe von uniformierten weißen Männern unterbrach die Hochzeitsfeier und ritt mitten in das Zelt. Gnadenlos zerstörten sie alles und verbrannten das ganze Dorf. *Thunderhorse* versuchte seine neue Frau und seine Eltern zu schützen. Er war ein guter Kämpfer. Er half *White Wing* auf sein Pferd und schlug ihm auf sein Hinterteil, um ihn wegzuscheuchen. Aber einer der weißen Männer folgte ihr und zog sie vom Pferd. Er versuchte sie auf sein Pferd aufzuladen, aber sie biss ihm in seine Hand, bis diese blutete. Sie nahm ihr Messer, das sie immer an ihrem Bein trug, und stach ihm mitten in die Brust. Sie sprang zurück auf *Thunder's Black Bear's* Rücken und entfernte sich von ihrem Stamm. Aus der Ferne musste sie das Massaker mitansehen. Die verzweifelten Schreie ihrer Brüder und Schwestern gingen ihr direkt unter die Haut. Große Tränen rollten über ihr Gesicht.

Verweint klagte sie: „Warum ist das passiert? Warum hat *Manitou* das geschehen lassen?"

Thunderhorse provozierte die weißen Männer, um diese von den Anderen wegzulocken. Er verspottete sie und spuckte Einen der Gruppe an. Daraufhin ließen die weißen Männer von den anderen Stammesbrüdern ab und konzentrierten sich auf *Thunderhorse*. Sie umzingelten ihn. Er versuchte sich mit seinem Messer, dem Hochzeitsgeschenk von *White Whing*, zu verteidigen. Doch es war klar, dass bei der Überzahl der weißen Männer diese Verteidigung aussichtslos für ihn war. Einer schoss ihm in die Schulter. Er fiel auf die Knie. Er schrie vor Schmerzen laut auf.

White Wing zitterte am ganzen Körper. Sie stand regungslos da und musste mit ansehen, wie ihr Liebster gequält wurde. Ein anderer Mann fing *Thunderhorse* mit einem Seil und zog ihn hinter seinem Pferd her. Laute Schmerzensschreie hallten in die Ferne. *White Wing* vergrub ihr Gesicht in ihrem Hochzeitskleid, das von ihren Tränen durchtränkt war, und betete, dass die weißen Männer von ihm ablassen würden. Doch diese hatten viel Spaß daran, ihn zu quälen. Sie lachten ihn höhnisch aus und einer schrie:

„Hey Rothaut, bitte doch deinen *Manitou* dir zu helfen. Huhu, wo ist er denn jetzt? Ich glaube, er hat dich vergessen. Hahaha."

Die anderen Weißen lachten mit ihm und amüsierten sich über ihr Opfer, das ihnen hoffnungslos ausgeliefert war. *Thunderhorse* verlor das Bewusstsein. Die weißen Männer ritten an *White Wing* vorbei, ohne sie zu bemerken. Als sich *Thunderhorse* nicht mehr bewegte, ließen sie laut schreiend das Seil los und verschwanden genauso schnell wie sie gekommen waren und hinterließen eine große Staubwolke. *White Wing* lief zu *Thunderhorse*, der bewegungslos am Boden lag.

Sie schüttelte ihn: „Bitte wach auf, lass mich nicht allein."

Thunderhorse's Körper war durch die Reibung und den Aufprall mit offenen Wunden übersät, die sehr stark bluteten. Sie hielt seinen Kopf. Ihre Tränen tropften auf sein Gesicht. Er öffnete die Augen und versuchte zu flüstern. Sie legte ihr Ohr ganz nah an seinen Mund. Sie konnte nur ‚Thunderhill' verstehen. Dann verließ er sie mit einem Lächeln auf den Lippen. Sie küsste ihn und schloss seine Augen. Sie umarmte ihn und drückte immer wieder sein Gesicht an ihre Brust. Sie wollte nicht wahrhaben, was passiert war. Sie weinte, grub seinen Kopf in ihre Brust und wippte unter verzweifelten Schreien hin und her. *Thunder's Black Bear* näherte sich und stupste *Thunderhorse* mit seinem Maul an.

Es hatte den Anschein, dass er sagen wollte: „Komm, steh auf, mein Freund. Wir müssen zurück. Du kannst uns doch nicht alleine ziehen lassen." Unter Tränen berührte *White Wing* ihn sanft. Beide trauerten um ihren geliebten Freund.[4]

---

[4] Die Cherokees hielten während der Beerdigung ein Gebetslied, um den Geistern zu gefallen und diese zu bitten, den Toten in die Ewigkeit zu begleiten. Dazu versammelten sich alle Mitglieder des Stammes um den Toten und stimmten gemeinsam ein. Sie glaubten daran, dass jede einzelne Person einen Tiergeist (Totem) enthält und falls eine Person stirbt, dass dieser Geist für immer in Frieden und Freiheit und Glück leben wird.

Cherokee's Gebetslied

*O*h Großer Geist,

mögen die warmen Winde des Himmels sanft auf dein Haus blasen. Möge der Große Geist alle segnen, die dort eintreten. Mögen deine Mokassins in vielen Schneeverwehungen glückliche Spuren hinterlassen und möge der Regenbogen immer deine Schulter berühren.

Oh, Großer Geist,

dessen Stimme ich im Wind höre, dessen Atem der Welt Leben gibt, höre mich. Ich brauche deine Kraft und Weisheit. Darf ich in Schönheit gehen mit dir ewig an meiner Seite?

Oh, Großer Geist,

das Leben auf der Erde ist vergänglich, sei gnädig, wenn wir das Tor zur Ewigkeit durchschreiten. *Thunderhorse's* Totem signalisiert Mut, Klugheit und Stolz. Seine Seele schreitet durch den Gang der Umwandlung, so daß uns weiter aus Deiner unsichtbaren Welt Schutz und Heil beschert wird.

Oh Großer Geist,

erhöre uns, beschützte uns und lass unser Volk groß neben dir sein. Nimm eines unserer Seelen in deine Obhut, um uns noch mehr Klugheit und Mut zu verleihen.

Manitou, erhöre uns.

Die Reise

Thunderhorse's Beerdigung war am nächsten Sonnenaufgang auf einem naheliegenden Hügel in der Nähe des Himmels. Die Geschwister trugen die Strohbahre, die mit Blumen und seinen persönlichen Amuletten verziert war.

„Aber ein Amulett fehlt. Das bekam er von seiner biologischen Mutter gleich nach seiner Geburt. Er hat es immer getragen", flüsterte *White Wing* dem heiligen Mann *Healing Feather* zu. Der heilige Mann lächelte sie an, öffnete seine Hand und sagte ihr, dass sie *Thunderhorse's* Amulett zu ihrem Schutz gut aufbewahren sollte. Die Hälfte des Amuletts fehlte.

„Es muss während des Kampfes zerbrochen sein", murmelte sie.

Sie nahm das halbe Amulett, das noch in Silber eingerahmt war und legte die Kette um ihren Hals. Dann ging sie zurück zu *Thunderhorse's* Körper.

„Seh, wie schön er aussieht und er hat ein Lächeln auf dem Gesicht", schluchzte *White Wing* unter Tränen und schüttelte ihren Kopf. *Thunderhore's* Mutter drückte sie fest an sich, um ihr Trost zu spenden. Der heilige Mann flüsterte:

„*White Wing, Thunderhorse* liebt dich sehr. Mach dir keine Sorgen, er wird bei dir bleiben bis in die Ewigkeit. Und er wird eine gute Reise haben. Die guten Geister begleiten ihn." *White Wing* lächelte gerührt. *Healing Feather* fuhr fort:

„Sein Blut fließt den Hügel hinunter in den Strom des Wassers, wo sein Blut sich über das ganze Land ausbreiten und niemals enden wird. Sein Blut soll alle Indianerstämme warnen, um sich vor dem Bösen der dunkeln Macht zu schützen."

White Wing nickte und schaute auf *Thunderhore's* Messer. Das silberne Hufeisen glänzte in der Sonne. *White Wing* hielt seine Hand, während ihre Tränen auf sein Messer rollten, das vorher gereinigt und wieder in den Halter zurückgesteckt worden war. Jedoch schaute das Messer etwas aus dem Halter heraus. Sie versuchte es, in die richtige Position zu bringen, aber es war nicht möglich. Als sie hineinschaute, bemerkte sie ein kleines Lederstück, das zuvor, als sie das Messer *Thunderhorse* bei der Zeremonie übergeben hatte, noch nicht darin war. *Thunderhorse* musste es in diesem Messerhalter versteckt haben. Sie zog das Lederstück heraus, konnte aber nicht erkennen, was besonderes daran war. Das Lederstück war aus einem hellbraunen Leder. Sie drehte es um, aber beide Seiten waren nicht beschrieben. Sie fragte sich: „Es muss eine Bedeutung haben, aber welche nur? Na, ich muss später darüber nachdenken." Sie platzierte das Lederstück in ihre Mokassins, um es nicht zu verlieren.

Healing Feather begann seine Rede:

„Meine Schwestern und Brüder. Wie es unser Großer Geist vorgibt, sterben die Menschen nicht, sondern sie erwachen aus einem Traum, den sie gelebt haben … und sie werden wieder Geister oder Götter …Manche werden in die Sonne verwandelt, andere in den Mond. Und *Thunderhorse* wird, so *Manitou* will, in einen stürmenden Pferdegeist innehalten. Er war ein Mann mit einem starken Herzen und Verstand. Er konnte wie ein Blitz denken und so stark wie ein Donner handeln. Er war ein starker Kämpfer, konnte mit Pfeil und Bogen umgehen, als wäre dieser mit seinem Arm verschmolzen. Er ritt wie ein Sturm und kommunizierte mit Pferden, wie es sonst niemand konnte. *Thunderhorse's* kurzes Leben auf Erden wird in Ewigkeit weitergehen. *Manitou*, segne ihn und lass seinen Geist in Frieden gehen."

Thunderhorse's Vater berührte das Herz seines Sohnes und sein eigenes zur Vereinigung von beiden und um sich zu verabschieden.

„Mein Sohn, mein Blut ist nicht dein Blut, aber dennoch wird das Blut mehrerer Generationen zurück zu dem Ort fließen, von dem du gehst."

Während *Thunderhore's* Vater seine Rede hielt, beobachteten zwei Fremde die Zeremonie aus der Ferne. Sie gehörten nicht zum Stamm. *Thunderhorse's* Vater entfachte das Feuer der Heubahre, um *Thunderhorse's* Körper einschließlich seiner Sachen zu verbrennen und die Anhaftung seines Geistes auf Erden zu vermeiden. Allerdings behielt *White Wing* sein Hochzeitsgeschenk, das sie ihm überreicht hatte, und sein halbes Amulett, das sie als Erinnerung behalten wollte. Die Anderen sangen laut und tanzten um das Feuer unter laut rhythmischen Trommelschlägen, um *Thunderhorse* eine gute Reise in den Himmel zu wünschen. Die Flammen erreichten den Körper, wurden größer und züngelten sich in den Himmel, um *Thunderhorse's* Geist mitzutragen. Sie verbrannten alle letzten Momente des Schmerzes und verwandelten sich in ewiges Glück. Der Stamm begleitete diese Glücksmomente mit Lobpreisliedern und Ehrungen von *Thunderhorse's* Totem, das natürlich ein Pferdegeist war. Daran hatten die Cherokees kein Zweifel. Und sie dachten, dass sein Totem ‚Pferd' Stärke und Weisheit zu seinem Stamm zurückgeben würde, um sie in Zukunft zu schützen. Für den Stamm war die Beerdigung ein großes Freudenfest, denn sie wußten, dass sie eines Tages sich wiedertreffen und sie ihr großes Fest in der Ewigkeit fortsetzen würden.

Aber natürlich dominierten in diesem Moment der Tragödie *White Wing's* Gefühle der Sehnsucht und Traurigkeit über denen des Glücks. Während die letzte Feder von *Thunderhorse* verbrannte, musste sie unter großen Tränen immerzu an die Zeit denken, die sie zusammen im Meer verbracht hatten.

„Er hat mein Leben mit solch einer Freude ausgefüllt; er war alles was ich hatte und nie wieder haben werde", flüsterte sie weinend zu ihren Schwestern, aber eine von ihnen lächelte höhnisch in sich hinein. Sie hatte ihrer Schwester nie das Glück gegönnt. Durch die Asche, die durch den Wind in alle Richtungen geweht wurde, beobachtete jemand gegenüber der Feuerstelle ihr Lächeln und nickte ihr verständnisvoll zu.

„Oh je, das Lederstück! Ich habe es ganz vergessen", kam *White Wing* plötzlich in den Sinn und sie zog es aus ihren Mokassins heraus. Sie erkannte darauf einige sehr unklare diffuse Flecken. Sie hielt es gegen die Flamme, um mehr zu erkennen. Sie war fast gewollt, das Stück mit den nicht zu erkennenden Flecken mit auf *Thunderhorse's* Reise zu schicken, als sich plötzlich Worte aus den diffusen Flecken formierten. Zuerst waren diese gelb, dann aber wurden diese immer dunkler. Ein Zitronengeruch kroch in ihre Nase.

Plötzlich konnte sie sich erinnern, was ihr Vater von der verzauberten Schrift erzählt hatte. „Du schreibst deine Nachricht oder einen Schlüsselcode auf ein Stück Leder mit Zitrone oder Limettensaft. Es bleibt unsichtbar, so lange du es nicht aufwärmst. Falls du das Stück Leder in einem gewissen Abstand über eine Feuerstelle hältst, erscheint deine Botschaft."

Und so wurden die Wörter immer deutlicher. Sie drehte sich von ihrem Stamm weg, um die geheime Botschaft zu lesen:

- „Let Thunder's Black Bear guide you to the secret Thunderhill, where three stars and one sun will give you my last will. If rain comes down in a holy sink, a crystal will shine in blue and pink. It's telling you: „Goddess on my breast,

divine strength and power will give <evils> the rest". –

– „Lass dich von *Thunder's Black Bear* zum geheimen Ort führen, wo drei Sterne und eine Sonne dir meinen letzten Willen mitteilen werden. Wenn Regen in ein heiliges Wasserbecken läuft, wird ein Kristall in blau und rosa leuchten. Mein Wille wird dir sagen: „Göttin auf meiner Brust, göttliche Kraft und Macht geben dem Bösen den Rest." - (übersetzt)

White Wing rätselte: „Das muss ein Code sein, aber was ist dessen Bedeutung? Oh mein Liebster, was wolltest du mir nur sagen?"

Die verschlüsselte Botschaft am Thunderhill

White Wing versuchte, die verschlüsselte Botschaft zu analysieren. Der Code - ‚drei Sterne und eine Sonne' -

könnte die Zeit sein, an der sie an den geheimen Ort reiten sollte.

Am frühen Morgen bei anbrechendem Sonnenaufgang sattelte *White Wing Thunder's Black Bear* und gab ihm das Kommando „Thunderhill".

Thunder's Black Bear spitzte seine Ohren und führte sie zu dem Berg, wo er vor einer Höhle hielt. Er wieherte laut, um zu signalisieren, dass er den richtigen Platz gefunden hatte. „Guter Junge", lobte ihn *White Wing* und streichelte ihm über sein glänzendes Fell. Sie betrat die Höhle, die groß zu sein schien.

„Oh, ich habe vergessen, mein Licht mitzubringen", dachte sie und tastete sich an der Wand entlang. Plötzlich sah sie eine Lichtöffnung, die einen Lichtstrahl in die dunkle Höhle warf. Sie folgte dem Licht und erreichte einen offenen Platz, der von verschiedenen Höhleneingängen und einem Wasserfall eingebettet war. Sie stand da und war sich nicht sicher, welchen Weg sie wählen sollte.

„In *Thunderhorse's* Botschaft erwähnte er

- ‚drei Sterne und eine Sonne' -.

Die Sonne könnte diese offene Stelle sein, aber was war die Bedeutung der drei Sterne?"

Sie schaute sich um, aber sie konnte keine Hinweise finden. Sie hatte keine Ahnung, wohin sie gehen sollte.

Plötzlich flog ein Falke um *White Wing's* Kopf und zirpte wie wild. Er schlug kräftig mit seinen Flügeln durch die Luft und versuchte, auf ihrer Schulter zu landen. Sie erkannte ihn. *Thunderhorse* hatte ihn gezähmt. Er erzählte ihr, dass er ihn mit einem gebrochenen Flügel im Berg vor einem Stein gefunden hatte, als er noch ein kleiner Vogel war. *Thunderhorse* nannte ihn *Broken Wing*. Er verband seinen Flügel und der Falke konnte sich bei ihm erholen. *White Wing* streckte den Arm aus und rief ihn. Er landete auf ihrem Arm, und sie führte ihn in die Nähe ihres Gesichts, um mit ihm zu sprechen:

„Hey mein kleiner Falke. Was machst du hier?"

Der Falke zwitscherte aufgeregt und als hätte er ihre Frage verstanden, flatterte er auf der Stelle vor ihrem Gesicht, drehte sich um und flog durch den Wasserfall. *White Wing* wartete erst, ob er zurückkommen würde. Als er dies nicht tat, folgte sie ihm. Sie durchquerte den Wasserfall und war überrascht, dahinter eine neue Höhle zu finden. Diese Höhle war hell erleuchtet. Sie folgte dem Wasserfall auf der anderen Seite, der wie eine Wasserwand war. Entlang der Höhlenwand waren Gemälde in verschiedenen Farben.

White Wing fragte sich, warum *Thunderhorse* diesen wunderschönen Ort nie erwähnt hatte. Die Wandmalereien erzählen eine Geschichte. *White Wing* erkannte indianische Stämme, die mit den weißen Fremden kämpften, aber brutal von ihnen getötet wurden. Die weißen Soldaten jubelten vor Freude und hoben ihre Arme, um ihren Sieg zu signalisieren. In einer nächsten Episode erkannte sie eine alte indianische Frau, die eine Schüssel Wasser an die Stammesmitglieder übergab. Die alte Frau hatte lange weiße Haare und trug ein traditionelles Cherokee Lederkostüm. Ihren Hals schmückte ein großer blauer Kristall.

White Wing dachte an die Botschaft und fragte sich: „Ist das der Kristall, den *Thunderhorse* meinte?"

In der nächsten Episode waren die Indianer stark und gesund und konnten die Schlacht gewinnen. Diesmal jubelten die Indianer und hoben ihre Hände als Zeichen des Sieges. Die weißen Soldaten gaben auf. Die Zeichnungen deuteten darauf hin, dass die Indianer *Manitou* lobten und vor der alten Frau in großer Ehre knieten. Anscheinend wurden die Gemälde vor langer Zeit gemalt, da einige Farben im Laufe der Zeit verblasst waren.

White Wing starrte sehr konzentriert auf das Gemälde, um dessen Bedeutung zu verstehen. Ihre Gedanken schweiften in die Vergangenheit, als sie ein kleines Mädchen war und mit ihren Geschwistern im Wasser spielte. Sie fand einen kleinen kristallinen Stein. *White Wing* war so fasziniert von den verschiedenen Farben, die sich abhängig von der Position veränderten. Sie starrte eine ganze Weile darauf und plötzlich explodierte der Kristall in tausend kleine Splitter. Sie war so überrascht, dass sie zurück ins Wasser fiel. Ihre Geschwister nannten sie von dieser Zeit an *White Witch* (Weiße Hexe) anstatt *White Wing*.

Während sie in ihren Gedanken versunken war, flog *Broken Wing* um ihren Kopf herum und bestand darauf, weiterzugehen. Nach einer Weile erreichten sie einen zweiten offenen Platz, der noch viel heller war, da die Sonne durch verschiedene Öffnungen in die Höhle eindrang. Das Sonnenlicht schien direkt in ihr Gesicht. *White Wing* war von diesem offenen Platz überwältigt.

„Hier ist es so schön und friedvoll", dachte sie.

Viele Blumen wuchsen auf den Felsen, ein Wasserfall mündete in ein Sammelbecken, das zu einem erfrischenden Bad einlud. In einer Ecke stand ein kleiner Tisch und einige Holzstühle, die eine kleine Feuerstelle umgaben. Nicht weit weg vom Tisch lagen die Trommeln von *Thunderhorse*. *White Wing* vermisste seine Pfeife, in der seine Initialen TH eingraviert waren. Er hatte diese von seinem Vater als Geschenk für seine Reifeprüfung bekommen, was ihm erlaubte, am Rat der Ältesten teilzunehmen und ihm Mitspracherecht verlieh. Neben den Trommeln lagen große Wasserflaschen, die alle aus Büffelhaut gemacht waren. Auf der anderen Seite war ein kleiner runder Trainingsbereich, wo seine Pfeile mit der Pfeilbuchse und Bögen sowie seine wunderbar aus Ziegenhaut selbstgemachte bunte Zielscheibe positioniert waren. Das rote Bullauge auf der Scheibe wartete nur darauf, getroffen zu werden.

Sein Tomahawk und seine Speerspitzen hafteten immer noch im Holztor. Das Metall des Tomahawks leuchtete, als hätte er es vor kurzem erst poliert.

White Wing ging direkt zum Tomahawk, berührte den bunten Holzgriff und nahm diesen aus dem Holztor. Der Tomahawk war nicht schwer, denn *Thunderhorse* benutzte speziell leichtes Holz, das ihm ein Vorteil beim Kampf bot. *White Wing* ging ca. zehn Meter von der Zielscheibe weg, schloss die Augen und erinnerte sich, wie *Thunderhorse* den Tomahawk wie einen Blitz warf. Sie öffnete ihre Augen, drehte sich blitzschnell um und warf seinen Tomahawk wie von *Thunderhorse's* Hand geführt direkt in das rote Bullauge. Sie freute sich, dass sie diese mentale Gabe immer noch beherrschte. Sie hatte viel von ihm und von ihrem Vater über die Kunst des Kriegers gelernt.

Gegenüber dem Tor standen ein selbst gemachter Tisch und ein Stuhl. *Thunderhorse's* Messer lag, leuchtend und gebrauchsfertig, auf dem Tisch. Es besaß eine Messertasche aus feinstem Leder von seiner Mutter, aber diese war mit den Jahren instabil geworden. Deswegen hatte *White Wing* ihm eine andere, von ihrem Vater angefertigt, an ihrer Hochzeit überreicht, die seiner in allem identisch war. Sie fasste an ihr Hochzeitsgeschenk, dass sie jetzt an ihrer Taille trug und dachte seufzend, dass ihn dieses auch nicht schützen konnte. Sie nahm das von seiner Mutter gemachte Lederstück vom Tisch und strich über das weiche Leder. Wie auch die von *White Wing's* Vater angefertigte, enthielt diese Messerhülle Edelsteine in verschiedenen Farben, die in der Sonne glänzten. Über diesen war ein Hufeisen genäht als Symbol für den, zu dem es gehörte. *White Wing's* Augen waren mit Tränen gefüllt. Sie dachte, dass dieser Schmerz, einen Geliebten zu verlieren, so stark war, dass es ihr Herz zerspringen würde. Plötzlich blies ein Wind in ihr Gesicht, der den Duft einer Blume mit sich trug, den sie sehr gut kannte. Ihr Körper erwärmte sich und sie hatte das Gefühl, dass *Thunderhorse* ihr in diesem Moment sehr nahe war. *Broken Wing* landete auf ihrer Schulter.

Sie flüsterte ihm zu: „Hey mein kleiner Falke; du vermisst ihn auch, nicht wahr?" *Broken Wing* schrubbte seinen Kopf an ihrem Gesicht und wischte ihre Tränen weg. Es schien als wollte er zustimmen, aber sie auch trösten und ihr mitteilen, dass das Leben weiter gehen würde. Er schaute tief in ihre Augen, zwitscherte laut und hob ab, um in der Höhle zu verschwinden.

„Okay, du hast recht. Wir sollten unser Ziel nicht aus den Augen verlieren", sprach *White Wing* lächelnd und folgte ihm mit schnellen Schritten.

Broken Wing flog bis an die Spitze der Höhle und verschwand hinter den Felsen. *White Wing* kletterte ein paar Felsen hoch, die als Stufen angeordnet waren. Der Geruch dieser Blume wurde immer stärker. Der Falke legte den Kopf durch einen Felsspalt und signalisierte ihr, ihm zu folgen.

„Ha und wie soll ich durch dieses Loch passen, du kluges Hirn?" fragte sie und schüttelte den Kopf.

Der Falke ließ trotzdem nicht locker und rief sie immerfort, um sie zu sich zu locken. Als sie sich dem Spalt näherte, entdeckte sie Einbuchtungen zwischen den Steinen und versuchte, einige Steine zu verrücken. Es war einfacher als sie dachte. Nachdem sie einige Steine bewegte und herausgenommen hatte, war genug Platz, um durch die Öffnung zu krabbeln. Jemand musste das vorher arrangiert haben, die Stufen bis zum Spalt und die Steine, die die Öffnung verborgen hielten. Und es war gut versteckt, denn wenn man nicht darauf hingewiesen wurde, konnte man die losen Steine nicht erkennen. Sie schob zuerst den Kopf durch die Öffnung. Wassertropfen tropften auf ihre Nase. Dann kroch sie hindurch und sah plötzlich eine kleine weiße Blume, die auf einem nassen Felsenvorsprung wuchs.

Und dann kam ihr der Gedanke wie ein Geistesblitz: „Eine Sonne, der offene Platz und drei Sterne. Er meinte die Blume, die ‚Stella alba' heißt. ‚Stella' bedeutet Stern, also übersetzt bedeutet der Name ‚Weißer Stern'." Diese Blume hatte einen starken Duft, der sogar bis in die Höhle hinein wehte. Außer dem Falken als Wegweiser hätte auch der Geruch sie zum geheimen Ort führen können. Sie sah die hübsche Blume, aber fragte sich, wo der Falke war. Sie kletterte einige Felsen hoch auf ein kleines Plateau, auf dem eine andere Sternblume wuchs. Das war die Nummer zwei. Sie folgte dem Weg und erreichte ein weiteres, größeres Plateau. Wasser floss vom Hügel hinunter in ein Wasserbecken und daneben befand sich eine weitere weiße Sternblume.

„Nummer drei! Dieser Ort muss der richtige sein", dachte sie, und war durch den Aufstieg sichtlich erschöpft. Sie setzte sich hin, um eine Pause zu machen, und sie berührte die kleine Blume.

Thunderhorse und sie hatten die Samen aus dieser schönen Blume als Symbol einer Geburt eines Kindes entnommen. Falls die Samen keimen würden, würden sie eine gesunde Nachkommenschaft erwarten und die Anzahl der gekeimten Samen sollte ihnen voraussagen, wieviele Nachkommen sie bekommen würden.

„Er muss einige Samen behalten und hier gesät haben, denn es gibt nur einen einzigen Platz in der ganzen Umgebung, an dem diese Blume wächst", dachte sie und seufzte: „Drei Kinder waren zu erwarten. Tja, daraus wird nun nichts mehr."

Broken Wing flog um ihren Kopf und landete am Wasser. Dort nahm er einige tiefe Schlucke, gefolgt von einem Bad im Wasser, indem er seine Flügel klatschte und aufgeregt zwitscherte. Seine Federn glänzten wie Perlen in der Sonne. Er erschien sehr glücklich und offensichtlich zufrieden mit seinem Bad. Er zirpte laut, um sie zu überzeugen und ihr zu sagen:

„Komm und versuche es auch. Es ist das wohltuendste Wasser, das ich je hatte." *White Wing* war durstig und beugte sich über den Wasserplatz. Das Wasser sah so rein und klar aus. Sie folgte dem Falken und nahm auch einen tiefen Schluck. Plötzlich fühlte sie einen warmen Strom, der von Kopf bis Fuß durch ihre Adern floss. Ihr ganzer Körper pulsierte und die Muskeln zogen sich zusammen.

Sie fühlte sich frisch und so stark, dass sie Bäume hätte ausreißen können. Sie nahm einen weiteren Schluck, der sofort ihr Herz erhellte. Ihre Traurigkeit verwandelte sich in inniges Glück. Sie schaute ins Wasser, in dem sich ihr Gesicht spiegelte. Ihre Wangen waren rot und ihre Augen glänzten wie Murmeln.

Während sie ins Wasser schaute, sah sie etwas, das hinter einem Stein glänzte. Sie hob den Stein hoch und fand einen blauen Kristall, so einen wie jenen, der am Hals der weißhaarigen Frau an der Wandmalerei hing. Je nachdem wie sie ihre Position änderte, erschien der Kristall mal blau und mal rosa. Er warf Reflexionen vom glitzernden Wasser, die wie tausend kleine Diamanten erschienen.

White Wing hatte verstanden und dachte: „Ja, das ist es. Das muss die Auflösung eines Teils seiner verborgenen Botschaft sein.

- ‚Wo drei Sterne und eine Sonne dir meinen letzten Willen mitteilen werden. Wenn Regen in ein heiliges Wasserbecken läuft, wird ein Kristall in blau und rosa leuchten.' -

Die Sonne leuchtet durch die offene Stelle, die zu den ‚Stella alba'-Blumen führen. Die drei weißen Sterne ‚Stella alba' wiederum führen zum heiligen Wasser auf der Unterseite des Wasserfalls, was als ‚der Regen, der in das heilige Wasserplateau läuft' beschrieben wird. Das musste der geheime Ort unserer Vorfahren gewesen sein. *Thunderhorse* fand diesen Ort und hielt ihn geheim. Er wusste, wenn er diesen Ort offenbaren würde, könnte er missbraucht werden. Das Wasser wirkt durch die Kristalle wie eine Stromquelle. Wer es trinkt, wird vor Krankheiten geschützt und mächtig werden. Wunden könnten geheilt werden und es würde sogar jemanden unschlagbar machen. Das musste die Bedeutung von den Wandmalereien gewesen sein. Das Wasser, das die alte Frau verteilte, führte zum Sieg.

Allerdings habe ich den anderen Teil der Botschaft
- ‚Mein Wille wird dir sagen: Göttin auf meiner Brust, göttliche Kraft und Macht geben dem Bösen den Rest.' -
noch nicht entschlüsselt."

White Wing murmelte zu sich selbst: „Das muss ich auf später verschieben. Denn jetzt muss ich so schnell wie möglich das heilige Wasser zu meinen Stammesbrüdern bringen."

White Wing sprang auf, lief zum offenen Platz zurück, um die Wasserflaschen zu holen und füllte alle mit dem heiligen Wasser der Wasserquelle. Anschließend kletterte sie vom Plateau hinunter und rief *Thunder's Black Bear*, der ein bisschen launisch war und keine Anstalten machte, seine erholsame Zeit zu unterbrechen, die er mit dem Weiden des köstlichen, frischgewässerten Grases verbrachte. Sie rief ihn noch einmal, diesmal ein wenig energischer, und danach folgte er ihr widerwillig. Sie stellte die Wasserflaschen auf einen Felsen, dirigierte *Thunder's Black Bear* zu diesem, sprang dann auf seinen Rücken, nahm die Wasserflaschen, packte einige hinter sich und band sie fest. Die restlichen Flaschen hielt sie in den Händen und eilte freihändig reitend direkt zu ihren Stammesbrüdern zurück.

White Wing's Schwester lief auf sie zu, als sie sie kommen sah.

„Wo warst du, wir haben uns Sorgen um dich gemacht?", fragte *Peppy* sie.

„Ich habe gerade Wasser geholt und hab zwischendurch ein paar Pausen gemacht. Dabei habe ich die Zeit total verbummelt", log *White Wing*, um nicht in Bedrängnis zu geraten, ihr Geheimnis zu lüften und fuhr fort: „*Peppy*, meine Liebe, aber jetzt habe ich es eilig."

Sie ließ *Peppy* zu ihrer Überraschung einfach stehen, ritt schnell an ihr vorbei, direkt in das Zelt des heiligen Mannes *Healing Feather*. Dort sprang sie von *Thunder's Black Bear* herunter, der es vorgezogen hätte wieder zurück zum Thunderhill zu rennen, um das köstliche Gras abzuweiden. *White Wing* schloss das Zelt sorgfältig hinter sich und bat *Healing Feather* völlig außer Atem um eine Vision, während sie ihm eine der Wasserflaschen in die Hand drückte. *Healing Feather* war sehr überrascht über den unerwarteten Besuch, was er ihr mit einem großen Fragezeichen in seinen Augen signalisierte. Aber er merkte, dass ihr Anliegen äußerst wichtig sein musste und folgte ihrer Bitte ohne Fragen zu stellen. Er hielt die Wasserflasche mit beiden Händen hoch, begann zu summen und begab sich in Trance. Er sprach seine empfangende Vision: „Ich sehe einen weißen Mann, der Büffel jagt. Ich sehe eine alte Frau und ein kleines Mädchen. Die alte Frau gibt ihr eine kleine weiße Blume, die Blume der Magie. Das ist alles, was ich sehe."

White Wing war keinesfalls über seine Vision überrascht, aber vermied, ihm alles über den geheimen Ort und ihrer heiligen Quelle zu verraten. Aber der heilige Mann lächelte nur, weil er genau ihre Gedanken lesen konnte.

Er sprach zu ihr: „Wir müssen die Ältesten zusammenrufen, um uns auf die Ankunft des weißen Mannes vorzubereiten, bevor die Sonne untergeht." Dann gab er ihr die Wasserflasche zurück und fügte hinzu: „Mach dir keine Sorgen, dein Geheimnis ist mein Geheimnis." *White Wing* schaute ihn verwundert an und war sich dann im Klaren, dass er ihre Gedanken lesen konnte. Sie bedankte sich bei ihm.

White Wing verließ mit *Thunder's Black Bear* das Zelt, der sich freute, endlich zu seinen Stuten zu kommen, die ihn schon aus der Ferne von der Weide entgegen wieherten. Sie streichelte sanft über seine Nüstern und dankte ihm für seine Hilfe. *Thunder's Black Bear* schnaubte schweigend vor Wohlgefallen. Dann führte sie ihn zum Weidezaun, nahm ihre Decke von seinem Rücken und öffnete das Weidentor, durch das *Thunder's Black Bear* wiehernd hindurch stürmte. Sie war erschöpft und setzte sich hin, um sich einen Augenblick zu entspannen, während sie *Thunder's Black Bear* beobachtete.

Dieser lief mit hoch erhobenem Kopf und Schwanz in typischer Hengstmanier seinen Stuten entgegen. Sie erfreute sich an seinem Anblick. Ihre Augen wurden schwerer und schwerer und letztendlich fiel sie in einen tiefen Schlaf.

White Wing nahm *Thunderhorse's* Hand, zog ihn zu sich und küsste ihn leidenschaftlich. Sie fühlte sich geborgen, war glücklich und fragte ihn:

„Warum konntest du dich nicht mit der Wasserquelle des Sieges schützen, mein Geliebter?" Er antwortete, während er sanft über ihr glattes Haar streichelte:

„Manchmal müssen sie uns töten, um unsere Seele frei zu geben. Das Böse kann unseren starken Geist nicht brechen."

„Aber wir bekommen ein Baby und es braucht dich so sehr wie ich dich brauche."

„Meine weiße Feder, höre mir zu. Du musst zurück zum Thunderhill reiten, wenn die Mutter Sonne sich zweimal nach Westen zum Sonnenaufgang bewegt und die Berge noch mit Schnee bedeckt sind. Du wirst alle Antworten bekommen, wenn unser Messer von dem magischen Wasser gesegnet wird. Aber jetzt wach auf, du musst aufwachen", drängte *Thunderhorse* sie.

„Ich will bei dir bleiben", beharrte sie und ergänzte: „Alles ist so viel einfacher, wenn du bei mir bist."

Er lächelte sie an: „Es wird eine Zeit geben, wo wir alle zusammen sind, meine Feder. Vergiss nicht, ich werde dich niemals verlassen und auch nicht unser Kind. Ich werde euch auf ewig in meinem Herzen tragen, so sei es *Manitou's* Wille."

Sie versuchte, seine Hand zu halten, aber sie entglitt ihr, bis sie ihn nur noch aus der Ferne sehen konnte.

„Komm zurück, bitte lass mich nicht allein! Ich brauche dich!", bat sie.

Plötzlich klopfte jemand auf ihre Schulter und riss sie aus ihren Träumen: „*White Wing*, wir müssen zum Treffen mit den Ältesten gehen. Nimm das magische Wasser mit zur Schwitzhütte. Die Ältesten sind schon versammelt." *White Wing* schaute noch benommen von ihrem Traum nach oben zu der Stimme, die sehr bestimmend klang. *Healing Feather* half ihr auf und drängte sie, sich zu beeilen.[5]

---

[5]Für den Krieg wählte der heilige Mann bestimmte Symbole und Farben für die Krieger aus. Das Pferd wurde mit den gleichen Symbolen und Farben bemalt. Es wurde angenommen, dass die Anwendung bestimmter Symbole und Farben dem Krieger und seinem Pferd magische Macht und Schutz verlieh.

Die Schlacht

*I*n der Schwitzhütte hatte der Älteste die große Pfeife als Symbol der Vereinigung bereits entfacht. Die Pfeife war mit den Blättern des eigens gepflanzten Tabaks gefüllt, der fabelhaft roch. Im Zelt versammelten sich *Grey Hair*, der Häuptling des Stammes, der rote Häuptling *Red Bear Paw*, der für die Strategie des Krieges und für die Auswahl der Krieger verantwortlich war, *Big White Toe*, der Friedensstifter während der Zeit, in der der Stamm nicht im Krieg ist, *White Wing's* und *Thunderhorse's* Väter, die die Berater in allgemeinen Angelegenheiten waren und *Healing Feather*, der heilige Mann. *Thunderhorse* war der unterstützende Berater aufgrund seiner herausragenden strategischen Fähigkeiten gewesen und um die heilige Zahl Sieben zu erfüllen. Er wurde durch seinen Bruder *Two Eyes Look Twice* ersetzt, ausgewählt durch die Ältesten. *White Wing* war nicht im Zelt erlaubt, da es Frauen grundsätzlich nicht gestattet war, dem Treffen des Ältestenrates beizusitzen.

Der heilige Mann erzählte dem Ältesten von seiner Vision, vermied es aber, über *White Wing's* Entdeckung zu sprechen. Er sprach von einer alten Frau, die den Stammesmitgliedern heiliges Wasser gab und von dem Sieg über den weißen Mann, der böse Gedanken und Krankheiten in sich trägt.

„Und wie bekommen wir das heilige Wasser?", fragte *White Wing's* Vater. Der heilige Mann antwortete lächelnd: „Ich sah auch ein altes Hexenrezept in meiner Vision. Ich werde das Wasser benutzen, das *White Wing* aus unserer bekannten Wasserquelle gebracht hat und es in Zauberwasser verwandeln."

Er schaute aus dem Zelt, um die Wasserflasche von *White Wing* entgegenzunehmen, die draußen neugierig wartete. Er gab *White Wing* ein klares Signal, sich noch zu gedulden. *White Wing* fühlte sich ein bisschen schuldig, weil sie ihren Vater anlügen musste, aber sie war überzeugt, dass es *Thunderhorse's* Wunsch gewesen wäre, ihre Entdeckung geheim zu halten.

Im Zelt fragte Häuptling *Grey Hair* ihn mürrisch: „Warum hast du es vorher noch nicht getan?"

„Weil ich vorher keine Vision hatte", antwortete *Healing Feather* sehr kurz angebunden.

„Mm, ah", murmelte *Grey Hair*, nickte und lächelte, so dass die anderen auch mit lachten.

Healing Feather nahm die Wasserflasche und hob sie über seinen Kopf. Er schloss die Augen und sprach laut und langsam:

„Oh großer Geist, dessen Stimme ich in den Winden höre, und dessen Atem alles Leben gibt - erhebe dich -

Ich übertrage an dich, oh Kreatur des Wassers, dich von allen Verunreinigungen und Unreinheiten der Geister der dunklen Welt des Bösen zu entsagen.

-Komido, Onemalido, Spiringischatsu, Zitansitou-"

Der heilige Mann setzte die Wasserflasche ab, nahm einige Kristalle und Knochen aus seiner Ledertasche und warf diese in das Wasser, während er folgende heiligen Worte sprach:

„Lass diese Steine und Knochen segnen. Lass die ganze Bösartigkeit daraus abführen und lass alles Gute dort hineingehen. Darum rufe ich euch, oh großer Geist, daß du mir helfen werdet und diese Steine und Knochen gesegnet seien.

-Yamento, Totanamo, Tiximiki, Dawentischou, Zarmesika- Das Wasser soll den Körper reinigen, aber Steine und Knochen sollen die Seele reinigen. Weihe alle, die von dem Wasser nehmen, und gib Ihnen die Macht der Weisheit, Kraft und Gesundheit. Danke *Manitou*, oh danke deiner Heiligkeit."

Die Anderen wiederholten den Dank an den großen Geist. Nachdem er das Wasser gesegnet hatte, übergab er eine Flasche dem Häuptling *Grey Hair*, um den ersten Schluck zu nehmen. Weitere Flaschen füllte er mit dem Rest des heiligen Wassers ab. Alle anderen Männer folgten *Grey Hair* bis *Healing Feather* schließlich den letzten Schluck nahm. Er beendete die Heiligungssprechung: „Wenn ihr an die Kraft des heiligen Wassers glaubt, so wird es Euch Erfolg schenken. So soll es nach *Manitou* geschehen. *Healing Feather* hat gesprochen."

Die Ältesten reichten die Friedenspfeife herum, jeder nahm einen tiefen Atemzug von dem Tabak höchster Qualität, schlossen die Augen und stellten sich den Sieg ihres Stammes bildlich vor. Plötzlich lachten die Ältesten laut auf und fühlten sich stark und klar im Kopf, wie nie zuvor. Manche schrieen vor Begeisterung, andere tanzten und wieder andere murmelten zufrieden. Sie umarmten sich und waren glücklich.

Healing Feather verließ das Zelt mit einem Gongschlag, um alle Stammmitglieder zusammenzurufen. Als diese sich der Schwitzhütte näherten, waren sie über das Verhalten der Ältesten überrascht. *White Wings* Mutter *Swinging Fist* zog ihren Mann zu sich und fragte ihn:

„Was ist los mit dir, bist du völlig von Sinnen? Hast du getrunken oder warum verhältst du dich so seltsam?"

„Ja, meine Blume, ich habe magisches Wasser getrunken, aber ich bin nicht betrunken. Komm, versuch es selbst."

Er nahm ihren Arm und zog sie zu *White Wing*, die das Wasser an die anderen Stammesmitglieder verteilte.

„Komm Mutter, trink einen Schluck!" forderte *White Wing Swinging Fist* auf, die ihr den Löffel entgegenstreckte. Sie war sehr skeptisch, aber folgte der Aufforderung. Und wie erwartet hatte das Wasser die gleiche Wirkung. *Swinging Fist*, die nur selten lachte, kicherte unaufhörlich und *Big Guy* und *White Wing* zwinkerten sich gegenseitig zu. *White Wing* übergab jedem Stammesmitglied einen Löffel dieses magischen Wassers und den letzten Schluck nahm sie selbst.

Healing Feather ging zu *White Wing* mit einem Lächeln auf seinem Gesicht: „Und? Habe ich es gut gemacht? Ich habe nichts von deinem Geheimnis verraten." Sie nickte zustimmend, war aber auch in Sorge, nicht wirklich ehrlich gewesen zu sein. Er antwortete:

„*Healing Feather* war ehrlich. Die heilende Segnung ist ein weises Schamanengebet meiner Vorfahren, um jedem ausgesuchten Material die Kraft der Heilung zu geben. Es war die Wahrheit. *Healing Feather* hatte letzte Nacht eine Vision, in der er die alte Frau sah, wie sie eine heilige Blume überreichte. Deshalb wollten die Geister uns auf den richtigen Weg führen und uns auf die Ankunft der Fremden heute Abend vorbereiten. Ich brauchte ja nicht erzählen, dass das Wasser schon lange gesegnet war und im Übrigen schadete ja eine zusätzliche Segnungssprechung nicht, doppelt hält besser. Du siehst, Medizinmänner können nicht lügen." Beide lachten laut.

Plötzlich kam ein starker Wind auf. *Healing Feather* schaute sich um und drückte *White Wing's* Schulter:

„Es ist Zeit. Die weißen Fremden werden bald kommen."

Er unterbrach das Murmeln der Stammesmitglieder und schlug den Gong dreimal als Signal, um alle auf dem offenen Platz in der Mitte des Dorfes zu versammeln. Alle eilten, weil sie wussten, was auf sie zukommen würde. *Big Grey Hair*, der Häuptling, stellte sich in die Mitte des Sammelplatzes. Seine Mimik war ernst. *Healing Feather* reichte ihm den Sprechstock und *Big Grey Hair* begann zu reden. Sofort schwiegen alle und jeder hörte aufmerksam zu:

„Hört, meine Brüder und Schwestern. Heute Abend muss unser Stamm kämpfen, damit unser Sieg uns unabhängig und frei macht, wie es unsere Vorfahren waren. Jeder Tropfen Schweiß, jeder Tropfen Blut muss fließen, auch wenn unser Schmerz und die Verwüstung durch den weißen Mann groß ist. Aber wir wollen keine Sklaven des weißen Mannes werden. Heute brechen wir eine neue Ära an und kämpfen bis aufs Blut, vereint unter dem Kommando von *Big Grey Hair* und durch die Macht *Manitou's*."

Die Stammesmitglieder jubelten ihm zu und stimmten in den Lobpreis ein, den die Cherokees für gewöhnlich sangen, bevor sie in den Krieg zogen:

„Goddess on my hand, any arrow will aim the right one at the other end.

„Göttin auf meiner Hand, jeder Pfeil zielt auf den Richtigen am anderen Ende.

Goddess on my arm, no evil flesh nor malicious spirit can ever harm.

Göttin an meinem Arm, kein böses Fleisch, kein bösartiger Geist kann jemals mir schaden.

Goddess on my breast, like a ring shield you protect me around my chest.

Göttin an meiner Brust, wie ein Ringschild beschützt du mich um meine Brust.

Goddess in my mind, give me wisdom for the right answer to find.

Göttin in meinem Kopf, gib mir die Weisheit, um die richtige Antwort zu finden.

Goddess in my heart, send me the spirit of love and awareness as guard.

Göttin in meinem Herzen, schick mir den Geist der Liebe und das Bewusstsein als Wache.

Oh graceful *Manitou*, oh merciful *Manitou*, we are praising you."

Oh großer *Manitou*, oh barmherziger *Manitou*, wir loben dich."

Nachdem sie gesungen hatten, verlangte *Big Grey Hair* von den Männern, ihm in sein Zelt zur Strategieplanung zu folgen und forderte die Frauen auf, ihre Kinder in ihre Zelte mitzunehmen mit einer Ausnahme - der hübschen Frau -, die als Rat für Kriegsangelegenheiten galt. Ihr Name war *White Snow*, benannt nach ihrer weißen Haut. Die Männer verehrten sie wegen ihrer Schönheit und ihrer Weisheit. Sie hatte Charisma, das die Herzen schmelzen ließ. Ihre Stimme war ruhig und ausgeglichen und sie drückte sich sowohl im Gespräch als auch in ihrer Körperbewegung mit viel Selbstvertrauen aus, ohne dabei arrogant zu wirken. Jeder respektierte sie und nahm sie bedingungslos an.

White Wing folgte ihrer Mutter zusammen mit ihren Schwestern. *Peppy* dachte, dass noch eine Frage offen war. Sie glaubte *White Wing's* Story nicht, als sie vom Thunderhill wiederkam und fragte *White Wing* energisch:

„Was hast du denn die ganze Zeit getan, während du abwesend warst? Es hat so lange gedauert."

White Wing war gerade dabei zu antworten, als *Pepper Rose* ihr in einem sehr zynischen Ton zuvor kam: „Sie hat vielleicht einen neuen Liebhaber, den sie genauso wie den Letzten vor uns verbirgt."

Das brachte *White Wing's* Blut zum Kochen. All die Schmerzen, die sie durch den Verlust *Thunderhorse's* erlitten hatte, waren plötzlich zurück und ihre Antwort war sehr klar. Kurz bevor *Pepper Rose* wusste, wie ihr geschah, hatte sie schon *White Wing's* Faust in ihrem Gesicht. Sie schrie vor Schmerzen und berührte ihre rote Wange. *Pepper Rose* kniff ihre Augen zusammen, als wollte sie Pfeile abschießen und schrie sie an:

„Wie kannst du es wagen, mich zu schlagen, du Biest."

White Wing blieb ruhig und antwortete ihr:

„*Pepper Rose*, deine Eifersucht wird zur Krankheit. Es ist besser, du denkst darüber nach, wer dein Freund ist und wer nicht. Ich war immer für dich da und versuchte dich, immer zu beschützen, egal wann immer du in Schwierigkeiten warst und, so weit *Manitou* mein Zeuge ist, kam dies nicht selten vor."

Die Mutter eilte herbei, um die kämpfenden Hühner zu stoppen.

„Geht sofort zurück ins Zelt! Geht, geht, Beide! Ihr solltet euch schämen, miteinander zu kämpfen, anstatt in einer so schwierigen Zeit zusammenzuhalten. Geht, bevor ich mich selbst vergesse."

Swinging Fist war extrem wütend und es war weise, sie nicht weiter zu provozieren. In diesem Moment der feurigen Gefühlswallungen war das aber anscheinend beiden Töchtern egal. *Swinging Fist* versuchte, *Pepper Rose* zurückzuziehen, doch diese drehte sich blitzschnell um und fauchte *White Wing* weiter an:

„Ich habe dich immer gehasst, ich hasse dich und ich werde dich für immer hassen." *White Wing* antwortete barsch:

„Dann ist nichts mehr zwischen uns, nichts anderes als Wut. Ich habe dir nichts mehr zu sagen, *Pepper Rose*, nichts."

Pepper Rose spuckte sie an. Auf diese Reaktion folgte ein sehr starker, schmerzhafter Zug an ihrem Arm und ein strafender Blick ihrer Mutter, die außer sich war:

„Beendet jetzt Euren Streit, ihr dummen Hühner.. *White Wing*, du auch. Kommt jetzt in das Zelt."

Später in der Nacht wurde *White Wing* durch das aufgeregte Getänzel, Schnauben und Wiehern von *Thunder's Black Bear* geweckt. Sie sprang sofort auf und weckte die Anderen im Zelt. Sie nahm Pfeile und Bogen für ihre Verteidigung. Sie konnte noch immer die starke Wirkung des Wassers in ihrem Körper spüren und wäre am Liebsten in diese Schlacht gezogen, aber das gehörte sich nun mal nicht für eine Cherokee Frau. Sie schaute aus dem Zelt, sah aber niemanden und ging daher nach draußen. Die Feuerstelle war erloschen. Sie sah einige Schatten, die sich bewegten und sie hörte einige klappernde Pferdegebisse. Sie bekam eine Gänsehaut und stammelte ängstlich:

„Oh *Manitou*, sie kommen. Bitte beschütze uns."

Plötzlich drückte jemand die Hand auf ihren Mund und zog sie zurück in das Zelt. Sie versuchte zu schreien, aber der Druck auf ihren Mund war zu stark.

„Scht, ich bin es."

Sie erkannte *Thunderhorse's* ältesten Bruder *Two Eyes Look Twice:*

„Was machst du da draußen? Bleib hier und beschütze deine Mutter und deine Schwestern. Deine Schwestern und du müsst die ganze Zeit mit Euren Pfeilen auf den Zelteingang zielen. Wenn jemand hereinkommt, schießt. Zögert nicht, schießt einfach. Verstehst du?"

Er streichelte *White Wing* sanft über ihre Wangen und schaute ihr tief in die Augen. *White Wing* sah ihn sehr erstaunt an, denn sie hatte nicht damit gerechnet, dass *Two Eyes Look Twice* ihr gegenüber so fürsorglich war.

Sie antwortete ihm etwas holperig: „Alles klar, ich hab verstanden."

Dann verließ er das Zelt, ohne von *Pepper Rose* Notiz zu nehmen. *Swinging Fist* befahl den Mädchen, sich gegenseitig zu helfen, insbesondere in so einer gefährlichen Situation. Sie sollten ihren Streit vergessen. *Peppy* und *Pepper Rose* stellten sich neben *White Wing* in Position und alle drei spannten ihre Bögen in Richtung Zelteingang. *Pepper Rose* zeigte immer noch ihre Abneigung gegenüber *White Wing*, aber *White Wing* kümmerte sich nicht im Geringsten um dieses kindliche Verhalten.

Plötzlich hörten sie Pferdehufe, laut schreiende Menschen, Schüsse, das Geräusch der Pfeile, die durch die Luft zischten und schließlich Jammern, Weinen, und den metallischen Lärm von Säbeln. *Peppie's* Arm zitterte. *White Wing* versuchte sie zu beruhigen, aber sie musste selbst erst mit ihrer Angst fertig werden. Als die drei Mädchen in Alarmbereitschaft gespannt auf den Zelteingang schauten, schlitzte auf einmal eine große Klinge das Zelt auf, ein Bleichgesicht sprang von seinem Pferd direkt in *White Wing's* Richtung, und bevor sie ihren Pfeil abfeuern konnte, nahm er ihren Bogen aus ihrer Hand.

White Wing schrie zu *Pepper Rose*, die neben ihr stand: „Schieß, schieß doch."

Aber sie zeigte keine Reaktion. Der weiße Mann zielte mit seiner Waffe auf die Brust *White Wing's*. Ein Pfeil flog haarscharf am Ohr *White Wing's* vorbei und traf seine Schulter. *Peppy* zielte sicher auf den weißen Mann, so dass er die Waffe fallen ließ. Doch gleichzeitig zog er ein Messer aus seinem Halter, der an seinem Gürtel befestigt war und ging direkt auf *White Wing* zu, um zuzustechen. Das magische Wasser gab ihr die Kraft, schnell wie ein Blitz zu reagieren, und sie sprang zur Seite. Er hatte sein Ziel verpasst. Stattdessen nutzte sie die Gelegenheit, seinen Arm auf seinen Rücken zu drehen und seine Hand zu quetschen, so dass er sein Messer fallen lassen musste. Er stöhnte vor Schmerzen, aber plötzlich kam ein weiterer Mann in das Zelt gesprungen, um ihn zu unterstützen. *White Wing* hob die Pistole vom Boden auf und bedrohte beide. Der zweite Mann packte *Pepper Rose*, die so laut schrie, wie sie konnte. Er hielt ihren Mund zu und forderte *White Wing* auf:

„Nimm die Pistole herunter, oder ich werde ihren Hals brechen."

White Wing schaute in *Pepper Rose's* erschrockene Augen. Alle schlechten Gedanken über die sich zuvor abgespielten Ereignisse kamen in ihren Sinn und sie zögerte für eine Weile. Er wiederholte seinen Befehl mit einem bestimmenderen Ton:

„Nach unten, sagte ich, hörst du nicht! Nimm die Pistole hinunter, sofort!"

White Wing ließ die Pistole auf den Boden fallen.

„Und jetzt kick die Waffe zu mir herüber, langsam, du kleine rote Hündin."

Der andere Mann schlug *Peppy*, so dass sie zu Boden fiel. *White Wing* war entsetzt und fühlte sich ausgeliefert. Während sie im Begriff war, die Pistole zu den Männern hinüber zu treten, schlich *Thunderhorse's* Bruder *Two Eyes Look Twice* hinter die Rücken der Männer und gab ihr das Zeichen, zu warten. Sie erwarteten ihn nicht. *Two Eyes Look Twice* schoss einen der Männer in den Rücken. Der andere Mann drehte sich in die Richtung des Schusses und wollte gerade auf ihn losgehen, als *Swinging Fist* ihren Namen alle Ehren machte und weit ausholte, um den Mann mit einem kräftigen Faustschlag auf den Boden zu hauen. *Pepper Rose* war aus den Fängen des weißen Mannes befreit. Sie atmete schwer und hustete. Sie wollte *Two Eyes Look Twice* danken, aber wieder nahm er keine Notiz von ihr und ging direkt zu *White Wing*, um sie zu umarmen. Diese war erleichtert und verharrte einen Moment in der Umarmung.

„Sieh, du kannst nicht ohne mich. Ich habe dein Leben gerettet. Auch das heilige Wasser hätte dir nicht helfen können", flüsterte er.

Diese Reaktion fand sie etwas seltsam und ging einen Schritt zurück. Sie räusperte sich und antwortete ihm etwas barsch:

„Ich danke dir für deine Hilfe, aber ich bin sicher, dass es nur eine Frage der Zeit war, dann hätte *Manitou* mir geholfen." Aber bevor sie zu Ende sprechen konnte, war er schon wieder aus dem Zelt verschwunden, um seine Stammesbrüder zu unterstützen.

White Wing kümmerte sich um *Peppy*, die gerade zu sich kam und ihre Augen öffnete. „Oh", stöhnte sie. „Ich habe einen Kopf wie ein Pferd."

White Wing streichelte über ihre Stirn und lächelte:

„Aber dieses Pferd hat viel Mut. Ohne deine Hilfe wäre ich schon über dem Regenbogen in der Ewigkeit."

Sie umarmte sie und hielt sie fest. Tränen der Erleichterung kullerten beiden die Wangen hinunter und für einen Augenblick vergaß *White Wing* die Auseinandersetzung, die sie mit ihrer anderen Schwester hatte.

Sie hörten noch eine Weile die Geräusche des Kampfes bis sich das Getrappel der Pferdehufe immer weiter entfernte und letztendlich in eine eiserne Stille verwandelte. *Tubs*, der Jüngere von *Thunderhorse* älteren Brüdern, stürzte ins Zelt hinein. Er fiel zu Boden. Die drei Schwestern erschraken, da sie eine weitere Attacke des weißen Mannes erwartet hatten. Als sie *Tubs* sahen, waren sie erleichtert und holten tief Luft. Dann bemerkten sie eine tiefe Wunde in seinem Bein. Blut floss in Strömen und *Tubs* stöhnte vor Schmerzen. *White Wing* goss etwas heiliges Wasser in die Wunde und deckte diese mit Heu ab. Schweißperlen tropften von *Tub's* Stirn und er atmete schwer. Nach einer kurzen Weile jedoch erholte er sich, setzte sich aufrecht hin und berichtete den Schwestern und *Swinging Fist*, was draußen passiert war. Er war so aufgeregt, dass er zwischen Reden und Lachen fast vergessen hätte, Luft zu holen.

„Dann haben wir die Schlacht also gewonnen? Ist das, was du uns sagen willst? Dass wir gewonnen haben?", fragte *Peppy* ihn und er stimmt zu: „Ja, meine Lieben, dieses Mal haben wir gewonnen."

Peppy und *White Wing* sprangen auf, umarmten ihre Mutter und tanzten. Sie liefen nach draußen, um *Big Guy* zu umarmen. Nur eine schien nicht an der Freude teilzunehmen. Doch niemand kümmerte sich in diesem Moment des Sieges um *Pepper Rose's* schlechte Stimmung.

Jeder tanzte und umarmte sich. *White Wing* lief zum heiligen Mann, der über dem Zaun *Thunder's Black Bear's* Kopf streichelte. Er lächelte sie triumphierend an und sprach:

„Die guten Geister haben es dieses Mal gut mit uns Cherokees gemeint. Dank *Manitou* und *Thunderhorse*, die uns zur Quelle der Magie führten."

Thunder's Black Bear wieherte laut, als wollte er sagen, dass auch er daran beteiligt gewesen war. Beide lachten laut: „Und natürlich danke ich auch dir, *Thunder's Black Bear*. Wie könnte ich das beste Pferd der Welt vergessen?" entschuldigte sich *Healing Feather*.

„*Healing Feather*, was war Eure Kampfstrategie?" fragte *White Wing* neugierig. Er antwortete gelassen, während er weiterhin *Thunder's Black Bear* streichelte:

„In Trance habe ich etwas von den Geistern unserer Vorfahren gelernt. Der weiße Mann hat Waffen und gute Reitausrüstung, aber er ist nicht gut im Nahkampf. Seit wir das Cherokee-Kampftraining, einschließlich der Kampftechniken mit Tomahawks, entwickelt haben, sollten wir diesen Vorteil nutzen."

„Natürlich weiß ich von unseren Qualitäten, aber was war noch anders?" fragte *White Wing* ihn und fragte sich, was das Besondere an dieser neuen Strategie gewesen war. Er lächelte:

„Als wir früher draußen in der Prärie kämpften, ritten wir auf Pferden, aber wegen ihrer Waffen schossen sie auf unsere Pferde oder auf uns und sie waren überlegene Kämpfer, mit denen wir uns nicht messen konnten. Es war fast unmöglich, mit unseren Pferden zu gewinnen, auch wenn wir Indianer einen Pferdeverstand hatten und viel bessere Reiter waren. Aber die Ahnen haben mir gezeigt, dass wir hier in unserem Dorf kämpfen sollten. Aus dem Grund, dass wir erstens unsere Frauen und Kinder aus kurzer Distanz schützen können und zweitens vorzutäuschen, dass alle schlafen und keine Ahnung von dem Angriff des weißen Mannes haben."

„Warum haben dir die Ahnen nicht schon früher diese Informationen gegeben? Dies hätte uns von solchen Schwierigkeiten und Schmerzen in der Vergangenheit bewahren können", fragte *White Wing* im Hinblick auf den Kampf mit *Thunderhorse's* tödlichem Ausgang. *Healing Feather* war klar, was *White Wing* andeutete und erklärte ihr: „Nichts im Leben passiert zufällig. Jede einzelne Handlung verursacht eine Reaktion und für jede Handlung und Reaktion gibt es einen Grund. Es war einfach nicht der richtige Zeitpunkt, um die Weisheit und Erfahrungen von unseren Vorfahren und dem heiligen Geist zu übertragen."

Healing Feather schloss seine Augen, um die Bilder in seinem Kopf zu rekonstruieren. *White Wing* wurde ganz ruhig, um genau zuzuhören.

„Nachts waren unsere Männer in zwei Gruppen getrennt. Eine Gruppe unserer Krieger umgab unser Dorf nicht weit entfernt von den Zelten. Unser Aufenthaltsort war ganz gut gewählt, wegen der Berge herum. Die andere Gruppe ging auf die Bergspitze. Dort hatten die Wachen eine gute Aussicht und konnten die anderen durch die Cherokee Nachahmungstaktik des nachtaktiven ,Waikipiki' Vogels sehr schnell warnen. Es hat sich ausgezahlt, deren Laute zu imitieren, was von Klein auf geübt wurde. Und sie konnten den weißen Mann mit unseren Bögen aus den Bergen überraschen. Wir nahmen eine V-Form ein, so dass der weiße Mann in der Schlucht gefangen war. Als sie kamen ..."

Healing Feather wurde von *Two Eyes Look Twice* unterbrochen:

„Ich war der, vom Roten Häuptling *Red Bear Paw* Auserwählte, um den Lockvogel für diese weißen Bastarde zu spielen."

Healing Feather schaute ihn für diese Unterbrechung strafend an, entschuldigte ihn aber aufgrund der Kriegssituation für diese Unverschämtheit. *Two Eyes Look Twice* stellte sich zwischen *White Wing* und *Healing Feather.*

White Wing ließ sich nicht von ihm beirren, ignorierte ihn und schaute an ihm vorbei in Richtung *Healing Feather:*

„Warum hat er gerade ihn ausgewählt?" fragte *White Wing* überrascht, denn sie wusste von seinem heißen Temperament und einigen schlechten Vorkommnissen aus seiner Vergangenheit.

„Weil *Two Eyes Look Twice* ein besonderer, gut aussehender Krieger ist, meine Blume", antwortete dieser bevor *Healing Feather* etwas sagen konnte.

„Ich bin nicht deine Blume", antwortet sie in einem wütenden Ton. Er lächelte schelmisch und streichelte ihre Wangen.

„*White Wing* ist hübsch, wenn sie wütend ist", sagte er und fügte hinzu: „Eines Tages wird *White Wing Two Eyes Look Twice* lieben und verehren und ich sehne mich sehnsüchtig nach diesem Moment."

Sie zog ihr Gesicht weg: „Das wird nie passieren. *White Wing* gab ihr Herz *Thunderhorse* und schwor bei *Manitou* für immer seine Feder zu sein. Und *Two Eyes Look Twice* sollte die starke Bindung seines Bruders mit *White Wing* respektieren", antwortete sie mit einer sehr ernsten Miene und zeigte ihm ihren Ring, um ihm ihre Verbindung mit *Thunderhorse* deutlich zu machen.

Er antwortete schnippisch: „Mein Bruder hätte dir niemals die Liebe geben können, die ich für dich empfinde, und er hätte sich niemals um dich kümmern können, wie ich es tun werde." Mit diesen Worten drehte er sich um und ging.

White Wing war sehr über seine Gefühle ihr gegenüber überrascht und zur gleichen Zeit über seine Gefühle gegenüber seinem Bruder schockiert.

Der heilige Mann beobachtete diese Szene und erklärte ihr sachlich:

„Er ist voller Zorn. Nimm seine Worte nicht ernst. Er ist eifersüchtig, weil sein Bruder immer beliebter war. Aber er lernt schnell und wurde ein guter Krieger. Das ist, warum *Red Bear Paw* ihn auserwählte. Er ist jetzt fast so gut wie sein Bruder beim Reiten und Kämpfen. Er ist ausgezeichnet in der Hand zu Hand Technik."

„Ich weiß, aber er hat nicht die Weisheit wie *Thunderhorse* und er hat starke Stimmungsschwankungen, die ihm einen schlechten Ruf in der Vergangenheit bescherten", antwortet sie. Mit besorgter Stimme fügte der heilige Mann hinzu:

„*White Wing*, hör mir zu. Ich weiß, dass dein Herz immer noch für *Thunderhorse* weint, aber manchmal müssen wir unseren Schmerz zum Wohle der Gruppe überwinden. Das ist jetzt wichtiger als eure Debatten. Wir müssen unsere Aufmerksamkeit jetzt auf den Kampf gegen den weißen Mann richten, nicht auf einen Kampf zwischenmenschlicher Beziehungen. Wir haben heute zwar gewonnen, aber bald werden Andere kommen und wir müssen darauf vorbereitet sein. Die weißen Männer werden mehr Soldaten schicken und wir müssen unsere Strategie ändern und auch den Platz wechseln. Sei vorsichtig, versuche dich mit *Two Eyes Look Twice* zu versöhnen, sonst ist er abgelenkt von dem, was seine wirklich wichtige Aufgabe ist und es kann gefährlich für uns alle werden. Es liegt nun an dir, an uns alle zu denken. Dein kleiner Gefallen ihm zu liebe ist ein Gefallen für die ganze Gruppe. Bitte akzeptiere das."

White Wing wusste nicht genau, was der heilige Mann ihr damit sagen wollte, nickte aber zustimmend. Dennoch fand sie alles sehr merkwürdig. Welchen Gefallen meinte er denn? Sie liebte schließlich *Thunderhorse* und keiner würde diese Liebe je brechen können und das konnte auch keiner verlangen. Außerdem sprach *Two Eyes Look Twice* nicht nett über seinen Bruder, den er gerade verloren hatte. *Healing Feather* forderte sie auf: „Komm *White Wing*, Gedanken kannst du dir später machen. Lächele jetzt! Wir gehen zu der Feier-Zeremonie und wollen mit den Anderen glücklich sein und kein Trübsal blasen, oder?"

Healing Feather zog sie sanft zur Feuerstelle, wo jeder ausgelassen feierte. Die toten Körper der Soldaten lagen noch herum. Die Cherokees nahmen ihnen die Uniformen, Waffen und Schwerter, ihre Reitausrüstung und auch die Whiskyflaschen ab. Der Vater von *White Wing* dachte, dass der Whisky schnell geleert werden sollte, bevor er alt werden würde, und jeder war seiner Meinung. Alle tanzten um das Feuer. Die Trommeln signalisierten den Triumph und trugen den Klang des Taktes in die Weite. Jeder feierte den heiligen Mann und *Two Eyes Look Twice*, der sehr stolz aussah.

White Wing's Vater legte seinen Arm um ihre Schulter: „Du hättest deinen Schwager sehen müssen. Er kämpfte wie ein Bär." *White Wing* rang sich zu einem Lächeln durch, konnte aber seinen Enthusiasmus nicht teilen.

Big Grey Hair trat vor, um eine Rede zu halten. Er dankte *Red Bear Paw*, dem roten Häuptling, *Big White Toe*, dem Friedensträger und weißen Häuptling und *White Snow*, der weißen Frau, für ihre Kraft und weise Wahl der Krieger. Er dankte dem heiligen Mann für seine Vision und das magische Wasser, das den Kriegern Ausdauer im Kampf gab und ihre Wunden schneller heilen ließ. Dann bat er *Two Eyes Look Twice* vorzutreten, dankte ihm für seinen Mut und erklärte den Frauen und Kindern die Strategie, welche *Two Eyes Look Twice* erfolgreich angewandt hatte:

„*Two Eyes Look Twice* hat die weißen Gesichter in die Falle gelockt. Er tat so, als wäre er ein betrunkener Wächter und lief in Zickzack-Linie vor dem weißen Mann, um ihn zu den Zelten zu führen. Als der weiße Mann ankam, nahm er an, dass sich das ganze Dorf in einem tiefen, betrunkenen Schlaf befände. Sie lachten ihn aus und dachten, dass er unbewaffnet wäre. Aber als der weiße Mann sich ihm näherte, nahm er sein Beil, das er hinten in seiner Hose verborgen hatte, und warf es schnell wie ein Blitz in die Brust des weißen Feindes. Er drehte sich um, nahm seinen bereitgelegten Pfeil und Bogen und gab das Signal zum Angriff. Wir hatten uns in den umliegenden Gräben versteckt und kamen dann zur gleichen Zeit aus allen Richtungen, unterstützt von unseren Bergkriegern. Es war eine der größten Kampfpartien, an denen eure Väter und Brüder jemals beteiligt waren. Danke *Manitou*, dass ich diesen großen Sieg erleben durfte und die Zungen unseren Erfolg im ganzen Land verbreiten werden, so dass die unschlagbaren Cherokees gefürchtet werden und der Siegestag zur Erinnerungen für unsere Kinder und Kindeskinder in Steinen gemeißelt wird. *Big Grey Hair* hat gesprochen."

Jeder gratulierte und umarmte *Two Eyes Look Twice*. Die Männer hoben ihn hoch und trugen ihn. Er stand im Mittelpunkt der Aufmerksamkeit. Die Frauen schauten ihn bewundernd an. Er lächelte *White Wing* zu, aber sie drehte den Kopf weg. Sie befand sich im Zwiespalt. Einerseits war sie noch nicht bereit, auf die Bitte des heiligen Mannes einzugehen und nett zu *Two Eyes Look Twice* zu sein, aber sie war sich auch dessen bewusst, dass sie ihren eigenen Stolz und die Trauer, die sie in ihrem Herzen immer noch für *Thunderhorse* empfand, überwinden musste.

Sie betete zur göttlichen Heiligkeit: „Oh *Manitou*, bitte hilf mir, zu versuchen, meine Bedürfnisse hinter der meiner Stammesbrüder zu stellen und wenigstens des Friedens Willen sich mit einem Mann zu verstehen und in gewisse Weise anzufreunden, den ich nicht vertraue."

Two Eyes Look Twice[6]

Am nächsten Tag packten die Cherokees all ihre Sachen zusammen und zogen zu einem anderen Ort, weil der weiße Mann bald zurückkommen würde, um sich zu rächen. Sie folgten der Büffelherde entlang der Küste, wo diese nach einem nahe gelegenen Ort mit guter Nahrungsquelle und sicherem Platz zum Ausruhen für die Winterzeit suchte.

Two Eyes Look Twice suchte immer mehr *White Wing's* Nähe. Er versuchte ihr Herz zu gewinnen, indem er alle Aufmerksamkeit auf sich zog. Er verbrachte Zeit mit ihr, so oft er konnte, las ihr jeden Wunsch von den Lippen ab und überschüttete sie mit Geschenken. Er zeigte Verständnis und Geduld und wartete, bis ihr Herz weich und offen für ihn werden würde. Aber *White Wing* trauerte immer noch um *Thunderhorse*, obwohl auch sie wieder jemandem nahe sein wollte. Und sie fühlte sich manchmal sehr einsam. Sie verlor immer mehr eine ihrer Schwestern und die Liebe, die sie von ihren Familienmitgliedern bekam, war weder mit der Liebe eines Mannes zu vergleichen noch zu ersetzen. Deshalb gab es Momente, an denen sie die Gesellschaft von jemandem schätzte, auch wenn sie sich nicht vorstellen konnte, gerade diesen Mann auf Dauer um sich zu haben. Sie

---

[6]Indianischen Namen bedeuten weitaus mehr als nur allein die Übersetzung des Wortes. Die Indianischen Namen sind meistens bildhaft zu verstehen. Sie werden in Gebeten oder durch Intuition des Namensgebers ausgesucht. Sie verkörpern Träume, Visionen, die Umgebung und das Umfeld oder symbolisieren die Geschichte des Stammes/ der Familie. Oft versinnbildlichen die Namen aber auch eine Gewohnheit oder ein Ereignis. Die Namen werden als Bilder vergeben, die man lernen muss, richtig zu deuten.

befand sich in einem Gefühlschaos. Ihre Stimmungen wechselten zwischen Wünschen, nicht allein zu sein und einem schlechten Gewissen gegenüber *Thunderhorse*. Und doch versuchte *Two Eyes Look Twice*, in diesen Momenten ruhig zu bleiben und Verständnis zu zeigen. Es schien, als hätte sich *Two Eyes Look Twice* verändert oder jedenfalls als würde er versuchen, sich zu ändern.

Als sie jung waren, spielten sie zusammen: *White Wing*, ihre Geschwister, *Thunderhorse* und *Two Eyes Look Twice*. Sie hatte nie das Gefühl, dass er im Schatten von *Thunderhorse* stand. Im Gegenteil, *Thunderhorse* behandelte ihn mit viel Respekt und blickte zu ihm auf, wie es gewöhnlich dem ältesten Bruder gegenüber getan wurde. Sie dachte vielmehr, dass ihre Liebe zueinander gleich groß war und beide die Qualitäten des anderen schätzten. *Thunderhorse* besaß hervorragende Kenntnisse von Pferden, war ein guter Reiter und hatte gute Ideen für strategische Kampfpläne. *Two Eyes Look Twice* hingegen hatte gute Kampfqualitäten und konnte die Strategien in die Praxis umsetzen. Es schien alles in Harmonie zu sein.

„Hatte ich mich etwa geirrt und einen falschen Eindruck von *Two Eyes Look Twice* gehabt, denn auch *Thunderhorse* hatte niemals irgendwelche negativen Gedanken über seinen Bruder geäußert? Waren seine Überreaktion der letzten Zeit etwa nur eine Ausnahme oder lag der heilige Mann doch richtig mit seiner Aussage, dass tief in seinem Herzen die Eifersucht gegenüber *Thunderhorse* schon immer stark gewesen sei?", dachte *White Wing*.

Ihre Gedanken wirbelten in ihrem Kopf herum. Tatsache war jedoch, dass sie versuchen wollte, es herauszufinden. Daher beschloss sie, ihm eine Chance zu geben. Sie wollte nicht an sich denken, um den Mitgliedern ihres Stammes einen Gefallen zu tun, auch wenn es ihr nicht leicht fiel. Und *Two*

Eyes Look Twice bemühte sich Tag für Tag, ihr alles recht zu machen. Sie gewöhnte sich immer mehr an ihn und sie wurde immer vertrauensseliger ihm gegenüber. Manchmal fand sie ihn direkt charmant und anziehend.

White Wing's Bauch wuchs und es war offensichtlich, dass sie bald gebären würde. Häufig ritt sie auf *Thunderhorse's Black Bear*, da das Gehen immer mehr zu einer Anstrengung für sie wurde. *Two Eyes Look Twice* war ganz entspannt, als er die Nachricht von ihrem Baby bekam und zeigte ihr seine Akzeptanz:

„*Two Eyes Look Twice* wird sich um dein Baby kümmern, als wäre es Seines. Wenn ich die Frucht mag, sollte ich auch den Samen mögen, nicht wahr?" Er lächelte und berührte sanft ihren Bauch. Sie kicherte und schubste ihn freundlich weg.

Es wurde kälter und kälter. Die Winterzeit stand vor der Tür und die Cherokees mussten bald ihr Winterquartier finden, um sich auszuruhen und um diese harte Jahreszeit zu überstehen. Der Büffel würde ihre Nahrungsquelle sein. Ansonsten gab es noch einige Hasen, Kaninchen und Fasane. Die Frauen ernteten Gemüse und Früchte zur Lagerung. Sie transportierten auch Beutel, die mit Getreide gefüllt waren. Die Frauen konnten das Getreide fein mahlen, um Mehl fürs Brot backen zu erhalten. Gleichzeitig suchten sie nach einem Ort, an dem sie sich verstecken konnten und vor den weißen Eindringlingen geschützt waren. Tatsächlich bewegten sie sich zufällig in die Richtung des geheimen Ortes Thunderhill.

Two Eyes Look Twice wich nicht von *White Wing's* Seite. Er erzählte ihr oft lustige Geschichten und sie lachten beide herzlich. Sie hörte ihm gern zu und sie war glücklich, jemanden an ihrer Seite zu haben, denn ihr Bauch wurde immer mehr zum Hindernis. Er beeinträchtigte sie in alltäglichen Dingen, wie beim Tragen von schweren Lasten und beim Aufstieg auf das Pferd. Je glücklicher *White Wing* wurde, desto verbitterter wurde *Pepper Rose* und vermied jeden Kontakt zu den Beiden. *White Wing* war traurig über die Reaktion ihrer Schwester, aber blieb auf Abstand. Sie dachte, dass es besser wäre, sie mit ihren lächerlichen Emotionen allein zu lassen. *White Wing* dachte, dass sie eines Tages erkennen würde, wie dumm sie war und wieder auf sie zukommen würde.

Tage und Wochen vergingen, bis sie einen auserwählten Platz erreicht hatten. Es war ein versteckter Ort in den Bergen, der wie ein Labyrinth nur schwer zu finden war. Er war ideal, um dort die Winterzeit zu verbringen. Und er war auch nahe am Meer. Die Pferde konnten in der Nähe grasen und es gab auch Höhlen, in denen sie sich verbergen und Nahrung für sich und die Pferde aufbewahren konnten. Die Cherokees waren von der langen Reise erschöpft. Die meisten von ihnen mussten den weiten Weg laufen, nur wenige privilegierte Stammesmitglieder besaßen Pferde. Die Pferde waren sehr wertvoll, manchmal mehr als Frau und Kind. Es wurde erzählt, dass einige Cherokee Männer die Frauen und Kinder draußen vor dem Zelt schlafen ließen, um mit ihren Pferden über Nacht zusammenzubleiben. *White Wing's* Vater scherzte manchmal gegenüber *Swinging Fist*, dass er sein Zelt in einen Stall verwandeln und ihre Matte durch Stroh ersetzen würde, falls sie nicht nett zu ihm wäre. Sie zeigte ihm nur die Faust. „Bevor mich *Big Guy* aus dem Zelt wirft, wird er sich in *Small Guy* verwandeln", antwortete sie und beide lachten laut. Da half kein weiteres Argument, die Pferde mussten draußen bleiben.

Der Stamm baute seine Zelte und einen Zaun für die Pferde auf und richtete eine Feuerstelle ein. *White Wing* blieb bei ihren Eltern und

Geschwistern und wartete auf den Tag der Geburt ihres Kindes. *Two Eyes Look Twice* besuchte sie so oft er konnte, um mit ihr Zeit zu verbringen. Früh Morgens, wenn die Luft klar und frisch war und die Tautropfen auf dem Gras wie tausend Diamanten im Sonnenlicht glitzerten, machten sie am liebsten einen Spaziergang. Sie redeten über die Vergangenheit, aber jedes Mal wenn sie *Thunderhorse* erwähnte, wurde *Two Eyes Look Twice* schweigsam und sein Gesicht zeigte seinen Widerwillen, über ihn zu sprechen. In diesem Fall versuchte er das Thema zu wechseln. Und *White Wing*, die seine Reaktion bemerkte, versuchte *Thunderhorse* immer weniger zu erwähnen, auch wenn es nicht leicht für sie war. Denn sie hätte gerne über den Mann gesprochen, den sie am meisten in ihrem Leben geliebt hatte, und hätte ihre Gedanken gerne mit dem ausgetauscht, der ihn noch besser gekannt hatte als sie. Sie wünschte, dass *Two Eyes Look Twice* offener gegenüber seinem Bruder gewesen wäre.

Eines Tages rief *White Wing's* Vater *Big Guy White Wing* und *Two Eyes Look Twice* zu einem Treffen in sein Zelt. Er meinte kurz und prägnant, dass er beschlossen hätte, dass die Zeit der Trauer um *Thunderhorse* vorbei wäre und er verlangte, dass *Two Eyes Look Twice White Wing* zu seiner Frau nahm, um für sie zu sorgen, sie zu unterstützen und ein guter Vater für seinen Enkel zu sein. *White Wing* protestierte: „Ich bin aber noch nicht zu einem so wichtigen Schritt bereit.“ Aber *Big Guy* unterbrach sie mit messerscharfen Augen: „Sscht. Keine Widerrede. Meine Entscheidung ist gefallen. Ich bin schließlich dein Vater. *Big Guy* war immer für *White Wing* da, aber nun ist es an der Zeit, dass sich jemand Anderes um dich und meinen Enkel kümmert. Ich und *Two Eyes Look Twice* stimmen überein, dass es das Beste für euch beide und dem Baby ist. So *Manitou* will, werde ich deine Hochzeit morgen bekannt geben.“

White Wing verließ das Zelt und lief zu *Healing Feather*. *Two Eyes Look Twice* folgte ihr, aber sie gab ihm ein klares Zeichen, dass sie alleine mit dem heiligen Vater sein wollte. *Healing Feather* erwartete sie schon:

„Meine liebe *White Wing*, ich weiß, dass du in deinem Herzen immer noch Gefühle für *Thunderhorse* hast, aber jetzt solltest du deinem Vater folgen. Ich habe es dir schon früher angedeutet, was dein Vater jetzt ausgesprochen hat und seine Entscheidung ist klug. Folge seinen Anweisungen. Ich kann dir keine Garantie für eine erfüllende und romantische Beziehung geben, wie du sie mit *Thunderhorse* gehabt hast, aber in diesem Moment ist die Ehe zwischen *Two Eyes Look Twice* und dir am Besten für dich, dem Kind und dem Stamm. Denk an das Baby, das Schutz und Unterstützung braucht. Er kann ihm beibringen, ein guter Krieger zu werden, was zur jetzigen Zeit des Krieges eine der wichtigsten Voraussetzungen für unser Überleben ist. Er hat dich schon seit langer Zeit verehrt und er wird nicht von Deiner Seite weichen. Er wird sich gut um euch beide kümmern."

White Wing äußerte ihre Zweifel: „Und was, wenn er nicht so ist, wie jeder glaubt und er sich nicht verändert hat? Was ist, wenn er nur vorgibt, ein guter Mann und ein guter Vater zu sein?"

„Darauf kann ich keine Antwort geben. Wie ich schon sagte, ich kann dir keine Garantie für die Zukunft geben. Wenn ich unsere Ahnenseelen um Rat frage, schweigen sie und ich bekomme nur ein leeres schwarzes Bild. *White Wing*, du hast keine Wahl, dein Vater hat sich schon entschieden und du kannst keine Konfrontation mit den Ältesten riskieren. Denke sorgfältig darüber nach."

White Wing war mit dem, was sie hörte, nicht zufrieden, aber ihr war klar, dass sie keine andere Wahl hatte, und nickte zustimmend.

Two Eyes Look Twice stand angespannt außerhalb des Zeltes und wartete auf *White Wing*. Sie gab ihm ein klares Zeichen ihrer Zustimmung, aber ein flaues Gefühl im Magen verriet ihre Befürchtungen. Sie schaute in sein freudiges Gesicht und grübelte schweigend: „Eine Zwangsbeziehung? Kann das funktionieren? Ich vertraue seiner Familie, denn ich kannte sie durch *Thunderhorse* und wurde gut von ihr aufgenommen, aber ich traue ihm nicht. Ist das nicht das, was in einer guten Beziehung wichtig ist? Vertrauen kommt durch Liebe. Ohne Vertrauen, keine Liebe. Andererseits könnte sie mit der Zeit wachsen. Bin ich zu skeptisch? Vielleicht schlägt mein Herz immer noch für meinen geliebten *Thunderhorse* und es bräuchte nur mehr Zeit, mein Herz für jemand Anderes zu öffnen? Aber betrüge ich dann nicht *Two Eyes Look Twice*, da mein Herz noch für *Thunderhorse* schlägt? Und ist das nicht ein Verrat an *Thunderhorse*, da ich ihm versprochen hatte, für immer mit ihm zu sein, auch über den Tod hinaus? Andererseits sind *Healing Feather* und Vater weise und würden mir niemals zu etwas raten, wenn sie Zweifel hätten. Trotzdem würde ich diese Entscheidung nur zum Guten für mein Kind und für meinen Stamm treffen. Oh *Manitou*, ich zweifele sehr, kann aber nichts ändern. Ich muss der Bestimmung meines Vaters folgen. Es liegt nicht an mir, mich selbst zu entscheiden."

Two Eyes Look Twice umarmte *White Wing*, doch diese war wie versteinert und versuchte Abstand zu halten. Er flüsterte ihr ins Ohr:

„Mein ganzes Leben wollte ich dich und jetzt wird mein Traum wahr. Du bist mein."

Sie schob ihn weg und zischte: „Hör zu, ich bin nicht dein. Ich bin nur einverstanden, weil es das Beste für uns alle ist. In diesem Moment kann ich keine deiner Gefühle erwidern. Also, bitte habe keine falsche Hoffnung. Ich schätze im Moment deine Gesellschaft, aber ich bin nicht verliebt. Verstehst du mich? Ich bin nicht in dich verliebt!"

Er erwiderte lächelnd: „Ja, *Two Eyes Look Twice* versteht sehr gut. Ich mag *White Wing's* ablehnende Haltung. Sie zieht mich nur noch mehr an und lässt mich beharrlich warten bis sich ihr Herz nach mir sehnt."

Sie schaute ihn an, verdrehte ihre Augen und rief laut: „Pah, du bist sehr stur. Du hast mich überhaupt nicht verstanden."

Am nächsten Tag verkündete *Big Guy* vor versammeltem Stamm, dass seine Tochter und *Two Eyes Look Twice* Mann und Frau werden würden. Die Stammesmitglieder waren nicht sehr überrascht. Diese sahen sie schon eine ganze Weile zusammen und *Two Eyes Look Twice* gab vor seinen Freunden auch damit an, dass er mit *White Wing* bald liiert wäre. Aber sie zeigten auch keine Freude über diese Nachricht, denn sie hatten Angst vor *Thunderhorse's* Geist, der ihrem Glauben nach immer noch um *White Wing* herum war, um sie zu schützen. *Big Guy* bemerkte die eiserne Atmosphäre und hielt sich kurz, indem er mit - „Das ist alles, was ich zu sagen habe." - seine Rede beendete.

Dann löste sich die Menge in alle Richtungen auf, um ihren normalen Alltag nachzugehen. Nur eine stand wie versteinert da und bewegte sich nicht; *Pepper Rose*. Ihr Gesicht war blass. Sie konnte nicht glauben, was sie gerade gehört hatte.

„Hat meine Schwester ihren geliebten *Thunderhorse* so schnell vergessen? Kaum hat er uns verlassen, springt sie dem nächstbesten Mann in die Arme? Das darf nicht passieren! Dieses Mal wird sie nicht nehmen, was mir gehört", dachte *Pepper Rose* und ging direkt auf die Beiden zu. Sie packte *White Wing's* Arm und zischte sie an:

„Meinst du es ernst mit ihm? Du wurdest gerade erst Witwe. Hast du deinen verstorbenen Mann so schnell vergessen? All deine Krokodilstränen, die über dein Gesicht rollten, all dein Wimmern und Trauern, war das alles nur vorgetäuscht? Ich glaube nicht, dass du *Thunderhorse* jemals geliebt hast."

White Wing zog den Arm zurück und versuchte, ihrer wütenden Schwester zu entkommen. Sie wollte nicht mehr mit ihr streiten. Aber *Pepper Rose* folgte ihr:

„Reicht es dir denn nicht, mein Selbstwertgefühl zu zerstören? Musst du jetzt auch noch meine Beziehung zerstören?"

White Wing horchte auf und drehte sich um: „Was meinst du damit, dein Selbstwertgefühl und deine Beziehung zu zerstören? Ich verstehe nicht", fragte *White Wing* verwundert, worauf ihre Schwester patzig antwortete:

„Ah wirklich, das verstehst du nicht? Ich dachte, du bist so schlau? *White Wing* ist so stolz auf sich selbst, dass sie alles andere herum vergisst. Du bist immer die Beste in allem, du bist die Klügste von allen und du bist das am besten aussehende Mädchen von uns allen. *White Wing* war immer die Nummer eins von Mam und Dad. *White Wing*, die Nummer eins für die Ältesten von unserem Stamm und *White Wing* die Nummer eins für alle Männerherzen. Ich habe es satt. Weißt du, ich habe dich total satt!"

White Wing war schockiert über die Worte ihrer Schwester und musste sich beherrschen, gefasst zu bleiben. Sie versuchte ihrer Schwester mit ruhigen Worten zu erklären:

„*Pepper Rose*, das ist nicht wahr. Unsere Eltern liebten uns alle gleich. Ich hatte keine Ahnung, dass du dich so fühlst. Warst du alle Jahre so tief verletzt und hast deine Gefühle verborgen gehalten? Warum hast du mir nie von deinen negativen Gefühlen mir gegenüber erzählt?"

„Welchen Unterschied hätte es denn gemacht? Ich stand immer nur in deinem Schatten", antwortete *Pepper Rose* traurig.

„Aber *Peppy* hat nicht die gleichen Gefühle wie du", stellte *White Wing* fest.

„Ah *Peppy*, sie ist naiv und sie liebt dich abgöttisch. Sie hätte niemals etwas gegen dich gesagt. Auch wenn sie jemals etwas gestört hatte, hat sie alles gut geheißen, was du getan hast", erwiderte *Pepper Rose* zynisch.

White Wing sah, dass sie keine Chance hatte, *Pepper Rose* vom Gegenteil zu überzeugen. Ihre Verletzungen saßen zu tief:

„Was auch immer du denkst, *Pepper Rose*, ich kann das Urteil, das du vor langer Zeit über mich getroffen hast, nicht ändern. Aber auch wenn du deine Meinung nicht ändern kannst, so habe wenigstens Respekt vor der Entscheidung unseres Vaters. Es war nicht ich, die beschlossen hat, *Two Eyes Look Twice* zu heiraten. Lass dein Herz durch deine blinde Eifersucht nicht verhärten. Das ist weder gegenüber mir, noch gegenüber *Two Eyes Look Twice* oder den Anderen, die dieser Entscheidung zugestimmt haben, fair."

Pepper Rose wurde rot vor Zorn und blaffte zurück:

„Oh, was du nicht sagst. Dann ist es an der Zeit, diesen Anderen die Wahrheit zu erzählen und dann werden wir sehen, ob sie mit ihrer Entscheidung immer noch glücklich sein werden, die sie doch so weise getroffen haben."

Pepper Rose rümpfte ihre Nase und war im Begriff zu ihrem Vater zu gehen, als *White Wing* ihr den Weg blockierte:

„Was für eine Wahrheit meinst du?"

Pepper Rose lächelte triumphierend:

„Dein zukünftiger Ehemann war bei mir, als *Thunderhorse* und die Anderen gegen den weißen Mann kämpften. Er versteckte sich, um sich nicht in den Kampf einzubringen."

„Du lügst! Deine Eifersucht vernebelt dir die Sinne", unterbrach *White Wing* sie.

Aber *Pepper Rose* fuhr fort: „Wir trafen uns eine ganze Weile heimlich. Ich wusste, dass er dich mehr als mich mochte, aber ich hoffte, dass er eines Tages sehen würde, dass ich meine Werte habe und eine gute Frau für ihn sein könnte."

White Wing schüttelte den Kopf und sah fragend zu *Two Eyes Look Twice,* der diesen Konflikt zu meiden versuchte:

„Sag mir, dass dies nicht stimmt. Sag mir, dass dies nur ihr verletztes Herz ist, das gerade mit mir spricht."

Er antwortete trocken und ohne jegliche Gefühlsregung:

„Sie lügt. Sie kann es einfach nicht ertragen, dass ich sie zurückgewiesen habe, aufgrund meiner wahren Gefühle für dich. Und dafür hasst sie dich, meine Liebe." *Pepper Rose* reagierte sehr wütend.

„Das ist die Wahrheit und ich habe Beweise", antwortete *Pepper Rose* kühl und schaute abwechselnd in beide Gesichter. Dann lüftete sie ihr Geheimnis:

„Ich bin schwanger. Und bei *Manitou,* ich schwöre, es ist von ihm und das ist die volle Wahrheit."

Two Eyes Look Twice reagierte entsetzt:

„Aber du hast mir damals gesagt, dass du nicht empfänglich wärst?"

Pepper Rose lachte höhnisch:

„Pah, du Esel, bist du dumm. Ich habe dich angelogen. Ich wollte dich. Ich wollte ein Baby von dir. Was gibt es Sicheres, als jemanden mit einem Baby an sich zu ketten?"

Ihr Lachen wurde hysterisch. *White Wing* konnte nicht fassen, was sie eben erfahren hatte. Sie taumelte rückwärts und alle Geräusche um sie herum schienen weit weg von ihr zu sein. Sie wollte nur noch weg und einfach allein sein.

Tief in ihren Gedanken verloren, bemerkte sie nicht das Zirpen des ‚Waikipiki'-Vogels. Sie hatte Schmerzen. Ihr Bauch krampfte.

Two Eyes Look Twice folgte ihr: „*White Wing*, bleib stehen. Es tut mir unendlich leid. Ok, ich habe einen großen Fehler gemacht. Ich hätte Deiner Schwester nicht vertrauen sollen. Aber ich dachte die ganze Zeit nur an dich. Das kannst du mir glauben. Ich hätte dir mein Leben geschenkt. Kannst du dich erinnern? Als wir Teenager waren, habe ich dich immer beschützt, aber du hattest nur Augen für meinen Bruder. Und das, obwohl er nicht das gleiche Blut mit uns geteilt hat."

White Wing rollten Tränen hinunter und sie erwiderte erschöpft:

„Hast du deshalb deinem Bruder nicht geholfen, als er um sein Leben kämpfte? Hast du deshalb mit meiner Schwester geschlafen und gleichzeitig an mich gedacht? Komm, hör doch auf mir so dumme Dinge weiszumachen! Geh weg! *Two Eyes Look Twice* soll aus meinem Leben verschwinden, für immer."

Aber *Two Eyes Look Twice* ließ nicht locker:

„Ich werde dir folgen, wo immer du auch hingehst. Du kannst mir nicht entrinnen. Mein Herz ist hungrig nach dir und es wird nicht aufhören, deinem zu folgen, bis es zufrieden ist."

„Niemals. Ich war so naiv zu glauben, dass du ein guter Mann mit ehrlichen Gefühlen sein könntest, aber du bist einfach egoistisch. Das Einzige, was für dich wichtig ist, bist du selbst. Ich kenne dich jetzt, du kannst mich nicht mehr anlügen. Und du wirst mich niemals bekommen, nicht jetzt, nicht in Zukunft und nicht in der Ewigkeit", zischte sie wütend.

Er versuchte sie zu packen, aber sie lief davon.

„Lass mich in Ruhe, du hast es nicht verdient, dass ich überhaupt mit dir rede", schrie sie ihn an und rannte zu *Thunderhorse's Black Bear*, um ihn loszubinden und wegzureiten.

Thunder's Touch

*W*ährend sie sich von *Two Eyes Look Twice* und ihrem Stamm entfernte, begannen ihre Wehen einzusetzen. Aber es war schon zu spät, um zum Stamm zurückzukehren und ihre Mutter um Hilfe zu bitten. Der weiße Mann näherte sich ihrem Dorf. Aus der Ferne hörte sie das Knirschen der Pferdegebisse und das Geklapper der Hufe. *Two Eyes Look Twice* lief zurück, um sich auf die Verteidigung vorzubereiten. Die anderen Männer hatten sich schon in Position gebracht und sich und ihre Pferde mit den Kampfsymbolen und Kampffarben bemalt. Die Taktik war ähnlich wie zuvor, als sie einen Sieg errungen. Sie würden sie in eine Falle locken. Sie würden vorgeben, in einer der Höhlen zu sein, damit der weiße Mann davon überzeugt wäre, sie zu überraschen. Durch das Betreten der Höhle würden die Cherokees diese von außen schließen und andere Krieger sie von der Bergspitze aus umzingeln. Der Platz war sehr gut für ihre Verteidigung gewählt. Aber *White Wing* hatte nur eins im Sinn. Ihre Wehen waren so stark, dass sie jetzt zu der Stelle kommen musste, um zu gebären und ihr Baby vor dem weißen Mann zu schützen. Sie konnte nicht auf dem Pferd sitzen, aber als gut ausgebildetes Pferd folgte ihr *Thunderhorse's Black Bear* auf Schritt und Tritt seit *Thunderhorse's* Tod. Sie rannte in Richtung

Ozean, in dem sie die traditionell indianische Wassergeburt[7] durchführen wollte und aus dem Blickbereich des weißen Mannes wäre. Sie lief so schnell sie konnte. Sie hielt ihren Bauch, der immer mehr krampfte. Ihre Beine wurden schwerer und es wurde immer anstrengender sich zu bewegen. Sie atmete schwer in der kalten Luft. Aber endlich kam sie an einen sicheren Ort am Meer an, der durch eine Sanddüne geschützt war. Sie zog ihre Hose aus und ging ins Wasser. Sie zitterte. Das Wasser war kühl, aber sie hatte keine andere Wahl. Es war einfacher, das Neugeborene im Wasser zu entbinden und das Salz ihre Wunde desinfizieren zu lassen. Sie nahm einen Stock in den Mund, um lautes Schreien zu vermeiden. Sie presste im Rhythmus der Wehen und nach einer Weile glitt das Neugeborene ins Wasser. Sie nahm den kleinen Jungen sofort aus dem kalten Nassen, rieb ihn mit Schilf ab, trocknete ihn mit ihrem Poncho, biss die Nabelschnur durch und gab ihm einen Klaps auf den kleinen Hintern, so dass er atmete. Dann wickelte sie ihn in ihren Poncho. Sie streichelte seine Wange. Sie war stolz auf ihren kleinen Jungen. Er hatte das gleiche Muttermal über der Augenbraue wie sein Vater. Nach dieser stressvollen und schmerzhaften Zeit fühlte sie für einen Augenblick unvergessliches Glück. Sie küsste ihn und flüsterte:

„Willkommen auf Erden, mein kleiner Junge. Du bist das Geschenk von *Manitou*. Sieh dir deinen Sohn an! Ist er nicht genauso schön, wie du es warst, *Thunderhorse*?“ Dann hob sie ihn zum Himmel hoch und bat ehrfürchtig: „*Manitou*, bitte segne unseren Sohn auf den Namen *Thunder's Touch*.“

---

[7]In den meisten indianischen Gesellschaften wurde von Schwangeren erwartet, selbst schlimmste Geburtsschmerzen auszuhalten, ohne zu klagen oder gar zu schreien. Während die Männer ihren Mut vor allem im Kampf bewiesen, stellten Frauen ihre persönliche Tapferkeit während der schweren Stunden einer Geburt unter Beweis. Nach der Geburt wurde das Neugeborene gen Himmel gehoben, um es von *Manitou* unter Namensgebung segnen zu lassen.

Plötzlich hörte sie das Geräusch von einem Pferd, das sich näherte. Sie machte sich Sorgen um ihr Neugeborenes. Sie wickelte Schilfblätter um den Poncho, um ihr Baby zu bedecken und verbarg das Bündel im Schilf. Sie deckte ihn nochmals mit einem Schilfdach ab, pfiff *Thunderhorse's Black Bear* herbei und ritt trotz Geburtsschmerzen in Richtung Thunderhill, um das heilige Wasser für den Segen ihres Babys zu holen und auch um dem Willen *Thunderhorse's* nachzugehen. Denn es musste die richtige Zeit gewesen sein, die *Thunderhorse* erwähnte: „Geh, wenn die Mutter Sonne sich zweimal nach Westen zum Sonnenaufgang bewegt und die Berge noch mit Schnee bedeckt sind." Sie hatte Angst um ihr Baby und auch um sich selbst, aber sie war überzeugt, dass dies die richtige Entscheidung war. Sie musste den Willen *Thunderhorse's* erfüllen und gleichzeitig ihr Baby mit dem von *Manitou* gesegneten, magischen Wasser berühren. Sie forderte *Thunder's Black Bear* auf, sich zu beeilen. Der kalte Wind wehte durch ihr Haar. Ihr Körper fühlte sich steif an und ihre Hände und Füße waren gefroren. Sie war erschöpft, aber ihre Ängste um ihr Neugeborenes setzten unglaubliche Kräfte frei, die sie weiter reiten ließ.

White Wing's letzter Auftrag

*T*hunderhill war unverändert seit sie das letzte Mal dort gewesen war. Nur der Falke *Broken Wing* fehlte. Sie folgte der ‚Stella alba' und kletterte bis zum Wasserreservoir hoch, bei dem der Kristall immer noch in verschiedenen Farben in ihr Gesicht schien. Das Wasser war angenehm temperiert. Sie nahm ein Bad, um sich aufzuwärmen und ihre Wunde zu heilen. Die Schmerzen der Geburt waren sofort verschwunden. Sie gewann ihre Kraft zurück. Sie wollte gerne für immer darin sitzen bleiben, aber sie musste sich beeilen, um das zu finden, was *Thunderhorse* so wichtig war und um so rasch wie möglich wieder zu ihrem Baby zurückzukehren.

„Wie und wo kann ich nach etwas suchen, wenn ich doch keine Ahnung habe, wie es aussieht?", fragte sie sich besorgt. Sie beobachtete die Sonne: ‚Zweimal westlich zum Sonnenaufgang', das war etwa die Position des Zenit. Sie steckte ihr Messer in das Wasserbecken. Der Kristall schien sehr hell. Plötzlich reflektierte das Licht, das durch den Kristall in das gesamte Farbspektrum aufgeteilt wurde, und ein Regenbogen erschien über einem großen Felsen, der hinter dem Wasserplateau versteckt war. Rasch zog sie ihre Kleider an und kletterte auf diesen Felsen. Sie berührte die Felsen, bewegte ein paar Steine und fand eine kleine Öffnung. Sie konnte nicht hineinklettern, aber hineinschauen. Sie sah ein weißes Leinenbündel. Sie versuchte gerade es zu packen, als sie plötzlich hinter sich ein Geräusch hörte. Sie drehte sich blitzschnell um und öffnete ihre überraschten Augen weit, in denen sich die anwesende Person widerspiegelte.

Ein schmerzlicher Schrei hallte von dem Hügel in die weite Ferne. Dann verhallte dieser und eine eiserne Stille kehrte ein. Es schien, als wäre nichts geschehen. Nur eine Eule[8] zeigte das tödliche Geschehnis, das sich am Thunderhill ereignet hatte. *Healing Feather* nahm die Eule zur Kenntnis. Er schloss die Augen und musste sich in diesem Augenblick eingestehen, dass die dunklen Mächte ihm seine Gabe der Vorsehungen genommen hatten. Aber sein Gefühl, dass etwas Schreckliches mit *White Wing* geschehen war, täuschte ihn nicht. Er streckte seine Arme zu *Manitou* aus und wünschte *White Wing* eine gute Reise.

---

[8]Für die indianischen Völker war die Eule ein unheilbringender Vogel. So dachten sie, dass der mystische Nachtvogel ein Diener des Todes war, der die Seelen der Verstorbenen in das Jenseits zu tragen hatte, und deuteten einen Eulenruf als Zeichen des Todes.

Part II: *Charlotte*

*W*ir befinden uns im 21. Jahrhundert, genauer gesagt im Jahr 2018.

Charlotte ist deutsche Journalistin, die für einen Verlag in Thailand arbeitete. Sie war ihrem Ehemann nach Ban Chang gefolgt, der von seiner Firma nach Thailand versetzt wurde. Sie konnte weiterhin bei ihrem Verlag bleiben und von Thailand aus recherchieren. Charlottes Mann hatte sich in eine thailändische Frau verliebt und sich scheiden lassen. Jetzt war sie ganz neuen Herausforderungen ausgesetzt, alleine in einem fremden Land zurecht zu kommen. Da sie inzwischen das Land lieben gelernt hatte, wollte sie unbedingt in Thailand bleiben. Sie ahnte nicht, wohin die Wogen des Lebens sie treiben würden und wie die Wurzeln der Vergangenheit fest mit ihrer Gegenwart verankert waren.

Treffen mit *Mister Ponie's Cherry Tree*

*I*ch hatte mich schon seit Tagen sehnsüchtig auf diesen Vortrag gefreut, ein Highlight. Nach *Nicholas Evans* Bestseller ‚Der Pferdeflüsterer‘, verfilmt von *Robert Redford*, und den erfolgreichen Büchern und Filmen über *Monti Robert's* humane Pferdetraining Methoden, die ich alle verschlungen hatte, wollte ich unbedingt diejenigen kennenlernen, die einst so gut Pferde verstehen konnten wie niemand zuvor, die ersten Pferdeflüsterer, die ‚Native Americans‘ oder wie man sie nach Kolumbus Entdeckung von Amerika fälschlich benannt hat, ‚Die Indianer‘.

Heute sollte ein Vortragender namens *Mr. Roseville*, der die alten Bräuche von den ‚Natives‘ gelernt hatte, im Kongresszentrum über die Beziehung zwischen Pferd und Mensch sprechen, aber nun steckte ich mal wieder nach einem stressvollen Tag im üblichen Stau in Thailands Hauptstadt Bangkok. Mit einer halbstündigen Verspätung schlich ich mich in den Saal; ich versuchte es jedenfalls. Aber da stolperte ich ausgerechnet über die Tasche eines mürrischen Herren, der mich anzischte:

„Sind Sie blind, Sie dumme Ziege?“

Und dann war da der peinliche Moment, den ich unbedingt vermeiden wollte. Einige drehten sich nach mir um, ein Raunen ging durch die Menge und der Vortragende wurde auf mich aufmerksam. Ein verlegenes Lächeln meinerseits folgte. *Mr. Roseville* verharrte und starrte mich, ohne die Miene zu verziehen, an. Einige Sekunden, die sich wie eine Ewigkeit anfühlten, vergingen und es schien, als ob unsere Blicke für immer ineinander verharren würden. Er hatte dunkelbraune Augen, die mich verschmitzt anblitzten und ein markantes Gesicht mit rotbraunem Teint.

„Ein sehr gut aussehender Mann, der wie ein Indianer aussieht", dachte ich, „aber der Name *Roseville* entspricht nun überhaupt nicht einem typischen indianischen Namen."

Mr. Roseville räusperte sich kurz, um dann fortzusetzen, während ich flink meine Augen über den gut besuchten Saal schweifen ließ, um einen Sitzplatz zu ergattern. Nur noch in der vordersten Reihe war noch ein Platz frei, zu dem ich schnell eilte, um direkt vor *Mr. Roseville's* Podest zu sitzen. Mein Herz pochte. Einerseits war die Situation peinlich; andererseits fand ich diesen Mann zugegebener Maßen aber auch ganz attraktiv. Seine Augen trafen immer wieder meine, die ich verlegen nach unten senkte. Seine tiefe Stimme hatte etwas beruhigend Warmherziges, aber auch etwas anziehend männliches.

Zum Schluss fasste er zusammen: „‚Native Americans' haben ein tiefes Verständnis von Pferden. Das ist nur aufgrund einer starken Bindung zweier Seelen möglich, zwischen der von Menschen und der von Pferden. Vereinigung bedeutet Liebe, die Liebe zwischen zwei Wesen. Ich praktiziere den Weg der ‚Natives', um mich den Pferden mehr anzunähern und um ein Verständnis über ihr Verhalten und ihre Kommunikation zu erhalten. Fokussierung ist ein bedeutendes Werkzeug, das die Pferde untereinander benutzen. Wir haben diese ursprünglichen wertvollen Werkzeuge verloren, können diese aber wieder zurückrufen, denn wenn wir in der Lage sind, diese Werkzeuge zu nutzen, können wir uns in andere Menschen besser hineinversetzen und verstehen."

Das Auditorium klatschte Beifall und der Veranstalter eröffnete die Diskussion.

„Wie können Sie Menschen mithilfe von Pferden verstehen? Pferde unterscheiden sich doch sehr von Menschen. Ich denke, das ist schwierig miteinander zu vergleichen", fragte ein Mann der ‚Bangkok Post' aus dem Auditorium.

Mr. Roseville lächelte: „Ja, das ist ein guter Einwand. Aber schauen Sie, welche Person würde Ihnen ins Gesicht sagen, was Sie falsch machen oder was an Ihnen verbesserungswürdig ist? Und wer würde ehrlich seine eigenen Schwächen oder auch Stärken zugeben? Wir haben bestimmte Regeln der Höflichkeit und würden niemals jemanden blamieren wollen, geschweige uns selbst. Pferde hingegen sprechen eine ehrliche Sprache. Sie werden nicht durch Titel oder schicke Klamotten beeindruckt. Sie reagieren mit ihren eigenen Instinkten und Wertvorstellungen, die für ihr Überleben lebenswichtig sind. Wir können von ihren Grundeinstellungen und ihrer Körpersprache lernen, Vertrauen und Respekt aufzubauen und ihre Verhaltensregeln mit in unser tägliches Leben einzubringen und anzuwenden, um mit Anderen und uns selbst besser umzugehen."

Eine Dame wand ein: „Wir kennen so viele sogenannte Pferdeflüsterer, aber wo ist die Verbindung zwischen Pferdetraining und Führungstraining? Und was ist so besonders an Ihrer ‚Native American' Methode?"

Mr. Roseville antwortete mit einer Gegenfrage: „Eine Gruppe teilt sich in zwei Hälften und die Gruppenmitglieder müssen entscheiden, welcher Person sie folgen möchten. Die Leiter sind zwei Männer, die den Gruppen unbekannt sind. Die potenziellen Führer stellen sich den beiden Gruppen vor."

Mr. Roseville drückte die Kommunikationsstile von den verschiedenen Führungspersonen aus. „Der eine Mann kommuniziert durch Körpersprache, indem er seine Hände und sein Gesicht benutzt, um seine Worte zu betonen und er trifft die richtige Wortwahl. Der Andere benutzt nur seine Stimme, ohne den Ton zu verändern. Wem würden Sie folgen?"

Ein Lächeln ging durch den Saal. Ich nickte und musste an meinen früheren Geschichtslehrer denken, der Zahlen und Daten ohne jeglichen Tonwechsel wie ein Roboter herunter ratterte. Sein Unterricht war einfach langweilig und Geschichte behielt ich keineswegs als aufregendes Fach in Erinnerung.

Die Dame antwortete: „Natürlich der Führungsperson, die sich durch Körper- und non-verbaler Sprache ausdrücken kann."

„Ja genau, und Pferde kommunizieren hauptsächlich durch non-verbale Sprache und in einer sehr subtilen und ehrlichen Weise. Beherrschen wir die gleiche Sprache wie die Pferde sie anwenden, dann sind wir in der Lage mit Pferden zu kommunizieren und unsere Führungsfähigkeiten zu stärken. Und zu Ihrer zweiten Frage, ‚Native Americans' sind eine der ersten Pferdeflüsterer, die die Pferdeherden beobachteten und ihre Sprache zu ihrem eigenen Vorteil nutzten, um mit Pferden zu arbeiten. Sie können uns sehr gut lehren, wie man mit Pferden richtig kommuniziert und sie trainiert."

Es wurden noch einige andere Fragen gestellt. Ich war sehr von seiner Art zu sprechen und von seinen plausiblen Erklärungen fasziniert, die durch seine funkelnden Augen, seine Gesichtsausdrücke und Handbewegungen überzeugend wirkten. Ich klebte förmlich an seinen Lippen bis der

Veranstalter die Vorlesung schließlich beendete. Die Zuschauer waren sichtlich begeistert und klatschten ausgiebig.

Ich eilte in die Vorhalle, um möglichst die Gelegenheit wahrzunehmen, mit *Mr. Roseville* zu sprechen.

„Sorry *Mr. Roseville*, haben Sie einen kleinen Moment für mich Zeit?"

Mr. Roseville drehte sich zu mir um, scannte mich ausgiebig und verweilte mit einem tiefen Blick in meinen Augen: „Natürlich, *Mrs*....."

„*Berger, Charlotte Berger*", erwiderte ich und schüttelte seine Hand.

„Oh, *Berger* klingt Deutsch", sagte er feststellend.

„Ja, ich bin Deutsche", antwortete ich lächelnd.

„Na, dann können wir Deutsch sprechen, wenn Sie möchten."

Ich war sichtlich überrascht.

„Ich bin in der Schweiz aufgewachsen."

„Oh, das ist aber interessant und der Name *Roseville* kommt von ihren leiblichen Eltern?", fragte ich neugierig.

„Sie wundern sich sicherlich über mein ganz und gar nicht schweizerisches Aussehen", sagte er lächelnd und setzte fort, „ich war ein Heimkind und von einer schweizerischen Familie adoptiert worden. Mein Name *Roseville* stammt von meiner Adoptivfamilie. Meine biologischen Eltern waren Amerikaner. Ich bin indianischer Abstammung, das ist offensichtlich. Aber nun zu Ihnen, Sie möchten doch sicherlich etwas Anderes erfahren, als meine Herkunft, nicht wahr?"

„Ich bin Journalistin und möchte eine Artikelreihe über ‚Horsemanship' herausgeben und Ihr Vortrag würde ein wichtiger Beitrag dazu sein. Würden Sie so nett sein, mir einige Fragen dazu zu beantworten?"

„Hören Sie, ich bin noch die nächsten zwei Tage hier in Bangkok. Ich beantworte so einer schönen Frau gerne jede Frage, aber dann doch in einem schöneren Ambiente und wenn ich mehr Zeit mitbringe."

„Oh, das wäre außerordentlich nett von Ihnen", antwortete ich überaus glücklich. „Was wollte ich mehr? Eine Story und gleichzeitig ein Treffen mit diesem wunderbaren, interessanten Mann", dachte ich zufrieden.

„Also dann treffen wir uns morgen zum Lunch, 12 Uhr im ‚Banyang Tree' Hotel?" *Mr. Roseville* nahm galant meine Hand, schaute mir tief in die Augen und verabschiedete sich ganz nach alter Manier mit einem Handkuss.

„Abgemacht, bis morgen", stimmte ich verlegend lächelnd zu.

Ich konnte es kaum fassen, so aufgeregt war ich. Während der ganzen Heimfahrt musste ich an diesen doch noch gelungenen Abend denken. Das erste Mal seit meiner Scheidung hatte ich wieder dieses schöne Prickeln im Bauch. „Aber nein, bloß nicht zu viel Gefühl hineinstecken, in erster Linie geht es doch nur um meine Story", dachte ich, „Ach was soll's, genieße ich doch einfach, wie es ist."

Meine Gedanken wurden durch eine Radiomeldung des British Broadcasting Corporation BBC unterbrochen. „Überflutungen im Norden Thailands haben tausende Häuser zerstört. Mehr als zweihundert Menschen wurden getötet. Die Wettervorhersage für die nächsten drei Tage prognostiziert ununterbrochene Regenfälle", sagte die Radiosprecherin des BBC. Blitzartig kamen Erinnerungen an den Tsunami und die zunehmenden Überschwemmungen der letzten Jahre in Thailand auf. „Immer mehr Katastrophen überall auf der Welt, wo soll das nur hinführen?", dachte ich besorgt. Zuhause angekommen, fiel ich sofort ins

Bett. „Ein gelungener Tag", dachte ich und dabei blieb meine positive Reflexion des Tages, denn der Sandmann war gnadenlos und ich fiel in einen tiefen Schlaf.

„Hey *Charlotte*, wach auf, wach doch endlich auf und höre mir zu!" Ich erschrak und wurde unsanft aus meinem Schlaf gerissen. Ein Indianer saß mir gegenüber im Lotussitz. Er hatte lange, graue Haare. Seine Kleidung war aus edlem Leder und er trug eine Kette, die aus Zähnen bestand. Der Anhänger war ein Friedenssymbol. Ich fühlte mich nicht unwohl in seiner Gegenwart, fragte mich aber, wo ich eigentlich war. Er bat mich meine Hände zu öffnen. Er legte einen Ball hinein, der sich in einen strahlend blauen Kristall verwandelte. Er teilte mir mit, dass, wenn immer ich mich energielos oder kränklich fühle, ich diesen Kristall über meinen Körper wandern lassen solle. Er würde mir Kraft und Stärke geben. Dann sang er einen indianischen spirituellen Gebets-Gesang, in dem die Worte ‚Great Spirit' wiederholt vorkamen, bevor der Gesang ins Endlose verhallte. Ich schaute mich um, jedoch war der grauhaarige Indianer wie vom Erdboden verschluckt.

„Um Himmels willen, warum in aller Welt hat der Wecker nicht geklingelt? Oder hab ich ihn überhört?" Ich schnellte aus dem Bett und huschte unter die Dusche, es war schon 10 Uhr, noch zwei Stunden bis zu meinem Treffen. „Was für einen seltsamen Traum ich letzte Nacht hatte", wunderte ich mich und schüttelte ungläubig den Kopf. „Und was soll ich bloß anziehen? Nicht zu aufreizend, nicht zu bieder", dachte ich mir. Mein Figur betonendes, blauweißes Kostüm stach mir direkt ins Auge. Kurz entschlossen wählte ich es mit den dazu gekauften eleganten blauweißen Schuhe mit Absatz aus und dazu passend den Amethysten meiner

Großmutter, der mir bislang immer Glück gebracht hatte. „Perfekt, jetzt nur noch die roten lockigen Pumuckel Haare bändigen, und dann kann es losgehen. Meine Fragen kann ich im Taxi formulieren. Ich bin ja ein alter Interviewhase", sprach ich zu mir selbst. Noch einem letzten prüfenden Blick im Spiegel, die Haare zurecht gezupft und das Gesamtbild war zu *Charlottes* Zufriedenheit.

‚Banyang Tree' ist ein fünf Sterne Hotel in Bangkok, das nach dem Baum, der nach hinduistischer Mythologie der Rastplatz des Gottes *Krishna* symbolisiert, benannt ist. Pünktlich in der Hotelhalle eingetroffen, wurde ich zu einer Essnische geführt, deren Tisch mit farbenprächtigen Orchideen dekoriert war.

Mr. Roseville ließ nicht lange auf sich warten. „Ich begrüße Sie schöne Frau, es ist mir eine besondere Freude, mit Ihnen zu lunchen".

Er nahm meine Hand, gab mir einen Handkuss und schaute mir tief in die Augen. Seine dunkelbraunen Augen funkelten wie schwarzer Opal. Wieder durchdrang mich sein Blick und ich erlag seinem Charme. Ich bemerkte, wie ich rot anlief und verlegen stammelte: „Ich freue mich auch sehr, Sie wiederzutreffen und noch dazu an so einem schönen Platz. Waren Sie schon mal hier?" „Nein, mir ist das Hotel von dem Kongressveranstalter empfohlen worden. Ich fühle mich hier sehr wohl und das Hotel hat auch einen sehr guten Service."

Mr. Roseville bestellte die Getränkekarte und kurzentschlossen entschieden wir uns für eine Flasche ‚Chardonnay', die auch gleich serviert wurde. Er erhob das Glas und schaute mir wieder tief in die Augen: „Zum Wohl, schöne Frau, auf einen vielversprechenden Tag."

„Danke für die nette Einladung, *Mr. Roseville*", erwiderte ich und dachte, dass der Wein vielleicht etwas dabei helfen könnte, die nötige Lockerheit zu bekommen. Ich hatte das Gefühl, dass ich ziemlich steif wirken musste. Insbesondere versuchte ich seinen Blicken auszuweichen, die mich dahinschmelzen ließen.

„*Mr. Roseville*, kennen Sie denn den Hintergrund, was es mit dem ‚Banyan Tree' auf sich hat?", fragte ich schmunzelnd. „Nein, außer dass er in der Mythologie eine wichtige Rolle spielt, weiß ich nichts über ihn. Aber Sie werden es mir sicherlich gleich verraten, vermute ich, oder?", fragte er mich verschmitzt und seine Augen blitzten erwartungsvoll. „Eine Sage besagt folgendes: Als *Krishna* sich unter diesen Baum gesetzt hat, um sich auszuruhen und seine Augen schloss, kamen Wurzeln von den Samen seiner Gedanken herunter und bohrten sich fest in den Boden und andere wiederum wuchsen aufwärts. Viele neue Baumstämme bildeten sich, die nach unten wuchsen. *Krishna* wusste, dass er im Geflecht geschützt war. Keine Schlangen und Dämonen konnten sich durch das wilde Geäst zurecht finden und irrten umher. *Krishna* hatte seinen Ruheplatz gefunden."

„Hmh, danke für die nette Aufklärung. Jetzt weiß ich dieses Hotel noch mehr zu schätzen. Und Sie, schöne Frau, haben Sie denn Ihren Ruheplatz gefunden?", fragte *Mr. Roseville* an seinem Glas nippend.

Ich lachte: „Ich arbeite daran, muss aber zugeben, dass das noch ein ganzes Stück Arbeit bedeutet auf der persönlichen Reise zum Glück. Und Sie, *Mr. Roseville*, haben Sie die innere Zufriedenheit, nach der jeder sucht?"

„Für mich sind drei Dinge ganz wichtig geworden, die mir die nötige Balance geben: mein Glaube, meine Berufung und liebe Wesen, die das Miteinander erleichtern und mir jeden Tag das Gefühl geben, dass ich nicht ganz nutzlos auf diesem wunderschönen Planeten bin. Und sei es nur, um jemanden durch einen hervorragenden Wein das Herz zu erwärmen."

Da mussten wir beide lachen und ich dachte mir nur, dass dieser Mensch etwas ganz Besonderes war. Er setzte fort: „Und damit auch noch der Magen erwärmt wird, sollten wir nun etwas zu essen bestellen. Ich bin unheimlich hungrig. Wie sieht es denn mit Ihnen aus? Kann ich Sie für ein formidables Thai Essen erwärmen?" Er lächelte verschmitzt. „Ich liebe die thailändische Küche und immer, wenn ich wieder länger in meiner Heimat bin, vermisse ich diesen würzigen Geschmack", meinte ich schwärmerisch. Na, was darf ich denn für uns bestellen?", wollte er wissen und ich konnte ihn sofort von meinen Lieblingsspeisen überzeugen: „Ich kann Ihnen nur wärmstens ,Tom Kaa Gai' als Vorspeise und ,Massaman' als Hauptspeise empfehlen, mein absoluter Favorit. Das eine ist Kokossuppe mit Hühnchen und Zitronengras, und das Andere gebratenes Huhn mit Kartoffeln in Chili und Curry Sauce. Ein Traum, sag ich Ihnen."

Er nickte zustimmend und ich überlegte, wann der richtige Zeitpunkt wäre, um *Mr. Roseville* mit meinen vielen Fragen zu bombardieren. „Ach, warum eigentlich nicht gleich die Gelegenheit nutzen, während wir auf das Essen warten? Dazu sind wir ja schließlich hier", überlegte ich. Nachdem *Mr. Roseville* die Bestellung aufgegeben hatte, fragte ich: „Ich möchte Ihnen jetzt gerne ein paar Fragen stellen. Ist Ihnen das recht?"

„Na, dann schießen Sie mal los!", erwiderte er und lehnte sich entspannt zurück.

„Wie bei unserem ersten Treffen erwähnt, möchte ich gerne einen Artikel über ,Horsemanship' verfassen und in diesem Zusammenhang auch einen Bericht über Sie schreiben."

„Welchem Verlag gehören sie an und für welches Journal schreiben Sie", fragte er interessiert.

„Der Hauptsitz des Verlages ist in München, Deutschland, aber ich recherchiere in Thailand für ‚Landleben heute‘, dass neben dem Landleben mitunter auch Fachwissen über Agrar- und Forstwirtschaft veröffentlicht. Ganz neu wird die Rubrik ‚Pferde‘ in der Zeitschrift sein.“

„Na dann, schöne Dame, hoffe ich, dass Ihre Rubrik ein voller Erfolg wird“, meinte er charmant und prostete mir mit seinem Glas Wein zu.

Nachdem wir einen kräftigen Schluck Wein genommen und die Gläser wieder abgesetzt hatten, holte ich einen Notizblock aus meiner Tasche und fing mit dem Interview an.

„Wie sind Sie zu Ihrer Liebe zu Pferden gekommen?“, fragte ich.

„Schon als ich ein kleiner Junge war, hatten mich Pferde fasziniert. Ich bin in einem Waisenhaus aufgewachsen und immer, wenn wir zum Bärlauch sammeln gegangen sind, habe ich vor einer Weide verweilt und die Pferde beobachtet, wie diese miteinander kommunizierten. Ich habe mich ins Gras gesetzt und Skizzen angefertigt. Ich wunderte mich, dass alles stumm vor sich ging und die Pferde sich trotzdem verständigen konnten. Ich habe jedes Mal etwas Neues dazu gelernt. Zusätzlich habe ich natürlich auch die ganze ‚Horsemanship‘ Literatur, wie zum Beispiel von *Monty Roberts, Hempfling* und ganz besonders von *Gawanii Boy*, verschlungen. Die indianische Weise mit Pferden umzugehen hat mich immer schon begeistert, wahrscheinlich weil ich jede Ferien auf der Farm meines Großvaters verbracht habe. Später hatte ich das Glück von einer Familie in der Schweiz adoptiert zu werden, die einen kleinen Pferdehof besaßen. Dort konnte ich mich um ein Pony kümmern. Alle nannten ihn *Little Monster*, da er alle verulkte und die Reiter im hohen Bogen herunterwarf. Er hatte auch mich am Anfang ganz schön an der Nase herum geführt. Er täuschte mich, indem er rechts an einem

Kirschbaum vorbei wollte und ich links. Dann habe ich dummerweise eine unsanfte Berührung mit dem Baum gehabt, lag auf dem Boden und schaute in ein gut gelauntes, wieherndes Ponygesicht. Als ich meinem Großvater davon erzählte, bekam ich meinen Spitznamen *Mr. Ponie's Cherry Tree.*"

„Und Sie konnten dann das Pony besänftigen?", fragte ich schmunzelnd.

„Naja, ich muss zugeben, dass auch ich mit *Little Monster* kämpfen musste. Aber irgendwie habe ich dann doch seine Gunst gewonnen."

„Na, bestimmt nicht irgendwie, oder?", lenkte ich ein.

„Nun, ich habe gedacht, dass es der bessere Weg sei, das Zusammensein mit mir spaßvoll zu gestalten, sodass er aus freien Stücken zu mir kommt, anstatt mit Gewalt und Zwang. Ich bemerkte, dass Stuten ihre Fohlen aus der Herde verbannen, solange bis das Fohlen Reue zeigt. Dann erst darf das Fohlen wieder zurückkommen. Daraufhin habe ich das mit *Little Monster* ausprobiert. Ich habe ihn weggeschickt und zwar immer wieder und wieder bis er mich voll und ganz respektiert hat. Wie die Stuten in der Herde, habe ich ihm meinen Kopf entgegengestreckt, um ihn von mir wegzujagen und habe ihm meine Seite angeboten, wenn der richtige Moment da war, um ihn wieder an mich herankommen zu lassen. Hochgezogene Schultern und weit aufgerissene Augen verstärken noch das Signal, dass sich das Pferd von einem wegzubewegen hat. Hängende Schultern und normale Augen, bedeuten für das Pferd ‚keep cool and relax'."

„Und das haben Sie ganz alleine herausgefunden?", fragte ich beeindruckt.

„Zuerst ja, und später war ich auf der Farm meines Großvaters in den USA, wo ich viel von ihm lernte und das Training mit Pferden ausbauen konnte."

Inzwischen war das Essen serviert worden und *Mr. Roseville* erzählte von vielen Episoden, die er beim Training und vor allem auch mit den Pferdebesitzern erlebt hatte. Er konnte nur bestätigen, was im *Nicholas Evans* Film ‚Der Pferdeflüsterer' mit *Robert Redford* angesprochen wurde, nämlich dass nicht die Pferde schwierig zu verstehen seien, sondern eher die Menschen, die er vergebens versucht hatte, zu verstehen. Und so kamen dann in der Regel auch Pferde zu ihm, die mit ihren Besitzern Probleme hatten und nicht umgekehrt.

Ich hörte gespannt zu und war begeistert, mit welchem Entzücken er von Pferden sprach und wie seine Augen vor Energie sprühten, wenn er über sein Training mit Pferden berichtete. Ich seufzte und er hielt kurz inne. „Langweile ich Sie?", fragte er mich besorgt.

„Nein, ganz und gar nicht, ich bin gefesselt. Ich würde auch gerne diese Gabe besitzen", erwiderte ich bewundernd.

„Man kann alles erlernen. Die Pferde waren meine Meister und alles, was ich weiß, habe ich von ihnen gelernt. Haben Sie denn schon mal mit Pferden zu tun gehabt?" fragte *Mr. Roseville* interessiert. „Ich habe bei ‚Horsedream' in Deutschland einen Persönlichkeitskurs mit Pferden durchgeführt. Der Kurs war sehr aufschlussreich und ich habe viel gelernt. Da ging es aber eher um Führungsqualitäten und Teamarbeit, nicht um Horsemanship", antwortete ich ihm.

„Wissen Sie was, *Miss Berger*, leisten Sie mir doch hier in Thailand Gesellschaft. Ich werde meine nächste Veranstaltung in Chanthaburi haben. Sie könnten mich dort unterstützen. Man muss das Training mit Pferden sehen und selbst ausprobieren, ansonsten kann man es nicht verstehen und Ihr Bericht sollte doch so authentisch wie möglich sein, oder?"

Ohne lange nachzudenken, rief ich ein begeistertes: „Ja, sehr gerne würde ich Sie nach Chanthaburi begleiten, aber ich weiß nicht, ob ich dafür geeignet bin und ob der Verlag damit einverstanden ist."

„Wann ist denn der nächste Termin?", fragte ich ihn ohne zu zögern.

„Nächstes Wochenende", antwortete er kurz. Und da war es wieder, dieses kurze Glitzern in seinen Augen, das mich dahinschmelzen ließ.

Er nahm meine Hand: „Ich habe dort meine Vorführung auf einem Westernreitturnier. Da wäre es eine gute Gelegenheit, die Basics meines Trainings kennenzulernen. Und ich bin mir auch ganz sicher, dass auch Sie eine Intuition, mit Pferden umzugehen, besitzen. Sie wissen es nur noch nicht. Und falls Ihr Verlagschef damit nicht einverstanden ist, dann lassen Sie mich einfach mit ihm sprechen. Also, seien Sie auf diesem Turnier bitte mein Ehrengast?" Er drückte meine Hand fest und schaute bestimmend in meine Augen. Zum einen konnte ich diesem Mann nichts abschlagen und zum anderen wollte ich unbedingt von ihm lernen. Ich nickte zustimmend, während wir uns weiterhin schweigenden in die Augen schauten.

Ich hätte noch lange so verharren können, doch der Kellner unterbrach uns, um den Nachtisch zu servieren. Außerdem überwog meine Unsicherheit und ich löste meine Hand aus seiner. Er hob das Glas: „Na, dann bis nächstes Wochenende und auf eine spannende Zeit, schöne Frau." Wir stießen an und der Rest des Abends verlief weiterhin angenehm harmonisch. Er konnte sich über die kleinsten Dinge amüsieren, war sehr neugierig und unglaublich charmant. Zum Abschied begleitete er mich zum Taxi und nach guter alter Manier schaute er mir nochmals tief in die Augen und gab mir einen Handkuss. Tausende und abertausende Schmetterlinge berührten meine Seele. Ich schmunzelte ihm zu und winkte ihm durch die verregnete Scheibe des Taxis, bis ich ihn aus den Augen verlor. „*Frau Berger,* Sie haben sich verliebt", sagte ich zu mir und musste in mich hineinlächeln.

Ich schlief sofort ein, aber hatte einen unruhigen Traum. Ich lief auf einem Felsen, unter mir war ein Wasserfall, die Wassertropfen verwandelten sich in kleine Kristalle, die auf dem Grund in tausend kleine Teilchen zersprangen. Ich stolperte und fiel beinahe vom Felsen, doch dann hielt mich eine Hand. Im gleichen Augenblick schubste mich etwas nach vorne an den Felsrand und eine Stimme sagte: „Komm mit mir in die Unendlichkeit, wo Frieden, Schönheit und das ultimative Glücksgefühl herrschen. Komm *Charlotte*, komm mit mir, spring durch den Wasserfall in das angenehm Erfrischende." Die Stimme klang so warm und herzlich, dass ich ihr Vertrauen schenken musste. Die Hand schien sich immer mehr zu lösen und ich kam dem Felsrand immer näher. Doch dann im letzten Moment gab es einen kräftigen Ruck, und die Hand ergriff mich wieder, zog mich zurück und hielt mich fest. Schweißgebadet wachte ich auf.

Am nächsten Tag befand ich mich im Zwiegespräch mit mir selbst. Auf der einen Seite war *Charly*, die Vernünftige, auf der Anderen *Lotti*, die verträumt Romantische. *Lotti* schwärmte: „Dass mir das nach so langer Zeit wieder passieren könnte, wow, ich bin im siebten Himmel."

„Aber sei doch mal realistisch", erwiderte *Charly*, „*Mr. Roseville* hat viele weibliche Kursteilnehmerinnen und die werden ihm gegenüber bestimmt nicht abgeneigt sein. Außerdem macht die Gelegenheit manchen Überzeugungswillen nichtig."

„Hm, aber er hat mich doch so intensiv angeschaut und darauf bestanden, dass ich komme."

„Naja, er findet Dich bestimmt attraktiv, aber eine Garantie für das Leben ist er nicht."

„Ach, ich will ihn ja nicht gleich heiraten. Ich möchte ihn ja nur besuchen, um meine Story zu schreiben. Und dabei ein paar Schmetterlinge im Bauch zu spüren ist doch nicht verboten."

„Na, da hast du recht. Die Arbeit geht vor und wenn man sie mit dem Angenehmen verbinden kann, dann umso besser. Aber sei vorsichtig! Liebe macht blind und kann schmerzen. Das hast du doch schon so oft in der Vergangenheit erfahren müssen. Und daraus solltest du auch ein bisschen lernen können."

„Ja, ja, ist schon klar, aber ich habe mich im Griff."

Ich hatte mich also mit mir selbst geeinigt. Doch hatte ich weiterhin meine Zweifel, da sich mein Herz schon oft über meinen Kopf hinweggesetzt hatte und dann immer Tränen rollten.

Begegnungen in Chanthaburi

*I*ch teilte meinem Chef mit, dass ich eine brandneue Story über ‚Art of Horses' schreiben wollte und dass die Recherchen etwas Zeit benötigten. Er war nicht gerade glücklich, weil er mich auf etwas Anderes angesetzt hatte, vertraute aber auf meinen Instinkt zum richtigen Zeitpunkt die richtigen Geschichten auszuwählen.

Dann saß ich auch schon im Bus direkt nach Chanthaburi. Ich wollte ein paar Tage vorher anreisen, um die Stadt zu erkunden. Chanthaburi liegt im Osten Thailands am Chanthaburi Fluss und ist für seine Juweliergeschäfte bekannt.

Ich kehrte in *Mr. Chang's* Juwelierladen ein. Dort konnte man den ganzen Prozess vom Aussieben und Gewinnen der Juwelen bis zum Schleifen und Verarbeiten, verfolgen. Überall funkelte es. Die Edelsteine waren oft in Gold eingefasst.

Ich ging zu einer Vitrine, die sich etwas von den anderen abhob. Irgendetwas zog mich dort hin. Eine Verkäuferin sprach mich auf Englisch an und fragte mich, woher ich sei und ich antwortete ihr aus Deutschland. Die Verkäuferin nickte einer Kollegin zu, die zur Vitrine kam und mich in einem fließenden Deutsch begrüßte. Sie war mittleren Alters, sehr elegant gekleidet und trug ein grünes Thaikleid. Ihre blauschwarzen Haare waren streng nach hinten zu einem Dutt gebunden und ihre rot geschminkten vollen Lippen umrandeten ihre weiß blitzenden Zähne. Sie öffnete die Vitrine, um mir einige Exemplare zu zeigen.

Sie erklärte mir, dass die Steine in dieser Vitrine mit indianischem Silberschmuck in Verbindung gebracht wurden und diese genau wie die Farbe ebenfalls ‚Türkis' hießen.

„Welche Indianer trugen diesen Schmuck?", fragte ich neugierig und nahm ein Schmuckstück in die Hand, das wie ein Amulett aussah.

„Dieser strahlende Stein ist eines der Hauptmerkmale des bekannten Navajo Silberschmuckes", antwortete sie. „Meistens sitzt der ‚Türkis' eingebettet in einem aus Silber mit verschiedenen Ornamenten verzierten Rahmen. Beim Schmuck der Zuni-Indianer ist er meistens mit anderen Steinen sowie mit verschiedenen Muscheln kombiniert. Grundsätzlich ist er einer der wichtigsten Steine der Indianer im Südwesten", setzte die Verkäuferin fort.

„Das Türkis ist nicht einheitlich", beobachtete ich.

„Ja", stimmte die Verkäuferin zu und ergänzte: „Die Farben dieses wundervollen Halbedelsteines variieren von einem tiefen blau über grünlich blau bis hin zu einem klaren hellblau, das an einen wolkenlosen Himmel erinnert. Das Farbspektrum reicht von einer klaren, ungetrübten Farbe, über Steine, die von dunkler Matrix durchzogen sind bis hin zum raren und beliebten ‚Spiderweb-Türkis'." Sie zeigte mir diesen hübschen Stein, der von schwarzen Streifen in Form eines Spinnennetzes durchzogen war.

„Und warum haben die Indianer diesen Stein als so wichtig erachtet?", fragte ich neugierig. Die Verkäuferin lächelte und erwiderte: „Der ‚Türkis' ist ein machtvoller Schutzstein gegen negative Einflüsse, sowie gegen alle Umweltgifte. Er wird auch als Glücksstein getragen, um die Liebe und guten Gedanken anzuregen. Bei den Indianern des Südwestens gilt er als

‚Geschenk der Götter' und wird mit Pferden in Verbindung gebracht, die in der Wüste Wasser fanden. In den indianischen Legenden tritt er häufig als besonderes Geschenk des ‚Großen Geistes' an die Menschen auf und besitzt grundsätzlich sehr hohe Heilkräfte. Er hat die warnende Eigenschaft, dass er sich bei schweren Krankheiten oder nahenden Schicksalsschlägen verfärbt und ist daher ein unermüdlicher Vorwarner und Schutzstein. Man sagt auch, dass der ‚Türkis' des Trägers bricht, falls dieser einen Unfall hat. Türkise gehören zu den heiligen Steinen der Indianer. Diese glaubten, dass diese Steine eine unmittelbare Verbindung vom Himmel zu den Seelen herstelle. Die Indianer verehrten ihn sowohl als Schutz- als auch als heiligen Stein und glaubten, dass der ‚Türkis' ganz besonders in Verbindung mit roter Koralle seine Kräfte entfalte. Dies ist auch heute noch bei dem so typischen Indianerschmuck erkennbar."

„Und der Name ‚Türkis' stammt dieser von der Farbe ab?", wollte ich wissen.

„Nein, eher umgekehrt", erwiderte die Verkäuferin. „Die Farbe wurde nach dem Stein benannt und kommt vermutlich aus dem Griechischen, was so viel wie ‚Türkischer Stein' bedeutet. Vermutlich gelangten die ersten ‚Türkise' aus der Türkei nach Europa."

Ich war fasziniert von dem Wissen der thailändischen Verkäuferin über indianischen Schmuck, bedankte mich herzlich und fragte sie neugierig: „Woher haben Sie denn dieses enorme Wissen? Und woher können Sie so gut Deutsch?"

Sie schmunzelte: „Danke für das Kompliment. Ich habe einen deutschen Vater und bin oft nach Amerika gereist, weil mich die Geschichte der Indianer schon immer interessiert hatte. Letztendlich stammen die Indianer, genauso wie wir Thailänder, aus Asien ab." „Und wie kommt der Stein nach Thailand?", fragte ich sie interessiert. „Die meisten Mienen gibt es in Mittelamerika, aber es gibt auch Abbaugebiete im Tibet und in China und die faszinierenden Steine werden auch bei uns in Thailand immer beliebter", erklärte sie mir sachlich.

„Ich habe sehr viel über Indianerschmuck gelernt. Danke nochmals", meinte ich und strich über das Amulett. „Ich habe auch so ein Ähnliches von meiner Großmutter geerbt, aber es ist nicht vollständig", fügte ich hinzu und setzte fort:

„Ich trage es immer bei mir. Meine Großmutter hat es mir kurz vor ihrem Tod gegeben. Sie meinte, dass es mich beschützen würde und mir ungeahnte Kräfte verleihe, solange es bei mir sei."

Ich zeigte es ihr. Die Hälfte war in Silber gefasst und ich trug es mit einer silbernen Kette um den Hals. Die Verkäuferin nahm es in die Hand und musterte es intensiv. Sie erwiderte: „Oh, das ist ein seltener ‚Spidertürkis'. Denken Sie an meine Worte, der Türkis kann brechen, falls der Träger einen Unfall hat." Sie drückte mir zum Abschied einen kleinen, ungeschliffenen Türkis in die Hand:

„Ein kleiner Glücksbringer auf Ihren Reisen."

„Khop Khun maa kaa", bedankte ich mich nochmals eingehend, faltete meine Hände über der Brust, verbeugte mich zum Abschied in guter Thai Manier und verließ *Mr. Chang's* Juwelierladen mit ihren Worten im Gedächtnis: „Hm, Großmutter hatte nie einen Unfall erwähnt. Auch nicht von ihren Vorfahren, von denen sie diese Hälfte erhalten hatte. Naja, es ist ja auch nur eine Legende, nichts Ernstzunehmendes", dachte ich und machte mich auf den Weg zum Hotel.

Für den nächsten Tag hatte ich als Ziel das berühmte Delphinbecken in Chanthaburi ausgewählt, wo man die Möglichkeit hatte, direkt mit Delphinen zu schwimmen. Nach einem ausgiebigen Frühstück fuhr ich mit dem Taxi zu den Tieren, die mich gleichsam faszinierten wie Pferde. *Jack*, der älteste Delphin, kam direkt auf mich zu. Ich hielt mich an seiner Flosse fest und schon schwamm er mit mir wie ein Torpedo davon. Als er mich von einem Ende zum anderen des Freibeckens sicher durch das Wasser zog, streichelte ich ihn zur Belohnung und fütterte ihn mit Fisch von den Betreuern. Delphine lieben die Haut des Menschen und werden gerne gestreichelt. Sie fühlten sich aber nicht so glitschig an, wie man oft vermutet, sondern eher rau. Ein Betreuer erklärte mir, dass Delphine sehr sinnliche Tiere seien und nur zu demjenigen kämen, den sie auch mögen. Es wäre auch schon vorgekommen, dass Delphine sich zusammengeschlossen hätten und einen Mann, der einen Delphin immer wieder auf die Nase schlug, töteten. Ich erwiderte lachend: „Dee chan chokdee makmak, kaa", was so viel hieß wie, „Na, da habe ich aber viel Glück gehabt."

Als ich in das Taxi zurück zum Hotel stieg seufzte ich innerlich: „Es war ein tolles und wahrscheinlich einmaliges Erlebnis. Wann hat man schon mal die Gelegenheit, mit einem echten Delphin schwimmen zu können?" Abends ging ich früh ins Bett, da Delphin *Jack* mich ganz schön ermüdet hatte. Die nächsten Tage bummelte ich durch die Stadt und las noch viel über Pferdetraining, bevor ich dann zum Westernreitturnier fuhr.

Wohl wissend hatte ich mir meinen Cowgirl Hut mitgenommen, einen ‚Stetson' aus den USA, der ein Geschenk meines Ex-Mannes war. Auf dem Gelände sah man einige Verkaufsstände, die den Reitplatz umrahmten. Diese verkauften die guten Old West Klamotten für Cowboys oder Cowgirls und für Indianer, Sättel und Reitzubehör. Es war für mich ungewohnt, Asiaten im texanischen Outfit zu sehen; dagegen sahen Thais in indianischem Outfit ganz authentisch aus. Ich konnte *Mr. Roseville* noch nicht sehen, aber wie er mir telefonisch mitgeteilt hatte, fing seine Vorstellung erst später an. Ich lehnte mich an das Geländer des Reitplatzes und schaute bei den Wettbewerben zu. Die Disziplinen waren ‚Barrel Racing', bei denen Tonnen in einem hohen Tempo umritten werden mussten und ‚Trails', bei denen ein ‚Außen- Parcours' mit Hindernissen durchritten werden musste.

Dann schlenderte ich an den Verkaufsständen vorbei. Ich steuerte auf einen Stand zu, der viele ausgefallene Sachen anbot. Ein Verkäufer, der mit der traditionellen indianischen Büffellederhose und Oberteil bekleidet war, bestückt mit blauweißen Ornamenten und Farbmustern und einer Kette, die das ‚Peace' Zeichen Amulett trug, bot mir sein Sortiment an. Felle vom Bergschaf, Kuh und Ziegenleder, Mokassins, eine Friedenspfeife, die angeblich *Crazy Horse* gehört hatte, usw. Er hatte zu jeder seiner Verkaufsobjekte eine Geschichte, die aber in meinem Ohr verhallte, denn mir stach plötzlich etwas ganz Anderes ins Auge. Ich bekam ein Kribbeln und verspürte eine innere Wärme, die mir in der Vergangenheit intuitiv den Weg zeigte, welche Entscheidung ich treffen sollte. Eine magische Hand zog mich dahin. Der Verkäufer verstummte und sah mein starkes Interesse. Er meinte, dass diese Weste unverkäuflich sei. „Bitte, kann ich sie mal näher anschauen?" Der Verkäufer reichte sie mir herüber. Als ich die Weste berührte, durchströmte mich ein wohlwollendes Gefühl. Sie war aus ganz weichem, schwarzem Leder. An der Vorderseite waren kleine Holzröhrchen befestigt.

„Ist das Bambus?", fragte ich neugierig.

„Das ist aus Wasserpflanzen-Wurzeln gemacht", antwortete eine Stimme aus dem Hintergrund. Ich drehte mich um und ein gut aussehender Mann stand plötzlich vor mir. Er trug ein Country Outfit und eine schöne Gürtelschnalle mit einem ‚Reining'- Pferd aus Silber. Er hob seinen Hut, der auch ein Stetson war: „Hi Mam, ich bin *Jo*." Ich grüßte ihn zurück. Ich war mir nicht ganz sicher, ob er Thai war, denn er sah mit seinen mandelförmigen Augen und blauschwarzem Haar zwar asiatisch aus, war aber relativ groß.

„Wie können Sie sich da so sicher sein, *Mr. Jo?*", fragte ich ihn verdutzt.

„Mam, ich kenne diese Weste sehr gut. Sie gehörte meinem Vater."

„Und wie ist die Weste dann hierher gekommen?", fragte ich erstaunt.

Er antwortete, dass er genauso verwundert wäre wie ich, diese hier zu finden. Er erklärte mir, dass er sie vor langer Zeit weggegeben habe, da sie ihn zu sehr an seinen Vater erinnerte. Anscheinend habe sie dieser Mann danach erworben.

Als ich den Verkäufer fragte, ob er die Weste gekauft habe, schüttelte er den Kopf und verneinte: „Mai chai." Er meinte, dass ihm jemand die Weste geschenkt hätte, aber es wäre nicht dieser Mann gewesen. *Mr. Jo* bestand darauf, dass er die Weste zurückbekam, doch der Verkäufer weigerte sich vehement. Ich fragte *Mr. Jo*, warum er sie denn jetzt wiederhaben wolle, wenn er sie doch weggegeben habe. Er erläuterte mir, dass der Schmerz über den Verlust seines Vaters damals so groß war, jetzt aber es bereute, das einzige Erinnerungsstück weggegeben zu haben.

Er zückte sein Portemonnaie und bot dem Verkäufer 10.000 Baht (circa 250 Euro) an. Der Verkäufer jedoch schüttelte den Kopf und meinte, dass die Weste für kein Geld zu haben wäre. Er nahm sie in die Hand, um sie zurückzuhängen. Da sah ich einen Leder-Sticker mit drei Pferdeköpfen auf der Rückseite der Weste: ein Schwarzer, ein Weißer und ein Gelblicher. Es gab noch ein viertes Feld, in dem der Pferdekopf allerdings fehlte. Unter diesem Emblem war ein Bündel schwarzer Pferdehaare an der Weste angenäht. Ich wunderte mich etwas. Der Verkäufer sah eigentlich nicht aus, als ob er sich 10.000 Baht entgehen lassen würde. Was war also so besonders an diesem Stück Leder? Ich fragte ihn direkt nach seinem Grund, den Verkauf zu verweigern. Er antwortete: „Mai dai hai, mai dai, mai chokdee kap", was so viel hieß wie: „Ich kann diese nicht verkaufen, ansonsten gibt es ein Unglück."

Er erläuterte *Mr. Jo* die Gründe, der es mir netterweise auf Englisch übersetzte, da mein Thai dann doch nicht ausreichte. *Mr. Jo* erklärte mir also, dass der Händler die Weste von einem Doktor, einem sogenannten Medizinmann, erhalten habe, der die heiligen Geister im Universum befragt hätte. Die heiligen Geister wären sich einig gewesen, dass die Weste ihm übergeben werden musste. Er hätte aber beim göttlichen Universum schwören müssen, dass er die Weste niemals verkaufen würde.

„Hat dieser Medizinmann ihm auch erklärt, warum diese Weste so speziell sei?", fragte ich neugierig.

„Das kann ich Ihnen auch beantworten, Mam", antwortete *Mr. Jo*.

„Die Weste singt ein Lied der Liebe. Darf ich es demonstrieren?" *Mr. Jo* streckte seine Hand nach der Weste aus. Etwas widerwillig überreichte der Verkäufer sie ihm. *Mr. Jo* hielt die Weste in den Wind und die Weste pfiff sanft in verschiedenen Tönen.

„Wunderschön", seufzte ich und ein warmer Strom durchdrang meinen Körper. Ich wollte, dass der Klang nie aufhörte, so lieblich war dieser.

„Und, gefällt Ihnen die Musik, Mam?", fragte *Mr. Jo* und seine Augen funkelten.

„Oh, es ist so grandios und ich bin wahrlich beeindruckt. Ich kann verstehen, dass Sie diese wunderbare Weste wiederhaben wollen", antwortete ich gerührt.

Aber auch nachdem *Mr. Jo* nochmals eindringlich nach der Weste fragte, blieb der Verkäufer hart. *Mr. Jo* zwinkerte mir zu: „Vielleicht kann ich zu einem späteren Zeitpunkt meinen Besitz einfordern."

Wir wurden durch einen Pfiff unterbrochen. Ich drehte mich um und *Mr. Roseville* kam direkt auf mich zu. *Mr. Jo* nahm eilig meine Hand: „Mam, es war mir ein Vergnügen, Sie kennengelernt zu haben. Doch jetzt muss ich gehen." Ehe ich *Mr. Roseville* vorstellen konnte, war *Mr. Jo* wie vom Erdboden verschwunden.

„Hallo *Miss Berger*, da sind Sie ja. Wo waren Sie denn? Ich habe gleich meine Vorstellung. Wären Sie bitte so nett mir ein wenig mit den Vorbereitungen zu helfen?" Ich wandte ein, dass auch ich sehr erfreut war, ihn wiederzusehen.

„Oh Entschuldigung." Er legte seinen Arm um meine Schulter und versicherte mir:

„Natürlich bin ich froh, Sie zu sehen. Ich hatte nur schon früher mit Ihnen gerechnet und bin etwas in Eile. Ich hoffe, dass Sie mir meine Unhöflichkeit entschuldigen."

„Passt schon, und wie kann ich Ihnen helfen?", erwiderte ich etwas kühl.

„Ich habe den weiten Weg auf mich genommen, mich so auf ein Wiedersehen gefreut und werde dann nicht gerade herzlich empfangen", dachte ich enttäuscht.

„Mein *Thunderboy* muss noch herausgeputzt werden."

„*Thunderboy*?", fragte ich verwundert.

„Ja, da am hinteren Zaun ist er."

Mr. Roseville zeigte stolz auf einen muskulösen, schwarzen Hengst mit weißen Flecken am Zaun des Abreiteplatzes. Als hätte er es gehört, schaute er mit hoch erhobenem Kopf zu uns herüber und wieherte. Ich war begeistert und meine Laune änderte sich schlagartig. Der schlechte Empfang wurde zur Nebensache.

„Wow, das ist ja ein Prachtkerl", rief ich und eilte zu ihm.

„Hey, mein Kleiner, du bist ja ein Hübscher." Ich streichelte ihm sanft über seine Nase und er ließ es sich sehr gern gefallen.

„Ist er ein ‚Paint Horse'?", fragte ich.

„Sie haben mir gar nicht erzählt, dass Sie sich so gut auskennen. Ja, er ist der Nachkomme einer berühmten ‚Quarter' Züchtung aus den USA. Ich setze ihn auch für die Zucht ein. Aber ich merke, dass ich die ganze Zeit nur über mich gesprochen habe und daher nur wenig über Sie weiß." Und da war es wieder, diese verschmitzten Augen von *Mr. Roseville*, die mich dahinschmelzen ließen. Einen Augenblick verharrten unsere Blicke, bis er diesen Moment unterbrach: „Na, ich habe ja jetzt die Gelegenheit, Sie besser kennenzulernen. Doch zuerst müssen wir uns etwas spurten. Die Vorstellung beginnt in einer halben Stunde. Wenn Sie so nett wären, *Thunderboy* ordentlich zu putzen, werde ich das Zaumzeug noch etwas polieren. Ich erzähle Ihnen währenddessen etwas über das Programm."

Während ich *Thunderboy* ordentlich massierte und die Mähne kämmte, musste ich über den Vorfall mit der Weste und *Mr. Jo* nachdenken. „Seltsam, wie er plötzlich einfach verschwunden ist. Was er bloß hier macht?", überlegte ich interessiert. „Na, vielleicht werde ich ihn ja später noch sehen", dachte ich hoffnungsvoll.

Mr. Roseville erklärte mir kurz sein Programm und dann gingen wir gemeinsam zum ‚Round Pen‘, einem runden Vorstellungsplatz, der von einem sichtundurchlässigen Holzzaun umgeben war. Die Zuschauer konnten von den umliegenden Sitzplätzen alles gut über den Zaun beobachten. Ich nahm dort Platz. Es waren noch nicht viele Leute dort, aber das sollte sich schnell ändern.

Mr. Roseville stellte sich in die Mitte des ‚Round Pens‘. *Thunderboy* war ganz aufgeregt und rannte mit hoch erhobenem Kopf und Schweif von einer Seite zur anderen. *Mr. Roseville* erklärte, dass er auch als Zuchthengst eingesetzt wurde und dadurch sehr temperamentvoll sei. Umso mehr müsste der Trainer versuchen, sich durchzusetzen und konsequent zu sein. Ein Pferd kenne kein ‚Vielleicht‘, nur ein klares ‚Ja‘ oder ‚Nein‘. Und falls es meint, dass es der Boss sei, so könne es für die Pferdehalter gefährlich werden. Und ausgerechnet das wollte *Thunderboy* gleich beweisen.

Plötzlich stand er auf seinen zwei Hinterbeinen und wedelte vor *Mr. Roseville* mit seinen Vorderhufen. Es ging ein Raunen durch das Publikum, das andere dazu veranlasste, sich die Show auch anzuschauen. *Mr. Roseville* war weniger beeindruckt. Er blieb ganz ruhig, sah *Thunderboy* tief in die Augen und ging auf ihn zu. *Thunderboy* legte die Ohren an und sprang auf seinen zwei Beinen auf *Mr. Roseville* zu. *Mr. Roseville* flüsterte zum Publikum, ohne die Augen von *Thunderboy* abzulassen, dass er jetzt spielen wolle, aber dieses Spiel könne tödlich sein, wenn er jetzt nur einen kleinen Fehler machen würde. *Mr. Roseville* streckte seinen Kopf in Richtung *Thunderboy's* Kopf, nahm einen Strick in die Hand und schnellte ihn gegen *Thunderboy's* Brust. Dann nahm er den Strick als Begrenzung vor die Brust und lief ihm selbstbewusst entgegen, um *Thunderboy* rückwärts zu bewegen. Er schnalzte dabei ein paar Mal, um *Thunderboy* von sich wegzutreiben. Und es klappte. *Thunderboy* sank mit einem kräftigen Kopfschütteln und tiefen Schnauben wieder mit allen Vieren auf den Boden, drehte sich aber blitzschnell um und kickte nach *Mr. Roseville*. Dieser hatte damit schon gerechnet, war auf Abstand und trieb ihn nun fortwährend vorwärts. *Thunderboy* lief und lief und wenn er langsamer werden wollte, um sich zu *Mr. Roseville* entgegen zu drehen, wurde er wieder und wieder fort geschickt, einmal rechtsherum, dann zum Wechseln aufgefordert und linksherum, bis er letztendlich *Mr. Roseville's* Rolle als sogenanntes ‚Alpha-Tier' akzeptierte, seinen Kopf ganz tief senkte und zu kauen begann. Nun folgte er *Mr. Roseville* auf Schritt und Tritt und dieser konnte ihn per Fingerzeig dirigieren. Dabei bewegte er sich mit einer unglaublichen Eleganz um *Thunderboy*. Ich war fasziniert von diesem Talent. Die Trainingsshow sah aus wie Magie.

Schließlich nahm *Mr. Roseville* Schwung und sprang auf *Thunderboy's* Rücken, aus dem Stand versteht sich, ließ ihn ohne jegliches Zaumzeug in die gewünschten Richtungen laufen, ließ ihn steigen und auch hinlegen. Man konnte es kaum glauben, dass dieser zuvor doch sehr freche, dominante und aufbrausende Hengst in nur wenigen Minuten zu einem ganz zahmen Tier geworden war. Ich dachte, dass dies ein wunderbares Erlebnis für alle Pferdenarren sein musste und ich war so froh, dass ich ihn nicht nur begleiten durfte, um eine großartige Story zu schreiben, sondern auch sehr viel von ihm über Pferde lernen konnte. Und natürlich hatte meine feminine Seite auch wieder einen Kandidaten für mein Herz entdeckt. Ich konnte meinen Blick nicht mehr von ihm abwenden und war in träumerischer Schwärmerei verloren, als der heftige Beifall mich wieder in die Realität zurückbrachte. Die Vorstellung war vorbei und ich lief auf *Mr. Roseville* zu.

„Großartig, ganz überwältigend. Sie müssen mir alles darüber erzählen. Wie Sie die Magie anwenden, dass Pferde Ihnen folgen? Ich meine, ich habe den ‚Pferdeflüsterer' gelesen und auch den Film mit *Robert Redford* gesehen. Aber jetzt habe ich es live sehen können und bin nun noch mehr beeindruckt und sicher, dass eine Faszination von bestimmten Menschen ausgehen kann, die Tiere nachhaltig beeinflusst." *Mr. Roseville* schmunzelte.

„Ich hoffe, dass diese Magie auch auf Menschen wirkt. Habe ich Sie schon in meinen Bann gezogen, *Miss Berger*?", fragte er mit seinem verschmitzten Lachen. Ich konnte da wirklich nicht Nein sagen, aber zugeben konnte ich es nun auch nicht. Er hatte mich ein wenig verlegen gemacht und meine Wangen wurden rot. *Mr. Roseville* merkte dies und lenkte ganz sachlich ein:

„Ich bringe *Thunderboy* auf die nahegelegene Weide und fahre dann ins Hotel. Wollen wir uns später zum Abendessen treffen, um das Programm unserer nächsten gemeinsamen Zeit durchzusprechen? Ich lade Sie ein."

„Sehr gerne, so gegen 20 Uhr wäre mir recht", erwiderte ich und warf ihm ein Lächeln zu. *Mr. Roseville* ging mit *Thunderboy* davon, drehte sich aber nochmals um, um mir zuzuzwinkern.

Ich dachte, dass ich noch ein bisschen auf dem Gelände herumschlendern könnte, um nach *Mr. Jo* Ausschau zu halten. Irgendwie ging er mir nicht aus dem Sinn. Warum hatte er es auf einmal so eilig? Ich lief an dem Stand vorbei, aber dieser hatte geschlossen. Ich hielt an einem anderen Stand mit Westernhüten. Wie aus dem Nichts tauchte er plötzlich auf und stellte sich neben mich.

„Hi noch mal, Mam, sind Sie anstatt an Westen jetzt an Hüten interessiert?", fragte er verschmitzt.

„Hey, ich dachte, dass Sie diese Gegend schon längst verlassen haben", erwiderte ich provokant.

„Ha, ich komme wie der Wind und ich gehe wie der Wind."

„Aha, Sie sind also der Wind, ich bin beeindruckt", witzelte ich und provozierte ihn:

„Dann können Sie mir sicherlich verraten, ob sich der Wind in einen Sturm oder gar Hurrikan verwandelt, wenn er auf Dinge besteht, die er unbedingt haben möchte?" Er wusste, dass ich auf die Weste anspielte. Seine Miene verdunkelte sich ganz plötzlich.

„Die Weste werde ich mit Sicherheit bekommen, egal wie."

„Oh oh, das hörte sich sehr bestimmend an", stellte ich fest.

„Eines Tages werde ich nicht mehr bitten, sondern darauf bestehen, dass sie meine ist", setzte er mit zusammengekniffenen Augen fort.

Der lächelnde, sympathische Mann, der so eine Wärme ausstrahlte, bekam eine versteinerte Miene, die mich verwunderte. Um der gedämpften Stimmung zu entgehen, verabschiedete ich mich ganz schnell: „Sorry, aber ich muss gehen, vielleicht werden wir uns eines Tages wiedersehen." *Mr. Jo* nickte stumm, murmelte etwas Unverständliches und ehe ich mich versah, war er auch schon wieder wie vom Erdboden verschwunden.

Der Abend verlief sehr schön. *Mr. Roseville* erklärte mir den nächsten Ablauf. Er schlug vor, sich bei den Vornamen zu nennen.

„Wir sind ja jetzt Partner, nennen Sie mich einfach *Neil*."

„Ein schöner Name. Ich bin *Charlotte*", erwiderte ich und wir stießen mit einem Glas australischen Rotwein an.

Neil dachte noch einmal an den Ablauf des Tages, aber ich war in meinen Gedanken versunken. Ich musste die ganze Zeit an diesen mysteriösen *Mr. Jo* denken.

Neil bemerkte es: „*Charlotte*, bin ich so eine langweilige Gesellschaft heute Abend?"

„Ach entschuldigen Sie, aber es war ein langer Tag heute. Ich bin müde und würde gerne schlafen gehen."

Neil verabschiedete mich wie gewohnt mit einem Handkuss und wir verabredeten uns für den nächsten Tag.

Regen peitschte gegen die Fensterscheibe, als ich aufwachte. Den Abend zuvor hatte ich noch meine Notizen vom Tag gemacht. Ich war gut gelaunt und dachte, dass ich mich heute richtig ins Zeug legen würde, um mehr über *Mr. Neil Roseville's* ‚Art of Horsemanship' zu lernen. „Also *Charlotte*", sagte ich zu mir, „heute denkst du nur an deine Arbeit und nicht an irgendwelche männlichen Bekanntschaften."

So machte ich mich auf den Weg. *Neil* hatte *Thunderboy* schon angebunden und lächelte mir zu. Ich begrüßte ihn kurz und nahm selbstverständlich das Putzzeug. Hochglänzend führte ich ihn in die Arena. „And the show can begin." Ich stellte mich an den Rand. *Neil* arbeitete wie am Tag zuvor mit *Thunderboy* im ‚Round Pen', bis *Thunderboy* schließlich sein

‚Join up' machte, was soviel bedeutet wie der Anschluss des Pferdes an den Menschen und dessen Anerkennung als Herdenführer. Dann rief er mich ganz plötzlich in die Mitte. Ich war erschrocken. Mein Herz raste und ich zögerte, aber was für eine Wahl hatte ich? Ich wollte uns nicht blamieren. *Neil* erzählte dem Publikum, dass ich seine Assistentin sei und ich von ihm diese Arbeitsweise gelernt habe.

Und dann übergab er mir das Kommando, einfach so. „Komm *Charlotte*, du hast mehr Pferdeverstand als du denkst. Du schaffst das", ermunterte er mich. *Thunderboy* schaute mich etwas verdutzt an und machte keine Anstalten, sich in die Richtung zu bewegen, die ich ihm vorgab. „Oh je", dachte ich, „das kann ja heiter werden." *Neil* nickte mir aufmunternd zu. Ich erhob die Hand etwas zögernd und rief ihm mit ganz sanfter Stimme zu: „Komm *Thunderboy*, geh schon", und dann ......

......und dann passierte natürlich nichts. *Neil* kam auf mich zu, stellte sich hinter mich und sagte galant zum Publikum, dass *Miss Berger* zeigen wollte, dass wenig Energie auch nur wenig oder nichts bewirkt. Er hob meinen Arm und wie in einem Tanz lief er mit mir jetzt durch die Arena und *Thunderboy* folgte unserer Körpersprache. Ich ließ mich führen und war in der gleichen Position wie *Thunderboy*. *Neil* verstand es, mich einzubeziehen und aus der etwas peinlichen Situation eine gelungene Vorstellung zu machen. Als zusätzliches Bonbon lernte ich dabei auch noch von *Neil* und *Thunderboy*. Das Publikum war begeistert, klatschte und rief entzückt „Bravo". Und plötzlich war er wieder da, *Mr. Jo*, am Zaun angelehnt und rief mir zu: „*Charlotte*, super gemacht, aber jetzt alleine." - „Ich bin noch nicht so weit", dachte ich nervös. In dem Augenblick nahm *Neil* meine Hand und zog mich zur Verneigung herunter. Erleichtert beendeten wir diese Vorstellung. Das Publikum brach auf und *Mr. Jo* verschwand in der Menschenmenge. Ich konnte nicht anders. Ich umarmte *Neil* und drückte ihn ganz fest. Er war sichtlich überrascht, aber ließ es wohlwollend zu. Als ich losließ, streiften sich unsere Blicke und für einen Moment hielten wir wieder inne. „Diese tollen Augen", dachte ich. Er nahm meine Hand und küsste sie. „Danke *Charlotte*, danke, dass du mich hier so toll unterstützt. Ich darf doch ,Du' sagen, oder?" Ohne auf meine Antwort zu warten fuhr er fort. „Noch einen weiteren Tag und dann fliege ich zurück auf meine Farm in den USA. Ich würde mich freuen, wenn du mich dort besuchen würdest. Du könntest in deinem Bericht schreiben, wie *Mr. Roseville's* Alltag aussieht." Er lachte und meinte, dass er jetzt Lust auf eine echte Thaimassage hätte und mich gerne dazu einladen würde - mit vorherigem Besuch im Restaurant versteht sich. Und so sollte es dann auch geschehen. Wir verbrachten einen netten Abend, der aber nicht im gemeinsamen Schlafzimmer endete.

Den nächsten Tag vollendete er mit einer brillanten Abschiedsvorstellung. Ich war glücklich darüber, dass er mich wiedersehen wollte, aber zugleich traurig, dass sich unsere Wege jetzt trennen mussten. Wir umarmten uns herzlich, aber es blieb bei einem Handkuss. Für uns beide war klar, dass der Abschied nicht noch schwieriger sein sollte, als er schon war. „Good bye, *Charlotte*, wir werden uns wiedersehen, da bin ich mir ganz sicher", sagte er diesmal bestimmt. Er streichelte meine Wange und schaute mir tief in die Augen. Diesmal etwas traurig. Ich fühlte mich so hingezogen zu ihm und musste meine Tränen verbergen. „Good bye, *Neil*. Ich bin froh, dass ich dich hier live sehen und mitten im Geschehen deines Trainingsprogramms sein durfte. Du warst ein großartiger Lehrer." Dann ging alles ganz schnell. Er verließ mich, drehte sich aber nochmals um: „Falls du noch Fragen für deine Story hast, bitte ruf mich an. Ich habe die gleiche Nummer und ich bin auch auf meiner Webseite ‚*Roseville's* Art of Horsemanship' zu finden." Ich nickte, bedankte mich und sah ihm hinterher, bis er in sein Auto stieg und mit *Thunderboy* abfuhr.

Ich fühlte mich innerlich leer auf dem Platz des Geschehens und schlenderte nochmals an den Ständen vorbei, bevor ich mich auch auf den Weg zurück nach Bangkok machte. Ich ließ nochmals alles Revue passieren und konnte gar nicht glauben, was mir alles passiert war, als ich durch eine Stimme aus meinen Gedanken gerissen wurde.

„Hey Mam, so alleine und so traurig?", schallte eine Frauenstimme von dem Stand mit den Ledersachen herüber. Ich schmunzelte.

„Ja, die Show ist vorbei und ich fühle mich ein wenig leer." Und die Frauenstimme fragte etwas belustigend: „Oder könnte es eher sein, dass ein Mann Ihres Herzens Sie alleine gelassen hat?" Ich lachte verwundert und näherte mich einer kleinen, rundlichen Thaifrau hinter dem Standtresen. Bevor ich etwas sagen konnte, klärte sie meine Verwunderung auf.

„Ich bin *Mrs. Tac*, die Frau von dem Verkäufer, den Sie schon kennengelernt haben. *Mr. Tac* hat mir erzählt, dass sie an der Weste interessiert seien.

„Woher wissen Sie denn, dass ich das war?" fragte ich sie überrascht.

„Na, wieviel andere attraktive rothaarige Farang (in Thailändisch bedeutet der Ausländer Farang) Frauen sind denn schon hier?"

Da musste ich lachen: „Stimmt, da bin ich wohl die einzige Farang. Danke für das Kompliment."

Mrs. Tac setzte fort: „Ehrlich gesagt, weiß ich nicht, warum mein Mann die Weste nicht an Sie verkauft hat, denn normalerweise macht er alles zu Geld."

Ich antwortete ihr, dass er meinte, dass ihm von den ‚Heiligen Geistern‘ aufgetragen wurde, sie niemals zu verkaufen. *Mrs. Tac* lachte laut und fragte mich, ob er das wirklich gesagt habe, denn ansonsten würde er sich auch nicht um die Geister scheren. Ich fragte nach *Mr. Tac*, weil ich nochmals mit ihm über die Weste sprechen wollte. *Mrs. Tac* meinte, dass sie heute alleine am Stand sei, weil ihr Mann unterwegs wäre, um Ware einzukaufen. Ich seufzte und war sichtlich traurig. Da fragte sie mich, ob ich nicht eine andere Weste haben wolle, zum Beispiel die *‚Buffalo Bill‘* Weste, aber ich verneinte.

„Nein, ich bin nur an dieser Weste interessiert, da sie so wunderschön aussieht und auch zu meinen anderen Sachen passt", erwiderte ich ohne zu erwähnen, dass sie auch eine magische Anziehungskraft auf mich ausübte.

Mrs. Tac überlegte eine Weile und sagte dann plötzlich: „Mam, wissen Sie was, es ist zwar nicht erlaubt, die Weste zu verkaufen, daher gebe ich Sie Ihnen einfach als Geschenk. Wie klingt das?"

Ich war sprachlos und wollte *Mrs. Tac* am Liebsten umarmen, doch das war in der Thaikultur nicht üblich. Ich zeigte ihr hingegen meine Freude in Gesten und *Mrs. Tac* drückte mir die Weste ganz fest in die Arme: „Behandeln Sie sie gut. Es war mir ein Vergnügen, Sie glücklich zu machen."

„Und wird *Mr. Tac* nicht wütend auf Sie sein? Die Weste war doch sein Schatz", fragte ich besorgt.

„Da machen Sie sich mal keine Sorgen. Ich werde ihm einfach erklären, dass die ‚Heiligen Geister‘ ihre Meinung geändert haben, hahaha."

Ich lächelte und bedankte mich noch mehrmals, bevor ich den Platz verließ. Ich zog die Weste sofort an und fühlte mich sogleich überglücklich. Ich winkte *Mrs. Tac* nochmals zu und ging in Richtung meines Autos.

Plötzlich stand *Mr. Jo* vor mir, versperrte mir den Weg, grinste mich an und sagte: „Oh, wie haben Sie das denn hinbekommen? Haben Sie den Verkäufer mit Ihrem Charme bestochen?" Ich war sehr kurz angebunden und wollte schnell an ihm vorbei. Aber er ließ nicht locker. Er fragte, welchen Preis ich von ihm wollte, aber ich zeigte vehement mein Desinteresse an seinem Angebot. Ich meinte, dass er sich doch bitte eine andere Weste kaufen sollte. Diese wäre ja nicht die Einzige.

Mr. Jo's Augen blitzten. Dann zündete er sich eine Zigarette an, nahm drei tiefe Züge und ließ plötzlich ab mit den Worten: „Sie haben recht, ich sollte Sie nicht drängen, aber im Falle, dass sie Ihnen doch nicht gefällt, wäre ich gerne der Erste, den Sie es wissen lassen." Ich war überrascht, dass er so schnell aufgab. Und er fragte stattdessen, ob ich mit ihm ausgehen würde. Ich lehnte sein Angebot ab mit der Begründung, dass ich zu müde sei.

„Dann zu einem anderen Zeitpunkt?", fragte er eindringlich mit der Zigarette im Mundwinkel und fügte hinzu: „Mam, ich würde Sie gerne wiedertreffen." Er rief mir noch schnell seine Telefonnummer zu, denn ich hatte es eilig und war schon an ihm vorbei zu meinem Auto gelaufen.

„Vielleicht", antwortete ich, „aber ich muss jetzt nach Hause. Mein Bett wartet auf mich. Good bye, *Mr. Jo*." Ich fühlte mich geschmeichelt, aber hatte auch Sorge, dass er immer wieder auf die Weste anspielen würde. Ich drehte mich nochmals um, aber er war bereits weg. Ich schüttelte den Kopf und lächelte: „Naja, er ist ja der Wind."

Der mysteriöse *Mr. Jo*

Zurück in meinem Wohnort Ban Chang, 200 km südlich von Bangkok gelegen, musste ich immer wieder an *Mr. Roseville* denken. Ich stürzte mich in die Arbeit, um mich abzulenken. Ich trug die Weste so oft sie zu meinen anderen Sachen passte und war stolz darauf.

„Sie ist einfach chic und etwas Besonderes. Das war sehr nett von *Mrs. Tac*", dachte ich. Ich schaute aus dem Fenster meiner Wohnung, die direkt an der Küste lag, auf das offene Meer. Die Wellen und die Brise hatten eine beruhigende Wirkung auf mich. Ich konnte mich hier nach der Arbeit immer gut entspannen. Aber seit einiger Zeit verspürte ich diese tiefe Traurigkeit, besonders am Morgen. Ich dachte zuerst, dass es an *Mr. Roseville* lag und ich seine Gegenwart vermisste, aber mittlerweile hatte ich genügend Abstand zu ihm und den vergangenen wunderschönen Tagen.

Seltsam war, dass ich sehr oft Träume von *Mr. Jo* hatte, die sehr real waren. Er drängte sich regelrecht immer in diese hinein und umarmte mich ganz fest. Manchmal so stark, dass ich nicht mehr aufwachen wollte. Wir tauschten Blicke aus und er verhielt sich verführerisch. In meinen Träumen verliebte ich mich immer mehr in *Mr. Jo*, was für mich keinen Sinn ergab.

Eines Tages, ungefähr sieben Wochen später, klopfte es an der Tür. Als ich sie öffnete, konnte ich meinen Augen nicht trauen. *Mr. Jo* lächelte mir verschmitzt entgegen:

„Na Mam, ich war gerade hier in der Gegend und dachte, dass ich unbedingt diese wundervolle Dame wiedertreffen wollte, die mir meinen Kopf so verdreht hat."

Ich war sprachlos, was *Mr. Jo* offensichtlich bemerkte. Er sah wie beim letzten Treffen einfach klasse aus in seinen schwarzen Jeans und einem figurbetonten, weißschwarzen Cowboyhemd. Den schwarzen Stetson hatte er vom Kopf genommen, so dass seine blauschwarzen, glänzenden Haare, die streng nach hinten gekämmt waren, zum Vorschein kamen.

Er lehnte sich mit verschränkten Armen an den Türrahmen, kaute auf einem Grashalm und fragte in seiner etwas frechen Art:

„Könnte ich vielleicht eintreten, oder soll ich hier Wurzeln schlagen?" Etwas unsicher ließ ich ihn in meine kleine Wohnung und fragte ihn verwundert:

„Woher haben Sie meine Adresse?"

„Ich bin nur den Zeichen gefolgt", antwortet er und zwinkert mir dabei zu.

„Hübsche Wohnung in so einer schönen Umgebung, Mam", lenkte er ab. Es schien mir doch etwas seltsam, wie er mich finden konnte, deshalb fragte ich nochmals nach. Er meinte dann nur kurz angebunden, dass er doch der Wind sei und dieser immer wisse, wann und wohin er bläst. Ich gab auf und lachte.

Wir hatten einen schönen gemeinsamen Abend, tranken Wein und sprachen viel über Westernreitturniere und über Pferde im Allgemeinen. *Mr. Jo* erzählte mir, dass er mit Pferden aufgewachsen und ein richtiger Cowboy sei. Uns verband eine gemeinsame Leidenschaft, über die wir stundenlang sprechen konnten. *Mr. Jo* war sehr charmant und ich fasste immer mehr

Vertrauen zu ihm. Spät abends fragte er mich, ob er sich in diesem Haus für ein paar Wochen einmieten könnte. Er hätte geschäftlich hier in der Nähe zu tun. Ich meinte, dass es zu spät sei, die Hausbesitzerin *Mrs. Tu* noch zu fragen und bot ihm an, eine Nacht bei mir in der Wohnung zu übernachten. Mein Gästezimmer war durch eine Tür von meiner Wohnung getrennt, so dass ich auch keine Sorge hatte, einen Unbekannten bei mir übernachten zu lassen. Dieses Angebot kam ihm ganz entgegen, was er erfreut zu erkennen gab.

In der Nacht träumte ich wieder von *Mr. Jo.* Er war in einem weißen Smoking gekleidet und übergab mir eine Rose. Er küsste meine Hand und meinte, dass wir uns aus einem früheren Leben kannten und uns nicht nur die Leidenschaft zu Pferden verband, sondern dass es eine lange Verbindung zwischen uns bis zum heutigen Zeitpunkt gab. Ich verstand nicht, was er mir sagen wollte, aber er hatte so eine wohlwollende Art, dass ich nichts in Frage stellte. Im Gegenteil, er wirkte auf mich wie ein Magnet. Er nahm meine Hand und plötzlich ertönte eine schöne Musik mit Panflöte, zu der wir tanzten. Ich wollte gar nicht mehr aufhören zu tanzen, als es an der Tür klopfte. Ich öffnete und eine starke Windbrise blies mir ins Gesicht.

„Hallo, hallo, ist da jemand?" Keine Antwort. Ich drehte mich um und *Mr. Jo* war wie weggeblasen.

Ich erwachte und dachte: „Das war schon wieder so ein seltsamer Traum". Und ich hätte am liebsten noch weitergeträumt, denn jetzt kam wieder dieses starke Gefühl der Traurigkeit in mir hoch.

„Was ist nur los mit mir? Ich bin doch immer ein fröhlicher Mensch gewesen und hatte nie solche seltsamen Gefühle wie jetzt", wunderte ich mich.

Die nächsten Tage verliefen ähnlich. Ich arbeitete und kam spät abends nach Hause, wo *Mr. Jo* bereits auf mich wartete. *Mrs. Tu* hatte kein anderes Zimmer mehr im Haus frei, so dass ich ihn weiterhin in meinem Gästezimmer schlafen ließ. Wenn ich ihm etwas zu essen anbot, lehnte er meistens mit der gleichen Begründung ab, dass er schon unterwegs gegessen hätte. Meine Träume intensivierten sich, die Begegnungen wurden inniger und nicht nur die in den Träumen. *Mr. Jo* war keck und zugleich liebenswert, so dass ich ihm immer weniger widerstehen konnte. Und *Mr. Roseville* trat somit für mich immer mehr in den Hintergrund. Aber trotzdem wollte ich *Mr. Jo* erst noch besser kennenlernen, denn so ganz schlau wurde ich aus ihm noch nicht.

Ich bot ihm zwar das ‚Du' an, versuchte ihn aber trotzdem auf Distanz zu halten, obwohl ich das Gefühl hatte, seine Annäherungsversuche gerne zu erwidern.

Eines Nachts hatte ich wieder einen intensiven Traum. *Mr. Jo* umarmte mich innig und ließ mich nicht mehr los. Er meinte, dass ich mit ihm eine Reise machen sollte, ganz weit weg von hier in eine andere Welt. Ich würde dort nur noch fröhlich sein und keine Traurigkeit mehr empfinden. Er würde auf mich aufpassen und mich jeden Tag aufheitern. Plötzlich sprach der Indianer, der mir schon einmal vor langer Zeit im Traum erschienen war, zu mir: „*Charlotte*, vertraue ihm nicht. Er ist nicht gut für dich. Halte dich von ihm fern. *Wakan Tanka* hat gesprochen." Dann zog *Mr. Jo* mich an sich heran und schüttelte den Kopf: „Du musst mir vertrauen. Wir sind alte Seelenverwandte. Glaube mir." Plötzlich war ich von hellem Licht umgeben und eine große Hand drückte *Mr. Jo* aus dem Lichtkegel. Dann nahm die

Hand meine und ich fühlte mich sehr wohl, umgeben von dem warmen Licht.

Auf einmal gab es einen lauten Knall. Donner riss mich aus dem Schlaf. Das Fenster klapperte. Es folgte ein Lichtblitz, der das Zimmer hell erleuchtete. Schnell schloss ich das Fenster, denn es brach ein großes Gewitter herein. Im Blitzlicht sah ich plötzlich einen Schatten in der Ecke meines Zimmers. Ich schrak zusammen. Mein Schaukelstuhl wippte und eine Stimme sagte ganz ruhig:

„*Charlotte*, bitte, ich wollte dich nicht erschrecken. Ich konnte nicht widerstehen, dich beim Schlafen zu beobachten. Du siehst so friedvoll und hübsch aus, wenn du schläfst."

„*Mr. Jo*, sind Sie das? Verlassen Sie sofort mein Zimmer. Sie haben mich zu Tode erschreckt. Gehen Sie jetzt!", schrie ich ihn wütend an und vergaß bei aller Aufregung, dass ich ihm bereits das ‚Du' angeboten hatte. Dann war es wieder dunkel und ich konnte *Mr. Jo* nicht mehr sehen. Ich war ganz aufgebracht und machte das Licht an, aber er war verschwunden. Ich schaute überall herum, nichts, wie vom Erdboden verschluckt.

„Wie ist er nur hier hereingekommen? Ich hatte doch die Tür abgeschlossen", fragte ich mich besorgt. Ich überprüfte die Vorder- und die Zwischentüre und beide waren verschlossen. Es war zwei Uhr morgens. Ich legte mich wieder hin, ließ aber das Licht an. Ich versuchte mich zu beruhigen:

„*Charlotte*, du hattest nur einen Traum. Entspanne dich und mach dich doch selber nicht verrückt. Es war nur ein Traum." Nach einiger Zeit konnte ich mich etwas beruhigen und schlief wieder ein.

Am nächsten Tag wollte ich *Mr. Jo* mit unserer zweifelhaften Begegnung konfrontieren, aber er war nicht in seinem Zimmer. Auch die nächsten Tage und sogar Wochen tauchte er nicht mehr auf. Ich dachte, dass es so besser sei. In meinen Träumen war er allerdings immer noch sehr präsent.

Ich stürzte mich wieder in die Arbeit, doch bald ging es mir immer schlechter. Ich hatte starke Angstgefühle, mein Herz raste unaufhörlich und ich schwitzte sehr stark. Dieser Zustand dauerte mehrere Monate an. Ich dachte, dass ich unter einem ‚Burnout‘ Syndrom litt, aber ich fühlte mich nicht überarbeitet und hatte auch keinen Stress mit Kollegen, denn ich konnte ganz unabhängig arbeiten. Mein Zustand wurde von Woche zu Woche schlimmer, so dass ich Angst hatte aus dem Haus zu gehen und immer das Gefühl hatte, dass ein Stein auf meinem Herz lastete, der nicht mehr wegging. Dann hatte ich ständig denselben Traum, dass ein Mann, der mir unbekannt war, meinen Hals würgte, mich nicht mehr losließ und auf meiner Brust saß, so dass ich nicht mehr aufwachen konnte. Ich musste mich jedes Mal anstrengen, mich von dem Traum zu befreien. Bald hatte ich auch Begegnungen mit Geistern, die meistens nachts erschienen aber nicht geträumt waren.

Ich dachte, dass ich verrückt geworden war und ging zu einem Neurologen und einem Psychologen, die mir die Diagnose ‚Pseudohalluzinogene Erkrankung‘ stellten. Das hieß, dass es sich nicht um echte Halluzinationen handelte, bei denen man Realität und irreale Dinge nicht mehr unterscheiden konnte, sondern alles aufgrund psychischer Belastungen nur Einbildungen waren. Ein Gutes an der Sache war, dass mein Gehirn sehr gut arbeitete und ich nicht verrückt war. Aber irgendwie kam es mir seltsam vor, dass ich mir Sachen einbilden sollte, denn ich war ein sehr realistischer Mensch und hatte nie zuvor psychologische Probleme gehabt. Die verordnete Psychotherapie hatte keinen Erfolg. Es waren

Deutsche in Bangkok, die mich betreuten, aber schon nach einiger Zeit merkte ich, dass die Therapie mich nicht weiterbrachte.

Ich vertraute mich einer guten Freundin *Dr. Ponchan* an, die sich sehr sicher war, dass ich zu einem Medium gehen musste. Ich war inzwischen bereit, alles auszuprobieren um meiner aktuellen Situation zu entfliehen, wusste aber nicht wirklich, worauf ich mich dabei einließ. *Dr. Ponchan* begleitete mich zu dem Medium, das sie persönlich kannte. Als wir den Garten betraten, wurden wir von Götterstatuen verschiedener Religionen, die neben dem Buddhismus verehrt wurden, empfangen. Hier wurden diese als Götzengestalten gelobpreist. Es gab neben *Buddha* auch die indischen Götter *Brahma*, den Schöpfer, *Vishnu*, den Erhalter und *Shiva*, den Zerstörer, die als eine Einheit in der Trimurti dargestellt werden, denn alles drei ist unabdingbar und miteinander verbunden. Und zusätzlich war im Garten auch *Ganesha* platziert, der elefantenköpfige Volksgott des Glücks, der Weisheit und der Beseitigung aller Hindernisse. Überall waren Duftkerzen und Räucherstäbchen in den Geisterhäusern aufgestellt und zusätzlich mussten die Götter auch mit Getränken und Speisen gut gestimmt werden. Und natürlich war der Garten mit einer Vielfalt von Blumen geschmückt vor allem mit der Lotusblume, der in Thailand eine heilige Bedeutung beigemessen wird.

Ich fragte *Dr. Ponchan*, warum gerade die Lotusblume so bedeutsam sei. Sie antwortete: „Die Lotusblume ist fest mit den Wurzeln im Sumpf verankert, wächst von dort an die Wasseroberfläche und streckt ihre wunderschönen Blüten zum Himmel empor. Wenn sich die Blüten entfalten, erhebt sich die Blume und steht in voller Pracht über dem Wasser. Sinnbildlich hat es die Lotusblume geschafft, sich aus dem Sumpf zu befreien, um sich in voller Blüte dem Himmel entgegenzustrecken. Nach *Buddha's* Lehre gäbe es immer einen Weg, sich aus dem Elend zu befreien, auch aus den unmöglichsten Situationen. Der Glaube daran ist der Weg heraus, und der Glaube lässt uns herrlich und wunderschön erscheinen." Diese Erklärung faszinierte und berührte mich zugleich. Wir näherten uns dem Haus, aus dem indische Musik laut ertönte. Das ganze Haus wirkte sehr beruhigend auf mich, obwohl ich keinesfalls gelassen war. Im Gegenteil, ich war sehr aufgeregt, doch als ich eintrat, beruhigten sich meine Nerven. *Dr. Ponchan* forderte mich auf, vor *Buddha* Platz zu nehmen. Die *Buddha* Statur war von vielen Kerzen und Duftstäbchen umgeben.

Wir warteten eine Weile bis *Khun Lila Dee*, das Medium, erschien. *Khun Lila Dee* war eine kleine, quirlige Frau mit schulterlangen, schwarzen Haaren, die im Kerzenschein glänzten. Sie trug ein langes, violettes, schlichtes Kleid und nur sehr wenig Goldschmuck, was untypisch für Thais war. Aber eine Goldkette mit *Buddha* und eine mit dem Porträt des ehemaligen Königs *Bumiphol* schmückten ihr Dekolleté. Nachdem *Dr. Ponchan* uns vorgestellt hatte, fragte sie, was ich auf dem Herzen hätte und ich schilderte ihr meine letzten Wochen und Monate der seltsamen Begegnungen und meiner körperlichen Verfassung.

Sie nahm meine Hand und antwortete, dass ein Geist der Liebe mit mir gekommen sei. Dieser Geist wolle angeblich nichts Böses, sei aber auf irgendeine Weise mit mir verbunden. Sie würde jetzt herausfinden, wie. Ich war sichtlich überrascht: „Ein Geist der Liebe? Der Verbundenheit?" Ich verstand nichts von dem Besagten.

Sie schloss ihre Augen, senkte ihren Kopf und summte. *Dr. Ponchan* flüsterte mir zu, dass sie jetzt Kontakt zu der Geisterwelt aufnehmen würde.

Plötzlich hob sie den Kopf ruckartig hoch, riss die Augen auf und sprach mit einer ganz anderen Stimme: „Ich bin mit dir schon seit vielen Dekaden des Lebens verbunden. Du hast dich mir gegenüber versündigt, weil du mir etwas Schreckliches angetan hast. Du hast mich bei lebendigem Leib verbrannt. Ich habe dich schon immer geliebt, aber du hast mich immer verschmäht. Ich werde auf ewig mit dir verbunden sein, so lange bis du um Verzeihung bittest, für das, was du mir angetan hast und dich mir gegenüber öffnest. Nur so kann deine furchtbare Schuld gesühnt werden."

Ich war perplex und fragte den Geist im Körper des Mediums, wann das gewesen sein sollte. Er antwortete, dass es in einem früheren Leben gewesen sei. Ich sei wieder geboren worden, da ich ihn nie um Verzeihung gebeten hätte und ich jetzt alles Schlimme nochmals durchleben müsse. Er könne aber als Geist nicht zur Ruhe kommen, denn die Liebe würde ihn noch mit mir verbinden.

Dann schloss *Khun Lila Dee* wieder die Augen, senkte den Kopf und war wieder zurück im hier und jetzt. Sie atmete tief durch und wandte sich mir zu.

„Sei nicht besorgt, das ist nicht selten, dass die Geisterwelt sich mit der Menschlichen verbindet. Dieser Geist der Liebe ist nicht nur symbolisch mit dir verbunden, sondern eure Seelen sind miteinander verschmolzen. Das erklärt den Stein, der auf deinem Herz lastet und deinen schnellen Herzschlag. Und du kannst sehen und fühlen, was andere nicht können, denn du bist mit der Geisterwelt verbunden."

Sie setzte fort: „Buddhisten glauben an viele Lebensdekaden und die letztendliche Vollkommenheit durch mehrere aufstrebende Leben nach den Werten und Richtlinien *Buddhas*. In jeder Lebensdekade müssen wir dazu lernen, um im nächsten Leben ein besseres zu erhalten. Leben wir nicht nach *Buddha's* Gesetzen, so werden wir wieder geboren, um unser Verhalten zu ändern, so lange bis wir ins Nirvana gelangen, die Vollkommenheit des Nichts, des leidlosen Lebens. Daher musst du etwas unglaublich Schlechtes in deinem früheren Leben gemacht haben. Du hast möglicherweise jemanden getötet und anstatt dass diese Person, oder besser gesagt das jetzige unruhige Seelenwesen, Rachegefühle dir gegenüber hat, möchte es die Erlösung deiner Seele durch die Bitte um Vergebung. Dadurch würde auch seine Seele Ruhe und Frieden finden."

Für mich hörte sich das alles sehr befremdlich an und ich fragte, was ich tun konnte, um wieder normal zu werden. Sie erklärte *Dr. Ponchan*, dass ich zu den Wurzeln meiner Herkunft gehen müsse, um mich ganz aus dem Bann zu lösen und endlich Frieden zu finden. Das Medium zog eine Karte mit einem ‚Banyan Tree' und erklärte, dass *Dr. Ponchan* mich zur heiligen Stätte Ayuthaya begleiten sollte.

Als wir uns verabschiedeten, war ich irritiert und sprachlos zugleich. Gedanken rasten durch meinen Kopf. Konnte das wahr sein? Ich, besessen von einem Geist? Wie krass war das denn? Ich wusste nicht, ob ich das glauben sollte, denn es klang so unglaublich. *Dr. Ponchan* las meine Gedanken und meinte, dass ich es nicht in Frage stellen solle. Sie kenne das Phänomen in Thailand, dass Personen mit Geistern so stark verbunden seien, dass sie dadurch körperliche Probleme bekämen. Aber ich war nicht sicher, was ich glauben sollte. In der westlichen Kultur wird zwar in der Kirche von der geistlichen Welt gesprochen, dennoch wird das Dasein von Geistern nahezu abgelehnt. Geister gibt es nur in der Phantasie oder bei einer abnormalen seelischen Verfassung.

Ihre Existenz zu akzeptieren fiel mir daher doch sehr schwer. Aber gleichzeitig war ich mir auch im Klaren, dass ich keine Wahl hatte.

Am nächsten Tag fuhren *Dr. Ponchan* und ich zur heiligen Stätte Ayuthaya, die in der Vergangenheit einst die Hauptstadt von Thailand war, und gingen zu dem größten ‚Banyan Tree‘, der vor einem Tempel stand. Der Baum war riesengroß, mächtig verzweigt und zeigte in alle Himmelsrichtungen.

„Wie kann ich erfahren, wo meine Wurzeln sind und wer der mysteriöse Geist ist?", fragte ich *Dr. Ponchan* und sie zeigte auf einen Mönch, der im Tempel saß und betete. Von diesem Mönch wurde mir berichtet, dass *Rama*, *Krishna* und *Buddha* die wichtigsten Inkarnationen seien. Der Baum verleihe Schutz und Frieden. Er symbolisiere Macht und Kraft und den Sieg des Karma über den Menschen, da Wurzeln den Hauptstamm erdrückten und dieser ausgehöhlt wurde und abstarb. Ich fragte *Dr. Ponchan* neugierig:

„Ist es Karma, dass ich jetzt hier bin?" Sie war sich dessen ganz sicher:

„Natürlich, nichts ist von ungefähr. Alles hat einen Sinn und du hast eine Vergangenheit, die dich jetzt einholt." Ich fragte den Mönch, wie ich mehr von meinem früheren Leben erfahren könnte. Der Mönch antwortete mir geduldig:

„Der ‚Banyan Tree‘ hat dich hierher geholt, und er wird dich weisen. Geh zum Baum, setze dich darunter, und schließe die Augen! Dann warte auf ein Zeichen und folge diesem!"

Ich tat, wie es mir aufgetragen wurde. Ich wartete eine Weile mit geschlossenen Augen und war wider Erwarten nicht ungeduldig. Es schien so, als würde dieser Platz unter dem Baum Ruhe in mich einfließen lassen. Dann erschienen mir Bilder. Ich sah Feuer, lodernde Flammen und Vulkanausbrüche. Plötzlich hatte ich das Gefühl, dass die Erde bebte. Dann hörte ich rauschende Regenfälle und Typhoons, gefolgt von Ruhe und einem Vogelgezwitscher. Ich sah einen feuerfarbenden Vogel. Ich öffnete die Augen und ein Vogel flog aus dem mittleren Stamm heraus, setzte sich auf einen Ast und zirpte mir wild zu. Es war allerdings nicht der feuerfarbende Vogel, sondern eine weiße Taube. Sie flog in eine Richtung, drehte sich um, umkreiste mich und flog wieder in dieselbe Richtung weiter. Sie wiederholte dieses Verhalten mehrmals. „Wie soll ich das jetzt bloß deuten?", fragte ich mich ahnungslos. Offensichtlich wollte die Taube mir die Richtung weisen. Der Ast zeigte nach Westen. Ich bat den Mönch um Hilfe, doch dieser meinte, dass nur ich diese Zeichen deuten könne, niemand sonst. Er ergänzte: „Vertraue deiner Intuition. Aber eines kann ich dir sagen, in Asien sind die starken Äste des Baumes ein Zeichen von Ying und Yang."

„Ok, jetzt bin ich auch nicht schlauer", dachte ich. Dann versuchte ich zu analysieren und fragte *Dr. Ponchan*: „Also, ich gehe davon aus, dass die Richtung gen Westen sein soll. Aber was bedeutet der Feuervogel?" Sie zuckte die Schultern, zog mich hoch und meinte: „Komm, wir verlassen besser diesen Platz der Ruhe und diskutieren außerhalb der heiligen Stätte." Wir bedankten und verabschiedeten uns von dem Mönch und machten uns auf den Heimweg.

Im Auto machte ich Recherchen mit meinem Handy und fand heraus, dass der Feuervogel feuerfarbende Federn hat, die beim Ausfall zu Flammen werden. Die Feder des Feuervogels hat magische Kräfte und dient als Warnung vor großen Unternehmungen. Der Feuervogel kommt ursprünglich aus dem Feuerland und hat sich nach Amerika in die Südstaaten ausgedehnt.

Das würde ja auch mit dem Hinweis des Mönches übereinstimmen, der von der starken Symbolik des Astes gesprochen hat, und damit, dass mein auserwählter Ast gen Westen zeigte. Die weiße Taube musste etwas mit

Frieden zu tun haben. Ich fragte *Dr. Ponchan*, ob damit gemeint war, dass ich die Wurzeln in Amerika suchen musste, um Frieden zu erlangen. „Diese Schlussfolgerung kommt von deinem Kopf, aber was spricht dein Herz?" fragte sie mich sanft. Als ich in mich hinein hörte, musste ich nicht lange überlegen. Ich spürte eine starke innere Zustimmung. Ich war auf einmal ganz sicher. *Dr. Ponchan* lachte: „Ok, dann solltest du in die Vereinigten Staaten fliegen." *Dr. Ponchan* dachte an den Feuervogel: „Was *Charlotte* nicht weiß ist, dass das Zeichen des ersten Elements Feuer aus dem Element Erde entstammt. Das Element Erde war das erste Zeichen der Indianer." Aber sie wollte dies für sich behalten, denn der Mönch machte ausdrücklich klar, dass alleine *Charlotte* nach ihren Intuitionen entscheiden musste, wo sie ihre Wurzeln finden würde. *Dr. Ponchan* machte sie auf etwas anderes aufmerksam, das ihr gerade in den Sinn kam. Rein praktisch betrachtet brauchte *Charlotte* eine Anlaufstelle und ihrer Meinung nach war nichts im Leben reiner Zufall:

„Hattest du mir nicht erzählt, dass du sowieso in die USA reisen wolltest, um einen bestimmten Cowboy zu besuchen?" Ich schaute sie mit großen Augen an und stimmte begeisternd zu: „Hey natürlich, du hast recht. *Mr. Roseville* hat mich eingeladen." Wir lachten beide zufrieden.

Besuch bei *Mr. Roseville*

*A*ls ich mit meinen Koffern aus dem Flughafengebäude herausging, wartete neben der Ausgangstüre eine junge, hübsche Frau in engen Bluejeans, blondem, lockigem, langem Haar, einem Cowgirlhut und einem Schild mit der Aufschrift ‚Welcome in Atlanta, *Charlotte*‘, auf mich.

Ich ging auf sie zu: „Hi, ich bin *Charlotte*. Bist du von *Mr. Roseville* geschickt worden, um mich abzuholen?"

„Hi, ja, genau. Ich bin *Emilie*, die persönliche Assistentin von *Mr. Roseville*. Willkommen in den Südstaaten, *Charlotte*."

Sie nahm mir mein Gepäck ab und wir gingen gemeinsam zum Auto, einem großen Chevrolet Pick up in glänzendem Schwarz. „Schönes Auto", erwähnte ich. *Emilie* war nicht sehr gesprächig und während der Fahrt antwortet sie nur einsilbig mit „Mmh", „Yep" or „Yeah". Nach einigen erfolglosen Versuchen, ein Gespräch zu führen, gab ich schließlich auf und schaute lieber die schöne Landschaft aus dem Fenster an. Zum Glück war ich nachmittags angekommen, weil ich so noch viel von der Gegend sehen konnte. Wir fuhren an bergigem Gelände vorbei, einer unheimlichen Weite mit sattem Grün und Nadelholzwäldern. „Hier hatten die Rinder noch ein tolles Leben", dachte ich. Die Herden waren groß. Plötzlich erweichte sich *Emilie's* Zunge. Sie erklärte mir alles über die Rinderrassen, ihren Ursprung und ihre Aufgabenverteilungen von Fleischkuh, Mutterkuh und Milchviehhaltung. Sie war völlig in ihrem Element. Bei meiner Zwischenfrage, woher sie so viel darüber wisse, schaute sie mich sehr verwundert an, dass man überhaupt so eine dumme Frage stellen konnte. Sie antwortete schnippisch, dass dies das Hauptzuchtgebiet der ‚Brahman' Rinder sei, die in die ganze Welt exportiert werden würden. Sie fragte mich, ob ich mich vorher denn nicht informiert habe, ich sei doch Journalistin. Ich rollte die Augen und versuchte höflich zu sein: „Sorry, das habe ich ganz und gar verpasst. Aber jetzt habe ich ja genug Gelegenheit, um mir Wissen von so netten Gastgebern wie dir und *Mr. Roseville* anzueignen. Glaubst du nicht auch?" Emilie nickte etwas arrogant.

Wir bogen in einen langen Pfad ein, der von einer großen Weidefläche umgeben war. Die weiße Einzäunung der Weideflächen glänzte im Sonnenlicht. Der Pfad war einige Kilometer lang, und führte zu einem großen Tor, über dem ein Holzschild mit der Aufschrift ‚*Roseville's* Casa Rosa' hing. Als wir heranfuhren, öffnete sich das Tor automatisch und es erstreckte sich eine traumhafte Allee mit Kastanien- und anderen mir unbekannten Bäumen vor uns, deren Blüten sich in voller Pracht präsentierten. Ich war begeistert. Am Ende der Allee steuerten wir direkt auf ein großes honigfarbenes Blockhaus zu. Es war von Rosen verschiedener Sorten und Farben umrankt. Neben dem Blockhaus war ein großes Reitgelände mit Halle, Longierzirkel und Außenplatz. Als wir vor der wunderschönen Holztür mit farbenprächtigem Glas anhielten, konnte ich meine Entzückungen nicht zurückhalten. „Wow, das ist fantastisch", rief ich begeistert. *Emilie* lud mein Gepäck aus und meinte nur kurz angebunden, dass ich an der Haustür klopfen sollte. Dann stieg sie wieder in den Chevrolet und fuhr mit quietschenden Reifen davon. „Ein seltsames Mädchen", dachte ich und wand mich dann dem großen gusseisernen Türklopfer zu.

Eine schlanke Frau mit hochgesteckten, blauschwarzen Haar öffnete die Tür. Sie trug ein rotes Shirt und einen langen, schwarzen Jeansrock. Ihre schlanke Taille wurde von einer hochglänzenden Silberschnalle mit einem Cowboy-Emblem geschmückt. Ich schaute etwas überrascht, denn ich war davon ausgegangen, dass *Mr. Roseville* Junggeselle sei.

„Hi, ich bin *Shiner*. Willkommen auf unserer Farm, *Lady Charlotte*." Sie ließ mich in die große Diele des Farmhauses.

„Hatten Sie eine angenehme Reise?"

„Ja, sehr angenehm, insbesondere die Tour vom Flughafen hierher war sehr schön. Sie haben eine traumhafte Umgebung um ihre Farm."

„Yeah, es ist eine wunderbare Landschaft und im Moment blühen unsere ‚Dogwood' Bäume entlang der Allee und heißen Sie willkommen. Diese kennen Sie wahrscheinlich nicht aus Ihrer Heimat. Es sind typische Südstaaten-Bäume und ihre Blüten signalisieren das Ende der Winterzeit. Die Rinde gibt unserem Pfeifentabak die nötige Würze."

Sie hatte eine warmherzige Art und ich fühlte mich in ihrer Gegenwart sehr wohl, dennoch war ich neugierig, wer diese Frau war, und die Erklärung ließ nicht lange auf sich warten.

„Mein Bruder ist im Moment nicht hier, aber er hat mir aufgetragen, mich um Sie zu kümmern bis er heute Abend zurückkommt. Ich werde Ihnen Ihr Zimmer zeigen. Ich denke, Sie werden sich etwas ausruhen und erfrischen wollen."

Wir gingen die Holztreppe hinauf und ich war erleichtert, dass *Shiner Neil's* Schwester war. Es gab mehrere Zimmer auf dieser Etage. Sie öffnete eine geschnitzte Tür mit Maserung und witzelte: „Hier ist ihr

Schlosszimmer. Fühlen Sie sich ganz zu Hause. Dinner gibt es im Esszimmer um 20 Uhr unten links neben der Eingangstür. Bis später, *Lady Charlotte*." Ich bedankte mich. Mein Zimmer hatte ein Himmelbett und es war sehr gemütlich eingerichtet mit Tisch, Stuhl und einem schönen, großen Schrank. Auf dem Tisch stand eine Vase mit frischen, roten Rosen. Ein Couchsessel, der passend zu den Gardinen bezogen war, stand am großen Fenster, aus dem man einen wunderschönen Blick auf die gegenüberliegenden Berge mit schneebedeckten Bergspitzen hatte. Ich fand das Zimmer sehr gemütlich. Bevor ich meine Koffer auspackte, musste ich unbedingt mein Himmelbett ausprobieren. Ich war erschöpft und nickte ein.

Plötzlich riss mich ein Gongschlag aus dem Schlaf. Ich schaute auf die Uhr. Ohh, es war bereits 20 Uhr. Ich machte mich schnell frisch und ging hinunter. Ein Raum war geöffnet.

Shiner fing mich ab, zeigte mir meinen Platz am Tisch und fragte beiläufig: „Gefällt Ihnen Ihr Zimmer?"

„Es ist urgemütlich und das Bett ist gerade richtig zum Entspannen. Ich musste es direkt ausprobieren und bin dabei eingeschlafen", antwortete ich beschämt und wir lachten beide. Der Tisch war für fünf Personen gedeckt. *Shiner* erklärte mir, dass *Emilie* und *Neil* mit uns essen würden.

„Und die fünfte Person?", fragte ich neugierig.

„Ah, ich vergaß. *Neil's* Langzeitfreundin ist für eine Weile zu Besuch. Sie hat sich von ihrem Mann getrennt und braucht etwas Beistand, um darüber hinweg zukommen."

„Oh, eine weibliche Langzeitfreundin", dachte ich enttäuscht aber war auf alle Gäste gespannt. *Shiner* fand ich jedenfalls sehr gastfreundlich.

„Mal sehen, ob *Neil's* Langzeitfreundin auch so umgänglich ist oder eher etwas zurückweisend wie *Emilie*", fragte ich mich.

Als alle drei gemeinsam und gut gelaunt in den ‚Dining room' kamen, ging *Neil* direkt auf mich zu und war wie gewohnt sehr charmant.

„*Charlotte*, ich freue mich so sehr, dass du doch meiner Einladung gefolgt bist." Er nahm meine Hand und gab mir wie in alter Manier einen Handkuss, dann drückte er mir einen Begrüßungskuss auf die Wange.

„Bitte sei so lange mein Gast, wie du möchtest." Seine Freundin und *Emilie* zogen Gesichter wie drei Tage Regenwetter. *Neil's* Freundin war eine ausgesprochene Schönheit, natürlich konnte auch sie ihre indianische Herkunft nicht verleugnen. Sie hatte glänzendes, langes, glattes, blauschwarzes Haar wie Ebenholz, einen leicht gebräunten Teint und durch schwarzen Lidstrich untermalte, mandelförmige Augen. Sie trug eine rote Bluse, einen langen schwarzen Wildlederrock und dazu passende Mokassins. Sie war sehr schlank und ihre Figur wurde durch einen Gürtel mit Silberschnalle betont. Ich musste zugeben, dass Eifersuchtsgefühle in mir hochstiegen.

„Darf ich vorstellen", sagte *Neil*, „das ist *Johanna*. *Emilie* kennst du ja bereits." *Johanna* musterte mich nur kurz, sagte „Hi" und ging kurzerhand an mir vorbei direkt zum Tisch ohne meine ausgestreckte Hand zu schütteln. Sie stöhnte: „Ah, ich bin so hungrig. Ich könnte ein ganzes Rind vertilgen." *Emilie* folgte ihr. Ich war etwas verdutzt, ließ es mir aber nicht anmerken.

„Also doch mehr zurückweisend als umgänglich", dachte ich. Wir setzten uns an den Tisch, speisten zusammen Rinderbraten mit Rotkohl und unterhielten uns über die letzten Wochen, in denen wir uns nicht gesehen hatten und die Pläne, die wir gemeinsam für meinen Aufenthalt hatten. Ich war ja in Wirklichkeit auf der Suche nach dem, was mir ein friedfertiges

Leben bereiten sollte, wo immer ich das auch finden würde. Das konnte ich aber *Neil* nicht sagen. Der Rinderbraten war ein Genuss und ich tat dies auch kund. „Tja, das war *Lucky Strike*, einer meiner Bullen", meinte *Neil* stolz. „Oh, naja ‚lucky' war er heute nicht, denn er ist ja jetzt auf meinem Teller", versuchte ich die Gesellschaft aufzumuntern, aber außer *Neil* und *Shiner*, die laut lachten, erntete ich nur einen verächtlichen Blick.

Neil fragte mich, was ich denn gerne auf seinem Farmland machen oder sehen wollte. Ich antwortete ihm, dass ich unbedingt einen Ausritt durch die unbeschreiblich schöne Landschaft machen wollte. Er meinte, dass das kein Problem sei. *Johanna* funkte dazwischen und tat kund, dass sie dann auch gerne dabei sein wolle.

„Schön, dann sind wir schon zu dritt", meinte er sachlich, ohne große Gefühlsregung. Ich zog meine Augenbraue hoch, denn so recht war mir das nicht.

„Und gibt es noch etwas, das du ganz besonders gerne machen möchtest?", fragte er mich weiter.

„Na, ich bin doch Journalistin und würde gerne etwas in verstaubten Büchern und Zeitungen stöbern."

„Ah, möchtest du alles über das Geheimnis der Pferdeflüsterei aus dieser Gegend hier erfahren?"

„Gibt es hier denn eine besondere Gegend mit einer speziellen Begabung auf diesem Gebiet? Ich dachte, dass du der Einzige und Wahre wärst!", erwiderte ich schmunzelnd.

Neil lachte laut: „Dazu erkläre ich dir später mehr. Wie wäre es, wenn wir jetzt in mein Kaminzimmer gehen und uns dort weiter unterhalten? Oder bist du müde?"

Johanna und *Emilie* waren nicht sehr interessiert an dem Vorschlag, denn diese hatten ihre eigenen Gesprächsthemen. Nachdem sie fertig gegessen hatten, verließen sie ohne ein Wort zu sagen den Raum. Für mich war es offensichtlich, dass die Beiden mich nicht willkommen hießen.

Neil führte mich in sein Kaminzimmer. „Wow, das ist ja ein tolles Zimmer", schwärmte ich und war von *Neil's* Geschmack beeindruckt. Traditionelles wurde hier bewahrt. Das Kaminzimmer hatte Blockhaus Atmosphäre. Die honiggelben Balken, aus denen das Haus gebaut war, verliehen diesem Zimmer eine gemütliche Stimmung. Der offene Kamin war aus altem Sandstein gebaut. Um den Kamin herum gab es eine Sitzecke mit roter Ledergarnitur im englischen Stil. Überall lagen Felle aus. Über dem Kamin hing ein großes Bild von einem Indianer, der sehr stolz wirkte, genauso wie man sich einen Indianer vorstellte mit Federschmuck und traditionellen Ledersachen. Auf einmal wurde mein Blick auf etwas gelenkt, dass mir sehr bekannt vorkam. Ein blaues Amulett, eingefasst in einem filigranen Silberrahmen, hing an einem Lederhalsband um seinen Hals. *Neil* bemerkte, dass ich vor dem Bild längere Zeit verweilte.

„Das ist *Faster As A Flash*, mein Ur-Großvater. Mein Großvater *Fit For Two* war sehr stolz auf seinen Vater und verehrte ihn."

„Aber ich dachte, dass du in einem Heim großgeworden bist?", fragte ich ihn verwundert.

„Ja, das stimmt auch. Ich bin in der Schweiz adoptiert worden. Aber aufgrund meines Aussehens war ich natürlich neugierig auf meine ursprüngliche Herkunft. Meine Eltern aus der Schweiz wussten von meiner Abstammung und haben nie ein Geheimnis daraus gemacht. Sie haben mich oft auf diese Farm hierher begleitet und später, als ich älter war, habe ich alle Ferien hier verbracht. Meine richtigen Eltern sind früh gestorben und Großvater wollte, dass ich eine bessere Zukunft habe. Deswegen hat er mich ins Kinderheim gegeben, mich zur Adoption freigegeben mit der Bitte, dass meine zukünftigen Eltern sehr gut auf mich aufpassen sollten und er stets in Kontakt mit mir bleiben könne. Unser Ur-Großvater ist von den Weißen in den Westen verbannt worden. Großvater kaufte das ursprüngliche Land hier in Alabama zurück und konnte sich nur eine kleine Hütte auf diesem Niemandsland leisten. Dadurch war er nicht in der Lage für uns zwei Kinder zu sorgen."

„Was ist mit *Shiner* passiert?", unterbrach ich ihn.

„*Shiner* ist bei meinem Onkel und seiner Frau aufgewachsen. Diese wohnen hier ganz in der Nähe und wir haben die Ferien immer zusammen bei Großvater verbracht. *Shiner* war schon als kleines Kind oft dort und hat von *Miss Lolly Fairy Tales* immer tolle Gute-Nacht-Geschichten gehört. Außerdem hat sie dort das Kochen traditioneller Gerichte und das Nähen gelernt. Leider war dort kein Platz für zwei Kinder, aber Großvater war immer davon überzeugt, dass ich es einmal gut haben werde. Und so ist es dann auch gekommen. Ich hatte eine wunderschöne Zeit in der Schweiz, die ich niemals hätte missen möchten."

„Und wie bist du dann zu dieser großen Farm gekommen?", fragte ich neugierig.

„Im Laufe der Zeit konnte Großvater mehr aus diesem Land machen. Er stieg in die Pferdezucht ein und vergrößerte die Hütte. Er hat diese Farm aufgebaut und er hat seine Kenntnisse an mich weitergegeben."

„Welche Kenntnisse?", fragte ich weiter.

„Mein Großvater war der beste Reiter und Pferdeversteher, den man sich vorstellen konnte. Er stammte vom Stamm der Choctaw-Apachen ab, und sein Großvater wiederum hat seinem Volk, welches ursprünglich ein Fußvolk war, das Reiten beigebracht. Von ihm habe ich alles gelernt, was ich über Pferde weiß. Ganz früher nannte man Pferde ‚Big dogs' und hat sie gegessen, bevor man es besser wusste, und sie als Wegbegleiter und Fortbewegungsmittel eingesetzt hat. Aber dann wurden für die Indianervölker Pferde mehr als nur Fortbewegungsmittel. Sie wurden Freunde, Schutz und heilige Wesen, mit denen man wie mit anderen geistigen Wesen sprach und sie um Rat fragte. Wie mein Großvater es von seinen Vorfahren gelernt hatte, hat er sich stundenlang vor die Herde gesetzt und das Pferdeverhalten studiert. Das hat er sich zunutze gemacht und es als Segen empfunden, sich ganz den Pferden zu widmen."

„Und so ist es auch deine Berufung", ergänzte ich.

„Sehr richtig", schmunzelte *Neil*.

„Möchtest du einen Wein, Scotch oder etwas anderes?", fragte er nebenbei.

„Einen Rotwein, bitte", antwortete ich.

„Und euer Großvater hat *Shiner* und dir dann die Farm überlassen?", wollte ich wissen.

„Wir ergänzen uns gut. Ich kümmere mich um die Pferde, *Shiner* hat das Geschäftliche, die Buchhaltung und den Haushalt übernommen."

„Hat *Shiner* denn nie geheiratet und die Farm verlassen?", fragte ich verwundert. „Hat sich nicht ergeben", antwortete *Neil* kurz angebunden und räusperte sich. Es war mir klar, dass er sich nicht dazu groß äußern wollte und ich hakte auch nicht nach. Ich lenkte hingegen das Thema wieder auf seinen Großvater:

„Und wo ist euer Großvater jetzt?"

„Er ist vor fünf Jahren gestorben, aber manchmal habe ich das Gefühl, dass ich seine Gegenwart spüre. Und ich rieche den angenehmen Duft seiner Kräuterpfeife. Am Ahnenfest wirst du den Duft kennenlernen. In der Indianerwelt sind die irdische und die übernatürliche Welt stark miteinander verbunden. Deshalb wird der Tod nicht als etwas Endgültiges angesehen. Im Gegenteil, man freut sich, dass man endlich an dem Platz des Friedens angekommen ist. Und Indianer sind der Überzeugung, dass die menschliche Hülle jemandem genommen werden kann, aber niemals der Geist, der wesentlich stärker ist als bei den Weißen. Dies ist dadurch zu erklären, dass wir eine enge Verbundenheit mit *Wakan Tanka*, dem heiligen Geist, haben. Großvater bezeichnete unsere Kulturvölker als Seelenwesen mit menschlicher Erfahrung, nicht Menschen mit Erfahrungen der spirituellen Welt." Ich musste schmunzeln und dachte an die Geisterbeschwörung der Thailänder und meinte: „Ja, da sieht man, dass die Indianer ursprünglich aus der asiatischen Kultur stammen, denn auch in Thailand gehört die Beschwörung und Akzeptanz von Geistern zum alltäglichen Leben."

Wir schauten noch lange auf das Bild, denn es sah so lebendig aus. Man hatte den Eindruck, dass die Augen von *Faster As A Flash* den Betrachter direkt ansahen und dass er gleich anfangen würde zu sprechen. Zuerst wollte ich nach dem Amulett fragen, dass der Ur-Großvater um den Hals trug, denn es hatte genau die gleiche Spiderwebmaserung wie meines, aber durch die spannende Unterhaltung mit *Neil* vergaß ich es. Wenn *Neil* von Pferden erzählte, strahlten seine Augen wie eh und je und gleichzeitig zog er mich in seinen Bann. Nach einer Weile wurde ich müde und ich verabschiedete mich. „Morgen zeige ich dir meine Ranch", meinte *Neil* und ließ mich nicht ohne Handkuss gehen.

Ich hatte eine unruhige Nacht mit Alpträumen und musste mich hin und her wälzen, obwohl ich in einem sehr bequemen Bett lag. Schweißgebadet wachte ich auf, nahm ein Bad und versuchte noch etwas zu ruhen bis Frühstückszeit war.

„Ich muss unbedingt herausfinden, wo ich meine Wurzeln habe, um meinen inneren Frieden zu finden, so wie der Mönch es mir mitgeteilt hatte. Dieses Ziel darf ich nicht aus den Augen verlieren, mein seelischer Zustand wird unerträglich", dachte ich, „aber wie kann ich meine Wurzeln nur finden?" Zweifel kamen in mir auf, denn ich wusste nicht, wie und wo ich anfangen sollte zu suchen.

Neil führte mich zuerst im Haus und in den angrenzenden Stallungen herum, bevor wir seine Weiden besichtigten. Seine zwei Border Collies begleiteten uns. Er besaß insgesamt 100 Hektar Land, circa 200 Milchkühe und eine Pferdezucht mit circa 250 Pferden der typisch amerikanischen Rassen ‚Paint', ‚Quarter' und ‚Apaloosa', die sich auf seinen Weiden verteilten. Sein Hauptgeschäft machte er allerdings mit Menschen, die Missverständnisse mit ihren Pferden hatten und ihn um Hilfe baten, wieder ein gutes Verhältnis mit ihren Pferden aufzubauen. Ich war zutiefst beeindruckt von seinem Gelände. Was sein Großvater aufgebaut hatte, war unglaublich. Als könnte er meine Gedanken lesen, wandte er ein: „Mein Großvater hatte *Shiner* und mir zwei Hektar Land überlassen. Schließlich haben wir dann das Ganze zu dem gemacht, was es jetzt ist. Wir haben Großvaters Hauptarbeit, mit Pferden zu arbeiten und sie dann gewinnbringend zu verkaufen, mit der Milchwirtschaft und vor allem mit der Beratung von Pferdebesitzern im Umgang mit ihren Pferden vor Ort erweitert. Komm, ich zeige dir etwas, steige aus!"

Neil nahm meine Hand und wir gingen zu einem Weiher, der von Trauerweiden und einem kleinen Wäldchen umrandet war und mitten auf einer Pferdeweide lag.

„Bei mir leben alle Pferde in natürlicher Herdenhaltung. Das heißt, dass es einen Leithengst und eine Leitstute gibt und dadurch das soziale Gefüge ganz natürlich geprägt wird", meinte er stolz.

„Also ganz ökologisch vertretbar, fehlt nur noch der Ökoengel", witzelte ich.

„So kann man es sagen, ganz ökologische Aufzucht", stimmte er lachend zu.

„Der Weiher hat einen natürlichen Bachzulauf und dient optimal als Wassertränke und das Wäldchen verleiht den Pferden Schutz vor Sonne und Regen", fuhr er fort.

Er pfiff und seine zwei Border Collies *Tinka Lee* und *Blue Eye Son* waren sofort zur Stelle. Sie setzten sich vor *Neil*, warteten auf sein nächstes Kommando und schauten ihn mit großen Augen erwartungsvoll an. *Neil* zeigte in Richtung Pferdeherde und rief:

„Abholen!" In einer rasanten Geschwindigkeit rannten die beiden Collies los, kreisten die Pferdeherde ein und trieben sie in Richtung Weiher. Die Leitstute vorne führend, der Leithengst hinten verteidigend, kam die Herde näher. Trat ein Pferd aus der Leitlinie aus, umzingelten es die Collies und trieben es zurück in die Herde. Als die Herde angekommen war, lief der Hengst nach vorne und trank zuerst vom Weiher. Danach folgten die anderen Mitglieder. *Neil* gab den Hunden das Kommando, die Herde in Ruhe trinken zu lassen und lobte sie ausgiebig.

„Hey, du bist nicht nur ein Pferdeflüsterer sondern auch ein ‚Dog Whisperer'", schäkerte ich.

Neil ging mit mir zum Hengst, einem prachtvollen, muskulösen, rotbraun gefleckten Apaloosa Hengst, mit halbweißer und roter langer Mähne. Er wieherte kurz als *Neil* sich ihm näherte, setzte dann aber seine Sauferei fort und ließ sich dabei streicheln.

„Komm, begrüß ihn. Er mag hübsche Frauen", forderte *Neil* mich auf und zwinkerte mir wieder mit diesem intensiven Blick, den ich so gut kannte und dem ich nicht widerstehen konnte, verschmitzt zu. Ich ging zu dem Hengst, der *Spotty Fire* hieß. Als ich meine Hand nach ihm ausstreckte, legte er eine Pause ein, schaute mir tief in die Augen und lehnte den Kopf an meine Schulter. Ich streichelte ihm sanft über seine Stirn und Nüstern und er schnaubte genüsslich.

„Scheint, dass ich schon einen Freund habe", flüsterte ich leise.

„Das ist ungewöhnlich", erwiderte *Neil*, „Er ist sonst nicht so vertrauensvoll. Du musst ein großes Pferdeherz haben, *Charlotte*."

Ich fühlte mich sehr geschmeichelt und musste zugeben, dass in mir eine große Freude hochstieg, einerseits durch *Neil's* Kompliment und andererseits da *Spotty Fire* mich so schnell akzeptiert hatte. In dem Moment, in dem ich den Hengst berührte, verschwanden alle meine Sorgen. Ich war erfüllt von Freude und Zufriedenheit. Ein toller Augenblick, in dem ich gerne länger verweilen wollte. Aber *Neil* unterbrach meinen stillen Moment und flüsterte mir zu, dass ich noch viel Zeit mit den Pferden verbringen könnte, aber er jetzt mit mir weiterfahren wollte. Ich verabschiedete mich von *Spotty Fire* und wir verließen die Weide und die beiden Hunde, die laut bellten.

Als ich mich nochmals umdrehte, schaute der Hengst mir nach.

„Na siehst du, du kommst bei den männlichen Wesen gut an", neckte mich *Neil*.

„Anscheinend besser bei Pferden als bei Menschen", erwiderte ich selbstironisch. *Neil* schüttelte nur den Kopf. Ehe er etwas sagen konnte, fragte ich nach *Thunderboy*.

„Er ist auf einer anderen Weide, nahe dem Farmhaus. Ich hatte in Thailand versäumt dir zu sagen, wie er richtig heißt. Sein voller Name ist *Thousand Little Stars (T.L.S.) Thunderboy*, weil seine Punkte wie Sterne aussehen. Er muss eine andere Herde beschützen, aber ich habe *Emilie* beauftragt, ihn in den Longierzirkel (Round Pen) zu bringen. Ich muss mit ihm trainieren und dachte schon, dass du ihn sehen möchtest."

Als wir in Richtung Farmhaus fuhren, kamen wir an *Emilie* vorbei, die *T.L.S. Thunderboy* gerade zum Round Pen führte. Er war gesattelt, was mich etwas verwunderte. *Emilie* guckte düster drein und als wir am Round Pen ankamen, händigte sie *Neil T.L.S. Thunderboy* aus, warf mir einen ablehnenden Blick zu und meinte süffisant:

„Er hat heute gute Laune. Ich hoffe, dass du eine gute Versicherung hast. Viel Spaß." *Neil* war wütend über ihren Kommentar und wies sie in ihre Schranken:

„*Charlotte* ist mein Gast und du hast dich ihr gegenüber mit Respekt zu verhalten. Geh jetzt und kümmere dich um die Stallungen. Bis heute Abend erwarte ich, dass du alle so sauber gemacht hast, dass man vom Boden essen kann. Hast du mich verstanden?" Oh, ich hatte *Neil* noch nie so außer sich gesehen. Nicht, dass mich seine Reaktion gestört hätte, im Gegenteil.

„But, but…", wollte *Emilie* erwidern, aber *Neil* lenkte mit „Da gibt es kein ‚Aber'" ein, und gab ihr ein eindeutiges Zeichen, uns jetzt alleine zu lassen. Sie senkte den Kopf und ging.

„Sorry, dass sie so unhöflich dir gegenüber war. Sie hat eine schwere Zeit hinter sich und ist deshalb etwas kompliziert, aber im Grunde genommen hat sie ein gutes Herz."

„Aber ich verstehe nicht ganz, *Neil*, was hast du vor? Ich dachte, du müsstest trainieren."

„Stimmt auch, aber dich auch", schmunzelte er. Oh je, da wurde mir ganz anders; damit hatte ich nicht gerechnet. Ich auf diesem stolzen Hengst, das konnte ich mir noch nicht vorstellen.

„Hab keine Angst, *Charlotte*. Du kennst diesen Kerl doch schon. Du trägst Jeans, hier ist ein Cowgirl Hut und dann hast du alles, was du brauchst", meinte er gelassen und reichte mir den Hut rüber.

Neil machte eine Handbewegung, dass ich *T.L.S. Thunderboy* jetzt begrüßen sollte. Ich ging in die Mitte des Round Pen, wo *Neil* ihn platziert hatte. *T.L.S. Thunderboy* wieherte, als er mich sah.

„Na schau doch, er hat dich wiedererkannt", sagte *Neil* ermutigend. Ich lächelte verlegen, weil ich etwas unsicher war, obwohl ich versuchte, es so gut wie möglich zu verbergen. Ich hielt meine Hand an seine Nüstern und streichelte ihn. Er schnaubte. *Neil* hatte ihm eine hübsche Trense zugeteilt, ganz in schwarz mit Silberbeschlag an beiden Seiten. An der Stirn hatte er ein geflochtenes Lederband und der Westernsattel war ebenfalls schwarz und mit Silber beschlagen. So sah *T.L.S. Thunderboy* richtig edel aus.

„Steig auf, ich halte ihn", sagte *Neil* und hielt mir den Steigbügel entgegen. Ich stieg auf und *T.L.S. Thunderboy* blieb ruhig stehen. Das war nicht schwer gewesen.

„So, jetzt reite etwas im Schritt. Ich bleibe in der Mitte", meinte *Neil*. Auch das klappte sehr gut. Ich saß aufrecht und versuchte mich wieder an das Gefühl zu erinnern, welches ich als Kind hatte.

„Na, geht doch, ist eben doch wie Radfahren, das verlernt man auch nicht", rief *Neil* mir zu. Ich musste lachen. Ich fühlte mich richtig wohl. Ich ritt nach Anweisung auf der linken und rechten Seite, trabte dann auch an.

T.L.S. Thunderboy war so geschmeidig im Trab, dass ich eine Teetasse dabei hätte tragen können ohne einen einzigen Tropfen Tee zu verschütten.

„Lass die Zügel ganz locker, er kennt das", warf *Neil* ein und war sichtlich mit mir zufrieden.

„Und jetzt zum goldenen Abschluss einen langsamen Galopp", forderte er mich auf. Auch das verlief fantastisch und nach vier Runden Galopp parierte ich mit einem „WHOO" durch. Ich war so glücklich. Unglaublich, was der Pferderücken für eine Auswirkung auf meinen Gemütszustand hatte.

„Als hättest du nie etwas Anderes gemacht, *Charlotte*. Du bist ein Naturtalent, meine Liebe. Und ganz ehrlich, *T.L.S. Thunderboy* macht nur mit, wenn er jemanden mag." Ich lachte laut:

„Hey *Mr. Roseville*, du hast mich ganz schön reingelegt. Du hast mich im Glauben gelassen, dass er das liebste Pferd der Welt sei."

„Das habe ich nie gesagt, *Charlotte*. Nein, im Ernst. Ich wusste, dass ihr stimmig seid. Ihr habt doch beide einen Dickschädel. Das passt zusammen." Ich sprang auf den Boden und gab *Neil* einen leichten Klaps auf den Rücken.

„Also wirklich, danke auch." *Neil* nahm mich in den Arm und wir lachten laut. *T.L.S. Thunderboy* kam und stupste mich an.

„Ja, mein Guter, hast du das gehört? Wir beide haben einen Dickkopf?" Ich streichelte ihn am ganzen Körper und er liebte das.

„Komm *Charlotte*, wir bringen deinen Dickkopf wieder auf die Weide und du hast bestimmt Hunger. Es ist Essenszeit."

Neil und ich speisten zusammen, diesmal ohne die Anderen, die es vorgezogen hatten, woanders zu essen. Und nach dem guten Mahl, eine indianische Spezialität, die *Shiner* zubereitet hatte, fiel ich todmüde ins Bett. Ich schlief tief und fest und seit Langem einmal ohne Unterbrechung. Ich träumte von Pferden, Ausritten durch die Berge und von Begegnungen mit Indianern, die eine Friedenspfeife mit mir rauchten. In einem Tipi tauchte wieder der alte grauhaarige Indianer auf: „*Charlotte*, hier kreuzen sich deine Wege des *Wakan Tanka*[9]. Hier findest du, was du suchst. Vertraue deinem Herzen." Der Indianer nickte mir zu, öffnete seine Hand und eine Taube flog heraus.

[9]Wakan Tanka bedeutet für die Indianer das große Geheimnis, das große Ganze. Ihr Glaube ist anzusehen als eine Weltanschauung eines alles in sich tragenden Spirit mit dem sie verbunden sind, wo immer sie sich auch befinden. Wakan bedeutet „heilig". Die Indianer sind der Ansicht, dass jedes Ding auf der sichtbaren und unsichtbaren Welt seinen Spirit oder Wakan Tanka besitzt, die innewohnende Seele, die ohne Anfang und ohne Ende ist. Wakan Tanka bezeichnet den über allem stehenden Geist, dem alle Dinge dieser Welt und des Universums untergeordnet sind.

Erneute Begegnung mit *Mr. Jo*

*E*in Sonnenstrahl kitzelte mich im Gesicht und ich wachte am nächsten Tag gut erholt auf. Ich schaute aus dem Fenster und dachte kurz über den Traum nach. „Ach, es war eben ein Traum. Aber die Taube, genauso wie in Ayutthaya, ist vielleicht doch ein Zeichen?", rätselte ich.

Gut gelaunt lief ich die Treppe hinunter zum Frühstücksraum, in dem bereits alles aufgedeckt war. *Shiner* und *Neil* saßen schon am Tisch.

„Guten Morgen, *Charlotte*. Hast du gut geschlafen?", fragte er höflich.

„Ehrlich gesagt, wie ein Stein."

„Das ist gut, denn wir werden gleich auf eine Auktion gehen, wo du mal sehen kannst, wie man richtig feilscht. Und dazu braucht man viel Energie. *Johanna* und *Emilie* sind schon mit ein paar Pferden vorgefahren. Die anderen, die vorgestellt werden, nehmen wir mit. Aber jetzt iss erstmal ausgiebig, wir haben eine lange Fahrt vor uns."

„Wo geht es denn hin?", fragte ich *Neil* aufgeregt.

„Nach Gainesville, ungefähr 120 Meilen von hier entfernt. Wir machen keine Pause, ansonsten werden die Pferde unruhig." Ich fragte *Shiner*, ob sie auch mitkommen würde.

„Oh nein, ich werde hier bleiben und auf die Farm aufpassen. Es gibt noch sehr viel zu tun. Ich muss Vorbereitungen für das Ahnenfest treffen. In unserer Kulturtradition ehren wir unsere Vorfahren jedes Jahr mit einem großen Fest. Und dieses Jahr ist es besonders speziell, da es der hundertste Geburtstag unseres Großvaters gewesen wäre."

Die Auktion war sehr interessant, obwohl der Redner die Angebote so schnell herunterrasselte, dass ich kaum verstehen konnte, um welchen Betrag es sich handelte. Ich trug meine Weste, die ich in Thailand von *Mrs. Tac* bekommen hatte. Ich liebte diese Weste und es schien als würden meine Sorgen wie weggeblasen sein. Auch mein Muskelkater verschwand nach kurzer Zeit, was mit Sicherheit auch mit der Ablenkung zu tun hatte, denn ich war ganz in diese Veranstaltung vertieft. „Hoffentlich versteht *Neil* diesen Mann besser als ich und erzielt den am höchsten zu erwartenden Preis für seine Stuten", dachte ich hoffnungsvoll.

Ich stand gerade am Zaun angelehnt als plötzlich eine Stimme hinter mir meinen Namen rief:

„*Charlotte*, was für eine Überraschung, dich hier in Gainesville zu treffen." Ich drehte mich um und traute meinen Augen nicht. *Mr. Jo* grinste mir frech ins Gesicht. Er lüftete seinen Stetson und zog diesen anschließend tief in seine Stirn.

„Mam, ich bin erfreut, dich wiederzutreffen. Freust du dich auch, mich wiederzusehen?"

„Wie kommst du darauf, dass ich mich freuen sollte? In der Tat bin ich sehr überrascht, vor allem nachdem du in Thailand einfach verschwunden bist ohne mir irgendetwas zu sagen", antwortete ich schroff.

„Oh Mam, sei nicht verärgert, bitte *Charlotte*. Weißt du, wenn ich es hätte vermeiden können, wäre ich in Thailand bei dir geblieben."

„Ach wirklich? Und was für ein so wichtiger Grund hat dich davon abgehalten mir wenigstens ‚Good bye' zu sagen, bevor du für immer verschwunden warst?", fragte ich bestimmend. „Komm *Charlotte*, beruhige dich. Genauso wie du habe ich in den USA zu tun und wahrscheinlich nur deshalb, um die hübscheste Frau wiedertreffen zu können." *Mr. Jo* lachte laut. Auch wenn sein Lachen ansteckend war, fiel es mir schwer, seine Entschuldigung anzunehmen. *Mr. Jo* schaute mir wieder tief in die Augen und es schien, als ob ich wie hypnotisiert in seinen Blicken versank. Er sah überwältigend aus, ganz in Schwarz gekleidet mit seinem schwarzen Stetson, der glänzenden Silberschnalle seines Gürtels und der Westenkrawatte, die aus einem Lederhalsband mit einem Silbertaler bestand.

Sein Blick wurde wieder ernst, als er meine Weste sah. Er strich über das weiche Leder.

„Willst du diese lädierte unvollständige Weste ernsthaft immer noch behalten? Sie ist sowieso zu groß für dich." Ehe ich mich versah, drehte er mich herum und hatte die Weste in der Hand und warf sie sich über.

„Schau, sie ist genau richtig für mich gemacht."

Er rannte davon, drehte sich aber zu mir um und rief: „*Charlotte*, du kannst sie nicht behalten. Sie gehört dir nicht. Sie ist meine." Ich wurde noch wütender als ich schon war: „Dummkopf, tausend Mal habe ich dir schon gesagt, dass die Weste mir gehört und sie auch zu mir kommen musste, ansonsten hätte ich sie nicht bekommen. Gib sie mir sofort zurück!"

Er drehte sich wieder weg von mir und rannte weiter. Ich folgte ihm. Er lief in Richtung Wiese, auf der die Hänger aufgestellt waren, und ich lief ihm hinterher.

„Stopp jetzt, halt sofort an, es ist nicht mehr lustig", forderte ich ihn auf.

Nach einer Weile Katz und Maus Spielen wurde er langsamer und ich konnte aufholen. Plötzlich fasste er sich vor Schmerzen an die Brust, fiel um und musste nach Luft schnappen. Ich dachte, dass er Spaß machte und lachte ihn höhnisch aus:

„Tja *Mr. Jo*, du bist eben nicht mehr der Jüngste. Der alte Körper zeigt dir deine Grenzen auf. Du hast verloren." Aber es war kein Spaß. Er japste immer mehr und meinte, dass ich ihm die Weste ausziehen solle, da er sich von ihr beengt fühle. Ich zog ihm also die Weste aus, lehnte seinen Kopf behutsam auf meinen Arm und schon nach kurzer Zeit ging es ihm wieder besser. Ich machte mir doch tatsächlich Sorgen um diesen Mann, von dem ich doch gerade so enttäuscht worden war.

„*Charlotte*, ich habe fast den Eindruck, dass du dich um mich sorgst", foppte er mich schon wieder und war vollkommen der Alte. Er grinste mir frech ins Gesicht. Ich ließ seinen Kopf los und zog meine Weste wieder an. Ich fühlte mich topfit.

„Hast du mich jetzt verkohlt oder hattest du ernsthaft ein Atemproblem?", fragte ich erstaunt. Er verneinte beides und meinte, dass die Weste ihn beengt hatte, nichts weiter.

„Ich fühle mich mit ihr sehr gut, im Gegenteil sogar eher besser", erwiderte ich verwundert.

Plötzlich stand *Johanna* vor uns.

„Warum liegst du im Dreck?", fragte sie ohne mich zu beachten. Ich war ganz verdutzt.

„Woher kannten sie sich?", dachte ich überrascht. Ehe ich fragen konnte, sagte *Mr. Jo*: „*Johanna* und ich haben uns heute morgen hier getroffen." Sie nickte und verzog spöttisch den Mund. *Johanna* half ihm hoch, hakte sich bei ihm ein und zog ihn von mir weg, ohne etwas zu sagen. *Mr. Jo* reagierte widerwillig, aber konnte sich ihr nicht entziehen. „*Charlotte*, wir werden uns später sehen, ok?", rief er mir zu. Ich erwiderte kurz:

„Vielleicht, aber ich bin mit *Neil* hier", und zweifelte etwas, ihn so schnell wiederzusehen. Ich murmelte: „Der Wind lässt sich nicht vorherbestimmen, wann und wie er kommt." Es kamen schon wieder diese Eifersuchtsgefühle in mir hoch. Ich verstand mich selbst nicht. Es gab zwei Männer hier, die ich nett fand und beide hatten etwas mit *Johanna* zu tun, und ich hatte bei beiden gleichermaßen solche Gefühle, die einem nicht gut tun.

„Was ist denn nur mit mir los?", fragte ich mich ratlos. *Neil* war charmant, zuvorkommend und höflich, wahrte aber auch eine gewisse Distanz. *Mr. Jo* war eher der hedonistische Typ, pragmatisch, frech, aber auf der anderen Seite auch wieder liebenswert. Und ich mochte beide Charakteren gleichviel, vielleicht sogar die Mischung aus Beiden, einem charmanten etwas verwegenen *Neil* und einem frechen herb männlichen Typ wie *Mr. Jo*. Nur eines stand fest. Ich wurde aus beiden nicht so richtig schlau, aber das war ja auch wieder das Anziehende, das ungewisse Etwas. Dennoch war ich über meine Gefühle etwas verwundert. Seit meiner Scheidung bin ich immer sehr auf Abstand gegangen und habe alle Männerbekanntschaften abgeblockt. Ich hatte noch nicht mal den geringsten Hauch an Gefühlen für den attraktivsten charmantesten Mann in meinem Umfeld verspürt. Jetzt aber sind es schon zwei, die mir den Kopf verdreht haben.

Ich ging zurück zum Platz der Auktion, an dem *Neil* mich schon erwartete. Er berichtete mir freudestrahlend, dass er zwei seiner Stuten verkauft hatte.

„Das ist ja großartig", meinte ich etwas stimmungslos. Ich musste noch an die Begegnung mit *Mr. Jo* denken.

„*Charlotte*, freust du dich denn gar nicht für mich? Was ist denn los mit dir? Du bist ja ganz durcheinander."

„Natürlich freue ich mich für dich. Es geht mir auch gut. Mach dir keine Sorgen, es ist alles in Ordnung", antwortete ich, ohne mir etwas anmerken zu lassen.

Neil fragte mich, wo denn *Johanna* sei, denn er hätte sie schon eine Weile nicht mehr gesehen. Ich wollte ihm nicht von der Begegnung mit *Mr. Jo* erzählen, aber das brauchte ich auch nicht mehr, denn sie kam gerade mit *Emilie* zu uns geeilt. Die beiden rannten an mir vorbei und gratulierten *Neil* zu dem erfolgreichen Geschäft.

„Heute werden wir in *Chakki's* Big Bar Saloon feiern und ich werde euch einladen", rief *Neil* uns zu.

Wir machten uns auf den Weg und kehrten zwischendurch in der besagten Bar ein. Ich bestellte ein Bier und wollte die Toilette aufsuchen, als ich in einem Nebenraum *Mr. Jo* mit *Johanna* sitzen sah. Sie waren in einem intensivem Gespräch vertieft und ich konnte nur ein paar Wortfetzen auffangen, wie zum Beispiel:

„In der Höhle sind die Antworten zu finden. Sie darf sie auf keinen Fall finden, hörst du?" *Mr. Jo* äußerte sich sehr bestimmend.

Johanna fragte ihn: „Und was ist mit *Neil?*"

Mr. Jo lachte, nahm ihre Hand und meinte: „Er frisst dir doch wie gehabt aus der Hand, oder?"

Dann kam eine Bedienung und brachte den beiden die bestellten Tequilas. Ich musste mein Belauschen unterbrechen, sah aber noch wie *Mr. Jo* den Tequila und den Salzstreuer von der rechten auf die linke Seite von *Johanna* schob und seine Scheibe Zitrone in ihrem Getränk auspresste.

Ich überlegte, was sie mit der Höhle gemeint hatten und es schien, als ob *Johanna* immer noch sehr an *Neil* interessiert war. Es kam mir auch etwas seltsam vor, dass sie sich angeblich erst seit heute morgen kannten, denn er wusste, dass sie Linkshänderin war, denn ansonsten hätte er den Tequila und den Salzstreuer nicht umgestellt. Außerdem sprachen sie sehr vertraut. Die ganze Situation machte für mich keinen Sinn.

Als ich von der Toilette zurückkam waren beide aus dem Nebenraum verschwunden und *Johanna* saß mit *Neil* und *Emilie* an der Theke. Ich stellte mich auf die andere Seite von *Johanna*, wo die anderen uns nicht hören konnten und fragte sie, ob sie *Mr. Jo* noch auf dem Auktionsgelände herumgeführt hätte.

„Das sollte nicht deine Sorge sein", zischte sie mich mit giftigen Blicken an.

„Und…Wirst du ihn wiedertreffen?", fragte ich hartnäckig. Sie lächelte süffisant:

„Warum kümmert dich das? Möchtest du wissen, ob ich eine Beziehung mit ihm habe? Da kann ich dich beruhigen. Er ist nicht mein Typ. Du kannst ihn gerne haben." Sie nippte an ihrem Tequila und fragte mich erneut in einem bestimmenden fast schon aggressiven Tonfall: „Und, ist er oder *Neil* dein Typ Mann?" Ihre Augen blitzten auf.

Ich wurde rot und antwortete ihr kurz angebunden: „Wie du bereits gesagt hast, es ist nicht mein Business und was mich betrifft, ist es dann auch nicht deines."

Sie lachte höhnisch und drehte mir den Rücken zu. Dann prostete sie *Neil* und *Emilie* mit ihrem Tequila zu und ignorierte mich. „Eine böse Frau", dachte ich, „am besten geht man ihr aus dem Weg. Wie konnte *Neil* bloß mit ihr befreundet sein?" Das war mir ein Rätsel.

Auf dem Rückweg erzählte mir *Neil* viel über diese Gegend und ihre Vergangenheit:

„Wie überall in den USA und in Kanada befanden sich verschiedene Indianer Clans im Krieg. Als die Weißen kamen konnten nur wenige große Krieger verschiedene Clans vereinigen, um gegen die Weißen überhaupt eine Chance zu haben. Einige verbündeten sich mit den Weißen, bekamen als Gegenleistung Waffen und Alkohol und verrieten ihr eigenes Volk. Die meisten wurden einfach überrannt, ausgebrannt oder ausgehungert. Aber hier in dieser Gegend befinden sich viele Höhlen, in denen einige der Indianer Zuflucht suchten und sich vor den Weißen verstecken konnten. Mein Ururgroßvater war einer von ihnen. Er war sehr stark, konnte sich gegen die Weißen behaupten und tauchte mit seiner Familie und einigen seines Clans unter. Sie ernährten sich hauptsächlich von Beeren, Pilzen und Pflanzen, bauten aber selbst auch Gemüse an. Felle und Fleisch besorgten sie sich durch die Bären- und Wolfsjagd. Die Weißen, die von den Indianerstämmen auch Bleichgesichter genannt wurden, hatten ihre Nahrungsgrundlage, die Büffel, total zerstört. Wasser konnten sie nur von umliegenden Flüssen oder Bächen schöpfen, mussten sich aber davor hüten, aufgespürt zu werden. Es ist bis heute unklar, wie manche Indianerclans zu so einer Stärke kamen, denn es war sehr schwierig, sich gegen so eine geballte Übermacht der Weißen zu behaupten und sich vor Krankheiten zu schützen."

„Du bist sehr stolz auf deine Vorfahren, nicht wahr?", fragte ich ihn gerührt.

„Oh ja, ich möchte auch die Tradition unseres Volkes bewahren. Viele verleugnen ihre Herkunft und schämen sich für sie, aber ich sehe in meinen Vorfahren eine starke Kraft, die bis heute in uns steckt und viel zu unserem jetzigen Dasein beitragen kann. Man kann viel von den Indianerkulturen lernen." Er setzte fort, dass er darin auch eine Verbindung zu *Johanna* sehe, die auch die alten traditionellen Werte lebe.

„Ist sie auch ein Choctaw-Apache?", fragte ich ihn beiläufig.

„Nein, sie ist ein Cherokee. Aber das spielt keine Rolle. Die Werte aller Stämme sind ähnlich, da sie alle auf ihre Inuit Kultur zurückzuführen sind", erklärte er geduldig.

Ich begann, von mir zu erzählen: „Ich weiß nur wenig über die Indianerkultur, obwohl auch in meinen Adern Indianerblut fließt, das allerdings im Laufe der Zeit stark mit dem der sogenannten Bleichgesichter vermischt wurde. Und deshalb würde es keiner vermuten. Es wurde aber auch in meiner Familie verheimlicht. Wie du schon gesagt hast, schämen sich manche dafür, und genau das war auch in meiner Familie der Fall. Erst als meine Großmutter in ihrer Vergangenheitskiste kramte und mir kurz vor ihrem Tod ein Türkisamulett übergab und mir auftrug dieses sehr gut aufzubewahren, da es von meinen Urahnen, den Indianern, stammte, erfuhr ich davon. Meine Eltern hatten nie darüber gesprochen. Und als ich sie damit konfrontierte, bestritt meine Mutter es vehement. Großmutter hätte eine blühende Phantasie, hieß es. Naja, daher weiß ich wenig über meine Vorfahren. Ich wusste bis zu diesem Zeitpunkt nicht einmal von welchem Stamm ich abstamme", erzählte ich.

„Aber vielleicht wäre das auch egal gewesen. Sprechen kann ich ja doch nicht mit meinen Vorfahren", meinte ich lächelnd.

„Oh, da täuscht du dich aber. Wie ich schon zuvor erwähnte, stehen Indianer immer mit einem Bein in der spirituellen Welt und können durchaus mit den Ahnen in Kontakt treten. Ich werde dir das auf dem Ahnenfest zeigen."

„Hm, ich weiß nicht, ich habe dazu wirklich keinen Bezug. Ich bin lieber nur in meiner realen Welt und die ist schon aufregend genug", erwiderte ich und verzog den Mund dabei. Ich merkte, wie mir ganz unwohl wurde. Meine schaurigen Träume reichten mir schon, da brauchte ich nicht auch noch so etwas Spukvolles wie eine Geisterbeschwörung.

„Na na na, hab keine Angst, *Charlotte*, du wirst dabei nicht verrückt, und du brauchst dich auch auf nichts einzulassen. Es ist ganz alleine deine Entscheidung, aber verschließ dich dieser Erfahrung nicht, denn auch du hast die Kraft in dir und kannst diese sehr gut nutzen, glaube mir. Du weißt es nur noch nicht und die Angst vor dieser Kraft und vor den Fähigkeiten, in die andere Welt einzutauchen, ist auch ein Grund dafür, dass dir deine Eltern deine Herkunft verheimlicht haben. Da bin ich mir ganz sicher. Eine Frage, *Charlotte:* Hattest du denn noch nie eine Erscheinung, die dich auf deine Herkunft aufmerksam gemacht hat?"

Spontan verneinte ich die Frage aber dann fiel mir der alte, grauhaarige Indianer ein, der mir mehrmals im Traum erschienen ist.

„Ja, doch, diese Erscheinung wirkte so echt, daran konnte ich mich noch erinnern, aber manchmal ist das ja auch mit Träumen so", meinte ich.

„Ich bin davon überzeugt, dass diese Erscheinung eine Mitteilung war. War dies erst kürzlich?", fragte er interessiert. Ich bejahte die Frage.

„Na dann war es, um dich auf etwas vorzubereiten." *Neil* hielt auf einem Seitenstreifen an: „Vielleicht liegt ja hier bei mir der Schlüssel?" Dann nahm er meine Hand, lehnte sich zu mir herüber, schaute tief in meine Augen und sagte ganz ernst: „Möglicherweise bin ich derjenige, durch den du etwas über dich selbst erfahren sollst."

Ich war verwundert, dass er von meiner eigentlichen Intention der Selbsterkenntnis wusste und fragte ihn: „Wie kommst du darauf, dass ich mich selbst erfahren möchte?" Ohne die Miene zu verziehen antwortete er: „Das sagt mir meine indianische Intuition und es wäre die logische Schlussfolgerung aus deiner Vision."

Ich war von seiner Anteilnahme gerührt. Ich machte Anstalten, ihm einen Kuss auf die Wange zu drücken, doch er zog sie zurück, obwohl ich mir sicher war, dass seine Signale eindeutig waren. Etwas verunsichert antwortete ich ihm: „Wie auch immer, ich bin dir unendlich dankbar für alles. *Neil*, ich fühle mich sehr wohl hier. Danke für deine Gastfreundschaft." *Neil* räusperte sich, lächelte kurz und setzte die Fahrt ohne ein Wort zu sagen fort. „Komplimente anzunehmen ist wohl nicht so seine Stärke", dachte ich, „und richtig schlau werde ich aus ihm auch nicht. Jetzt verstehe ich erst recht nicht, wie er zu mir steht. Aber andererseits macht ihn das noch interessanter."

Auf seiner Farm angekommen, versorgten wir die Pferde und *Neil* verabschiedete mich mit den Worten: „Ich möchte morgen im Morgengrauen mit dir ausreiten. Bitte sei um fünf Uhr bereit. Und falls du heute noch Hunger hast, im Kühlschrank sind noch belegte Sandwichs. Gute Nacht, *Charlotte* und achte auf deine Träume, was immer sie dir auch sagen wollen." *Neil* drehte sich um und ging ohne abzuwarten, ob ich vielleicht Einspruch einlegen würde. „Also gut, *Charlotte*", dachte ich, „dann wird es ernst. Morgen gibt es eine neue Lektion im Sattel. Und keine Widerrede, da musst du jetzt durch."

Neil holte mich Punkt fünf Uhr im Morgengrauen ab. Er hatte *T.L.S. Thunderboy* gesattelt und übergab mir die Zügel. Er ritt einen Appaloosa Wallach, ein unheimlich schön gebautes Pferd. Ich hatte keine Mühe aufzusteigen, denn *T.L.S. Thunderboy* blieb einfach so lange stehen, bis ich im

Sattel saß. Und schon ging es los. Wir ritten hinauf auf die Berge, auf denen der Sonnenaufgang unbeschreiblich schön war. Hinter dem einen Berg war ein großer See, in dem sich die Sonne spiegelte. *Neil* und ich verweilten oben auf der Spitze und sahen uns tief in die Augen. *Neil* kam ganz nah mit seinem Pferd an *T.L.S. Thunderboy* heran und legte seine Hand auf meine Schulter. „Ist dies nicht eine traumhafte Gegend, *Charlotte?*"

Ich neigte meinen Kopf auf seine Hand und wir beide genossen den Moment, als ich plötzlich ein Summen hörte. Das Summen kam aus dem Schilf des Sees. Ich fragte *Neil*: „Hörst du? Da summt jemand." *Neil* hörte gespannt hin und verneinte. Das Summen wurde immer lauter. Es war wunderschön. Ich liebte dieses Summen und wurde magisch davon angezogen. Ich folgte dem Summen, ritt auf das Schilf zu und ohne zu zögern schritt *T.L.S. Thunderboy* in das dichte Schilf hinein, als plötzlich ein Mann mit dem Rücken zu mir stand. Er trug einen Hut und sein Kopf war gesenkt.

„Hey, wer bist du, dass du so schöne Lieder singst? Und was machst du hier im Schilf?", rief ich ihm zu. Der Mann drehte sich um, hob seinen Kopf und sang: „Ich werde niemals die Momente vergessen, die Momente als das Licht deiner Liebe meine trauernde Seele betörte. Was wir behalten ist die wunderschöne Zeit, die Zeit zusammen, die niemals vergeht." Ich erschrak. Es war *Mr. Jo*, der diesmal ganz in weiß gekleidet war. Sogar sein Stetson Hut war weiß und er streckte mir eine Rose entgegen.

„*Charlotte*, ich warte auf dich. Ich warte schon seit langer Zeit auf dich. Bitte komm mit mir!" Er summte wieder, seine Augen glänzten wie schwarze Opale und ich fühlte mich von ihm angezogen. Er nahm meine Hand und half mir vom Pferd. Dann nahm er mich in seine Arme, hob mich hoch und trug mich in Richtung See. Er lächelte glücklich, zog mich in seinen Bann und wie gelähmt ließ ich es mit mir geschehen.

„Ist doch *Mr. Jo* der Mann meines Lebens?", fragte ich mich. Plötzlich zog etwas sehr eindringlich an mir und riss mich aus *Mr. Jo's* Armen. *Neil* schwang meinen Körper auf den Pferderücken von *T.L.S. Thunderboy* und gab ihm einen Klaps.

„Lauf, lauf schnell." Ich wusste nicht, wie mir geschah und sowohl *Neil's* als auch mein Pferd liefen schnell in die Ferne. Mein Körper lag über dem Sattel gebeugt, aber er schwang ganz leicht im Takt der Galoppbewegungen mit. Ich drehte meinen Kopf nach hinten und sah, wie *Mr. Jo* sich immer weiter entfernte. Das Summen verstummte langsam, der Wind blies mir ins Gesicht, wehte meine langen lockigen Haare nach hinten und ich wurde innerlich ganz ruhig, bis ich plötzlich durch ein schrilles Geräusch zusammenzuckte. Der Wecker klingelte und riss mich aus meinen Träumen.

„Oh nein, schon wieder ein seltsamer Traum." Mein Körper zitterte und meine Beine brannten. Dieser Traum war mir wieder sehr real erschienen, aber ich war glücklich, dass es nur ein Traum gewesen war. Mir fielen die Worte vom letzten Traum und die Worte von *Neil* ein, der sagte, dass Hinweise in Träumen zu finden seien, ich darauf achten solle und ich den Schlüssel vielleicht bei ihm finden würde. Auch ließ der alte Indianer mir im Traum mitteilen, dass hier mein *Wakan Tanka* zu finden sei. Aber was hatte *Mr. Jo* damit zu tun? Ich wusste es nicht. War es denn nicht schwierig zu wissen, wann Zeichen auftauchten und was für Zeichen das wären? Könnte man sonst nicht in allem und jeder Begegnung ein Zeichen sehen? Und von wem kam denn eigentlich ein Zeichen? Ich war sichtlich verunsichert und Zweifel kamen wieder auf, ob ich je geeignete Antworten auf alle meine Fragen bekommen würde.

Ich duschte schnell, zog meine Jeans und Lederchaps an, band meine Haare zusammen und eilte nach unten in die Küche, um rasch ein Sandwich zu frühstücken. Meine Weste ließ ich in meinem Zimmer. Wie im Traum kam *Neil* mit Handpferd pünktlich um fünf Uhr, um mich abzuholen und auch mit einem Apaloosa Wallach und *T.L.S. Thunderboy*. „Zufall oder eine Vorahnung?", fragte ich mich. *Neil* überreichte mir *T.L.S. Thunderboy*, der mich freundlich begrüßte. Ich streichelte *T.L.S. Thunderboy* und wartete gespannt auf das, was jetzt kommen würde.

Neil fragte mich: „*Charlotte*, worauf wartest du? Du kannst aufsitzen." Ich erwiderte verwundert: „Hältst du mir nicht den Steigbügel zum Aufsitzen?"

Neil schaute mich erstaunt an: „Soll ich dir auch noch eine Leiter holen? Ich dachte, dass du sportlich bist. Komm, du schaffst das schon alleine. *T.L.S. Thunderboy* bleibt stehen bis du oben bist, aber beeile dich bevor er ungeduldig wird."

„Hach", dachte ich erleichtert, „doch nur Zufall und kein Drehbuch, das schon im Voraus geschrieben wurde."

Wir machten uns auf den Weg und ritten über kleine Flussläufe auf die Berge hoch. Als wir am obersten Berg auf der Spitze angekommen waren traute ich meinen Augen nicht. Die Sonne spiegelte sich in einem See, der mit dichtem Schilf bewachsen war, genauso wie in meinem Traum. *Neil* fragte, wie ich den Sonnenuntergang und das Panorama fände und ich musste schlucken und stotterte nur:

„Un…unbeschreiblich." Und noch unheimlicher war, dass das Summen ertönte und eine Stimme meinen Namen rief. *Neil* meinte, dass er zum Schilf reiten wollte, aber ich schüttelte aufgeregt den Kopf und stieß nur ein lautes „Nein" aus. *T.L.S. Thunderboy* merkte meine Unruhe und fing an zu tänzeln.

„Was ist denn *Charlotte*, passt dir etwas nicht?" Ich fragte ihn vorsichtig, ob er irgendetwas Seltsames hörte. Er lauschte, aber antwortete: „Nur das Klappern des Fischreihers. Warum?"

„Bitte *Neil*, lass uns zurückreiten. Ich fühle mich nicht wohl." *Neil* machte mir seine Enttäuschung über einen verkorksten Morgenanfang deutlich und erwiderte etwas patzig: „Schade, *Charlotte*, es ist ein wunderschöner Tag, aber wenn es dir nicht gut geht, dann reiten wir natürlich wieder zurück. Aber ehrlich gesagt werde ich das Gefühl nicht los, dass du mir etwas verschweigst. Willst du mir nicht sagen, was wirklich mit dir los ist? Heute Morgen sahst du noch ganz fit aus und warst guter Dinge, aber jetzt siehst du aus, als hättest du einen Geist gesehen."

„Es tut mir Leid, aber ich fühle mich heute einfach nicht wohl. Vielleicht habe ich zu wenig gegessen", wich ich ihm aus. Schweigend machten wir uns auf den Rückweg. Zurück auf der Farm rannte ich auf mein Zimmer, schmiss mich aufs Bett und vergrub mein Gesicht weinend im Kissen.

„Ich bin doch verrückt, ich höre schon Stimmen. Was ist denn nur los mit mir?", murmelte ich und konnte nicht mehr aufhören zu weinen.

Als hätte *Dr. Ponchan* meinen schlechten Zustand geahnt, rief sie mich an. Unter Heulen erklärte ich ihr, was passiert war. Sie beruhigte mich. Es würden noch mehr solcher Dinge geschehen. Das sei ganz normal in der Situation, in der ich mich befände. Wenn man mit einem Bein in der körperlosen Welt stehe, so hätten die übernatürlichen Wesen auch einen massiven Einfluss auf einen. Die nicht irdische Welt könnte einem Angst machen aber das sollte man nicht zulassen. Sie erklärte mir, dass ich versuchen sollte, mich auf das Wesentliche zu konzentrieren, die Suche nach meiner Abstammung, um die Verschmelzung der Erden- mit der Geisterwelt zu trennen. Das sei der einzige Ausweg, dass wieder Frieden in mir einkehre.

Sie konnte mich ein wenig beruhigen und ich bedankte mich für ihre Aufmunterung. Es tat gut, mit jemandem zu sprechen, der mich verstand und der von meiner Situation wusste. Das konnte ich aber auf keinen Fall den Anderen erzählen, ohne dass diese mich für verrückt erklären würden. Denn ich selbst zweifelte ja sogar an meiner geistigen Verfassung. Ich machte mir jetzt selber Mut: „*Charlotte*, du schaffst das. Zeig Courage!" Dann duschte ich mich, wusch mir die Tränen aus dem Gesicht und ging nach unten. Es war keiner im Haus. Daher beschloss ich einen Spaziergang zu machen, um auf andere Gedanken zu kommen.

Ich ging die Allee an den Weiden entlang. Die Dogwood Bäume rochen lieblich und die Bienen summten. „Diesmal nur die Bienen", dachte ich erleichtert und die Sonne strahlte mir ins Gesicht. Es ging mir allmählich besser. Die Natur mit den vielen Eindrücken war anscheinend gut für meine Seele. In der Ferne sah ich auf einem Hügel eine kleine Holzhütte und visierte diese an. Ich bog gerade um die Kurve, um in die Richtung der Hütte zu laufen, als plötzlich *Johanna* neben mir erschien. Sie ritt den Hengst *Spotty Fire*. Sie sah, dass ich *Spotty Fire* musterte und brachte mir etwas überheblich bei, dass es *Neil's* Lieblingspferd sei, das ihm schon viele Starfohlen, die prämiert worden waren, gezeugt hätte. Ich warf nur ein kurzes „Aha" ein und ließ mich nicht von meinem Spaziergang abhalten. *Johanna* setzte fort:

„*Neil* hat ausschließlich mir erlaubt, ihn zu reiten." Ohne die Miene zu verziehen, dachte ich nur: „Schön für dich, aber was geht mich das an?" Ich hatte keine Lust, mich mit dieser bösen Frau zu unterhalten. Ich wollte meine Ruhe haben, deshalb antwortete ich gar nicht. Aber *Johanna* ließ nicht locker:

„Dort auf dem Berggipfel, unweit der kleinen Hütte, haben *Neil* und ich uns zum ersten Mal geküsst. Ach, wir waren so verliebt", schwärmte sie, mich dabei musternd, wie ich wohl reagieren würde. Genervt ließ ich sie wissen, dass mich dies nicht im Geringsten interessierte.

„Gut, dann interessiert dich auch nicht, dass ich ihn jetzt zum Picknick treffen werde, nur er und ich", rief sie mir in einem schrillen Ton entgegen, lachte höhnisch und galoppierte davon. Sie wirbelte viel Staub auf und plötzlich sah ich etwas auf den Boden fallen. Ein Messer, das von einer Lederschatulle umhüllt war. Diese Hülle hatte ein Hufeisen- Emblem und glänzende Steine, die wie Edelsteine funkelten. Ich hob es auf und packte es in meine Tasche. Und wieder dachte ich, was für eine böse Frau sie war, und schüttelte den Kopf. Ich bekam ein mulmiges Gefühl im Bauch über das Gesagte und dachte nach: „War da wirklich etwas zwischen den Beiden? Kann ich mir eigentlich nicht vorstellen, ansonsten hätte *Shiner* doch nicht von Langzeitfreundin gesprochen. Ach, wie auch immer, ich möchte mich nicht länger damit befassen und lieber das schöne Wetter genießen."

Healing Hand

*B*ei der Hütte angekommen, musste ich feststellen, dass sie verschlossen war. Sie musste aber bewohnt sein, denn es rauchte aus dem Schornstein. Draußen waren Felle zum Trocknen aufgespannt. Hinter dem Haus war ein kleiner Gemüse- und Kräutergarten, der sehr gepflegt aussah. Ich hörte eine Waschmaschine laufen und plötzlich kam eine kleine alte Frau aus dem Hintereingang in den Garten, deren indianische Herkunft eindeutig zu erkennen war. Sie hatte lange, schwarzgraue Haare, die sie zu einem Dutt zusammengefasst hatte. Auch sie trug ein traditionelles Indianerkostüm mit langem, braunem Wildlederrock, einem bestickten weinroten Hemd und einer Lederweste, ähnlich wie meine, aber ganz schlicht und braun. Ich begrüßte sie mit einem „Hi". Sie drehte sich zu mir um und lächelte. Ihr leicht gebräuntes Gesicht war unbeschreiblich schön, fast faltenlos. Ihre weißen Zähne glänzten. Sie sah sehr jung aus. Sie trug einen wunderschönen blauen Kristall um den Hals. „Hi, du musst *Charlotte* sein", sagte sie. Ihre mandelförmigen schwarzen Augen funkelten.

Sie merkte, dass ich verwundert war, dass sie meinen Namen kannte und noch dazu fließend Deutsch sprechen konnte, und erklärte: „*Neil* hat mir erzählt, dass er einen deutschen Gast aus Thailand erwartet. Und gleich vorweg: Ja, ich habe auf meinen längeren Aufenthalten im deutschsprachigen Raum Deutsch sprechen gelernt." Die alte Frau lachte überschwänglich: „Ich bin *Healing Hand*. Herzlich Willkommen."

Sie öffnete das Gartentürchen und ließ mich ins Häuschen. Es war urgemütlich. Sie hatte einen offenen Kamin, auf dem ein Kupferkessel mit Wasser stand. Sie hatte schöne Holzmöbel mit aufwendigen Schnitzereien. Die Bänke waren reichlich mit Fellen ausgelegt und farbenprächtige bestickte Decken lagen im Zimmer verteilt aus. Über der Sitzecke hing ein Bild von *Jungfrau Maria* mit *Jesus* im Arm. „Ungewöhnlich", dachte ich. In einer Ecke führte eine Leiter nach oben, auf eine kleine Empore unter dem Dach. Ein großes Dachfenster füllte die Empore mit Licht. Auf der Empore waren Kissen und Decken aufgelegt.

„Abends kuschele ich mich da oben ein und kann die Sterne beobachten", meinte sie. Sie drückte eine großartige Zufriedenheit aus, die sich sofort auf mich übertrug.

„Tee?", fragte sie mich.

„Gerne, aber ich möchte Sie keineswegs vom Arbeiten abhalten."

„*Charlotte*, das können Sie nicht. Wenn ich arbeiten will, arbeite ich und wenn ich mit Ihnen Tee trinken möchte, so trinke ich Tee."

„Das ist sehr nett von Ihnen", antwortete ich und dachte, wie einfach doch Dinge sein können. Warum eigentlich immer so kompliziert denken?

Während sie mir Tee servierte, fragte sie mich, wie mir der Aufenthalt bei *Neil* gefallen würde.

„Sehr gut. *Neil* und auch seine Schwester sind sehr gastfreundlich."

„Ja, die beiden hatten es nicht leicht. Ich kannte ihren Großvater. Er hat es immer gut gemeint, konnte aber nicht immer das machen was er wollte. Sonst hätte er die beiden niemals weggegeben. Er kam öfter hier vorbei zum Tee und schüttete mir sein Herz aus. Er war ein guter Mann."

„Was ist mit seiner Frau geschehen?", fragte ich neugierig.

„*Fit For Two* hat Frau, Sohn und Schwiegertochter auf einmal verloren. Wie ein Fluch, der über dieser Familie lag. Sie sind durch einen Autounfall ums Leben gekommen. Sie waren auf dem Weg nach Atlanta und fuhren die Bergschluchten entlang, als sich plötzlich mehrere Felsbrocken in Bewegung setzten. Das Auto kam ins Schleudern und stürzte die Klippe hinab, zerschellte am Boden und ging in Flammen auf. Jede Hilfe kam zu spät."

„Was für einen Fluch meinen Sie?" fragte ich interessiert.

„Es wird erzählt, dass die Schwiegermutter von *Fit For Two's* Vater *Faster As A Flash* ihre beste Freundin dazu gedrängt hatte, ihren Säugling abzugeben, da diese in Schande gelebt hatte. Das Kind war von einem Mann, der schon einer Anderen versprochen war. Dieser Mann war kein Guter und nur nach seinem Vorteil aus. Er hatte bereits eine andere Frau aus seinem Stamm geschwängert und blieb bis zu seinem Tod bei ihr. Daraufhin hat die Freundin der Schwiegermutter das Neugeborene ausgesetzt und sich selbst umgebracht. Sie hat das Geheimnis um den Vater mit in ihr Grab genommen. Die Schwiegermutter hatte sich dies niemals verziehen und litt seitdem unter schweren Depressionen. *Neil* und *Shiner's* Großeltern hatten es nicht einfach mit deren Großmutter und mussten sie pflegen. Tja und dann Generationen später, der tragische Unfall der Eltern und Großmutter von *Neil* und *Shiner*, der beide Kinder zu Vollwaisen machte. Sie hatten dann nur noch *Fit for Two*."

„Das ist ja schrecklich", warf ich ein.

„Ja, das ist es."

„Und was ist aus dem Säugling geworden?", fragte ich neugierig.

„Er wurde von den Cherokees aufgezogen. Die Familie hat ihn als eigenen Sohn angenommen und darüber stillgeschwiegen, dass er ursprünglich von den Choctaws abstammte. Was letztendlich aus ihm geworden ist, weiß nur Gott." *Healing Hand* lächelte und ich hatte den Eindruck, dass sie mehr wusste als sie zugab.

„Wenn man an ihn glauben kann", wandte ich ein und sah auf das Bild mit *Jungfrau Maria* und *Jesus*. „Zweifeln Sie etwa an der göttlichen Existenz, *Charlotte*?", fragte *Healing Hand* und legte ihre Hand auf meine, die plötzlich unwahrscheinlich warm wurde. Ein angenehmes Gefühl der Entspannung durchlief meinen Körper. Für einen kurzen Moment normalisierte sich auch mein Herzschlag, der permanent raste. *Healing Hand* schaute mir tief in die Augen, während sie ihre Hand auf meiner ließ und führte mich auf eine Entdeckungsreise zu mir selbst. Es war sehr interessant, was sie alles über mich wusste, ohne mich zu kennen.

„*Charlotte*, dich beunruhigt etwas, dass dir auf der Seele brennt. Menschen mit widersprüchlicher Seele sind oft unruhig. Es hat deine Seele sogar erkrankt, denn da liegt etwas in deiner Vergangenheit, dass wie ein Stein auf ihr liegt und dir großen Kummer bereitet. Die Seele ist nicht mehr ein Ganzes und Teile sind von anderen Kräften besetzt. Die Seele muss geeint werden und zwar aus allen Teilelementen aus dir selbst. Die Seele ist nicht wirklich geeint, wenn nicht alle Glieder des Lebens zusammen in Harmonie existieren. Die Entdeckung zu dir selbst ist zur Heilung deiner Seele unabdingbar." Ich nickte und plötzlich rollten mir Tränen über mein Gesicht, die ich nicht aufhalten konnte.

„Lass es geschehen, *Charlotte*. Es ist nicht schlimm, Gefühle zu zeigen." *Healing Hand* strich die Tränen von meiner Wange.

Und dann sprudelte es nur so aus mir heraus und ich erzählte ihr, was mich bewegte. *Healing Hand* kannte längst die Gründe, warum ich an diesen

Ort kommen musste, aber hörte trotzdem gespannt zu. Nachdem ich alles herausgelassen hatte, schaute sie mich an und sagte nur:

„Du bist etwas ganz Besonderes, *Charlotte*, und in dir selbst liegt der Schlüssel zur Erlösung. Man muss dem Glauben Platz machen, genau dort, wo man steht. Das ist die einzige Lösung." Ich verstand nicht genau, was sie damit meinte und schaute sie fragend an. Sie erklärte mir, dass ich doch das Sprichwort kennen würde:

„Glaube versetzt Berge". Und genau so einfach sei dies.

„In mir fließt genauso wie in dir das Blut unserer Stammesbrüder und dadurch sind wir von vornherein offen für die spirituelle Welt. Aber eins kann ich dir sagen, ich habe eine Kraft kennengelernt, die viel größer und mächtiger ist, als jene welche die Indianerwelt je erlebt hat. *Charlotte*, öffne dem heiligen Geist dein Herz und er wird dir den Weg weisen. Und lass dich nicht von den schamanischen Kräften unserer Stammesbrüder verleiten, das kann gefährlich sein."

„Was meinen Sie damit?", fragte ich sie etwas verwirrt.

„Mag ein Mensch noch so viel Erfolg, noch so viel Genuss, mag er noch so viel Macht erlangen und Großartiges erschaffen, sein Leben bleibt weglos, solange er nicht der Stimme seines Herzen folgt. Und dieser Stimme kann er nur folgen, wenn er sein Herz für eine Kraft geöffnet hat, die zig mal stärker ist als die eigene und damit meine ich nicht die Magie der Geisterwelt, die auch ich von meinen Vorfahren gelehrt bekommen habe. Die schamanischen Kräfte sind sehr stark, aber bergen auch die Gefahr, dass diese unkontrolliert sein können und ein falscher Geist dahinter steckt. Mein Urgroßvater war ein überzeugter Schamane, mein Großvater hingegen wusste aber auch um die Besonderheit, die mir später durch meinen christlichen Glauben zuteil werden würde.

Und auch in dir schlummern ebenfalls ganz große Kräfte. Du musst sie nur erkennen und sie dann auch einsetzen wollen, glaub mir."

„Und was soll ich jetzt tun?", fragte ich sie ungeduldig.

„Damit deine Seele wieder vereint werden kann und du dein Herz öffnen kannst, muss zuerst der Stein, der das Herz verschließt, beseitigt werden. Das heißt, die Besetzungen müssen weg. Du musst zurückgehen in die Vergangenheit, um zu verstehen wie diese überhaupt zustande gekommen sind. Fremde Mächte können erst dann Einfluss nehmen, wenn gewisse Schwachstellen vorhanden sind. Diese muss man erkennen und dann das Problem lösen. Erst dann kannst du dich Anderem wieder öffnen und befreit von seelischen Schmerzen und Ängsten sein."

„Und wie können diese Schwachstellen aussehen?", fragte ich neugierig weiter.

„Es kann ganz einfach sein, dass du ein schlechtes Erbe angetreten hast. Zum Beispiel, dass sich schlechte Dinge in früheren Generationen ereignet haben, die du in dir weiterträgst. Mord, Selbstmord, Heimtücke usw. sind Möglichkeiten. Diese Bindungen alter Muster müssen durchtrennt werden und das kann nur dort geschehen, wo sie entstanden sind."

„Und Sie denken, dass dies hier war?"

„Ja, *Charlotte*, nichts ist von ungefähr. Nichts ist Zufall. Der Ball wurde dir zugespielt, dass du zu deinen Wurzeln zurückkehrst."

„Und diese Wurzeln sind hier, nicht wahr?"

„Genau, das ist der eine Grund, dass du hierher kommen solltest. Der andere Grund wird deine Zukunft bedeutend prägen", antwortete *Healing Hand*.

„Was rede ich denn die ganze Zeit, du fühlst es doch schon längst", sagte sie schmunzelnd. „Naja", dachte ich, so richtig verstand ich nicht, was sie damit meinte.

Ich war mir unsicher: „Was ist denn der andere Grund?"

„Das musst du selbst herausfinden. Das kann ich dir nicht sagen. Aber auf eines muss ich dich noch hinweisen. Jetzt beginnt deine Entdeckungsreise und sie wird nicht immer einfach sein, denn da werden Menschen sein, die es nicht unbedingt gut mit dir meinen. Nimm dich vor ihnen in Acht und bete, dass du die guten von den bösen unterscheiden kannst."

In meiner Hosentasche zwickte es plötzlich und mir fiel ein, dass ich ja noch das Messer von *Johanna* eingesteckt hatte. Ich legte das Messer auf den Tisch. *Healing Hand* strich über die schöne Messertasche, musterte die Edelsteine und das eingravierte Hufeisensymbol. Ihre Augen verschmälerten sich und sie fragte, wo ich das her habe. Ich antwortete ihr, dass *Johanna*, eine alte Jugendfreundin von *Neil*, dieses Messer verloren hätte und es genau vor meine Füße gefallen sei.

Sie sagte ernst: „Normalerweise gehen Dinge verloren, um zu dem richtigen Eigentümer zurückzukehren. Möglicherweise ist das Messer für dich bestimmt."

„Ach, das glaub ich nicht. Warum denn auch? Es ist mir ganz fremd."

Healing Hand erwiderte: „Verschließ dich nicht gegenüber Dingen, die dir unwahrscheinlich erscheinen und prüfe die Dinge genau, die für dich wahrscheinlich sind. Manchmal sind Dinge einfach komplexer und manchmal erkennt man die Wahrheit erst auf den zweiten Blick. Du ganz alleine wirst die Erfahrungen auf deiner Entdeckungsreise sammeln. Du musst herausfinden, wie und wo du deine Informationen sammeln kannst und wer hilfreich oder auch hinderlich sein kann. Andere können dir zwar Ratschläge oder Anregungen geben, aber die Verantwortung, Entscheidungen über wahr oder falsch zu treffen, trägst du ganz alleine." *Healing Hand* zog das Messer aus der Tasche und fühlte einen Schmerz, der ihre Hand durchzog.

„Dies trägt eine dunkle Wahrheit in sich", sagte sie und blockte weitere Fragen von mir ab. Sie packte das Messer zurück in die Messertasche und überreichte mir Beides.

Sie gab mir zu verstehen, dass sie jetzt noch arbeiten müsste. Ich wurde das Gefühl nicht los, dass sie mehr über dieses Messer wusste und es mir gegenüber verschwieg. Zum Abschied gab sie mir eine große Tasse Wasser aus einer Karaffe, die einen grünen Bergkristall beinhaltete.

„Trink es in kleinen Schlückchen. Das Wasser wird dich vor Krankheiten bewahren und dir Kräfte verleihen, die du gut gebrauchen kannst."

Danach gab sie mir ein paar Kräuter und Nüsse, die sie in ein Säckchen packte und empfahl mir dieses in meiner Hosentasche zu tragen. Es sollte mich etwas entspannen und mir Weitsichtigkeit verleihen.

Ich bedankte mich vielmals für ihre Gastfreundschaft und für ihre weisen Ratschläge. Sie drückte meine Hand und meinte mit ihrem großherzigen Lächeln, dass ich jederzeit willkommen sei. Dann machte ich mich auf den Weg zurück. Ich fand den Besuch bei *Healing Hand* sehr interessant, war aber auch über mich selbst verwundert, dass ich mich einer fremden Person gegenüber öffnete und so viel Vertrauen zu ihr hatte, dennoch blieb ich skeptisch über das von ihr Gesagte: „Sollte es wirklich eine göttliche Kraft geben und würde diese Kraft meine Blockaden oder Besetzungen beseitigen können? Und sind diese wirklich deshalb da, weil meine Vergangenheit damit etwas zu tun hat? Genauso wie das Medium, teilte mir diese quirlige alte Frau mit, dass ich zu meinen Wurzeln gehen müsste, um eine Lösung für mein Problem zu finden." Und während ich auf dem Rückweg so schlenderte und über den Besuch bei *Healing Hand* nachdachte, kam mir plötzlich in den Sinn, auf die Uhr zu schauen: „Oh je, die Zeit ist so schnell vergangen, hoffentlich hat sich *Neil* nicht schon Sorgen um mich gemacht. Aber wahrscheinlich war er so beschäftigt, dass er mich sowieso nicht vermisst hat", dachte ich und musste schmerzhaft an *Johanna's* Worte denken.

Ich merkte, dass das Wasser mir körperlich sehr gut tat. Ich konnte viel schneller laufen ohne außer Atem zu geraten, wie es auf dem Hinweg der Fall war. Auch fühlten sich meine Wangen warm an, die gut durchblutet waren.

Das Ahnenfest

Auf der Farm angekommen, waren alle in heller Aufregung. Die Vorbereitungen für das Ahnenfest waren voll im Gange. *Shiner* war mit der Vorbereitung des Essens beschäftigt. *Johanna* ritt auf dem Reitplatz und *Neil* trainierte im Round Pen seine Jungstuten, um diese beim Fest vorzustellen. Als ich vorbeilief, nickte er mir nur kurz zu, dann war er wieder ganz bei den Pferden. Ich wusste nicht, wie ich mich verhalten sollte. Der Morgen musste für ihn seltsam gewesen sein. Ich lehnte mich am Zaun an und beobachtete *Neil*. Wie zuvor sah sein Training wie ein Tanz aus. Er ging vor, das Pferd zurück. Er ging zurück und das Pferd vor. Und sein muskulöser Körper sah dabei so elegant aus. Seine blauschwarzen Haare entsprachen der Mähne des Pferdes. Es war ein Genuss, ihm zuzusehen. *Emilie* stand auf der anderen Seite des Zauns und war für den Pferdewechsel bereit, denn *Neil* hatte ein streng gegliedertes Programm. Nach dem Bodentraining tauschte er die Stute mit einer anderen aus, die von *Emilie* bereits gesattelt war.

Er bat mich, das Tor aufzumachen und ritt aus dem Round Pen auf einen Platz, auf dem mehrere Bogenschießscheiben aufgestellt waren. *Johanna* ritt ebenfalls auf diesen Platz. *Emilie* überreichte beiden einen Bogen und Pfeile. Zuerst zielten sie abwechselnd aus dem Stand auf eine Scheibe, dann im Galopp. Es sah beeindruckend aus. *Johanna* lachte laut und machte sich über *Neil* lustig, wenn sie ihre Pfeile besser platzierte als er. *Neil* winkte mich hinein und rief *Emilie* zu, dass sie mir Pfeil und Bogen bringen sollte. Ich war erstaunt, dass er mich dazu aufforderte. Ich hatte angenommen, dass er vielleicht noch sauer war. *Emilie* übergab mir Pfeil und Bogen und wies mich daraufhin, dass die Pfeile leicht kaputt gehen können, wenn ich die Scheibe verfehlen würde und in einen Baum oder in den Zaun treffen würde.

„Ach, wirklich?", erwiderte ich patzig. Sie lachte höhnisch und meinte:

„Du wirst schon sehen, wie schwierig es für Anfänger ist. Ich bin mir sicher, dass du einen blauen Arm bekommen und vor Schmerzen schreien wirst."

Ich schaute sie argwöhnisch an und ging zu *Neil*, der bereits abgestiegen war. Er stellte sich hinter mich, nahm meine Hände und führte Pfeil und Bogen. Dann zielte er auf die Scheibe. Er roch so gut als er nah bei mir stand. *Johanna* stoppte ihr Pferd und beobachtete uns mit zickiger Miene. Sie rief mir laut in einem schnippischen Ton zu:

„Hey, nur Menschen mit indianischer Herkunft können Pfeil und Bogen beherrschen. Du wirst niemals das Niveau erreichen, das wir ganz natürlich von unseren Ahnen vererbt bekommen haben, meine Liebe."

Ich schaute schnippisch zurück und dachte nur, dass sie nicht die geringste Ahnung hatte, nahm Pfeil und Bogen aus *Neil's* Hand, drehte mich entgegengesetzt zur Scheibe und schloss die Augen. Ich stellte mir geistig das Bullauge vor, verweilte so ein paar Sekunden, drehte mich dann blitzschnell um, während ich den Bogen spannte und ließ den Pfeil los. Und der Pfeil traf genau ins Rote." *Neil* klatschte begeistert:

„Wow, du bist keine Anfängerin. Meine liebe Frau, du überraschst mich immer wieder. Das war ein großartiger Schuss. Wo hast du das denn gelernt?"

Ich bedankte mich bei *Neil* für das Kompliment und sah lächelnd zu *Johanna*, die mir zunickte und ein Lob aussprach:

„Nun gut, ich muss zugeben, dass das ein toller Schuss war!"

„Meine Großmutter war Meisterin im Bogenschießen und gewann mehrere Wettkämpfe in Deutschland und auch einige internationale Turniere. Sie hat es mich gelehrt, als ich ein kleines Mädchen war." *Neil* strahlte mich an und meinte: „Das konnte man sehen. Nach deiner Vorstellung bin ich von deinen indianischen Wurzeln überzeugt."

Johanna war überrascht, das zu hören und musste meinen kleinen Triumph dämpfen:

„Aber vom Pferd aus ist es noch viel schwieriger."

„Ja, da gebe ich dir recht. Ich bin nicht so eine gute Reiterin wie du, aber ich würde es gerne versuchen", erwiderte ich und wollte diese Herausforderung annehmen. *Neil* übergab mir seine gescheckte Stute, eine Paint. Sie hieß *Blackhoove* und war ein Nachkomme von *T.L.S. Thunderboy*. Ich streichelte ihr sanft über die Stirn und flüsterte ihr zu: „Good girl, good girl." Dann setzte ich auf, lenkte die Stute so, dass sie parallel zur Zielscheibe stand, schaute in diese Richtung, schloss die Augen und stellte mir wie zuvor das rote Bullauge vor. Dann drehte ich mich blitzschnell im Sattel um und traf wieder genau ins Rote.

„Sehr gut, sehr gut", rief *Neil* lachend.

„Nein, nein, das war zu einfach. Komm wir werden einen kleinen Wettkampf machen", warf *Johanna* ein und erklärte die Spielregeln: „Wir haben jeweils eine Zielscheibe, die wir umrunden. Insgesamt sind es fünf Runden. Pro Runde müssen wir einen Schuss abgeben. Wer als erste fünf Schüsse auf die Zielscheibe erlangt, beendet den Wettbewerb und es werden die Punkte zusammen gezählt, die jede insgesamt auf der Zielscheibe erreicht hat." Das war eine echte Herausforderung, denn reiterlich war mir *Johanna* zugegebener Maßen überlegen. Ich war zwar als Kind geritten und hatte auch von meinem Pony aus ein wenig das Bogenschießen geübt, aber das war schon lange her. *Emilie* steckte unsere Runden um die beiden Zielscheiben ab. *Johanna* und ich postierten uns um je eine Scheibe und nachdem ich mich mental auf den Ablauf vorbereitet hatte, gab *Neil* den Startschuss.

Johanna lag mit den fünf Umrundung knapp vor mir, so dass bei mir nur vier Pfeile zählten. Jetzt war ich natürlich gespannt, ob sie alle Pfeile auf der Zielscheibe besser als ich platziert hatte. Und tatsächlich hatte mich mein langes Training in der Jugend nicht im Stich gelassen. Da war ich wiederum knapp überlegen. Von vier Pfeilen hatte ich drei ins Rote getroffen, sie nur zwei von fünf. *Neil* gab uns bekannt, dass der Wettkampf unentschieden ausging.

„Alle Achtung, *Charlotte*, dafür dass du nicht im reiterlichen Bogenschießen geübt bist, hast du dich sehr gut geschlagen. Im Bogenschießen kann dir keiner etwas vormachen. Wow, das war eine klasse Demonstration. Was denkst du, *Johanna*, in ihr steckt ganz viel indianisches Talent, nicht wahr?", provozierte er sie. Sie wirkte etwas beleidigt, konnte aber nicht anders als ihm zuzustimmen, um ihr Gesicht zu wahren. *Emilie* gratulierte mir auch und ab diesem Zeitpunkt erschien sie mir wesentlich netter zu sein als bislang. Wahrscheinlich war ich in ihrer Gunst etwas gestiegen, aber dies galt noch lange nicht für *Johanna*. Sie drehte ihr Pferd blitzschnell um und ritt zurück zu den Stallungen.

Ich hatte ein kleines Erfolgserlebnis und fühlte mich gleich wohler, aber dies hielt nicht lange an. Abends brannten erneut meine Beine. *Neil* fragte mich, ob ich ihm noch etwas Gesellschaft leisten und mit ihm Abendessen würde. Normalerweise hätte ich zusagen müssen, um ihn nicht schon wieder abzuweisen, aber meine Beine schmerzten zu sehr und Hunger hatte ich auch keinen. Außerdem war ich mir etwas unsicher, ob *Johanna* nicht doch die Wahrheit gesagt hatte, dass sie und *Neil* sich zum Picknick verabredet hatten.

„Lieber *Neil*, ich hatte einen langen Tag und zwischendurch fühlte ich mich auch wohler als heute Morgen, aber anscheinend haben meine Beine nach dem langen Spaziergang und dem Reiten eine Verschnaufpause verdient. Sie tun mir ganz schön weh." *Neil* verzog sein Gesicht und war sichtlich enttäuscht:

„Na, wo bist du denn vor dem Bogenschießen gewesen? Ich dachte, du wolltest dich ausruhen." Ich antwortete ihm, dass ich das ja auch bei einem Spaziergang machen wollte, dann aber bei *Healing Hand* eingekehrt sei und ein tolles, intensives Gespräch gehabt hätte.

„Oh, da hast du aber Glück gehabt. Sie ist sehr wählerisch, wen sie ins Haus lässt. Da muss sie dich auf Anhieb gemocht haben. Also dann, gute Nacht. Wir sehen uns morgen zum Ahnenfest. Wir stehen früh auf, um die weiteren Vorbereitungen zu treffen." *Neil* ließ im Raum stehen, ob er mich auch so früh erwartete. Er drehte sich um und ging in Richtung Küche, diesmal ohne Handkuss. Ich wünschte ihm auch noch einen schönen Abend - da hatte er mir allerdings schon den Rücken zugekehrt - und ich ging auf mein Zimmer.

Das Messer von *Johanna* legte ich in meinem Zimmer auf den Tisch. „Ich habe es ihr noch nicht gegeben, sie wird es wohl vermissen", dachte ich. Die Edelsteine auf der Messertasche spiegelten sich in den Silberbeschlägen meiner Weste, die ich heute Morgen schon über den Stuhl gehängt hatte. Schade, dass ich sie nicht dabei hatte, als ich *Healing Hand* besucht habe. Sie hätte sie bestimmt bewundert und sie sah ihrer Weste ja auch sehr ähnlich.

Ich legte mich ins Bett, aber meine Beine brannten unerträglich. Dann stand ich wieder auf und versuchte es mit einer Dusche, aber dies brachte auch keine Linderung der Schmerzen. So dachte ich, dass ich eine Magnesiumtablette nehmen müsste, vielleicht waren es ja Muskelkrämpfe. Dafür aber musste ich nochmals hinunter, um mir ein Glas Wasser zu holen.

Als ich auf dem Flur war, hörte ich am Ende des Ganges Stimmen aus dem letzten Zimmer, in dem *Johanna* schlief. Ich war neugierig, denn die Stimme war *Johanna's* und eine, die ich sehr gut kannte. Ich ging zu dem Zimmer, dessen Tür einen kleinen Spalt geöffnet war, und sah *Mr. Jo* intensiv mit *Johanna* reden.

„Also haben die doch etwas miteinander?", fragte ich mich. Aber da war keine Umarmung, kein Anzeichen von Nähe, die beiden waren immer auf Distanz.

„Vielleicht sind sie miteinander verwandt? Aber warum haben sie mir denn das nicht gesagt und erzählten mir so einen Quatsch, dass sie sich erst auf der Auktion kennengelernt hätten?", wunderte ich mich. *Johanna* war nervös und erzählte *Mr. Jo* von dem Verlust des Messers. Er versuchte sie zu beruhigen, dass es doch nur ein Messer sei, aber sie ließ sich nicht beruhigen und machte ihn darauf aufmerksam, dass er doch wüsste, wie wertvoll es war. Ich bekam ein schlechtes Gewissen und dachte, dass ich es ihr am nächsten Tag unbedingt wieder zurückgeben müsste. Für mich hatte es ja nicht dieselbe Bedeutung wie für *Johanna* und ich wollte auch nichts behalten, was mir nicht zustand.

Als ich so in Gedanken versunken war, schrak ich plötzlich zusammen. Ein Finger tippte auf meine Schulter. *Shiner* fragte mich lächelnd, ob ich etwas suchen würde. Es war mir sichtlich peinlich, dass sie mich beim

Lauschen erwischt hatte und ich stotterte, dass ich nur kurz meine Beine vertreten wollte, da diese so schmerzten. Die Tür von *Johanna's* Zimmer klappte von innen zu. Sie hatten uns wohl gehört.

„Komm, ich koche dir einen Heiltee aus Großvaters Repertoire. Vielleicht wird er dir beim Entspannen helfen und dich zum Einschlafen bringen." Ich war sichtlich erleichtert, dass *Shiner* mich nicht mit der unangenehmen Situation konfrontierte, im Gegenteil, dass sie mir stattdessen ihre Hilfe anbot. Meine kleine Notlüge hatte sie galant überspielt. Dank *Shiner's* Heiltee schlief ich wie ein Murmeltier und wurde erst morgens um 6 Uhr von lautem Poltern eines LKW's geweckt.

Die Vorbereitungen für das Ahnenfest waren bereits voll im Gange. Ich ging in den Frühstücksraum. Kaffee, Toast und Marmelade waren noch auf dem Tisch, aber ich hielt mich nicht lange mit Frühstücken auf. Ich wollte unbedingt helfen. Ein wohlduftender Geruch strömte aus der Küche, in der *Shiner* das Essen zubereitete. Sie begrüßte mich kurz und war sofort wieder in Großmutters Rezeptbuch versunken. Sie lehnte meine Hilfe ab und meinte, dass *Lilly Fairy Tales* später kommen würde, um ihr zu helfen. Durch das Fenster sah ich *Emilie*, wie sie Bänke und Tische aus dem LKW lud und entschied mich, mit anzupacken. *Neil* sah ich auf dem Traktor sitzen und eine Wiese für die Parkgelegenheiten und Übernachtungszelte präparieren.

Johanna war auch nicht weit von ihm entfernt. Sie steckte den Platz ab und hing Weisungsschilder auf. Ich winkte *Neil* zu, er nickte nur kurz.

„Ob er doch noch sauer auf mich ist?", fragte ich mich. Aus der Nachbarschaft kamen einige Helfer, die ein großes Tipizelt aufstellten. Sie taten dies nach alter Tradition. Ich fragte *Emilie*, ob sie schon öfter an diesen Festen teilgenommen hatte.

„Ja, sicherlich, ich bin zwar nicht indianischer Herkunft, aber ich arbeite schon eine ganze Weile für *Mr. Roseville* und diese Zeremonie findet jedes Jahr statt. Das Fest ist eine traditionelle Verpflichtung für alle Menschen indianischer Abstammung. Sie glauben daran, dass diejenigen, die nicht daran teilnehmen, um ihre Ahnen zu ehren, in der Zukunft Pech haben werden und dass ihnen böse Dinge geschehen würden." Das erinnerte mich an den Allerheiligen Tag der Christen, an dem den Verstorbenen auf den Friedhöfen gedacht wird, allerdings ohne Kontaktaufnahme mit den Seelen/ Geistern.

„Und der Ort, an dem dieses Fest stattfindet, wechselt jedes Jahr?", fragte ich.

„Ja, dieses Jahr liegt es in der Verantwortung von *Mr. Roseville's* Familie, das Fest auszurichten. Sie erwarten rund zweihundert Leute. Einige werden kommen, um spontan Musik zu machen; andere werden reiten und Bogenschießen und die meisten kommen, um sich wiederzusehen, um gemeinsam zu reden, zu essen und zu trinken. Später am Abend werden sich alle im großen Zelt versammeln, um die Gebetszeremonie durchzuführen. Du solltest daran teilnehmen, es ist eine interessante Erfahrung." Ich bedankte mich für die ausgiebigen Infos und wir setzten unsere praktische Arbeit schweigend fort, um schneller voranzukommen.

Es war eine super Stimmung auf dem Festplatz. Die Leute kamen in ihren traditionellen farbenfrohen Kostümen gekleidet und trugen Amulette mit ihrem Totem. Ich dagegen war recht schlicht gekleidet mit Jeans und weißer Bluse. Mein Highlight war meine Weste.

Musiker versammelten sich auf der Bühne und machten spontan Musik mit Panflöte, Trommeln, Maultrommeln und tollem Gesang. *Neil* stellte seine

Pferde vor und *Johanna* kümmerte sich um die Reiter und Bogenschützen. Sie hatte sich für das Fest besonders herausgeputzt. Ich musste zugeben, dass sie sehr aufreizend aussah mit ihrem traditionellen rot-schwarzem Lederkostüm. Die schwarze Lederhose war eng anliegend und unter ihrem roten Lederhemd trug sie ein aufreizendes schwarzes Spitzen-Top, dass ihr honigbraunes Dekolleté zur Geltung brachte. Dazu abgerundet schmückten ihre Füße stark verzierte Mokassins mit seitlichen Lederfransen genauso wie ihr Lederkostüm. Ihre blauschwarzen Haare waren mit farblich passenden Blumen eingeflochten. Als ich sie so beobachtete, wurde mir klar, dass sie mit ihrer natürlichen Schönheit Männer den Kopf verdrehen konnte und war zugegebenermaßen neidisch. „Ach, was soll's", munterte ich mich auf, „ich habe dafür lockiges rotes Haar, das hat auch nicht jeder und in meiner spanisch geschnittenen schwarzen Hose und weißer weit ausgeschnittenen Bluse mache ich auch eine gute Figur." Ich musste in mich hineinlachen und wandte mich wieder dem Fest zu. Meine Aufgabe war es lediglich, dieses ganz neue Ereignis zu genießen und Spaß zu haben. Keine schlechte Ablenkung für meine seelische Verfassung.

Als ich mir etwas zu essen holen wollte, sprach mich ein Cousin von *Neil* an, der bei der Polizei arbeitete und lange im Auslandsdienst in Deutschland gearbeitet hatte:

„Sie habe ich noch nie hier in dieser Gegend gesehen. Sind Sie eine Freundin von *Neil* und *Shiner*?" Ich erzählte ihm, wie ich *Neil* kennengelernt hatte und dass ich sein Gast sei. Er lächelte und meinte, dass Polizisten und Journalisten gemeinsam hätten, immer auf der Suche nach der richtigen Spur zu sein.

„Wenn er nur wüsste, auf welcher Suche ich mich befinde. Dabei kann mir nicht einmal ein Polizist helfen", dachte ich seufzend.

Er erzählte mir von seltsamen Todesfällen, die sich hier in der Gegend nach und nach ereignet hatten, er aber keinen Zusammenhang erkennen konnte. Die Tode waren auf keine äußeren Einwirkungen zurückzuführen. Alle Opfer erlitten entweder einen Herzinfarkt oder einen Erstickungstod. Die Opfer waren unterschiedlichen Alters und sowohl männlich als auch weiblich. Ich fragte den Polizisten, ob ich mir Sorgen machen müsste und diese Todesserie zurzeit noch andauerte. Er verneinte und meinte, dass seit circa zwei Jahren solche Fälle hier in dieser Gegend nicht mehr aufgetreten seien. Er aber müsse die Ermittlungen noch weiterführen, denn die Hintergründe der mysteriösen Verbrechen sind noch immer unbekannt. Ich ertappte mich, wie ich insgeheim eine neue Story erhoffte. Kriminalgeschichten wären einmal etwas Anderes, und dieses Genre hatte mich schon lange gereizt. Ich fragte *Neil's* Cousin, ob ich ihn zu dieser Geschichte näher befragen könnte, denn ich würde gerne etwas darüber schreiben.

„Ha, wusste ich es doch, ich habe Ihre journalistische Neugier geweckt. Kommen Sie doch nächste Woche in mein Büro in Opalaika. Das ist das nächste Dorf, nicht weit von Auburn entfernt. Hier ist meine Visitenkarte."

Ich nahm die Karte dankend entgegen und dachte, dass ich mich jetzt mit zwei Stories beschäftigen könnte. Das brächte mich auf andere Gedanken und gleichzeitig würde mein Boss beruhigt sein, dass ich solange von Thailand weg wäre.

„Vielen Dank und wer weiß, vielleicht entdeckt ja meine journalistische Spürnase etwas, dass zur Aufklärung beitragen könnte. Ich bin übrigens *Charlotte*."

„Ok, *Charlotte*, nenn mich *Ben*. Ich denke, dass wir ein gutes Team sein werden." *Neil* sah uns beide und gesellte sich zu uns.

„Pass auf, *Charlotte*. *Ben* kann sehr charmant sein, aber seine Frau verwandelt sich zum Löwen, sobald er mit Frauen flirtet. Siehst du da hinten, wie ihre Augen blitzen? Gleich wird sie kommen. Meine Vorsehung sagt, wenn ich bis drei gezählt habe, ist sie hier." *Ben* lachte laut. Und bevor *Neil* bis drei gezählt hatte, stand *Ben's* Frau *Lora* auch schon neben uns.

„Und hatte ich nicht recht?" Wir konnten uns vor Lachen kaum halten.

„Was lacht ihr denn so und womit hat *Neil* recht?", fragte *Lora*, die auch ausgesprochen gut Deutsch konnte. *Neil* antwortete ihr mit seiner Ironie, dass er sie schon erwartet hätte, denn sie könnte ja nicht ohne ihren *Ben*. Sie gab ihm einen Klaps auf den Rücken und hob den Zeigefinger: „Haha, sehr witzig, auf meine Kosten zu lachen." Dann stellte sie sich mir vor und meinte ganz freundlich, dass man Männer nie ernst nehmen könne, sie kämen aus ihrer Kinderphase niemals heraus. Ich nickte zustimmend und stellte mich ihr ebenfalls vor. Als ich gerade anfangen wollte, etwas über mich zu sagen, teilte uns *Shiner* am Mikrofon mit, dass wir uns jetzt alle im großen Zelt versammeln sollten, um unsere Ahnen zu ehren.

In der Mitte des Zeltes brannte ein großes Lagerfeuer. Die Tipis waren so gebaut, dass oben an der Spitze eine Öffnung war, aus der der Rauch hinausziehen konnte. Es roch innen nach frischen Kräutern, von denen *Neil* zuvor gesprochen hatte. Alle versammelten sich im Kreis um das Feuer. *Neil* leitete als Gastgeber die Zeremonie und fing mit den Lobgesängen an, die dazu dienten, *Mannitou* zu ehren, preisen und zu danken, dass er die Ahnen in sein Paradies aufgenommen hatte. Die Musiker begleiteten die Gesänge mit Panflöten und Trommeln. Die Anwesenden fingen an, zu singen und zu tanzen. Viele sangen und tanzten sich in Trance. Ich schaute mir die Gesellschaft an und musste an die Worte der alten Frau denken, dass ich mich nicht in diese schamanische Geisterwelt hineinziehen lassen sollte. So beschloss ich, nur Beobachter zu sein.

Aber der wohlriechende Duft des Rauches entspannte mich immer mehr. Ich musste anfangen zu lachen. Als ich durch den Rauch schaute, traute ich meinen Augen nicht. Da war der alte grauhaarige Indianer, der mir im Traum erschienen war. Er schaute zu mir herüber und nickte mir zustimmend zu. Er öffnete seine Hände und eine blaue Kugel kam zum Vorschein. Diese Kugel ließ er über seinen Körper rollen, bis sie letztendlich wieder in seinen Händen landete. Danach schloss er die Hände wieder, öffnete die rechte Hand und eine weiße Taube flog nach oben in meine Richtung, umkreiste mich und schlug dreimal über meinem Kopf mit den Flügeln. Dann verschwand die Taube. Er rief zu mir herüber: „Der große Geist *Wakan Tanka* hat folgende Worte gesprochen- Hier wird deine Seele finden, wonach sie sucht. Herz über Kopf, dein Herz wird dich zu den Antworten deiner Fragen leiten. Dasselbe Blut, das den Fluss herunterfließt, läuft wie ein Donner durch dein Herz. Du wirst dich selbst entdecken und immer mehr Kraft schöpfen wie ein Baum, der an Energie gewinnt und diese in den Wurzeln speichert. Schau auf die Zeichen um dich herum und vertraue deinem Schutz durch deine Wächter. Die Zeichen sind überall. Hör auf den Wind, schau in den Sand und in dein Herz. Bald wirst du wissen, wohin du gehen und was du suchen musst. Und hüte dich vor falschen Worten und falschen Seelen. Sie werden versuchen, dein Vertrauen zu bekommen. *Wakan Tanka* hat gesprochen. Jetzt liegt es an dir, die Worte des großen Geistes zu verstehen.“

So plötzlich wie er vor meinen Augen erschienen war, verschwand dieser Indianer wieder im dichten Rauch. Ich taumelte nach hinten. Waren es die Kräuter, die mir die Sinne nahmen? Warum sah ich hier und jetzt den

gleichen Indianer wie in meinen Träumen zuvor? Auf welche Zeichen sollte
ich achten? Und wozu? Und wiederum dieselbe Warnung, die ich schon
zuvor von *Healing Hand* bekommen hatte, nämlich sich vor falschen Seelen
zu hüten, die sich mein Vertrauen erschleichen wollen. Und wieder die
gleiche Frage in mir. Wie soll ich das denn erkennen? Und wofür ist das
wichtig? Leicht gesagt, auf den Wind zu hören und in den Sand zu schauen.
Ich hatte Fragen über Fragen und wiederum stand mir meine Ungeduld im
Weg. Ich wollte sofort alle Antworten bekommen und das Ziel vor Augen
haben, endlich mit mir in Frieden leben zu können. Warum war das
eigentlich so kompliziert?

Nach dem Lobpreisgesang wurde zu den Ahnen gebetet. Es wurde ein
allgemeines Gebet von *Neil* gesprochen, während alle an ihre Ahnen dachten
und dann in Stille zu ihnen sprachen. Ich schloss die Augen und Flammen
stiegen in meinem Gedächtnis auf. Lodernde Flammen züngelten sich gen
Himmel. Und schon wieder tauchte dieser Vogel mit gelborangem Gefieder
vor meinem bildlichen Auge auf, der sogenannte Feuervogel. Mir wurde
warm und ich legte meine Weste neben mir ab. Plötzlich brannte mein
ganzer Körper, besonders meine Beine. Mein Herz raste wie verrückt. Da
war wieder dieses Unwohlsein. „Ich muss hier raus", dachte ich nur.

Und ich lief aus dem Zelt hinaus, direkt in *Mr. Jo's* Arme.

„Was ist denn mit dir passiert? Hast du einen Geist gesehen?", fragte
mich *Mr. Jo* schmunzelnd.

„Ich verstehe es auch nicht. Mir war auf einmal so heiß im Zelt und ich
hatte das Gefühl, ich müsste an die frische Luft, um mich abzukühlen. Aber
ich bin überrascht, dich hier wiederzusehen und dass unsere Wege sich
erneut kreuzen. Bitte sag mir nicht schon wieder, dass du dich um mich
sorgst und daher hier bist. Das glaube ich dir nicht."

„Aber das ist die Wahrheit", antwortete er lächelnd und fügte hinzu, „und ich habe geschäftlich hier in der Nähe zu tun, da wollte ich die Reise mit dem Angenehmen verbinden."

„Du hast mir nie erzählt, was du geschäftlich machst. Aber was soll's. *Johanna* wird froh darüber sein, dich wiederzusehen, denke ich." Mit dieser Provokation versuchte ich ihn aus der Reserve zu locken.

„Erstens dachte ich, dass ich dir gesagt hätte, dass ich im Pferdegeschäft tätig bin und zweitens bin ich nicht wegen *Johanna* hier, sondern deinetwegen."

„Aber es hat den Anschein, dass ihr euch seit der Auktion sehr mögt. Und ich glaube euch nicht, dass ihr euch dort zum ersten Mal getroffen habt", stellte ich herausfordernd fest. Ich kniff meine Augen zusammen und ich war sichtlich gespannt, was er jetzt antworten würde.

„Ok, ich gebe mich geschlagen. Du hast recht und ich hätte dir von Anfang an die Wahrheit sagen sollen, aber ich hatte ihr versprochen, unsere Bekanntschaft geheim zu halten. *Johanna* und ich kennen uns schon viel länger, als seit der Auktion."

„Was ist denn daran so schlimm zuzugeben, dass ihr euch schon von früher kennt?", fragte ich erstaunt.

„Ihre letzte Beziehung ist zerbrochen, weil ihr Ehemann eifersüchtig war. Ich habe sie vor fünf Jahren in einem Pub getroffen und wir verstanden uns vom ersten Moment an sehr gut. Ich habe ihr aus großen Schwierigkeiten herausgeholfen und seitdem fühlt sie, dass sie mir etwas schuldig wäre. Wir haben uns seitdem mehrmals getroffen, aber ihr Ehemann dachte, dass wir eine ernsthafte Beziehung hätten. Aber du kannst mir glauben, *Johanna* und ich sind nur gute Freunde." Er schaute mich dabei wie ein Hund mit seinen treuen Augen an und gleichzeitig fragend, ob ich ihm glaubte.

„Aber du hast meine Frage noch nicht beantwortet. Warum versteckt sie eure Bekanntschaft jetzt noch, obwohl der Ehemann nicht mehr da ist?", fragte ich weiter.

„Sie möchte nicht, dass *Neil* denselben Eindruck bekommt wie ihr Ex-Mann."

„Ach, dann hatte ich doch recht. Sie ist in *Neil* verliebt?"

„Vielleicht", antwortete *Mr. Jo* kurz angebunden und wartete prüfend auf meine Reaktion. Ich war sichtlich enttäuscht. Ich hatte schon lange den Verdacht, dass *Johanna* mehr als nur Sandkastengefühle für *Neil* hatte, aber *Mr. Jo* bestätigte es jetzt. Ich versuchte meine Enttäuschung zu verbergen, aber *Mr. Jo* konnte man nichts vormachen.

„Hey, ich bin doch dein Prinz und niemand anderes passt so gut zu dir wie ich", flüsterte er mir ins Ohr und schaute mich dabei ganz verschmitzt an.

„Ach komm, du bist doch nicht beständig. Genauso wie der Wind, kommst du und gehst du, wie es dir passt", antwortete ich patzig.

„Aber ich folge dir überall hin, wo auch immer du gerade bist, nicht wahr?", fragte er sehr überzeugend.

„Ja natürlich und mit derselben Geschwindigkeit bist du auch wieder verschwunden", konterte ich ihm geschickt.

„Wenn du darauf bestehen würdest, würde ich auch bei dir bleiben. Ganz sicher, *Charlotte*, ich meine es ernst." *Mr. Jo* machte mir direkt ein Angebot. Seine Augen funkelten mich in Erwartung an, eine Antwort zu bekommen. Ich wurde unsicher und wusste nicht, wie ich mich verhalten sollte. Dazu kam das psychische Chaos, das mir keine Ruhe ließ.

„Ich muss wieder hinein", meinte ich kurz angebunden, um unsere Unterhaltung abzubrechen. Ich lächelte ihn verlegen an, klopfte ihm auf die Schulter und ohne seine Reaktion abzuwarten, eilte ich zurück ins Zelt.

Die Predigten waren schon zu Ende, die Leute saßen um das Lagerfeuer versammelt und reichten die Friedenspfeife herum. Es war eine unglaubliche Stille eingekehrt. Niemand sagte etwas und jeder genoss die Gemeinsamkeit. Ich setzte mich dazu und genoss den Duft vom würzigen Pfeifentabak und das Knistern der Flammen, die sich immer noch nach oben züngelten. *Neil* saß im Lotussitz gegenüber auf der anderen Seite des Feuerplatzes neben seinem Cousin *Ben* und dessen Frau *Lora* und natürlich war *Johanna* ganz in seiner Nähe, direkt hinter ihm. Er verzog keine Miene, unsere Blicke trafen sich und wieder verharrten wir in dieser Position, bis diese durch den Rauch getrennt wurden, um dann erneut die Augen des Anderen zu erhaschen. Seine mandelförmigen Augen versanken in meinen und ich war mir in diesem Augenblick mal wieder ganz sicher, dass kein anderer Mann diese Anziehung auf mich ausüben konnte wie er. Dies war der Augenblick, in dem ich mir eingestehen musste, dass die Stärke eines unsichtbaren Bandes ganz eindeutig zwischen *Neil* und mir bestand. Nach der vorhergehenden Unterhaltung mit *Mr. Jo* wurde mir klar, dass zwar seine Gegenwart mich durcheinander brachte, aber meine Gefühle eindeutig zu *Neil* tendierten und die Gefühle, die ich für *Mr. Jo* hatte, eher freundschaftlich mit einem Hauch des Sich-geschmeichelt-Fühlens, verbunden waren. Die vielen Situationen mit *Neil* zeigten mir dies immer mehr auf. Und doch wusste ich natürlich nicht, woran ich an ihm war und ob er nicht auch Interesse an *Johanna* hatte. In diesem Punkt war ich mir nicht sicher, auch wenn es jetzt mal wieder so schien als würde er meine Gefühle erwidern.

Neil unterbrach unseren Augenkontakt, als ihm die Friedenspfeife herübergereicht wurde. Er zog mit tiefen Zügen mehrmals daran und dann flüsterte er *Ben* etwas zu, der dies an den nächsten Mann weitergab, bis die Botschaft schließlich mich erreichte. Er teilte mir mit, dass auch ich die Friedenspfeife entgegen nehmen müsste, ansonsten wären die Ahnen beleidigt. Ich schaute *Neil* fragend an und er zwinkerte mir zu. Als ich an der Reihe war, schauten mich alle erwartungsvoll an. Etwas widerwillig, aber um die Gemeinschaft nicht zu enttäuschen, nahm ich die Pfeife und zog daran. Es haute mich glatt um. Ich hatte das Gefühl, es würde meine Lunge zersprengen und ich bekam einen Hustenanfall. Der Gruppenälteste begann zu lachen und die Anderen stimmten mit ein, bis schließlich die ganze Gruppe lautschallend lachte. Ich gab die Pfeife schnell weiter und lachte mit den Anderen mit. Der Abend war sehr amüsant. Nach der Zeremonie unterhielt man sich gesellig. Einige redeten in ihrer Volkssprache, die ich natürlich nicht verstand, aber viele auch auf Englisch.

Die Gespräche dauerten noch bis in die frühen Morgenstunden an, aber ich war bereits müde und wollte schlafen gehen. Da fiel mir meine Weste wieder ein, die ich neben mir abgelegt hatte. Sie war nicht mehr dort. Ich wurde unruhig und schaute überall im Zelt herum, konnte sie aber nicht sehen. Ich rannte nach draußen, aber auch dort war sie nicht aufzufinden. Seltsam, wie verzweifelt ich doch war über das Verschwinden eines Kleidungsstückes, aber ich hatte das Gefühl, dass dieses Stück Leder mir zunehmend wichtiger wurde, weil es meine Seele behelligte.

„Vielleicht taucht sie ja wieder auf. Möglicherweise dachte jemand, dass die Weste vergessen wurde", versuchte ich mir einzureden. Ich ging zurück ins Haus. *Shiner* war auch schon dort und machte in der Küche sauber. Ich ging zu ihr, um sie nach meiner Weste zu fragen, aber sie wusste nichts darüber.

Aber sie beruhigte mich: „Normalerweise klaut doch keiner, gerade auf so einem heiligen Fest. Das würde doch Unheil über denjenigen bringen. Bestimmt bringt sie jemand morgen hier vorbei."

Mysteriöser Todesfall

*E*twas unsicher über die beruhigenden Worte von *Shiner* verabschiedete
ich mich, um ins Bett zu gehen. Ich schlief sofort ein. Die Nacht war lang
und die Kräuter im Zelt entspannten mich sehr. Plötzlich erschrak ich. *Mr.
Jo* stand an meinem Bett und trug meine Weste.

„Was um Himmels Willen machst du in meinem Zimmer?"

„Du hast geschlafen und ich wollte dich nicht wecken."

„Und wieder bist du in meine Privatsphäre eingedrungen und erschrickst
mich zu Tode?"

„Warum wieder? Ich wollte dich nur beruhigen. Ich bringe dir dein Stück
Leder, welches du so vermisst." Ich war froh über das Auftauchen meiner
Weste, aber zugleich auch erschrocken über die plötzliche Gegenwart von
Mr. Jo.

„Danke, aber bitte leg es auf den Stuhl und dann geh wieder. Du siehst
doch, dass ich bereits im Schlafanzug bin und ganz bestimmt keine Gäste in
diesem Aufzug empfangen möchte."

„Tut mir leid, ich wollte dich nicht erschrecken, sorry." Und wie er mich
so anschaute, konnte ich ihm wieder nicht böse sein:

„OK, aber nächstes Mal, wenn du das Bedürfnis hast mich zu sehen,
klopf bitte vorher an."

Da fiel mir ein, dass ich doch die Tür zugesperrt hatte. „Seltsam", dachte
ich, „genauso wie letztes Mal in Thailand. Aber da war es doch ein Traum,
oder doch nicht? Wie ist er denn hier hereingekommen?" Als ich ihn fragen

wollte, war er auch schon wieder verschwunden. Die Weste hing über dem Stuhl. Ich war erleichtert, dass sie wieder da war und schlief die Nacht durch wie ein Murmeltier.

Erholt wachte ich am nächsten Tag auf, rekelte mich und war bereit für neue Taten. Ich dachte über die letzte Nacht nach und schaute nach meiner Weste. Ich sprang entsetzt aus dem Bett. Sie hing nicht über dem Stuhl. Oh nein, war es doch nur ein Traum gewesen? Aber der Traum war wieder so real. Ich war sehr enttäuscht. Konnte ich eigentlich meinen Gedanken noch trauen? Driftete ich nicht immer mehr ab und konnte nicht mehr unterscheiden, was real und irreal war? Ich bekam Angst.

Als ich hinunterging, saß *Neil* bereits am Frühstückstisch. Er las Zeitung. Er begrüßte mich und fragte, ob ich den letzten Tag gut überstanden hätte. Ich nickte und fragte ihn ungeduldig, ob er meine Weste gesehen oder jemand meine Weste bei ihm abgegeben hätte. Er verneinte und forderte mich auf, erst mal ordentlich zu frühstücken, dann könnten wir den Tag beginnen und nach der Weste suchen.

„*Shiner* hat uns ein tolles Frühstück gemacht. Bedien dich. Es gibt Rührei mit Speck, gegrillte Tomaten und frische Brötchen und Croissants sind im Korb.“

„Wo sind *Johanna* und *Emilie?*" fragte ich ihn, nicht, weil es mich wesentlich interessiert hätte, sondern um sicher zu gehen, dass ich mein Frühstück alleine mit *Neil* genießen konnte ohne argwöhnischen Blicken ausgesetzt zu sein. Und mir fiel ein Stein vom Herzen, als er meinte, dass die beiden schon dabei waren, draußen aufzuräumen.

„Ach, dann sollte ich sie doch unterstützen", meinte ich höflich.

„Nein", erwiderte *Neil*, „wir frühstücken jetzt erst mal und du erzählst mir, wie dir der Tag gestern gefiel und wie du dir den weiteren Aufenthalt vorstellst. Denn schließlich bist du ja auch hier, um deinen Artikel zu schreiben. Sollten wir daran nicht ein bisschen arbeiten? Nach dem Fest habe ich beschlossen, mir eine kleine Auszeit zu nehmen, so dass ich mehr Zeit für dich habe." Wie immer war er sehr zielgerichtet und bestimmend.

Als ich mich zu ihm setzte, mir gerade Kaffee einschenken und mit meinen Erfahrungen von gestern loslegen wollte, klingelte das Telefon. *Neil* ging ans Telefon, während ich genüsslich in ein Croissant biss und meinen Kaffee schlürfte.

„Hey, *Ben*, how dee?", fragte er in der üblichen Begrüßung der Südstaaten. Ich unterbrach mein Frühstück, denn *Neil's* Miene verdunkelte sich.

„Ja, ich werde sie es wissen lassen und werde euch beide begleiten. Ok, bis gleich, Buddy." *Neil* legte auf.

„Es gab in der Nacht einen Todesfall, ähnlich wie die Fälle zuvor vor zwei Jahren. Ich kannte den Mann. Er war der Onkel von *Emilie* und zugleich ein guter Freund von *Johanna*. Er nahm gestern auch an unserer Zeremonie teil. Und ich muss es *Emilie* mitteilen, aber zuvor möchte ich noch ein paar Details erfahren. *Ben* möchte, dass wir beide in sein Büro kommen", erklärte er mir kurz angebunden.

„Ok, ich bin in einer Minute fertig", antwortete ich und lief schnell auf mein Zimmer, um meine Zähne zu putzen, meine Haare zusammenzubinden, mir eine Jacke umzuwerfen und dann wieder die Treppe hinunterzueilen.

Als wir zum Auto gingen, sah ich in der Ferne wie *Emilie* mit den Helfern lachte und dachte darüber nach, wie es ihr wohl ergehen wird, wenn sie die schreckliche Nachricht übermittelt bekommt. Ich wusste ja nicht, wie nahe sie und ihr Onkel sich standen, aber im Auto sprach *Neil* darüber. Weiter erfuhr ich, welche Verbindung zwischen *Johanna* und ihr bestand. Da wurde mir klarer, warum sie stets an ihrer Seite war. *Neil* erzählte mir während der Fahrt, dass *Emilie's* Vater die Familie im Stich gelassen hatte. Eines Tages hätte er seine Sachen gepackt und wäre einfach verschwunden. Er hätte sich nie mehr gemeldet und *Emilie's* Mutter musste sich alleine um ihre Tochter kümmern. Seitdem *Emilie* vier Jahre alt war, war sie oft bei ihrem Onkel, dem Bruder ihrer Mutter, gewesen. Er und seine Frau hätten sich so oft wie möglich um sie gekümmert.

„Dann wird es schlimm für *Emilie* sein, von dem Tod zu erfahren", stellte ich fest und fragte nach ihrer Mutter. „Als *Emilie* sechzehn Jahre alt war, kam die Mutter in psychiatrische Behandlung. Sie konnte sich nicht mehr ausreichend um *Emilie* kümmern, daher wurden die Aufenthalte bei ihrem Onkel und ihrer Tante immer häufiger, bis sie schließlich ganz bei ihnen wohnte."

„Und wie steht *Johanna* zu *Emilie*?", fragte ich neugierig.

„Bevor ich *Emilie* einstellte, war sie schon oft auf meiner Farm gewesen und hatte bei der Ernte und beim Ausmisten der Ställe geholfen. Und wenn *Johanna* zu Besuch war, hatte sie sich immer rührend um *Emilie* gekümmert, wie eine Mutter. Daher haben die beiden ein ganz enges Verhältnis zueinander", antwortete *Neil*.

Ben wartete schon ungeduldig auf unsere Ankunft. Er lud uns in sein Büro ein, wo er uns Fotos von verschiedenen Todesfällen zeigte, die er auf seinem Tisch ausgebreitet hatte. Dazu legte er eine Karte, um uns die Orte der Verbrechen zu zeigen. Er konnte sich auch den Fall von *Emilie's* Onkel nicht erklären und konnte auch keine Gemeinsamkeiten zwischen den anderen mysteriösen Todesfällen finden. Es waren sowohl Frauen als auch Männer verschiedener ethnischer Zugehörigkeit betroffen. Das Alter war auch unterschiedlich und die Orte folgten keinem System. *Ben* erhoffte sich von uns analytische Hilfe. *Neil* fragte, wie *Emilie's* Onkel gestorben sei. *Ben* meinte, dass er mehrere Wunden an Brust und Rücken hatte, die tief eingebrannt waren. *Neil* und ich lehnten uns über den Tisch und suchten nach Hinweisen.

„Wie sind die anderen Opfer gestorben?" fragte ich neugierig. „Ganz unterschiedlich. Atemnot mit anschließender Erstickung. Ein Todesopfer hatte Verbrennungen auf der Brust und auf dem Rücken mit anschließendem Herzversagen. Ein Anderer hatte eine Art Gürtelrose, die sich auf den ganzen Brustbereich ausstreckte. Auch dieses Opfer erlag letztendlich einem Herzversagen. Viele wiesen Atemnot, Herzrasen, Herzrhythmusstörungen, Aussetzungen des Herzens, Kreislaufversagen und Herzinfarkt auf. Andere hatten Ödeme, die im Halsbereich einschnürten und zum Atemstillstand führten. Bei einem anaphylaktischen Schock treten auch solche Symptome auf, aber die Ermittlungen ergaben nichts, was dazu führen könnte."

„Und was kann dazu führen?", fragte ich weiter.

„Allergene wie Insektengifte von Bienen, Wespen und Hornissen, Zecken, bestimmte Lebensmittel, Chemikalien oder Medikamente. Aber es konnte kein Zusammenhang bei den Opfern hergestellt werden. Auch wussten viele der Opfer nichts von ihren Allergien, da keine Gegenmedikamente wie Histaminblocker oder Kortison bei ihnen gefunden wurde."

„Und wann traten die Symptome auf und wie lange dauerte die Symptomatik an, bis sie letztendlich zum Tod führte?", fragte ich sachlich. „Die Symptomatik hängt von dem Allergen und der Art des Kontaktes ab. Zum Beispiel bei Insektenstichen dauert es nur ein paar Minuten, bis es erste Anzeichen gibt. Bei Medikamenten, die oral eingenommen werden, kann es länger dauern, da diese erst vom Körper absorbiert werden müssen. Bei geringen Dosen von Chemikalien kann es sich über mehrere Monate hinziehen. Schwer zu sagen ist die Dauer der Symptomatik bis zum Tod, denn nach der Biopsie konnte nur ein ungefährer Zeitraum eingeräumt werden, wann die Symptomatik begann und letztendlich zum Tod führte. Bei einigen war es ganz klar durch einen vorangegangen Arztbesuch zu belegen. Nach den Ergebnissen der kriminaltechnischen Untersuchung und der Leichenbegutachtung liegt die Zeit vom Anfang der Symptomatik bis zum Tod zwischen einigen Minuten und höchstens zwei Monaten."

„Und wann begann diese Serie?", meldete sich nun *Neil* zu Wort.

„Schon vor langer Zeit. Jedenfalls soweit wir es recherchieren konnten, sind Menschen in dieser Gegend bereits seit geraumer Zeit auf mysteriöse Weise gestorben. Es existierten viele solcher unaufgeklärten Fälle, jedoch wurden früher kaum Aufzeichnungen darüber gemacht. Dann hörte die Todesreihe plötzlich vor etwa zwei Jahren auf und niemand beschäftigte sich mehr damit. Es wurde keine Ursache festgestellt und damit war die Sache erledigt. Ich dachte aber immer, dass in vielen dieser Fälle natürliches Herzversagen als Todesursache gegeben wurde, aber so natürlich erschien mir das nicht. Deshalb beschäftige ich mich schon seit langem mit diesen Fällen und recherchiere, was hier tatsächlich passiert sein könnte."

Wir schauten uns die Orte auf der Karte an. *Ben* hatte das Datum der Todesfälle an die entsprechenden Orte geschrieben. Die ersten Fälle waren konzentriert in dieser Gegend. Dann weiteten sie sich bis nach Georgia, Tennessee, North Carolina, Florida und Texas aus.

„Welche Gemeinsamkeiten haben die Orte?", fragte ich mich. Ich nahm mein Handy und machte ein paar Aufnahmen von der Karte und den Fotos und bot *Ben* meine Hilfe an, in der journalistischen Datenbank zu recherchieren. Ich fragte ihn, ob ihm an den Orten, an denen die Menschen gestorben waren, etwas Ungewöhnliches aufgefallen sei. Er verneinte, und ich fragte weiter, ob es möglich sei zu dem Ort zu fahren, an dem *Emilie's* Onkel gestorben war.

Als wir zusammen dorthin fuhren, musste ich an die Worte denken, dass es überall Hinweise gab, nur nicht auf Schildern. Als wir an dem Ort ankamen, nämlich an seinem Haus, war die Leiche von *Emilie's* Onkel bereits weggetragen. *Emilie's* Tante *Susan* war fix und fertig. Sie saß zusammengekauert auf dem Sofa und schluchzte. *Neil* ging direkt zu ihr und nahm sie tröstend in den Arm.

Ben hatte sie schon vorher befragt und sie meinte, dass alles in bester Ordnung gewesen wäre. Sie wären fröhlich von *Neil's* Feier zurückgekommen und beide seien in Hochstimmung gewesen. Dann plötzlich hätte er Atemnot bekommen und sie dachte, dass er einen Herzanfall gehabt hätte. Sie öffnete sein Hemd, aber alles ging so schnell und als der Notarzt eingetroffen war, wäre es schon zu spät gewesen.

„*Neil*, er hatte nie Probleme mit dem Herzen und er ging immer zur jährlichen ärztlichen Vorsorgeuntersuchung. Ich verstehe nicht, wie das passieren konnte", schluchzte sie. *Neil* versuchte sie zu beruhigen: „Oft wissen wir nicht, warum Dinge geschehen. Manchmal sind sie gut und manchmal nicht, aber in einem bin ich mir ganz sicher. Die Seele deines

Mannes ist jetzt im Himmel und möchte nicht, dass du traurig bist, sondern froh, dass er in die glückliche Situation gekommen ist, im Paradies zu sein." *Neil* sagte dies mit seiner festen überzeugenden Glaubensphilosophie und sie nickte und für einen Augenblick schien sie verstanden zu haben und lächelte ihm zu, als ob sie sich bei ihm für seine tröstenden Worte bedanken wollte.

Ich wollte *Susan* gerade nach Auffälligkeiten fragen, als sie hinzufügte, dass *Ben* sie schon nach Allergien gefragt hatte, ihr Mann aber keine gehabt hätte. Jedenfalls keine, von denen er oder sie gewusst hätten. Er hätte weder Medikamente genommen noch eine Alkoholallergie gehabt. Ich schaute mich im Raum ein bisschen um. Auf dem Tisch standen frische Blumen, die einen besonders angenehmen Geruch hatten. Ich war fasziniert von ihrer Schönheit. Ich fragte *Susan* nach dem Namen dieser Blumen, denn ich hatte solche noch nie zuvor gesehen. Sie wusste es nicht und sagte, dass ihr Mann sie gestern auf der Feier von *Johanna* geschenkt bekommen hätte. *Ben* meinte, dass er diese schon mal in einem ganz bestimmten Gebiet hier in dieser Umgebung gesehen hätte, aber er den Namen auch nicht kenne.

Susan seufzte: „Oh, ich hoffe, dass sein Tod nichts mit dem Ärger zu tun hat, den er mit *Johanna* hatte."

„Ärger?", fragte *Neil* verwundert nach.

„Ja, *Steve* nahm eine Weste mit nach Hause, die im Zelt lag. Er wollte sie dir, *Neil*, heute übergeben, weil er den Besitzer nicht finden konnte und hatte Angst, dass jemand dieses schöne Stück Leder mitnehmen würde. *Johanna* bestand darauf, dass ihr die Weste gehöre, aber *Steve* glaubte ihr nicht, weil sie sie bei deiner Veranstaltung nicht getragen hatte. Sie wurde sehr wütend, schrie *Steve* an und versuchte, die Weste von seinen Schultern zu reißen. Aber du kennst *Steve*, er widersetzte sich ihr erfolgreich. Als wir abreisen wollten, folgte sie uns, war plötzlich sehr nett und bat ihn, ihr die Weste zu übergeben und gab ihm diese Blumen."

Sie zeigte auf die Vase, die auf dem Tisch stand.

Dann setzte sie fort: „Er erklärte ihr freundlich, dass er die Weste behalten wolle, um sie an die richtige Stelle zurück zu bringen. Sie war sehr enttäuscht und beleidigte ihn mit den schlimmsten Worten. Wir stiegen in den Wagen und verließen den Ort mit diesen schönen Blumen."

Sofort musste ich natürlich nach der Weste fragen, denn diese konnte nur meine sein. Sie lag hinter der Couch. *Susan* hob sie auf und meinte, dass sie diese erst nach seinem Tod ausgezogen hatte. Ich erklärte ihr, dass die Weste meine sei und fragte mich gleichzeitig, warum *Johanna* gelogen hatte und so vehement hinter dieser Weste her war. Sie hatte doch selbst welche, die kostbar und hübsch waren. Sie war schon die zweite, die behauptete, dass die Weste ihr gehören würde, erst *Mr. Jo* und jetzt sie. Da muss es doch einen Zusammenhang geben, dachte ich. *Susan* lächelte und meinte etwas ironisch: „Yep, wenigstens hatte es auch etwas Gutes, denn er hat dein Eigentum mit seinem Leben verteidigt." Ich neigte meinen Kopf bedrückt zu Boden, bedankte mich und nahm die Weste erleichtert entgegen. *Susan* tat mir leid, aber ich war froh, dass ich mein Prachtstück wieder hatte und zog es mir gleich über.

Ben versicherte ihr, dass die Auseinandersetzung mit *Johanna* nichts mit seinem Tod zu tun hatte, denn dieser wurde nachweislich durch eine heftige Körperreaktion mit anschließendem Herzinfarkt ausgelöst.

Wir bedankten uns bei *Susan*, fuhren zurück zum Büro, um *Ben* dort abzusetzen, und setzten die Fahrt dann fort zu *Neil's* Farm. Ich fragte *Neil*, wo die nächste Bibliothek sei, um meine Recherchen zu machen. *Neil* meinte, dass er mich direkt hinfahren würde, denn ansonsten würde ich keine Ruhe geben. Wir fuhren nach Montgomery, der Hauptstadt von Alabama. Eine nette Südstaatenstadt mit den für diese Gegend typischen Holzhäusern mit Veranda und den prächtig blühenden Dogwood Bäumen. „Wunderschön", dachte ich und ich konnte verstehen, dass sich die Amerikaner hier besonders wohl fühlten. Irgendwie hatte ich das Gefühl, dass ich mit dieser Gegend verwurzelt war. Schon seltsam. Wir fuhren an einem Park mit alten Eichen und Pappeln vorbei und dahinter tauchte ein älteres Gebäude auf, an dem ein Neubau angrenzte. Es war die Bibliothek. *Neil* meinte, dass er noch etwas hier zu erledigen hätte und wollte mich alleine in der verstaubten Vergangenheit stöbern lassen.

Die Bibliothek war groß und schön. Der Haupteingang war im alten Trakt und führte mich in die Empfangshalle, von der verschiedene Treppen zu den unterschiedlichen Ebenen und Richtungen abgingen. Der Boden war aus schwarzem Marmor. Rote Säulen stützten die runde Decke, die von alten Malereien geschmückt und von Stuck umrahmt war. Die Malereien bestanden aus bunten Blumen, Gewächsen und Bäumen, die hier in den Südstaaten angesiedelt waren. In der Empfangshalle gab es einen Übersichtsplan und verschiedene Hinweisschilder. Auf dieser Etage war ein ,Book Store' und obwohl ich es liebte, mich stundenlang in solchen Verkaufsräumen aufzuhalten, dachte ich an die begrenzte Zeit, die ich hatte und an den Grund, warum ich hier war.

Ich entschied mich, direkt ein Stockwerk höher in die Haupthalle der Bibliothek zu gehen. Dabei kam ich an Leseecken im britischen Stil vorbei, mit roten Ledergarnituren und Chippendale Tischen, die sehr gemütlich aussahen.

In der Haupthalle war ein Informationsstand und ich fragte eine ältere Dame mit Nickelbrille, die mich nett begrüßte, wo ich Literatur über seltsame Todesfälle in dieser Umgebung finden könnte.

„Für die Zeitungsrecherche gehen Sie bitte zum Regal auf der linken Seite. Dort sind sie nach den Jahreszahlen geordnet. Für die Computerrecherche gebe ich Ihnen ein Passwort." Die nette Dame überreichte mir das Passwort und wünschte mir einen netten Aufenthalt hier in der Bibliothek.

Ich machte mich gleich an die Arbeit und holte mir die Zeitungen der letzten zehn Jahre, die sowohl lokale als auch übergeordnete Nachrichten enthielten. Sie waren ganz einfach zu analysieren, denn die lokalen Zeitungen erschienen meistens nur wöchentlich, die übergeordneten täglich. Im Internet konnte ich die Listen erhalten, die zu den einzelnen markanten Orten die entsprechenden Zeitungsaufleger aufführten. In Montgomery gab es zum Beispiel den ‚Montgomery Advertiser', der seit 1829 veröffentlicht wurde und täglich erschien. Die ‚Montgomery Independent' war eine lokale Zeitung, die wöchentlich erschien. So konnte ich mich durch die Masse hindurcharbeiten und die einzelnen Zeitungen um den Zeitpunkt der Todesopfer herausfischen. Diese journalistische Tüftel - Arbeit machte mir Spaß. Ich war wieder ganz in meinem Element und vergaß dabei fast die Probleme, die ich mit mir hatte.

Bei der Analyse stellte ich fest, dass zum Zeitpunkt der Todesfälle an allen Orten Western-Reitturniere stattgefunden hatten, was aber erst mal nicht ungewöhnlich war, denn davon gab es hier in den Staaten viele. Aber was sehr ungewöhnlich war, dass, wie *Ben* zuvor erwähnt hatte, die Todesfälle zwischendurch für zwei Jahre ausfielen, in diesen Jahren aber auch keine Western-Reitturniere stattfanden, da bei den Pferden die Seuche ‚Druse' ausgebrochen war, die meldepflichtig war und zur Absage der Turniere geführt hatte.

„Zufall? Oder gibt es einen Zusammenhang, aber welchen?", dachte ich. Ich schaute dann, ob diese Art der Todesfälle woanders aufgetreten war. Im Internet stieß ich auf eine Information, die besagte, dass genau in diesen zwei Jahren unerklärliche Todesfälle durch Verkrampfungen und roten markanten Stellen, die wie Verbrennungen aussahen, in Thailand aufgetreten waren. Ich recherchierte weiter und machte die Orte ausfindig. Auch dort hatten Western-Reitturniere stattgefunden und in Thailand war dies eher rar. „Wo ist hier der Schlüssel?" fragte ich mich.

Ich schaute mir die Fotos von der kriminaltechnischen Untersuchung an, von denen ich in *Ben's* Büro eine Aufnahme gemacht hatte. Plötzlich fiel mir etwas auf. Ich nahm die Lupe zu Hilfe. An den Opfern selbst war nichts festzustellen, aber in der Umgebung. Es lagen entweder ein paar Blüten neben den Opfern oder Blumen, wie die, die in *Susan* und *Steve's* Haus in der Blumenvase standen. Ich nahm das Foto von der Blume, scannte es in den Computer ein und machte einen Abgleich mit der Blumendatenbank. Jedoch war dort nur sehr wenig über die Blume zu finden. Ihr Name war ‚Rotam alba‘ und diese Pflanze war sehr rar und nur zu einer bestimmten Jahreszeit an einem bestimmten Ort in Alabama zu finden. Die Blühphase war nur von kurzer Dauer. Ich konnte allerdings nichts im Internet darüber finden, wo genau der Ort war, an dem diese Pflanze wuchs. In der Beschreibung wurde darauf hingewiesen, dass der Milchsaft, nach der die Pflanze benannt wurde, zu Irritationen der Haut und Allergien führen könnte. Von einer Bedrohlichkeit war allerdings nicht die Rede, aber ein Insektenstich war ja auch nicht bedrohlich, solange man nicht allergisch war. Ich schaute weiter im Internet nach, zu welcher Art von Allergien dieser Saft führen könnte, aber es waren nur von Rötungen, Juckreiz bis zu Verätzung, aber nicht von einem tödlichen Ausgang durch Atemnot oder Herzversagen, die Rede.

Ich beschloss gerade ein Mind Map (Gedankenkonzept) zu machen, als *Neil* mich anrief. Ich schaute auf die Uhr. „Oh je, wie die Zeit vergangen ist", dachte ich, „er wollte mich abholen. Ich muss mein Gedankenkonzept auf später verlegen." Ich bedankte mich recht herzlich bei der Dame mit Nickelbrille und verließ die schöne Bibliothek. Zurück auf dem Weg zur Ranch erzählte ich *Neil*, was ich herausgefunden hatte. Er hörte gespannt zu.

„Es wird noch ein ganzes Stück Puzzlearbeit bedürfen, um die Todesfälle letztendlich aufzuklären, aber so wie du mir das jetzt schilderst, glaube ich auch nicht an Zufälle", sagte *Neil*. Kurz bevor wir in die Allee zu seiner Farm einbogen, wies er mich darauf hin, nichts über unsere Arbeit zu erwähnen, insbesondere nicht zu *Emilie*.

„Indianerehrenwort", antwortete ich und er lächelte. Dann verdunkelte sich seine Miene, denn gleich musste er *Emilie* die schreckliche Nachricht überbringen. Ich beneidete ihn nicht darum. *Emilie* war bei den Pferden. *Neil* ließ mich am Hauseingang aussteigen. *Johanna* saß auf der Veranda mit einem Glas Whisky und rauchte eine Zigarette. Als ich an ihr vorbeiging, um auf mein Zimmer zu gehen, starrte sie auf meine Weste und fragte mich ärgerlich, wo wir denn gewesen seien. Wir hätten *Emilie* und sie die ganze Drecksarbeit machen lassen. Ich antwortete ihr nett, dass es mir Leid täte, nicht mitgeholfen zu haben, aber es sei etwas sehr Wichtiges dazwischengekommen. „Pah, was für eine dumme Ausrede", sagte sie schnippisch und blies mir den Rauch ins Gesicht. Ich musste mich beherrschen, denn ich wollte mich an so einem traurigen Tag nicht in einen

Streit verwickeln lassen und antwortete ganz kurz: „Frag *Neil*. Er kann dir mehr sagen." Dann ließ ich sie stehen.

In meinem Zimmer musste ich über den Tag nachdenken. Ich nahm mir ein großes Blatt Papier und versuchte meine Recherchen zu ordnen. Ich schrieb erst mal folgende Wörter auf: Western-Reitturniere, Südstaaten, Thailand, ‚Rotam alba', *Johanna*, Hautreaktionen, Asthma, allergische Reaktionen aller Art mit tödlichem Ausgang. Dann versuchte ich diese irgendwie miteinander in Verbindung zu setzen. Western-Reitturniere, Südstaaten und Thailand werden miteinander verbunden. *Johanna* nimmt auch auf Turnieren teil, verbunden. *Johanna* hat ‚Rotam alba' weitergegeben, verbunden. Wo hatte sie diese her? ‚Rotam alba' verursachen Rötungen und andere Hautreaktionen, verbunden. Und zum Schluss blieb die Hauptfrage noch offen: Wie konnte es zu den tödlichen allergischen Reaktion kommen? Ich musste die Fragen klären, wo ‚Rotam alba' in Alabama wuchs und ob diese auch in Thailand vorkamen und was *Johanna* damit zu tun hatte. Vielleicht war es ja auch nur Zufall, dass sie diese Art der Blume weitergegeben hatte. Ich suchte nochmals im Internet, aber vergeblich. Ich beschloss, am nächsten Tag weiterzumachen, denn ich wurde langsam müde.

Es klopfte an der Tür und *Neil* fragte, ob ich noch etwas zu essen wollte. Ich verneinte und fragte ihn, wie *Emilie* die Nachricht aufgenommen hatte. Er meinte nur, dass sie wie erwartet sehr traurig sei, aber es ganz gut verkraftet hätte. Sie wollte aber alleine sein. „Verständlich", dachte ich. *Neil* sah mein Mind Map und schaute es sich an. Er fragte mich, warum ich *Johanna* mit anführte. Er wies sofort zurück, dass sie etwas damit zu tun haben könnte.

„*Neil*, das ist nur journalistische Routine. Ich muss alle Faktoren bedenken und erst mal einen Zusammenhang herstellen, auch wenn es letztendlich keinen gibt. Nach und nach werden immer mehr Faktoren eingegrenzt", sagte ich zu seiner Beruhigung.

„Ok, wenn Detektivin *Charlotte* das sagt", antwortete er kurz und verabschiedete sich mit einem „Gute Nacht und mach mal eine Pause von deinem ratternden Gehirn."

„Werde ich tun", beruhigte ich ihn, „schlaf auch gut." Die Tür klappte zu und ich machte mich zufrieden bettfertig. Bevor ich ins Bett ging, knuddelte ich meine Weste, die mir so wichtig geworden war und hing sie über den Stuhl. Irgendwie tat sie mir richtig gut und das Leder roch so angenehm.

Die geheimnisvolle Höhle

*V*om Tag stark ermüdet, schlief ich sofort ein und träumte zuerst von wunderschönen Blumenwiesen, einem weißen Meer von Blüten und von Vogelgezwitscher. Der Himmel war wolkenlos und die Sonne strahlte. Ein Tag wie aus dem Bilderbuch. Plötzlich hörte man aus der Ferne ein Gekicher. Ein Indianermädchen im Teenageralter mit wunderschönem Lederkostüm rannte über die Wiese und erfreute sich des Lebens. Sie strich durch das Blumenfeld und lachte. Es folgte ihr ein unglaublich gut aussehender junger Mann, der ebenfalls glücklich schien. Sie sprachen ihre Stammessprache, die ich nicht verstand. Aber eins war sehr verständlich; die beiden waren ein Paar. Sie umarmten und liebkosten sich. Er trug ein Amulett um den Hals, das exakt wie meines aussah, nur dass es noch in einem Stück war. Er hatte auch Ledersachen an und trug passend zum Outfit meine Weste. Sie pflückte einen Blumenstrauß und überreichte diesen an ihn. Dann ließen sich beide in die Wiese fallen und legten sich nahe zueinander. Sie beobachteten die Wolken und es schien, als würden sie das Wolkenspiel spielen, das meine Oma mit mir gespielt hatte, als ich noch klein war. Zu jeder Wolkenformation mussten wir uns ein Tier überlegen, das dem Wolkengebilde ähnlich sah und der Andere musste es erraten.

Nach einiger Zeit ermüdeten beide und schlummerten ein. Plötzlich erschraken sie durch ein lautes Donnern. Sie sprangen hoch. Da fing es an, aus allen Kesseln zu schütten und die beiden rannten in eine nahegelegene Höhle, in der sie Schutz vor dem Gewitter finden konnten. Die beiden waren bis auf die Haut durchnässt. Sie entledigten sich ihrer Sachen und zogen etwas anderes an, das in der Höhle deponiert war. Die Höhle war ihnen anscheinend sehr vertraut. In der Höhle war ein zweiter Raum, in dem der alte Indianer wartete, der mehrmals schon zu mir im Traum gesprochen hatte. Sie schienen über die Anwesenheit des alten Mannes nicht überrascht zu sein. Als sie ihn sahen, verneigten sie sich und knieten sich vor ihm hin. Der junge Mann reichte ihm die Weste. Der alte Mann nahm Baumrinde, die er fein rieb und in ein Gefäß mit Wasser tat. Dazu mischte er ein paar Blumensamen und rührte das Ganze auf einer Feuerstelle. Er nahm davon eine Schöpfkelle und verdünnte diese 1:5 mit Wasser in einem Trinkgefäß, das er den beiden jungen Menschen zum Trinken überreichte. Gleichzeitig tauchte er die Weste in sein Gemisch auf der Feuerstelle, nahm diese nach ein paar Minuten wieder heraus und verpackte Samen und konservierte Blüten in das Innenfutter der Weste. Nachdem die beiden das Getränk getrunken hatten, sahen sie frisch und voller Energie aus. Sie sprangen auf und lachten herzlich. Der junge Mann zog sich die Weste wieder an und beide verneigten sich vor dem alten Mann. Dann war dieser verschwunden, so als wäre er nie dort gewesen, genauso wie in meinen Träumen.

Neil war am Frühstückstisch als ich mich zu ihm setzte. Er las die Morgenzeitung.

„Na Detektivin *Charlotte*, irgendetwas Neues entdeckt?", fragte er mich, ohne von der Zeitung hochzusehen. Ich fragte ihn, ob er eine Höhle in der Nähe kennen würde. Er meinte, dass es viele Höhlen hier gäbe.

„Warum?", wollte er wissen. „Möchtest du jetzt auch dort Detektivin spielen? Wie ich von den Fotos weiß, ist niemand in einer Höhle auf mysteriöse Weise gestorben", setzte er fort.

Ich fragte weiter, denn mittlerweile hatten meine Träume so oft etwas mit der Realität zu tun, dass ich zumindest nicht ausschließen wollte, dass mir mein Traum doch etwas sagen wollte.

„Gibt es eine Höhle, die weiß blühende Blumenwiesen in der Nähe hat?", fragte ich. Er überlegte und meinte, dass er nie darauf geachtet hätte, aber dass wir gerne einen Ausritt machen könnten, um nachzuschauen, ob so eine existieren würde. Ich war begeistert und stimmte ihm sofort zu.

„Na, dann mal los. Ich sage *Emilie*, dass sie die Pferde satteln soll. Wir können gleich starten. Ich wollte sowieso noch ein Handpferd mitnehmen. Du reitest *Lucy Mac Fire*. Sie ist eine ganz liebe Dame, sehr sensibel aber zuverlässig."

„Also so wie ich", lächelte ich ihm verschmitzt an. Er zog die Augenbraue hoch und erwiderte ganz kurz: „Wenn du meinst" und ging zu *Emilie*.

Emilie schien sich wieder etwas gefangen zu haben. Aber sie hatte ja *Johanna* an ihrer Seite, auch wenn ich mir diese Frau nur schwer als Seelentrösterin vorstellen konnte. *Johanna* hatte ich heute noch nicht gesehen. Ich wollte *Neil* aber auch nicht nach ihr fragen, denn ansonsten käme er noch auf die Idee sie zu fragen, ob sie uns auf unserem Ausritt begleiten wolle. Ich zog mir meine Reitkluft an: Jeans, mein Holzfällerhemd und natürlich meine Weste. Ich band mir meine Haare zum Pferdeschwanz zusammen und setzte mir meinen Stetson Hut auf.

Als *Emilie* mir *Lucy Mac Fire* überreichen wollte, scheute sie ein wenig. Ich war überrascht. Ich ging auf sie zu und sie wich rückwärts aus.

Emilie schaute verwundert: „Seltsam, normalerweise ist sie ganz einfach im Umgang. Ich weiß wirklich nicht, warum sie so reagiert?" Ich versuchte ihr sanft über die Nase zu streichen und sie wurde auch etwas zutraulicher, aber beobachtete mich immer noch mit viel Respekt. Ich nahm die Zügel und führte sie im Kreis. Sie beruhigte sich und ich wartete mit dem Aufsitzen bis *Neil* wieder da war. In seiner charmanten Art rief er mir schon von Weitem zu:

„Hey Madam *Charlotte*, warum bist du noch nicht oben?" *Emilie* antwortete ihm, dass *Lucy Mac Fire* heute nich gut gelaunt sei. Er drehte sich zu mir und wand ein:

„Na, ich sagte doch, dass sie sensibel ist. Komm sitz schon auf, *Charlotte*." *Emilie* hielt sie am Zügel, während ich aufstieg und dann ritten wir vom Hof.

Neil ritt einen erfahrenden Wallach aus *Spotfire's* Nachkommenschaft und nahm einen Dreijährigen als Handpferd mit, den er bald ausbilden wollte. *Neil* hatte so eine Idee und wir ritten eine ganz andere Strecke als letztes Mal durch Auen, an Felsen vorbei, durch Sandschluchten. *Lucy Mac Fire* war sehr gehorsam und ging einfach am Zügel. An einem Hang galoppierten wir. *Neil* rief mir zu: „*Charlotte*, lass sie gehen. Zügel lang und ruhig im Sattel sitzen bleiben." Dann schaltete er in einen höheren Gang und ab ging die Post. *Lucy Mac Fire* startete ebenfalls durch und ich dachte, dass ich einen Porsche unter meinem Hintern hätte. „Wow, so schnell bin ich noch nie geritten", dachte ich. Ein wenig mulmig war mir schon, aber es machte auch sehr viel Spaß.

Und mit der Länge des Hanges ließen auch die Kräfte der Pferde nach. Oben an der Lichtung angekommen, hatten wir einen wunderschönen Ausblick und *Neil* erklärte mir die Umgebung. Er zeigte mir eine Stelle gegenüber unserer Lichtung, auf der eine weiße Blumenwiese und eine Höhle waren und erklärte mir, dass diese Anhöhe ‚Ewige Hoffnung' hieß. Wir machten uns auf den Weg dorthin. Wir ritten an einem Flusslauf entlang, durch ein Birkenwäldchen und an einer Hütte vorbei, vor der ein kleiner Steinhaufen lag. An der Hütte blieb *Lucy Mac Fire* plötzlich stehen und weigerte sich weiterzulaufen. *Neil* ritt einen kleinen Kreis, um hinter mir zu reiten, aber *Lucy Mac Fire* blieb stur. Ich presste meine Schenkel an und schnalzte, aber keine Chance. *Neil* nahm seinen Strick und wirbelte ihn hinter *Lucy's* Hinterteil. Sie fing an, zu tänzeln und stieg.

„Was hat sie denn nur? Es ging doch richtig gut vorher?", wunderte ich mich.

„Da muss irgendwas mit der Hütte sein. Sie ist sehr sensibel und reagiert auf Dinge, die für uns unsichtbar sind."

Neil stieg vom Pferd, um die Hütte zu begutachten. Hinter der Hütte waren Felle aufgespannt. *Neil* meinte, dass hier geschlachtet werden würde. Es war eine Jagdhütte. Sie roch das frische Blut von dem getöteten Wild. *Neil* nahm *Lucy Mac Fire* am Zügel und führte sie zusammen mit den anderen Pferden um die Hütte, bis sie sich beruhigte. Ich blieb einfach oben auf ihr sitzen. An der Stelle wo die Felle hingen, scheute sie sehr stark, aber *Neil* streichelte die Felle und *Lucy Mac Fire* erkannte, dass diese nichts Gefährliches waren. Ich war beeindruckt mit welcher Ruhe und Gelassenheit *Neil* an die Sache heranging und wie er es so einfach schaffte, *Lucy Mac Fire* zu beruhigen. Als *Lucy* ganz ruhig kaute, saß *Neil* wieder auf und wir konnten unseren Ritt fortsetzen. *Neil* erklärte mir, dass er der Ansicht sei, dass *Lucy Mac Fire* mit einem Bein in der unsichtbaren Welt stände.

„Sie hat ein Gespür für Schwingungen. Viele Indianer leben noch nach ihrer Tradition und stellen Geisterhäuser auf ihren Grundstücken auf, um die Geister gut zu stimmen. *Lucy Mac Fire* scheut jedes Mal an diesen Stellen und möchte dort nicht vorbeigehen. Sie spürt starke Kräfte, die wir nicht spüren", erklärte er mir ruhig.

„Wenn er nur wüsste", dachte ich. Dann fragte ich *Neil*, warum er kein Geisterhaus auf seinem Grundstück hätte. Er meinte, dass er keine Geister gut stimmen müsste, da nur gute Geister auf seiner Farm existierten und er auch keinen Sammelpunkt für Geister haben wolle. Dann lachte er verschmitzt:

„Nur die von weiblichen noch in irdischen Körpern manifestierten Geister sind herzlich willkommen."

„Ach so, na dann pass mal auf, dass diese weiblichen irdischen Geister dich nicht verwirren", antwortete ich ironisch.

Wir setzten unseren Ritt lachend fort bis wir zu der besagten Stelle mit der Blumenwiese und der Höhle kamen. Vor der Höhle war wieder eine Steinformation wie zuvor bei der Hütte und ein kleines Holzkreuz. Ein überschwänglicher Duft strömte uns entgegen. Ich schaute zum Abgleich auf mein Handy. Und tatsächlich handelte es sich bei den Blumen um ‚Rotam alba'. Wir stiegen ab und ich pflückte eine, aus deren Stil der milchige Saft kam. Ich war vorsichtig und passte auf, dass der Saft nicht an meine Haut geriet. Ich wusste ja nicht, was dies für Auswirkungen auf mich haben könnte.

Die Blumenwiese war wunderschön und befand sich auf einer kleinen Fläche von tausend Quadratmeter relativ konzentriert genau vor der Höhle. *Neil* strich durch die Blumen und fächerte uns den berauschenden Duft zu. Es war ein schöner Moment.

Dann sagte er: „Moha."

„Moha?", fragte ich ihn überrascht.

„Die Blume heißt ‚Moha'. Mein Großvater hat mir von ihr erzählt."

„Aber meiner Recherche nach ist das ‚Rotam alba'", erwiderte ich.

„Hier, schau auf die Fotos und die Beschreibung stimmt auch", fügte ich schnell hinzu. *Neil* schaute sich die Fotos an und meinte:

„Wie auch immer sie richtig heißt, Großvater nannte sie ‚Moha', was so viel wie ‚das drehende Rad' bedeutet und spirituelle Bedeutung hat. Im Moment kommt mir nicht in den Sinn, welche genau."

Die Sonne schien, die Blumen strahlten uns in ihrem schönsten Weiß an und unsere Pferde genossen es, hier zu grasen. Ich war sogleich besorgt um die Pferde, aber *Neil* winkte ab. Falls die Blumen giftig für sie wären, würden sie diese nicht fressen. Eine Zeitlang hier an dem wunderschönen Ort verharrend, trafen sich *Neil's* und meine Blicke wieder, die sich magnetisch anzogen und doch wagte keiner, sich außer diesen Blicken näher zu kommen. *Neil* brach diesen schönen Moment der Stille und der Gemeinsamkeit, da es ihm wahrscheinlich unangenehm wurde.

„*Charlotte*, ist es das, wonach du gesucht hast?"

„Die Blume ist auf jeden Fall die gleiche, die ich bei *Susan* gesehen habe, aber ich kenne noch nicht die Bedeutung und den Zusammenhang mit den Todesopfern. Lass uns mal in die Höhle gehen, *Neil*."

Wir nahmen die Pferde und gingen zur Höhle. *Lucy Mac Fire* blieb wieder stehen und schnaubte. Sie fing an, zu tänzeln und ging rückwärts.

„Vielleicht war das Gras und die Blumenwiese zu köstlich und sie schaltet jetzt auf stur?", fragte ich *Neil*.

Aber er verneinte: „Sie ist nicht widerwillig. Sie schaut ängstlich zur Höhle. Schau ihre weit aufgerissenen Augen an und ihre Körperstellung verrät, dass sie Angst hat. *Charlotte*, nimm meine beiden Pferde. Ich gehe in die Höhle und schaue nach, was da so angsteinflößend ist."

Ich war besorgt und rief ihm zu, dass er vorsichtig sein solle, aber er winkte ab und machte sich auf den Weg, die Höhle zu erkunden. Bevor er hineinging, kam ihm ein großer Schwarm Fledermäuse entgegen, die sich offensichtlich durch den Eindringling gestört fühlten und viel Lärm machten. *Lucy Mac Fire* machte einen Satz zur Seite und zitterte, aber nachdem die Fledermäuse weg waren, beruhigte sie sich langsam und fing sogar an zu grasen. *Neil* lachte mir zu: „Jetzt kennen wir schon den Grund, warum Lucy so aufgeregt war." Dann verschwand er in der Höhle.

Nach ein paar Minuten kam er wieder zurück und meinte, dass er nichts Außergewöhnliches gesehen hätte.

„Wonach suchst du denn eigentlich?", fragte er mich.

„Das weiß ich selber noch nicht so genau", antwortete ich ihm, überreichte ihm die Pferde und ging selber hinein. Ich dachte, dass der Traum doch Recht hatte, eine Blumenwiese und eine Höhle waren vorhanden. Doch was wollte ich denn eigentlich in der Höhle finden? Eine Antwort auf die Todesfälle hat mir der Traum doch auch nicht gegeben.

Mir wurde ganz warm als ich hineinging und ich fühlte eine unheimliche Ruhe in mir. Es gab nichts, das auf meinen Traum hindeutete. Die Höhle sah wie eine ganz normale Höhle aus. Ein kleiner Lichtstrahl drang irgendwo ein, aber da war nichts Besonderes. Plötzlich hörte ich ein Zirpen und ein Vogel flog entlang des Lichtstrahls auf meine Schulter. Ein farbenprächtiger rot- oranger Vogel, wie der Feuervogel, den ich im Traum und beim Meditieren gesehen hatte. Er zirpte wunderschön. Er rieb seinen Kopf an meiner Weste, schüttelte seine Federn, die anscheinend nass waren und flog davon. Ansonsten fand ich nichts, was von Interesse gewesen wäre. Ich verließ etwas enttäuscht die Höhle, wollte aber *Neil* von dem Feuervogel erzählen.

Neil saß inzwischen im Lotussitz im Gras und hatte die Augen geschlossen. Die Pferde standen ohne Anbindung um ihn herum und grasten. Ich setzte mich hinzu und sagte nichts. Ich wollte ihn nicht stören. Vielleicht meditierte er gerade, dachte ich innerlich lächelnd. Nach etwa zwanzig Minuten Schweigen fing er, ohne seine Augen zu öffnen, plötzlich an, von seinem Großvater zu sprechen.

„Ich kann mich wieder erinnern. Eines Tages versetzte sich Großvater in der Schwitzhütte in Trance und sprach folgendes über die drei Wahrzeichen ‚Moha', Sonne und die Farbe Rot: ‚Moha' ist eine Blume, die milchige Wurzeln hat und wenn man sie schneidet, wird sie wieder wachsen. Die Blüte sieht aus wie das Rad des Lebens mit den vier mächtigen Elementen. Wenn die Blume sich vom Platz bewegt, wird sich die Erde schütteln.

Die Sonne ist das Zentrum der Welt und spendet Licht und Energie. Unsere Vorhersagen, was mit uns geschieht, basieren auf dem Magnetfeld der Erde und den Sonnenflecken, die die Fruchtbarkeit und den Tod der Erdlinge beeinflussen.

Rot bedeutet Tod und die Erde verwandelt sich in Blut, wenn Warnzeichen ignoriert werden. Dann gibt es kein Zurück mehr. Aber die Menschen müssen lernen, alle Elemente und Geschöpfe der Erde zu lieben und an den großen Geist zu glauben.

Vier Engel aus den Elementen werden reden: Der Wasserengel wird große Tränen vergießen, was für Überflutung steht. Der Feuerengel wird

Erdbeben, Krieg und Vulkanausbrüche herbeiführen. Der Erdengel wird die Erde austrocknen und Bäume werden sterben. Der Windengel wird Wind in Stürme und Taifune verwandeln."

„Und was soll das bedeuten, *Neil*?", fragte ich ihn etwas verwundert.

„Zieh deine Weste aus und schau auf die Rückseite", forderte er mich auf.

„Da sind drei Pferde und ein leeres Feld, das aussieht als wäre auch dort einmal ein Pferd platziert gewesen", antwortete ich ihm.

„Großvater erklärte mir, dass diese Engel auf Pferden angeritten kämen, wenn sie in Frieden mit den Menschen seien. Kommen sie als sogenannte ‚Skinwalker‘, verheißt das viel Böses", meinte *Neil* geheimnisvoll.

„Pferde, Skinwalker, ich verstehe nicht, worauf du hinaus willst", fragte ich verwundert weiter.

„Auf deiner Weste sind Pferde verschiedener Farben abgebildet. Schwarz steht für den Windengel, weiß steht für den Wasserengel, braun für den Erdengel und das Rote, das fehlt, würde den Feuerengel symbolisieren. Die Weste muss eine wichtige Bedeutung haben, *Charlotte*. Und schau vorne auf der Weste ist das Schutzsymbol, das vor den Geistern der Bösen, den sogenannten Skinwalkern, schützen soll", zeigte mir *Neil* auf der Weste.

„Die Weste muss geschlossen sein, so dass das Schutzsymbol seine Wirkung entfalten kann", fügte er hinzu und setzte fort:

„Der eine Pfeil ist auf der linken und der andere Pfeil auf der rechten Seite der Weste, die aufeinander zeigen. Der silberne Verschluss der Weste ist der Punkt, auf den die Pfeile zeigen. Die Existenz sogenannter böser Geister oder Geister des Bösen sind in vielerlei Form Bestandteil der Kultur und Denkweise der indianischen Völker. Im Leben der Indianer übernehmen Skinwalker, die ‚Yee naadlooshi' - im Deutschen wörtlich: „Er geht auf allen Vieren" - die leibhaftige Rolle des Bösen an sich."

„Und was bedeutet das genau?", fragte ich neugierig.

„Ihre Existenz hängt eng mit dem Glauben zusammen, dass der Mensch zwei Seelen besitzt, symbolisiert durch die zwei besagten Pfeile. Eine freie ungebundene Seele, die den Körper nach seinem Tode verlassen kann und eine leibgebundene Seele. Während die freie Seele der Toten Güte und Harmonie fördert, lebt im Leib der Verstorbenen der Geist alles Bösen weiter, um sich erneut einer lebenden Gestalt zu bemächtigen. So begründet sich die magische Furcht der meisten Indianervölker vor ihren Toten, denn der in ihnen zurückgebliebene ‚Geist des Bösen' kann vor allem Menschen schaden, die dem Toten nahestanden. Gelingt es ihm, sich etwa durch falsche Berührung, die Gestalt eines Menschen anzueignen, so treibt er als Skinwalker, vielen Erzählungen zufolge in der Gestalt als Wolfsmensch, Hexe oder Hexer, alle erdenklichen Schreckenstaten."

Ich bekam Angst, denn ich war ja nach Ansicht des Mediums auch mit einer fremden Seele manifestiert. Ich musste ganz bleich geworden sein, denn *Neil* legte seine Hand auf meine Schultern und versuchte mich zu beruhigen.

„Na Na *Charlotte*, das ist doch nur eine altüberlieferte Sage und außerdem wäre es bei deinem starken Charakter völlig unmöglich für einen Geist, von dir Besitz zu ergreifen. Das schaffe ja noch nicht mal ich."

Ich musste darüber lachen, wie *Neil* alles so leicht und unkompliziert sah. Ich hätte ihm gerne alles erzählt, denn er ist mir in letzter Zeit meines Aufenthaltes auf seiner Farm immer vertrauter geworden. Ich hätte gerne über meine Probleme gesprochen und ihm auch meinen, neben meiner journalistischen Tätigkeiten, anderen Grund genannt, warum ich nach Alabama gekommen war. Aber ehrlich gesagt, wollte ich ihm gegenüber keine Schwächen zeigen und hatte auch die Sorge, dass es sich vielleicht albern anhörte. Ich wusste bei *Neil* nicht so richtig, wann er etwas ironisch oder wann er es ernst meinte. Einerseits war er ein Typ, der sehr erdverbunden war und bei seinen Erzählungen von seinen indianischen Vorfahren und deren Glauben verspürte ich manchmal eine gewisse Ironie. Doch andererseits redete er ganz ernst von indianischen Überlieferungen, besonders von den Erzählungen seines Großvaters. Ich fragte ihn neugierig, wie sich die Indianer vor den Skinwalker schützen können.

„Die Toten werden verbrannt, um die Seele des Körpers auszulöschen. Wenn offenes Wasser in der Nähe ist, werden die Toten auf einem selbstgebauten Floß aufgebahrt. Der Tote liegt mit dem Gesicht nach oben, damit die gute Seele aus dem Körper befreit werden kann. Möchte man einem toten Indianer schaden, so dreht man seinen Körper um, so dass sein Gesicht verdeckt ist und er für immer im Körper gefangen ist. Dann werden brennende Pfeile auf das offene Wasser geschossen und der Tote verbrennt weit weg von den Lebenden, um jeglichen Kontakt mit der sich im Rauch verflüchtigenden Seele zu vermeiden", erklärte er ernst.

„Und wie erkenne ich, wer ein Skinwalker ist?", fragte ich gespannt weiter. *Neil* antwortete mit ganz ernster Miene: „Bei manchen erkennt man es sofort, da sie auf vier Beinen kriechen. Aber manche können dies sehr gut verbergen und verhalten sich ganz normal wie andere Lebende auch. Wer weiß, vielleicht bin ich ja ein Skinwalker und geistere abends durch das Haus. Hast du mich noch nicht in deinem Zimmer gesehen?"

Ich lachte und erwiderte, dass ich dann eine Hexe sei, und meine magischen Kräfte mich vor ihm bislang geschützt hätten. Er zwinkerte mir zu und wir machten noch viele Späße über alte Legenden und Überlieferungen. Mit *Neil* konnte ich mich so gut von meiner eigenen Situation ablenken und sogar Witze über das machen, was mir Angst machte.

Dann wollte ich aber doch noch wissen, ob er es ernst mit meiner Weste, der Symbolik und deren großen Bedeutung meinte oder ob das auch wieder nur einer seiner sarkastischen Äußerungen war. Er schmunzelte und meinte: „Nein, mir ist das wieder von meinem Großvater eingefallen und es gibt viele Gedanken meiner Vorfahren, die ich mit ihnen teile. Dass ich oft über Überlieferungen schmunzele, bedeutet nicht, dass ich ihren starken Glauben an das Göttliche und die Einheit unseres Systems als Ganzes in Frage stelle. *Charlotte*, verstehe mich nicht falsch, ich bin ein sehr gläubiger Mensch und die meisten Überlieferungen halte ich auch für wahr. Denn ich selbst pflege stets den Kontakt zur unsichtbaren Welt, so wie wir es an unseren Ahnengedenktagen gemacht haben. Das könnte ich nicht, wenn ich das Grundsätzliche als Unsinn ansehen würde. Als ich deine Weste gesehen habe, ist mir aufgefallen, dass sie nicht nur eine Weste von vielen ist. Von ihr geht eine besondere Kraft aus, die ich selbst spüre und besonders an diesem Platz. Und da ist noch etwas, komm ich zeige es dir.“

Neil zog mich hoch und wir gingen Richtung Höhle.

„Zuerst ist es mir nicht aufgefallen, aber siehst du den Stein hinter dem Baum? Er trägt das gleiche Zeichen des Schutzes gegen das Böse wie deine Weste. Das bedeutet, dass diese Höhle auf jeden Fall eine Zuflucht für Indianer gewesen sein musste. Auch dieser Steinhaufen vor der Höhle und das Holzkreuz ist ein Hinweis darauf. Wie ich Dir zuvor von den Geisterhäusern erzählt habe, sieh hier hinter dem Holzkreuz ist ein Bündel vertrockneter Gerste, ein Gefäß ‚Chicha‘ -das Eingeborenenbier-, ein

Fläschchen Schnaps und ein Topf, in dem noch die Reste von Mais und Koksblättern zu sehen sind. Dies alles sind Opfergaben, um die Gottheit zu veranlassen, Glück zu verleihen und mit allem zu versorgen, was das Volk braucht, ganz ähnlich wie die Geisterhäuser in Thailand."

„Ja stimmt, allerdings haben die Thais Reiswein anstatt Bier, aber ist ja auch Alkohol", schmunzelte ich und fragte interessiert:

„Woraus besteht denn das sogennante ‚Chicha'?"

„‚Chicha' wird aus Mais hergestellt, wobei das Korn gekaut und ausgespuckt wird. Das ist die sogenannte Maische, die zur Bierbrauerei verwendet wird. Der Brauch sieht es vor, Reisenden das Getränk anzubieten. Lehnt dieser ab, muss das Getränk auf den Boden geschüttet werden, um dem Land Glück zu bringen", erklärte *Neil* mir.

„Und was bedeuten die Steinhaufen? Ich habe diese auch vor der Hütte gesehen.", fragte ich *Neil* neugierig. „Nach der traditionellen Kultur wird ein Stein vom Heimatdorf mit auf eine lange Reise genommen und zu dem gewünschten Ort getragen und dort platziert. Mit dieser Kulthandlung glauben die Indianer allen Mühsal und Sorgen seiner Reise zurückzulassen. Manchmal werden die Steine auch zu einem Kreis formiert, einem magischen Ring, und ihre Pferde darin kreisen gelassen, um dem Tier den Schutz wie in der heimischen Herde zu verleihen."

Ich war fasziniert und musste an meinen Traum denken. War die Höhle doch der richtige Ort, an den ich kommen sollte? Liegt hier der Schlüssel zu meiner Vergangenheit? Und hat die Weste etwas damit zu tun? Ich konnte nachvollziehen, was *Neil* mit der Kraft meinte, die von ihr ausging. Das Gleiche spürte auch ich.

„Aber was genau sollen wir hier erfahren?", fragte ich ihn etwas zweifelnd.

Neil antwortete mir ganz ernst: „Ich glaube nicht an Zufälle. Du hattest eine Intuition, der wir gefolgt sind. Was auch immer dies zu bedeuten hat, wir werden es herausfinden. Denn eins ist klar, wir sollten genau hier an diesen Platz kommen, da bin ich mir sicher." Ich hatte auch dieses Gefühl, machte ihm aber auch klar, dass wir nichts Ungewöhnliches gesehen hatten und ich ja auch nicht so richtig wüsste, worauf wir eigentlich stoßen sollten.

Neil schaute mit seinen dunklen Augen tief in meine: „Eine indianische Weisheit besagt: Der gute Jäger wartet bis der Wolf zu ihm kommt. Hab etwas Geduld, *Charlotte*. Wir werden schon auf den richtigen Pfad geführt werden." Ich nickte und seufzte:

„Ja ja die Geduld, wie soll ich die denn noch haben? Wir sind auch mit unseren Todesopfer-Fällen noch nicht sehr weit gekommen."

„Noch nicht, *Charlotte*, aber wir werden das Rätsel lösen und auch, warum du genau zu diesem Zeitpunkt hier mit mir bist." Ich schaute ihn verwundert an.

„Wusste er etwa von meinem Problem und der Suche nach meinen Lebens-Wurzeln?", fragte ich mich. Als hätte er meine Gedanken gelesen, schmunzelte er und antwortete:

„In unserem Leben begegnet uns keiner zufällig. Alle sind Teile unseres Weges, ob als Seelenverwandter oder als Begleiter. Und eines solltest du immer im Herzen tragen: Betrachte die Welt nicht mehr voller Unruhe mit den immer kreisenden Gedanken, was gestern war und wie morgen sein wird. Dann strahlt das Licht des Tages aus deinen Augen. Und deine Augen sind der Spiegel der Welt."

Ich war erstaunt, wie viel Empathie *Neil* besaß. Ich war gerührt und zugleich wollte es aus mir heraussprudeln, was mich die ganze Zeit bedrückte. Mir schossen Tränen in die Augen.

„Weißt du *Neil*, ich verzweifle manchmal, weil die Vergangenheit mich einholt, ich diese aber gar nicht kenne und ich nicht genau weiß, was das Morgen verbirgt, das durch die Vergangenheit geprägt wird." Ich dachte, ich würde in Rätseln sprechen, aber *Neil* fragte nicht nach und antwortete gelassen mit ganz ruhiger Stimme:

„Verzweifle niemals. Die Tage vergehen wie das im Wind fliegende Herbstlaub und die Tage kehren wieder mit dem reinen Himmel und der Pracht der Wälder. Aufs Neue wird jedes Samenkorn erweckt, genauso verläuft das Leben. Halte dich nicht an Dingen fest, die du sowieso nicht ändern kannst. Warte darauf, was sich dir im Moment eröffnet und erfreue dich daran. Auch das sind Worte meines Großvaters, die viel Weises in sich tragen."

Er zog mich an sich heran und legte die Arme um mich. Ich genoss die Nähe. Und er roch so angenehm nach einem sehr männlichen, aber nicht aufdringlichen ‚Eau de Toilette'. Am Liebsten wäre ich lange in diesem tröstenden Moment der Zweisamkeit verweilt, aber ein Falke unterbrach die Stille. *Neil* ließ mich langsam los, holte die Pferde und wir machten uns auf den Heimweg.

Auf dem Heimweg genossen wir die Stille der Abenddämmerung. Ich hatte nicht mitbekommen, dass der Tag schon recht fortgeschritten war. Unterwegs zeigte er mir noch ein paar schöne Aussichtspunkte, die wir von den Pferden aus genossen. Zuhause angekommen machte mir *Neil* verständlich, dass er noch mit Büroarbeit beschäftigt sei. „Kein Problem", sagte ich, „ich bin sowieso sehr müde. Es war ein toller Tag. Ich danke dir recht herzlich." *Neil* zwinkerte mir zu und ging in sein Büro, diesmal ganz ohne Handkuss.

In meinem Zimmer gingen mir *Neil's* Worte durch den Kopf und ich fragte mich, ob ich es üben könnte, nicht so viel zu grübeln. Allerdings hatte ich ja auch den Auftrag, mehr über mich zu erfahren. Insofern musste ich darüber nachdenken, wie ich in Zukunft wieder unbeschwerter sein kann. Über diesen Gedanken nickte ich ein und schlief die Nacht wie ein Murmeltier.

Eine indianische Überlieferung

Am nächsten Morgen ging ich in den Frühstücksraum, von wo ich ein Stimmengewirr vernahm. *Healing Hand* war zu Besuch und sehr aufgeregt. Sie sprach von einer schlechten Vorsehung. *Sharkies One Thumb*, der alte Jäger von der Jagdhütte, hätte ‚Moha‘, die ‚Milky Roots‘ Pflanze in Florida, am Caloosahatchee River gesichtet. *Neil* warf ein, dass wir blühende Wiesen von ‚Milky Roots‘ an dem Platz der ‚Ewigen Hoffnung‘ gesehen hätten. *Healing Hand* meinte, dass an dem Ort die Pflanze endemisch (nur in begrenzten Gebieten vorkommend) sei, genau auf dem Berg namens Thunderhill.

„Thunderhill? Das ist der Name von dem Berg?", fragte ich überrascht.

„Ja, kennst du den Namen?", wollte *Healing Hand* wissen.

„Ich bin mir nicht sicher, aber ich habe das Gefühl, dass ich den Namen schon mal gehört habe. Vielleicht hat ihn meine Großmutter erwähnt. Aber was ist so schlimm, dass diese Pflanze auch jetzt in Florida an diesem Fluss gesichtet wurde?" fragte ich neugierig.

Healing Hand setzte fort, was *Sharkies One Thumb* ihr erzählt hatte. ‚Moha‘ sei zu einem anderen Ort gewandert. Sie habe auch viel zu spät geblüht, so dass sie das Wachstum der Sternblume unterdrückt habe. Die Sternblume müsste wachsen, damit die Erde mit diesen einzigartigen Samen gesegnet würde. Zudem stehe eine Sonnenfinsternis bevor und der rostfarbene Vogel sei gekommen, der nur dann erscheint, wenn nichts Gutes zu verheißen ist oder als Vorwarnung.

„Der Feuervogel?", fragte ich wie aus der Pistole geschossen.

„Ja, genau *Charlotte*. Hast du von ihm gehört?" Ich nickte und erzählte ihr, was ich über ihn wusste. Sie stimmte mir zu und meinte, dass während der Meditation viele Zeichen gegeben würden. Einer davon wäre anscheinend bei meiner Meditation der Feuervogel gewesen und sie beteuerte, dass wir die Sache ernst nehmen müssten.

Johanna lächelte süffisant und provozierte: „Warum sollen wir die alte Frau ernst nehmen? Was ist so besonderes an dieser Geschichte?"

Healing Hand setzte fort: „Die Indianer hatten sich an dieser Stelle der Erde niedergelassen, um aufgrund ihrer zeremoniellen Pflichten auf das Land zu achten, so wie andere Völker sich irgendwo auf der Erde niederließen, um auf ihre eigene Art und Weise auf sie zu achten. Zusammen halten sie die Welt im Gleichgewicht. In den Schriftzeichen der Indianer steht folgendes geschrieben: Wenn das Indianer-Volk verschwindet, werden die Erdbewegungen exzentrisch, die Meere werden das Land verschlucken und die Menschen werden umkommen. Nur ein Bruder und eine Schwester werden vielleicht übrigbleiben und ein neues Leben anfangen. Es wird viele Säulen des Rauchs und des Feuers geben, aus denen der weiße Mann Erde in Wüsten verwandelt, nicht weit von hier. Und wie wir sehen, ist dies bereits geschehen, aber das Schlimmste ist, dass die Indianer, die wie die weißen Menschen leben, die Indianer sind, die ihren Lebensweg verlassen haben. Sie haben den leichten Weg gewählt, mit modernen Annehmlichkeiten und machen sich keine Mühe mehr, in Tradition und nach *Wakan Tanka* zu leben. Diese Indianer werden andere Indianer dazu auffordern, ihnen auf ihren Wegen zu folgen. Zu dem Zeitpunkt, wenn alle Indianer in das Verderben rennen, wird die Welt auf und nieder gehen und nicht mehr zur Ruhe kommen. Tumulte, Erdbeben, Fluten und Dürre werden zunehmen. Die Alten sagen, dass wir jetzt, zu diesem Zeitpunkt, bereits in dieses Stadium des Lebens eingetreten sind. Dies wurde auch in der Bibel prophezeit, in der von der Endzeit gesprochen wird. Blut wird fließen. Unser Haar und unsere Kleidung werden über der Erde verstreut werden. Es wird Veränderungen in den Jahreszeiten und beim Wetter geben. Die Natur wird mit dem mächtigen Atemzug des Windes (Orkane) zu uns sprechen. Es wird Erdbeben und Überflutungen geben, die große Katastrophen verursachen. Wilde Tiere und Pflanzen werden verschwinden und Hungersnöte verschiedenster Art werden auftreten. Kriege werden aufkommen, wie mächtige Stürme.

All das war seit Beginn der Schöpfung vorhergesehen und steht auch in der biblischen Offenbarung. Wir haben Lehren und Prophezeiungen, die uns sagen, dass wir auf die Zeichen und Omen achten müssen, die kommen werden und die uns Stärke und Mut geben müssen, um zu unserem Glauben zu stehen."

„Eine schöne Geschichte, aber das ist nur eine indianische Legende. Warum sollte eine kleine Blume so einen gewaltigen Einfluss auf unsere Welt haben? Das ist doch lächerlich", stellte *Johanna* mit ironischem Unterton in Frage.

Healing Hand schaute *Johanna* mit ermahnender Miene an und setzte fort:
„Wir gehen doch davon aus, dass die Naturvölker, die die Erde zuerst bewohnt hatten, als wichtigste Kraft das Erdzeichen hatten, denn diese kennen die Erde mit allen ihren Wundern, Kräften und Taten. Alle Kräfte der Natur sind voneinander abhängig. Ist eine Kraft im Ungleichgewicht, wird sie auch die anderen Kräfte beeinflussen. Das Eindringen in den Lebensweg der Indianer wird durch das „Moha' Symbol in Bewegung gesetzt, so dass die vier großen Naturkräfte die Welt ins Ungleichgewicht

stürzen. Wenn sich dies andeutet, werden wir wissen, dass unsere Prophezeiungen wahr werden. Wir werden unsere Kräfte sammeln müssen und standhaft bleiben.

Das Eindringen in das Leben unseres Volkes durch den weißen Mann, der viel Unheil gebracht hat, ist bereits geschehen. Und weil die Lebenskraft von ‚Moha' die Milch ist und sie durch die vier großen Naturkräfte kontrolliert wird, wird sich die Welt erneut in Bewegung setzen, sobald sie woanders Wurzeln gefasst hat. Die Blume, gemeinsam mit der vorhersehbaren Veränderung der Sonnenflecken, wird ein anderes Unheil schaffen."

„Trotzdem hört sich das für mich nach reinen Fantasien an. Zum heutigen Zeitpunkt haben wir zwei Weltkriege, Erdbeben, Stürme und andere Katastrophen überlebt", warf *Johanna* ein, schüttelte ihren Kopf und lachte höhnisch über die Worte von *Healing Hand*.

Ohne darauf einzugehen, setzte *Healing Hand* mit ihrer beunruhigenden Prophezeiung fort: „Die Menschen werden die guten Dinge des Lebens verderben, denn sie kennen weder Ethik noch Moral. Sie wissen nicht mehr, was Gut und Schlecht ist. Mit dem Grundprinzip des Dualismus kann normalerweise jeder unterscheiden und weiß, dass das Gute in dem Erhalten, Fördern und Steigern von Leben besteht und dass Vernichten, Schädigen und Hemmen von Leben böse ist. Sie werden dasselbe Leben leben, vor dem wir aus der Unterwelt flohen. Die meisten von uns werden in Verwirrung verloren sein. Es werden sogar die führenden Personen verwirrt sein. Es wird sehr schwierig zu entscheiden sein, wem zu folgen ist und wem man noch trauen kann. Denn jeder folgt nur seinen eigenen Interessen und unsere demokratischen Grundsätze werden in Gefahr sein.

Die, die mit der Kenntnis der heiligen Schrift beschenkt sind, werden dann sehr vorsichtig leben, denn sie werden angegriffen und verfolgt werden. Doch sie werden dazu aufgerufen sein, den Glauben zu verteidigen, weiterzugeben und Zeugnis darüber abzugeben, denn das Schicksal der Welt wird auf ihren Schultern liegen.

Mein Urgroßvater *Healing Feather* sagte eins: „Wenn wir, das Naturvolk, die die Beschützer der Erde sind, scheitern, wird das der Auslöser für die Zerstörung der Welt und der Menschheit sein. Möge der große Geist euch auf den richtigen Weg führen, denn dies wird die einzige Chance sein."

Ich hörte gespannt zu und war erschüttert. Mir war klar, dass sowohl die natürlichen als auch sozialpolitischen Veränderungen starken Extremen ausgesetzt waren. Es konnte keiner behaupten, dass die Auswirkungen normalen Schwankungen unterworfen waren. Wir Menschen haben sehr stark an den natürlichen Ressourcen der Erde genagt und diese aufgrund unseres Egoismus regelrecht ausgebeutet. Genauso wurde mit den Menschen umgegangen. Die Profitgier und der Eigennutz führten zu vielen Kriegen und Ausbeutung von schwachen Ländern und Menschen, wie nie zuvor. Und was mich an den Äußerungen von *Healing Hand* besonders faszinierte, war, dass die Indianer diese Prophezeiung schon vor sehr langer Zeit hatten und zwar noch vor dem Christentum, in dessen Bibel in der Offenbarung genau von denselben katastrophalen Vorhersehungen gesprochen wurde.

Ich fragte neugierig, ob wir denn überhaupt etwas tun könnten, wenn es doch längst prophezeit war, dass es so kommen musste, wie es kommen wird.

Healing Hand antwortete wieder mit den Worten ihres Urgroßvaters: „Zu all diesen Menschen wird der Tag der Reinigung kommen. Demütige Menschen werden auf der Suche nach einer neuen Welt fliehen. Der ‚Reiniger', beherrscht vom roten Symbol, wird mit der Hilfe der Sonne und der ‚Moha'-Blume die Bösen ausmerzen, welche die Lebensweise der Erdmenschen zerstört haben, die auf der Grundlage der Liebe zueinander und zur Erde und all ihren Lebewesen gelebt haben. Es wird keine gespaltenen Zungen geben und die Bösen werden nie mehr sprechen können. Das wird die Reinigung für alle rechtschaffenen Menschen, für die Erde und für alle Lebewesen auf ihr sein. Das Kranke auf der Erde wird geheilt.

Und zu diesem Gesagten meines Großvaters steht das Christliche auch wieder im Einklang. Denn so steht es auch in der Offenbarung der Bibel. *Jesus* wird kommen, um Spreu vom Weizen zu trennen. Der Glaube ist wichtig und aus dem Glauben heraus werden wir automatisch veranlasst sein, Gutes auf der Erde zu tun. Diejenigen, die Schlechtes in ihrem Herzen verwurzelt haben und sich nicht bekehren lassen, werden auch schlechtes erfahren, während diejenigen, die die Liebe in ihrem Herzen tragen, in die Ewigkeit des Friedens gelangen.

Wir können bestimmen, wo unser Weg hingehen soll und auch wir können unsere Zukunft beeinflussen. Ob wir jemals die Prophezeiung der Endzeit der Erde entkommen können ist fraglich, aber so lange wir noch auf diesem Planeten leben, können wir aktiv dazu beitragen, dass der sogenannte ‚Final Countdown' auf jeden Fall hinausgezögert wird. Und einige sind dazu bestimmt, als Messenger zu fungieren, um diese Botschaft weiterzutragen und möglichst vielen Leuten den Samen der Liebe und den

Glauben an die heilige Schrift zu verbreiten." *Healing Hand* schaute mir dabei tief in die Augen. Ich wusste nicht, wie ich reagieren sollte.

„Meinte sie etwa mich? Das wäre zu weit hergeholt. Ich war doch nur ein kleines, unbedeutendes Rädchen im großen Uhrwerk", dachte ich. Sie kam auf mich zu und berührte meine Weste: „Sehr schön ist die." Dann fragte sie mich, ob ich zu ihr zum Tee vorbeikommen würde. Sie wolle mit mir etwas plaudern. Sie zwinkerte mir zu:

„Morgen um 15 Uhr?" Ich schaute zu *Neil* und er nickte mir zustimmend zu, dass ich auf ihn keine Rücksicht nehmen müsste.

Der Talisman

Healing Hand empfing mich in ihrem Haus mit frisch gebackenem Kuchen und Tee. Das Haus war erfüllt von einem herrlichen Duft aus Sandelholz und Rosen. Überall waren Räucherstäbchen und Duftkerzen aufgestellt. *Healing Hand* hatte ein schönes Lederkostüm an, welches aus braunem Wildleder genäht und mit blauweißen Ornamenten verziert war. Sie trug ein blaues Amulett eingefasst in glänzendem Silber, welches meinem sehr ähnlich war.

Ich erklärte ihr, dass ich auch Türkisamulette besäße, die ich von meiner Großmutter geerbt hätte. Das eine enthielt ein Friedenssymbol. Ich würde es zwar auf meinen Reisen mitnehmen, trage es aber nur ab und zu. Das andere bestände nur aus einer Hälfte, die ich immer bei mir trug. Heute hatte ich beide Talismane um den Hals, da sie mir Stärke und Schutz verleihen sollten. Ich zeigte ihr beide und sie musterte besonders das halbe Amulett. Dann bat sie mich, ihr etwas von meiner Großmutter zu erzählen. Das waren für mich schöne Erinnerungen und ich fing an zu berichten:

„Meine Großmutter war eine herzliche und lebenslustige Frau, die immer genau wusste, was sie wollte. Sie sprach nicht oft über ihre indianische Vergangenheit, aber eines Abends kurz vor ihrem Tod saß sie am Kamin und kramte in ihrem Erinnerungskasten, in dem einige Familienerbstücke ruhten. Zu jedem Stück hatte sie etwas zu erzählen. Ich war inzwischen zu einem Teenager herangewachsen, saß aber wie immer zu ihren Füßen und lauschte gespannt ihren Geschichten.

Sie war ein Choctaw-Apache-Cherokee Mischling, denn ihr Großvater (also mein Ururgroßvater) war Apache, der vom Stamm der Cherokees adoptiert worden war und dann ihre Großmutter aus diesem Stamm kennengelernt hatte. Die beiden bekamen einen Sohn, meinen Urgroßvater, der in einem Schilf versteckt wurde. Kurz nachdem sie das Baby in Sicherheit gebracht hatte, musste etwas Furchtbares passiert sein und sie starb. Das Baby, also mein Urgroßvater, wurde von weißen Einwanderern gefunden und später nach Atlanta gebracht. So wurde es jedenfalls meiner Großmutter übermittelt. Als er älter wurde, studierte er Deutsch und hatte mehrere Aufenthalte in Deutschland, wo er seine Frau kennenlernte und dort blieb. Meine Großmutter wurde in Oberstdorf im Allgäu geboren, genauso wie mein Vater und ich.

Bevor sie starb hat sie mir die Talismane und den Ring gegeben und gemeint, dass ich diese unbedingt gut aufbewahren müsse und niemals weggeben sollte. Der Talisman mit dem Friedenszeichen sei von meiner Ururgroßmutter, aber der halbe Talisman sei von meinem Choctaw-Apachen Ururgroßvater und diesem sollte besondere Beachtung geschenkt werden. Er war genau in der Mitte durchbrochen und möglicherweise würde ich die andere Hälfte finden, sagte meine Großmutter mit einem großen Lachen. Falls das passieren würde, würde ich meine große Liebe finden. Aber das sagte sie wahrscheinlich nur zum Spaß, denn sie witzelte oft herum und man konnte nur selten unterscheiden, ob es sich um Ironie handelte oder ob sie es ernst meinte.

Aber in einem war sie sehr ernst. Ihre Miene verdunkelte sich als sie mir folgendes sagte: „Es werden Leute zu dir kommen und versuchen, dir die Sachen wegzunehmen. Lass dich aber auf keinen Fall beirren und überreden, den Schmuck herzugeben. Diese Familienstücke sind sehr wertvoll und gehören ganz alleine dir, denn nur so können sie ihre ganze Kraft entfalten."

Healing Hand nahm den Ring. Ich machte sie darauf aufmerksam, dass etwas eingraviert sei- ‚*Thunderhorse* and *White Wing* forever' -.

„Das ist ein Verlobungsring, *Charlotte*", meinte *Healing Hand* und setzte fort, dass er den typischen Stein der Cherokees enthielte und dass jeder Stamm seine eigene Art hätte, Schmuck herzustellen.

„Das erkennt man auch an den beiden Talismanen. Der eine mit der spinnenförmigen Maserung ist ganz typisch für die Choctaw-Apachen, das andere Friedensamulett ist typisch für die Cherokees. Deine Großmutter hatte Recht, dass dir die beiden Amulette Stärke verleihen. Und sie meinte es nicht ironisch, dass du die andere Hälfte finden wirst, die dir die Liebe bringt. Hast du denn keine Idee, warum du zu *Mr. Roseville* kommen solltest?", fragte sie verwundert.

„Wie? Du meinst *Mr. Roseville* ist die Liebe meines Lebens?", fragte ich sie skeptisch.

„Ich sagte dir bereits, nichts ist von ungefähr und es hat alles seine Bestimmung. Du bist hierher gesandt worden, um deine Liebe zu finden und Großes zu vollbringen", beharrte sie.

„Aber ich habe an *Neil* nie ein halbes Amulett gesehen und auf dem Bild seines Urgroßvaters ist ein ganzes Amulett, kein halbes", versuchte ich mich zu rechtfertigen.

„Das Bild ist einfach zu erklären. Der Urgroßvater wollte kein zerbrochenes, sondern ein vollkommenes Symbol an sich haben, um stark und kraftvoll zu erscheinen. Das Bild muss nicht die Wirklichkeit darstellen. Bilder sind geduldig", meinte *Healing Hand* lachend.

„Ja, die Frau im Thailändischen Juweliergeschäft hatte mir erzählt, dass das zerbrochene Amulett auch ein Hinweis auf einen Unfall desjenigen sein könnte, der das Amulett trägt. Das würde ja wieder Schwäche bedeuten", fügte ich hinzu.

Healing Hand bat mich, ihr meinen halben Talisman zu geben und schloss die Augen. Sie summte und sprach: „Der Talisman ist nicht durch einen Unfall zerbrochen, der Träger ist brutal ermordet worden. Ich sehe deinen Ururgroßvater in großen Schmerzen, viel Blut ist geflossen. Da war ein Kampf mit Weißen. Er hat unendlich gelitten. Der Talisman ist kurz zuvor gesprungen, hielt aber noch in der Fassung und ist dann endgültig auseinander gebrochen, als dein Ururgroßvater im Sterben lag. Ich sehe auch den besten Freund seines biologischen Vaters. Während dein Ururgroßvater seine letzte Reise antrat, ist der Freund seines Vaters mit seiner Frau gekommen, um ihm aus der Ferne die letzte Ehre zu erweisen. Der Freund ging auch zu dem Platz, wo der Überfall stattfand. Im Sand blinkte es Blau und er nahm zur Erinnerung die Hälfte des Amulettes mit."

Healing Hand öffnete die Augen und fragte mich lächelnd:

„Und jetzt rate mal *Charlotte*, wer dieser Freund war?"

„Etwa der Ururgroßvater von *Neil?*", antwortete ich fragend. *Healing Hand* nickte zustimmend.

„Unglaublich", sagte ich und schüttelte den Kopf.

„Aber einen Einwand habe ich da noch. Ich habe nicht den Eindruck, dass *Mr. Roseville* besonders an mir interessiert ist. Also Vorhersehungen meiner Großmutter in allen Ehren und auch deine Visionen möchte ich nicht in Frage stellen, aber das heißt noch nicht, dass die Zukunft nicht auch ganz anders verlaufen kann, denn Gefühle kann man nun wirklich nicht erzwingen."

Healing Hand erwiderte: „Glaube mir, dahinter steckt dein ganz persönlicher Lebensplan. Vertraue einfach darauf. Aber eine Gegenfrage: Hast du denn nichts gefühlt, als du *Mr. Roseville* zum ersten Mal begegnet bist?"

„Doch, doch. Da waren natürlich dieses Kribbeln und die Schmetterlinge im Bauch und ein warmes Gefühl, als würde man sich schon ewig kennen. Aber ich bekam auch Zweifel. Zum einen, ob er überhaupt mein Gefühl erwidern würde und zum anderen hatte ich auch ähnliche Gefühle für einen anderen Bekannten, den ich kurze Zeit später kennengelernt hatte. Ich bin mir daher bei meinem Gefühlschaos nicht so sicher", gestand ich ihr ein.

„Und diesen Bekannten, siehst du ihn noch?", wollte *Healing Hand* neugierig wissen.

„Das Witzige ist, dass er durch Zufall überall dort auftaucht, wo ich bin. Er ist etwas verwegen und schlecht zu durchschauen. Ich denke, dass ihn das interessant für mich macht. *Johanna* kennt ihn anscheinend ganz gut. Er ist ein Vertrauter von ihr. Beide haben mir aber versichert, dass sie nur gute Freunde seien. Und er hat mir schon ein Liebesgeständnis gemacht. Bei ihm weiß ich, dass er wirklich Interesse an mir hat und er ist auch sehr charmant. Bei *Neil* bin ich mir nicht so sicher, was er für mich empfindet. *Healing Hand*, kannst Du mir darauf keine Antwort geben?", fragte ich sie eindringlich.

„*Charlotte*, das habe ich bereits. Es gibt keinen Zweifel daran, dass *Neil* der Mann für dich ist. Und ich sehe es nicht so, dass das Interesse deines Bekannten unbedingt aufrichtig ist. Wer weiß, was seine Motive sind. Eines gebe ich dir mit auf den Weg. Ich weiß, dass *Mr. Roseville* dich mag, aber er ist genauso unsicher, wie du es bist. Er kann seine Gefühle ganz schlecht zeigen und hat Angst vor einer erneuten Enttäuschung, da er sehr lange brauchte, um die letzten Wunden zu heilen. *Johanna*, wie auch immer ihre

Persönlichkeit ist sei dahingestellt, hat ihm damals beigestanden und ihm gut darüber hinweggeholfen. Natürlich auch aus anderen, dir wohl bekannten, Gründen. Aber du musst selbst prüfen, was das Richtige für dich ist. Ich kann dir keine Entscheidung abnehmen. Ich kann dir nur erneut raten, auf deine innere Stimme zu hören und deine Gefühle genau zu prüfen, auch beim kleinsten Zweifel. Denn der Liebe kann man nichts vormachen. Sie ist etwas Urgewaltiges, ein mächtiges Ergriffensein aller Tiefen des Gemüts, ein Mitschwingen aller Seelenkräfte. Liebe ist die Sprache des Blutes. Sie kommt aus heißem Herzen und beherrscht den Pulsschlag des Menschen. *Charlotte*, die Liebe wird dir den Weg weisen. Mag sein, dass du heute noch zweifelst. Gib dir noch etwas Zeit und du wirst schon bald erkennen, was richtig für dich ist. Denn Liebe kommt immer aus dem Herzen, nicht von deinem Verstand."

Ich wurde sentimental und mir kamen die Tränen. „Danke *Healing Hand*, es ist immer so schön mit dir zu sprechen. Du bist so weise und gibst immer wertvolle Ratschläge."

„*Charlotte*, du bist etwas sehr Besonderes. Achte gut auf dich und halte dich von aller Art des Bösen fern. Ich spüre auch, dass dir deine Weste zusätzlich zu deinen Talismanen großen Schutz gibt. Trage sie so oft es dir möglich ist. Besonders auf der Suche nach deiner Vergangenheit, die für uns alle hier sehr bedeutend sein wird."

Mit diesen Worten brachte sie mich zur Haustür und verabschiedete mich mit der typischen indianischen Geste der Hand am Herzen: „Möge *Wakan Tanka* dich beschützen." Dann nahm sie meine Hand, legte etwas hinein, schloss sie und meinte, dass ich die Hand erst wieder auf *Neil's* Farm öffnen dürfte und das Stück gegen eine Kerze halten sollte. Falls ich Fragen dazu hätte und die würde ich natürlich haben, müsste ich mich auf mein journalistisches Gespür verlassen. Sie wüsste auch nicht viel mehr, als dass es ihr Vorfahre für sie hinterlegt hatte, um es an die richtige Adresse weiterzugeben. *Healing Hand* drückte meine Hand und meinte, dass sie jetzt sicher sei, es an die Richtige zu übergeben.

Die geheimnisvolle Botschaft

*I*ch war glücklich, denn der Nachmittag war sehr schön gewesen. Ich fühlte mich sehr geborgen bei *Healing Hand*. Aber ich musste darüber nachdenken, was sie damit meinte, dass meine Vergangenheit auch bedeutend für Andere sein würde.

Auf *Neil's* Farm angekommen, lief ich direkt auf mein Zimmer und war gespannt, was sie mir in die Hand gedrückt hatte. Es war ein Lederstück mit kaum zu erkennenden Buchstaben. Ich hielt es gegen die Kerze und nach ein paar Minuten wurden diese Buchstaben sichtbar und folgende Sätze waren zu erkennen, die mir Rätsel aufbrachten: *„Let Thunder's Black Bear guide you to the secret Thunderhill, where three stars and one sun give you my last will. If rain comes down in a holy sink, a crystal will shine in blue and pink. It's telling you: „Goddess on my breast, divine strength and power will give <evils> the rest".*

„Thunderhill, das war doch der Berg, auf dem ich mit *Neil* die Höhle erkunden wollte", dachte ich.

„Und was oder wer war *Thunder's Black Bear*, ein Verwandter von *Healing Hand* oder hatte er etwas mit *Mr. Roseville* zu tun?", fragte ich mich. Ich fragte mich auch, wer seinen letzten Willen notiert und dies unbedingt kundgegeben hatte. Überhaupt verstand ich die ganze Botschaft nicht. „Woher hatte der Vorfahre von *Healing Hand* diese rätselhafte Botschaft? Und wofür sollte diese gut sein?" Ich beschloss *Neil* später zu fragen, allerdings kam es dazu nicht.

Es klopfte an der Tür. „Na, wenn man an ihn denkt, da ist er schon zur Stelle", amüsierte ich mich. Ich riss die Tür auf: „Du kommst mir gerade recht."

Aber…Ich war überrascht, denn *Mr. Jo* stand in der Tür.

„Oh, dich habe ich nicht erwartet", stammelte ich.

„Bitte? Wer hat die Ehre, meine Mam besuchen zu dürfen außer mir?", witzelte er mit seinem schelmischen Lächeln, lässig am Türrahmen angelehnt. Ich beantwortete seine Frage mit einer Gegenfrage:

„Warum in aller Welt bist DU hier?"

„Ich wollte wissen, wie es dir geht. Ich hatte den Eindruck, dass du Hilfe benötigst", war seine Antwort und musterte mich eindringlich.

„Letztes Mal als du hier warst, ist meine Weste verschwunden. Erinnerst du dich?", warf ich ihm patzig entgegen.

„Aber das hat nichts mit mir zu tun. Du irrst dich, oder siehst du etwa die Weste an mir?", entgegnete er ruhig.

Plötzlich realisierte ich, dass der Besuch von *Mr. Jo* ja nur eingebildet war und nicht real gewesen sein konnte, denn die Weste befand sich bei *Emilie's* Tante. Etwas irritiert über mich selbst, ging ich auf seine erste Frage ein:

„Welche Hilfe meinst du genau?"

„Ich dachte, dass du vielleicht jemandem dein Herz ausschütten wolltest und als dein guter Freund könnte ich dir ein paar Tipps geben." Ich wunderte mich. Hatte er irgendwo etwas von mir und meinen Plänen mitbekommen? Nur *Healing Hand* wusste über den Grund meines Besuches hier auf *Mr. Roseville's* Farm Bescheid.

Ich fragte ihn skeptisch: „Hat dir jemand erzählt, dass mir etwas auf der Seele brennt?"

„*Johanna* erwähnte, dass *Mr. Roseville* das Gefühl hatte, dass es dir nicht gut ginge."

„*Mr. Roseville*?", fragte ich erstaunt. Jetzt war ich wirklich geschockt. Hatte etwa *Neil* von unserem geheimen Ausflug erzählt? Konnte ich ihm doch nicht trauen?

„Ja, so hat es mir *Johanna* erzählt und ich dachte, dass du jemanden brauchst, der dir gerne zuhört", fügte er hinzu. Ich schüttelte den Kopf: „Nein danke, ich bin ok."

Ich hätte ihm am liebsten alles erzählt, was ich auf dem Herzen hatte, aber nach *Healing Hand's* Worten war ich gewarnt. Ich musste vorsichtig sein. Jedoch war *Healing Hand* überzeugt von *Neil*. Nachdem was *Mr. Jo* mir jetzt aber erzählt hatte, bekam ich doch wieder Zweifel.

„Wem kann ich noch trauen, wem nicht?", fragte ich mich. Als könnte *Mr. Jo* meine Gedanken lesen wand er ein:

„Mach dir keine Gedanken. Du kannst mir vertrauen. Was du mir anvertraust ist ein Geheimnis und ich werde es wie einen Schatz hüten."

Ich hatte kein gutes Gefühl mehr und verneinte erneut: „Danke *Mr. Jo*, aber mir geht es gut. Da gibt es nichts zu erzählen." *Mr. Jo* war sichtlich enttäuscht und fügte hinzu, dass falls ich es mir anders überlegen würde, er zur Stelle wäre. Er wäre für einige Zeit in der Nähe und käme gelegentlich zu Besuch. Telefonisch konnte ich ihn sowieso nicht erreichen, da er kein Handy besäße. Er fragte noch, ob ich Lust hätte mit ihm auszugehen, aber ich verneinte auch das: „Vielleicht ein anderes Mal, aber ich bin jetzt sehr müde." Ich verabschiedete ihn lächelnd und schloss meine Tür. Ich hatte vor, *Neil* damit zu konfrontieren, denn ich wollte es nicht auf mir sitzen lassen, dass er *Johanna* über mich erzählt hatte. Ich machte mir kurze Notizen über den Tag und ging nach unten in das Kaminzimmer, um *Neil* zu treffen. Außerdem hatte ich Hunger und wollte ihn fragen, ob wir gemeinsam essen könnten.

Shiner hatte etwas für *Neil* und mich vorbereitet, ein indianisches Gericht mit viel Bohnen und Kartoffeln. Sie selbst, *Johanna* und *Emilie* waren außer Haus um die ‚Moskitos', eine ‚Grunch'- Musikband aus Alabama, zu sehen. *Neil* war recht gut gelaunt, denn er hatte heute Kurse gegeben, die gut liefen und vermutlich würden die selben Firmen weitere Kurse für das Mitarbeitertraining bei ihm buchen. Das klang vielversprechend.

Als wir an einem hervorragenden chilenischen Wein nippten, ergriff ich die Gelegenheit, ihn zu fragen.

„*Neil*, hast du *Johanna* von unserem Ausflug erzählt?"

„Warum sollte ich?", fragte er erstaunt.

„Na, ich dachte, dass wir dies geheim halten wollten?!", fragte ich ihn eindringlich, worauf er nur kurz angebunden erwiderte:

„Sicher und deshalb behalte ich es auch für mich. Im Übrigen habe ich es mir zur Gewohnheit gemacht, mit niemanden über mein Privates zu reden und damit bin ich bislang ganz gut gefahren. Wie kommst du darauf, *Charlotte*?" Es war mir peinlich und ich wollte nichts von meiner Informationsquelle preisgeben. Deswegen winkte ich ganz schnell ab:

„Ach, ich wollte nur mal nachfragen, das ist alles." *Neil* zog die Augenbraue hoch.

„Verschweigst du mir auch nichts?"

„Nein, nein. Ich wollte nur sicher gehen, dass der Ausflug auch für dich wichtig war und übrigens finde ich es gut, dass wir ein gemeinsames Geheimnis wahren können."

„So geheimnisvoll war es doch gar nicht am Thunderhill. Wir haben doch nichts Außergewöhnliches entdeckt, oder?", meinte er ironisch und zwinkerte verschmitzt.

„Ich weiß, aber du hattest das Gefühl, dass die Höhle eine Verbindung zur Vergangenheit hat und schließlich haben wir dort ‚Milky Roots' entdeckt, die Blume, die ja anscheinend nach indianischer Weisheit eine große Bedeutung hat und nur an einem Platz vorkommt. Und ich muss auch zugeben, dass die Höhle etwas Geheimnisvolles hatte, jedenfalls nach meinem Empfinden. Allerdings ist mir nicht ganz klar, wie *Johanna* zu der Pflanze gekommen ist, denn sie müsste den Platz dann ja auch kennen?", fragte ich ihn.

„Ich habe sie deswegen schon gefragt", erwiderte *Neil*, „aber sie meinte, dass ein Bekannter von ihr die Blumen züchten und sie auf Bestellung vorbeibringen würde."

„Seltsam, ich hatte gelesen, dass es niemanden gibt, der sie bisher züchten konnte." Ich stellte *Johanna's* Begründung in Frage.

„*Charlotte*, warum sollte *Johanna* lügen? Es ist doch nicht wichtig für sie, woher sie die Pflanze hat und ich kann mir nicht vorstellen, dass sie eine Pflanze pflückt, die unter Naturschutz steht und zudem noch ihre Haut reizen könnte. Es gibt schließlich tausend andere kultivierte Pflanzen, die so hübsch und gut riechend sind. *Johanna* achtet schließlich sehr gut auf ihren Körper." Dem musste ich zustimmen. *Neil's* Argumente leuchteten mir ein, dennoch fragte ich mich, warum sie gerade diese Blume gewählt hatte, um das zu bekommen, was sie unbedingt wollte. Aber diese Frage behielt ich für mich, denn ich merkte, dass *Neil* ganz und gar hinter ihr stand und keinen Gedanken hatte, dass sie irgendetwas im Schilde führen könnte. Na, was sollte ‚Mann' auch zweifeln, sie verstand es sehr geschickt, die Männer um den Finger zu wickeln. Beide, sowohl *Neil* als auch *Mr. Jo*, schienen von ihrer Schönheit und ihren Schmeicheleien geblendet zu sein. „Tsts, wie einfach Männer doch gestrickt sind", dachte ich nur. Um das Gespräch auf ein anderes Thema zu lenken, fragte ich *Neil* nach *Ben*:

„Hat er sich schon wieder gemeldet, ob etwas Neues bei seinen Untersuchungen herausgekommen ist?" *Neil* nickte und verneinte gleichzeitig:

„Ja, er hat sich gemeldet. Nein, es ist nichts Neues herausgekommen. Aber ich habe beschlossen, dass wir jemanden aufsuchen, dem wir deine Weste zeigen. Diese Person hat mediale Fähigkeiten. Ich werde das Gefühl nicht los, dass die Weste irgendeine wichtige Bedeutung hat, in welchem Zusammenhang auch immer. Aber seit ich mir deine Weste auf dem Thunderhill genauer angeschaut habe, muss ich ständig daran denken. *Walking with the Spirits* wird zudem auch *Dancing with the Horses* genannt, weil er einen unglaublichen Pferdeverstand hat. Wir tauschen uns oft aus und er hat mir viel beigebracht. Gleichzeitig kannst du deine journalistische Tätigkeit wieder aktivieren, um über das Menschentraining mithilfe von Pferden weitere Informationen zu sammeln."

Ich war begeistert und zeigte meine Freude. *Neil* lächelte kurz und zog beide Augenbrauen hoch.

„Ich möchte doch, dass du von deinem Besuch bei mir auch etwas profitierst. Außerdem geht es ja auch um meine Veröffentlichung, die sehr werbewirksam sein kann", sagte er nüchtern, um gleichzeitig mir gegenüber einzugestehen, dass er nicht aus selbstlosen Zwecken handelte. „Klar doch“, erwiderte ich schmunzelnd und blinzelte ihm zu.

Nach dem Gespräch saßen wir noch lange am Kamin und tranken einen guten Wein. *Neil* erzählte wenig über sich selbst, aber stellte eine Menge Fragen über mich. Beiläufig im Gespräch fragte ich gezielt nach dem Amulett seines Urgroßvaters, welches auf dem Bild über dem Kamin zu sehen war. Ich hatte ja ein paar Informationen darüber von *Healing Hand* bekommen.

„Es ist ein Türkis, der normalerweise von Generation zu Generation weitergegeben werden sollte. Großvater hatte uns erzählt, dass wiederum sein Großvater ihn als Erinnerung an den Sohn seines besten Freundes, der von den Weißen ermordet worden war, in Ehre getragen hat. Der Stein hatte sich beim Kampf von der Halskette gelöst und er hat ihn im Staub gefunden.“

Ich fragte *Neil*, warum er das Amulett nicht tragen würde. Seine Miene verzog sich und er hielt einen Moment inne bevor er mir antwortete: „Als mein Urgroßvater *Faster As A Flash* starb, war es auf einmal verschwunden. Er trug es immer um den Hals, denn es war sein Talisman. Am Sterbebett konnte er meinem Großvater *Fit for Two* nur noch flüsternd und mit letzter Kraft sagen, dass er den Talisman unbedingt wiederfinden müsste und dann niemals aus den Händen geben dürfte. Das waren seine letzten Worte bevor seine Seele sich auf die Reise in die Unendlichkeit machte.“

Ich zeigte ihm meinen Talisman und erklärte, dass ich diesen von meiner Großmutter bekommen hatte. Er musterte ihn interessiert: „Ah, auch ein Spidertürkis. Sehr schön, aber warum ist er nur zur Hälfte?“ Ich erklärte

Neil, dass ich nach meiner Großmutters Worten die andere Hälfte finden sollte.

„Und das ist ja in so einer kleinen Welt wirklich ein Leichtes", fügte ich ironisch hinzu.

Neil lachte: „Schade, dass mein Urgroßvater keinen halben Talisman hatte, ansonsten hätte sich der Kreis, in dem wir suchen müssten, deutlich verkleinert." Ich nickte zustimmend und lächelte verlegen, wurde aber den Gedanken nicht los, dass seine Geschichte vom Talisman sich exakt mit der Geschichte meiner Großmutter deckte, nur mit der Ausnahme, dass es sich bei mir um ein halbes Amulett handelte.

Der Abend verlief sehr lustig und der Wein fügte das Seinige zu der Unbeschwertheit hinzu. Ich hatte *Neil* zwar immer mit seinem unverkennbaren Humor erlebt, aber so ausgelassen hatte ich ihn schon lange nicht mehr gesehen. Und ich selbst war von meinen Problemen eine ganze Weile abgelenkt, denn in letzter Zeit waren meine tiefen Traurigkeitsgefühle etwas abgeebbt. Ich genoss diesen Moment und einige Male streiften sich unsere Blicke. Seine schönen tiefbraunen Augen funkelten. Mir fiel auf, dass er Lachfältchen um die Augen hatte. Er sah einfach mit seinem dunklen Teint und den charismatischen Falten unwiderstehlich aus.

„Schade", dachte ich, „dass *Healing Hand* wahrscheinlich doch nicht recht hatte, denn es gab keinen halben Talisman in seiner Familie. Aber ich sollte auf mein Herz hören, und das sagte in diesem Augenblick wieder etwas anderes. Oder war es wieder nur irritiert?"

„Stop", sagte ich zu mir, „nicht so viel nachdenken, sondern sich in den Momenten der Glückseligkeit einfach treiben lassen." Aber als *Neil* und ich uns näher kamen und ich ihn küssen wollte, wich er wieder aus und küsste mich auf die Wange und meinte, dass wir jetzt schlafen gehen sollten, denn wir hätten einen aufregenden Tag vor uns. Er schaute mir nochmals tief in die Augen, die völlig erstaunt und enttäuscht blickten, und drückte zum Trost meine Oberarme. Dann verabschiedete er sich mit einem Handkuss und geleitete mich zur Tür.

In meinem Zimmer ließ ich mich aufs Bett fallen und seufzte: „Und was war das jetzt? Mann, bin ich eine dumme Gans und laufe einem Gespenst hinterher. Er mag mich doch gar nicht. Das war ja wohl eindeutig." Dann ohrfeigte ich mich selbst und schlief ein.

Ich träumte wieder einmal unruhig. Und wieder war es *Mr. Jo*, der mir im Traum erschien. Mein Herz klopfte stark. *Mr. Jo* nahm mich fest in den Arm und tröstete mich: „Ich habe dir doch gleich gesagt, dass ich der Richtige für dich bin. Ich werde dich mit deinen Sorgen und Problemen niemals alleine lassen."
Ich schmiegte mich an seine Brust und fing an zu weinen. Die Tränen rollten mir die Wangen hinunter und *Mr. Jo* fing sie in seiner Hand auf. Dort verwandelten sie sich zu glänzenden Eiskristallen.
„Wunderschön, nicht wahr?", fragte er mich. Dann nahm er meine Hand, drückte diese fest und sagte, dass ich eine Reise mit ihm machen sollte. Plötzlich zog er mich aus meinen Körper und ich flog mit ihm über die Landschaft, über wunderschöne Blumenfelder, rauschende Bäche und Wälder. Nach einiger Zeit erreichten wir eine Lichtung und schwebten über mehrere Indianer Tipis. Wir konnten von oben beobachten, wie einige Indianer auf den fantastischen Pferden der ‚Apaloosa' Rasse ritten, die sich

wie Mimikry der Umgebung anglichen, einst von Indianern aufgrund der Eigenschaft der Tarnung gezüchtet.

Mr. Jo flog auf ein bestimmtes Tipi zu. Wir landeten in Mitten des Zeltes. Eine ältere Frau im Poncho kam auf mich zu und nahm mich in den Arm.

„Endlich *White Wing*, du bist wieder da. Ich wusste doch, dass du wiederkommen würdest. Schön, dass *Two Eyes Look Twice* dich wieder von der Thunderhill Höhle zurückgeholt hat." Sie weinte vor Freude. Ich musste ihr sehr vertraut sein. Dann kamen Zwillingsmädchen, umarmten mich auch und jubelten vor Freude. *Two Eyes Look Twice* wurde auch freudig begrüßt und als Lebensretter gefeiert. Ich fragte *Mr. Jo*, warum sie ihn *Two Eyes Look Twice* und mich *White Wing* nannten. Den Namen *White Wing* hatte ich doch im Ring gelesen.

Ehe er mir antworten konnte, klang eine tiefe Stimme eindringlich zu mir durch: „*Charlotte*, geh zurück in deinen Körper. Sofort!" *Mr. Jo* hielt meine Hand ganz fest, aber eine starke Kraft zog mich aus seiner Hand heraus und ehe ich mich versah, war ich zurück in meinem Körper. Der alte Weise, den ich schon oft im Traum gesehen hatte, saß vor mir im Lotussitz und ermahnte mich, so etwas niemals wieder zu tun.

„Driftet der Geist aus dem Körper, kann dies tödlich sein. Geist und Körper sind eine Einheit. Erst nach dem Tode darf die Seele aus dem Körper entfliehen. Und *Wakan Tanka* warnt dich erneut vor dem Bösen. Hätte derjenige es gut mit dir gemeint, hätte er dich niemals in solche Gefahr gebracht."

Seine Abschlussworte waren wie immer: „*Wakan Tanka* hat gesprochen." Er legte seine Hand auf meine Augen und ich schlief seelenruhig ein.

Walking With The Spirits

Am nächsten Morgen wachte ich schon vor dem Wecker auf. Wieder dachte ich, dass der Traum so real gewesen war, als wäre die Reise tatsächlich geschehen. Aber ich musste mich jetzt auf etwas Anderes konzentrieren. Ich wollte meine Weste noch putzen und die Metallknöpfe polieren, so dass sie glänzten.

Neil begrüßte mich am Frühstückstisch. *Johanna*, *Shiner* und *Emilie* waren diesmal auch dabei. *Johanna's* Augen blitzten mir gegenüber feindselig. *Shiner* und *Emilie* begrüßten mich hingegen nett. *Johanna* sprach ausschließlich mit *Neil* und fragte ihn, was er heute machen würde. Er nippte genüsslich an seinem Kaffee und antwortete kurz angebunden: „Wir machen heute einen Ausritt."

„Und wer ist ‚Wir‘, wenn ich fragen darf?", fragte *Johanna*.

„*Charlotte* und ich", antwortete er erneut kurz und ohne seine Miene zu verziehen. Ihre Augen wurden schmal und sie fauchte ihn an: „Warum fragst du mich nie? Ich bin schließlich auch dein Gast, oder?" Er antwortete ihr nicht, sah sie aber ermahnend an.

„Ach übrigens", unterbrach ich die schlechte Atmosphäre, „du hast letztes Mal, als du mit dem Pferd an mir vorbei geeilt bist, etwas verloren. Ich habe es aufgehoben und möchte es dir zurückgeben", sagte ich zu *Johanna*, die überrascht schaute. Ich ging auf mein Zimmer, holte ihr Messer und legte es auf den Tisch.

Neil nahm das Messer mit der Lederschatulle: „Wo hast du das denn gefunden, *Charlotte*? Ich habe das Messer schon die ganze Zeit gesucht."

Ich schaute zu *Johanna*: „Ist das nicht deines?", fragte ich sie überrascht. Sie wurde sehr unsicher.

„Ich habe es neben der Tür auf dem Regal gesehen und dachte, dass ich es für meinen Ausritt ausleihen kann", stammelte sie langsam.

„Seltsam, normalerweise trage ich es an meinem Gürtel und während der Nacht lasse ich es auf dem Tisch in meinem Zimmer liegen. Aber seit einer Weile habe ich es vermisst und dachte, dass ich es verloren hätte", antwortete *Neil* verwundert.

„Aber wie ich bereits sagte, es lag auf dem Regal", erwiderte *Johanna* pampig, warf ihre Serviette auf den Tisch und eilte aus dem Haus.

Emilie folgte ihr. Ich dachte mir meinen Teil und war davon überzeugt, dass *Neil* auch seine Zweifel an *Johanna's* Version der Geschichte hatte. Aber er wollte sie nicht bloßstellen.

Neil nahm die Messerlederhülle und strich über das silberglänzende Hufeisen und die blauen Steine.

„Woher hast du dieses tolle Messer?", fragte ich ihn und musste an die Worte von *Healing Hand* denken, dass Blut an ihm haftete.

„Mein Ururgroßvater hatte es von einem Medizinmann erworben, der zur damaligen Zeit einer speziellen Familie besonders nah stand. Seitdem ist es durch unsere Generationen gegangen, von Sohn zum nächsten Sohn, bis es letztendlich bei mir angelangt ist", erklärte er.

„Es ist wunderschön und so gut erhalten", meinte ich und vermutete sofort *Healing Hand's* Urgroßvater *Healing Feather* als den Medizinmann, den *Neil* erwähnte. *Neil* war stolz auf sein Messer.

„Es hat mich immer begleitet, mich nie im Stich gelassen und es wurde schon immer sehr viel Wert darauf gelegt, es zu pflegen."

Shiner lachte: „Und wehe, jemand hätte sich das Messer einfach genommen. Das wäre absolut unakzeptabel gewesen. Derjenige hätte *Neil* mal kennenlernen sollen, ein Brüll-Löwe ist nichts dagegen."

„Oh, da war er ja bei *Johanna* eher ein Schäfchen", warf ich ein.

„Na, na, vielleicht werde ich ja noch zum Löwen. Reden werde ich mit der Dame auf jeden Fall noch, keine Sorge", erwiderte er.

Neil schnallte sich sein Messer um. Wir verabschiedeten uns von *Shiner* und machten uns auf den Weg zu *Walking With The Spirits*. *Neil* bestimmte wie immer die Pferde für den Ausritt. Er meinte, dass wir diesmal ein großes Waldstück durchreiten und einige Bäche überqueren müssten, da bräuchte ich ein sehr zuverlässiges Pferd. Wir sattelten diesmal selbst, da *Emilie* mit *Johanna* verschwunden und nicht aufzufinden war.

Der Ausritt war grandios und mein Pferd *Lissy Mc Baer* führte mich heil über Stock und Stein. Meine Weste gab mir wie immer ein Gefühl der Sicherheit und meine Traurigkeit war wie weggeblasen. Die Sonne strahlte am Himmel. Es sollte sich zu einem wunderschönen Tag entfalten, auch wenn der Start nicht gerade glücklich war.

Walking With The Spirits machte seinem Namen alle Ehre, denn wo er wohnte, würden sich sicherlich nur Geister wohlfühlen, so ganz abseits jeglicher Zivilisation. Aber das Interessante war, dass die Sonne uns einen Weg direkt zu seinem Haus oder besser gesagt zu seinem Hexenhäuschen bahnte. Ein Lichtstrahl durchbrach die Reihen von großen Tannen und Mammutbäumen. Wir steuerten auf sein Häuschen zu, das ganz aus Holz war. Es war etwas schief und krumm gebaut und die Tür war halbrund und geteilt, so dass man sowohl oben als auch unten einen Teil öffnen konnte. An der Tür war ein gusseiserner Türklopfer. Um das ganze Häuschen herum, waren Kräuter zum Trocknen aufgehängt. Irgendwie sah es gemütlich aus. Da er kein Telefon besaß, konnten wir ihm nur einen Überraschungsbesuch abstatten. Wir stiegen ab und banden die Pferde an einem Balken vor der Tür fest. *Neil* klopfte an die Tür. Keine Antwort. Ich war enttäuscht. Vielleicht war er nicht da und wir hatten den langen Weg umsonst gemacht.

Plötzlich schrak ein Käuzchen auf und flog direkt an meinem Kopf vorbei.

„Uh, ist das nicht ein Zeichen?", fragte ich *Neil*. Dieser lachte:

„Ach du meinst die Legende, dass ein Käuzchen im Falle eines Todes erscheint. Dann müssten hier aber viele sterben. *Walking With The Spirits* hat nicht weit von hier eine Aufnahmestation für Greifvögel. Aber wer weiß, vielleicht hat er uns in Voraussicht diesen gesendet, damit wir genau dort hinreiten?"

Ich lachte mit ihm und wir wetteten. *Neil* meinte, dass er bei den Greifvögeln sei und ich dagegen. Ich fand das lustig und war auf das Resultat gespannt. Ich ahnte, dass *Neil* ihn gut kannte und ihn genau einzuschätzen wusste. Also würde ich voraussichtlich verlieren. „Ok, *Charlotte*, schlag ein. Wir wetten um eine gute Flasche Chardonnay", forderte er mich heraus. Ich schlug ein.

Wir ritten in Richtung der Greifstation. Plötzlich hörte ich ein Pfeifen und ein Ast flog etwa zehn Meter vor uns auf den Boden. Ein Pfeil hatte ihn getroffen. Die Pferde erschraken kurz, aber beruhigten sich sehr schnell wieder. Ich aber nicht.

Neil rief laut: „Hey mein Bruder. Ich bin es, *Neil*." Plötzlich stand ein Indianer mit gespreizten Beinen vor uns und versperrte uns den Weg. Der Indianer stand in voller Montur mit Pfeil und Bogen vor uns, so wie man ihn sich aus einer anderen Zeit vorstellte, die stehen geblieben war. Er verzog keine Miene.

„Hatte er *Neil* etwa nicht verstanden? Oder ist er das garnicht und wir sind hier gerade auf dem Serviertablett?", dachte ich beunruhigt.

Er sprach mit tiefer Stimme in einer Sprache, die ich nicht verstand. *Neil* übersetzte mir: „Er fragt, wer die Squaw an meiner Seite sei. Sie sei sehr schön und er wolle sie gegen ein paar Felle eintauschen."

Ich riss die Augen weit auf und erwiderte empört: „Was? Sind wir hier etwa im Orient? Ich werde nicht getauscht!"

„Kiom sa quanto?", fragte der Indianer weiter und *Neil* übersetzte: „Wieviel?" Und er übersetzte auch, was er dem Indianer gerade anbot: „Hm, fünfzig Felle Rotwild, zwei Bärenfelle und einen Wolfspelz."

„Hey!" Ich sprang von meinem Pferd und griff wutentbrannt in *Neil's* Zügel.

„Bist du ganz und gar von allen Sinnen? Was machst du denn? Der nimmt das noch ernst!", schrie ich ihn fassungslos an.

„Lass mich nur, *Charlotte*. Ich kenne die Wilden hier draußen. Du musst handeln, ansonsten droht viel mehr Gefahr", versuchte er mich zu beruhigen.

„Ach, auf meine Kosten", erwiderte ich barsch und drehte mich um, um umzukehren. Der Indianer antwortete plötzlich in Englisch: „Too much."

Und dann lachten beide laut los. *Neil* sprang vom Pferd und begrüßte *Walking With The Spirits*: „Hey mein Freund, gut dich wiederzusehen." Ich drehte mich um und lief mit wütendem Gesicht auf *Neil* zu, war aber gleichzeitig auch erleichtert: „Du bist so was von gemein. Hahaha, da habe ich aber gelacht."

Neil stellte mir *Walking With The Spirits* vor und machte mir klar, dass er ganz harmlos sei und ich auch auf Englisch mit ihm sprechen könne.

„Wir haben nur Spaß gemacht und ich habe im Übrigen eine Flasche Chardonnay gewonnen", sagte *Neil* triumphierend und zwinkerte mir zu.

„Hi *Charlotte*! Schön, dich in meinem Zuhause willkommen zu heißen", begrüßte mich der sogenannte Wilde aus der Pampa.

„Woher weiß er meinen Namen? Besitzt er vielleicht die Fähigkeit der Telepathie?", fragte ich mich verwundert. Als hätte er erraten, was ich gerade dachte, antwortete er:

„*Neil* hatte deinen Namen zuvor erwähnt, als wir unsere lustige Begegnung hatten. Also keine große Sache." Er klopfte mir auf die Schultern und wies uns den Weg:

„Kommt, meine Freunde. Ich bin neugierig, was ihr zu erzählen habt."

Vorher wollte er uns aber unbedingt noch seine Greifvögel zeigen. Er erklärte, dass er sie wieder aufpäppelte. Manche seien von ihren Eltern verstoßen worden, einige hatten gebrochene Flügel oder andere Verletzungen. Manche konnten nicht mehr ausgewildert werden, da sie dann leichte Beute für andere Tiere wären.

„Großmutter hatte erwähnt, dass ihr Großvater einen Falken hochgepäppelt hatte. Dieser war dann immer wieder zu ihm zurückgekehrt", fiel mir ein.

„Ahh, er ist im Zeichen des Mondes der blühenden Bäume geboren", antwortete mir *Walking With The Spirits*.

„Wie bitte? Ich verstehe nicht?", fragte ich ihn. *Neil* erklärte mir, was er meinte:

„Dein Ururgroßvater muss im Zeichen des Feuers und des Mondes der knospenden Bäume geboren sein, denn ein Falke, der einst wild war, kehrt nur zu einem bestimmten Menschen zurück und bleibt dort für immer, - zu einem Falkenmenschen." Ich fragte *Walking With The Spirits*, wie denn Falkenmenschen vom Wesen her seien.

„Sie sind neugierig, abenteuerlustig und gute Pioniere und Führungspersonen. Und sie sind leidenschaftliche Liebhaber." Er zwinkerte mir dabei zu.

„Ok, gut zu wissen. Vielleicht habe ich seine Gene geerbt", erwiderte ich lächelnd.

„Ich bin davon überzeugt", bejahte er lachend.

Walking With The Spirits geleitete uns zurück zu seinem Häuschen. Von innen war es genauso schön wie von außen. Es war ähnlich gemütlich wie bei *Healing Hand*. Überall waren Felle ausgelegt und Kräutersammlungen gab es im Überfluss. Wir setzten uns auf seine Sitzbänke, die aus Wurzelholz angefertigt waren. Auch der Tisch war von *Walking With The Spirits* selbst angefertigt worden. An den Wänden hingen viele Fotos von seinen Vorfahren mit prächtigem Federschmuck.

„Ihr seid zu mir zu Besuch gekommen, weil ihr gerne etwas mehr Informationen über dich bekommen wollt, nicht wahr, *Charlotte*?", sagte er bestimmt. Ich nickte.

„Ich werde dir etwas zu mir erklären. Ich brauche keine Kristalle und Musik, um in Trance zu gelangen. Ich bin immer mit einem Bein in der spirituellen Welt. Geister sind immer um uns herum. Manche sind gut und manche sind schlecht. Es ist wichtig, uns vor den Schlechten zu schützen.

Deshalb erhelle ich bei Besuch von Gästen meine Umgebung immer mit einem Kerzenlicht und versprühe Kräuteraroma. Aber eigentlich ist das nur eine kleine Zeremonie, die ein wenig unterstützend zum Zugang zur anderen Welt beiträgt und meine Gäste schützt. Außerdem fühlen sich Leute, die mich besuchen, dadurch besser, weil sie daran glauben und es so schön duftet. In der Ganzheit des Seins bin ich von *Wakan Tanka* geschützt, weil ich ihm meine Treue versprochen habe. Du musst nicht erklären, was in deinem Herzen ist. Ich weiß es sowieso. Hör mir einfach zu und wundere dich nicht, dass ich in deiner Muttersprache sprechen werde."

Walking With The Spirits versprühte einen herben Duft von Kiefer- und Fichtennadeln mit einem Hauch Sandelholz über uns. Allein der Geruch war ein Genuss. Auf dem Tisch stand eine große Kerze, die er anzündete, und die den Raum hell erleuchten ließ. Er schloss die Augen und verharrte eine ganze Weile in der Stille.

Dann fing er an, ganz ruhig zu sprechen: „Ich sehe Feuer in deinen Augen. Ein lauter Donner erschallt und ein schwarzes Pferd springt durch die Flammen. Ich sehe eine Höhle, um die es blitzt und donnert. Die Höhle ist etwas ganz Besonderes, ein Rückzugsort für eine Person, der du sehr nahe stehst. Es ist ein Mann, der ein guter Krieger war. Ich sehe eine hübsche Frau im Hochzeitskleid, die auch mit dir verbunden ist. Ich sehe ganz viel Blut und ein Amulett, das zerbricht. Eine Hälfte geht an deine Vorfahren und letztendlich an dich. Wo die andere Hälfte ist, sehe ich nicht. Ich sehe ganz viele Tränen bei der hübschen Frau. Sie zieht aus einem Verlies eine Weste heraus, die in Leinen eingewickelt ist. Blut rinnt über ein Messer, das aus ihrem Familienbesitz war. Die Weste ist nicht mehr dort, als sie den letzten Atem haucht. Jemand spricht ihr eine ganz besondere Bedeutung zu, ihr und der Weste.

Sie und der Krieger sind direkt mit dir verbunden, *Charlotte*. Die hübsche Frau und der Krieger wollen dir etwas mitteilen, aber du hast Blockaden in dir, die das verhindern; negative Energien, mit denen du behaftet bist. Diese führen dazu, dass du unglücklich bist und Sachen siehst, die andere nicht sehen. Du zweifelst an deinem Verstand, doch der ist ganz normal. Du hast viel Angst, die dich daran hindert, deine Ausgeglichenheit und Freude zu finden. Du musst dich von der Angst befreien. Die Weste hilft dir, deine Angst zu verringern und kraftvoll durch das Leben zu gehen. Die Weste sollte den weiten Weg durch die Zeit zu dir finden und ist dein Schutzpanzer, im Augenblick jedenfalls. Aber wehe, sie wird von jemandem getragen, für den sie nicht bestimmt ist. Das Gegenteil tritt ein und kann bis zum Tode führen. Deshalb lass sie nie wieder außer Augen.

Aber da ist noch etwas, die Weste ist an diesem besonderen Ort hergestellt worden, wo der Krieger Zuflucht gesucht hat. Und ich sehe einzelne Puzzleteile, die zuerst dort zusammengefügt werden müssen, damit die bestimmten Muster, die dich blockieren, aufgelöst werden können. Denn diese haben etwas mit deiner Vergangenheit zu tun, eine unerfüllte Liebe, aus der viel Boshaftigkeit herausgeht. Höre auf deine Träume, denn das ist im Moment der beste Kanal, den *Wakan Tanka* bei dir nutzt, um dir etwas mitzuteilen, oder dich sogar zu warnen. Nimm diese Warnung ernst, denn ansonsten wird noch viel Blut den Berg hinunterfließen. Und vertraue auf dein Herz, denn die Boshaftigkeit kann auch deine Träume verwirren.

Eins ist aber sicher, wenn du den Schlüssel zu deiner Vergangenheit mit allen Verflechtungen, die damit verbunden sind und in die Gegenwart hineinreichen, findest, wirst du wieder helle Zeiten aus vollem Herzen genießen können. Auch deine Seele wird so viel Licht auftanken, dass sie das, was in dir erfroren und erstarrt zu sein scheint, erwärmen, auftauen und zum Schmelzen bringt. Dann musst du aber auch der Boshaftigkeit verzeihen, denn einst entsprang Liebe aus ihr und nur durch Liebe kann die Boshaftigkeit wieder weichen. *Wakan Tanka* hat gesprochen."

Walking With The Spirits öffnete seine Augen. Ich war wie starr und konnte zuerst nichts sagen. *Neil* meinte, dass die Todesfälle etwas mit der Weste zu tun haben müssten. Wir hätten schon den Verdacht gehabt. *Walking With The Spirits* nickte. *Neil* fügte hinzu, dass aber auf den Fotos nichts zu sehen war.

„Vielleicht haben die Opfer gefühlt, dass die Weste störend auf sie wirken würde und sie ausgezogen, bevor die Symptomatik stärker wurde", erwiderte *Walking With The Spirits*.

„Und die Hinterbliebenen haben sie verkauft", meinte *Neil*.

„Wir müssen sofort *Ben* kontaktieren und herausfinden, was so tödlich an der Weste ist", setzte *Neil* fort.

Ich schaute ihn an und mir fiel mein Traum ein: „Ich hatte einen Traum, dass die Weste mit Blumensamen und getrockneten Blüten gefüllt ist." *Walking With The Spirits* fühlte an der Weste und nahm ein Messer. Er schlitzte ein kleines Loch in das Innenfutter und siehe da, kleine Samen und konservierte Blüten kamen zum Vorschein. Er ließ sie auf den Tisch rollen, aber fasste sie nicht an.

Er betrachtete sie mit einer Lupe und antwortete blitzschnell:

„Milky Roots Samen!"

„Was?" fragten wir beide überrascht.

„Milky Roots oder auch Moha genannt", wiederholte er bestimmend.

„Ja, wir haben den Platz entdeckt, wo diese Blume wächst", sagte *Neil*.

„Dann kennt ihr also den Platz, wo sie herkommt?", stellte *Walking With The Spirits* fest.

„Thunderhill!?", antworteten wir beide gleichzeitig.

„Ja, in der Tat, dort ist es", antwortete *Walking With The Spirits* sachlich.

„Und was haben Samen und Blüten mit dem Tod diverser Menschen zu tun? Ich habe in der Bibliothek gelesen, dass Milky Roots nicht tödlich seien", wandte ich ein.

Neil meinte, dass wir *Ben* Bescheid sagen müssten, dass er in der Kriminal-Technischen- Untersuchungsstelle nachfrage, welchen Einfluss die Samen und Blüten von Moha auf den menschlichen Körper haben könnten und wie es dazu käme, dass sie bei *Charlotte* das Gegenteil bewirkten. Auf jeden Fall seien wir schon ein Stückchen weiter gekommen, stellte *Neil* zufrieden fest.

Ich wollte von *Walking With The Spirits* noch wissen, was er mit der Boshaftigkeit meinte, denn das hatten der graue alte Mann in meinem Traum und auch *Healing Hand* bereits erwähnt. *Walking With The Spirits* antwortete mir folgendes: „*Charlotte*, die Frau in der Vergangenheit, die ich erwähnt habe, war in einen Krieger verliebt, dessen Totem ein Pferd war. Jedoch gab es einen anderen Mann, der sich in sie verliebt hatte, den sie aber ablehnte. Das ist der Grund, warum er sich rächt und versucht, sich auch in deine Gegenwart einzumischen."

„Meinst du als Geist?", fragte ich erschrocken.

„Als Spirit, dessen Seele verloren gegangen ist und nicht ins Licht gefunden hat", antwortete er mir.

„Und wer soll dieser mysteriöse Geist sein?", fragte ich gespannt weiter.

„Liebe und Hass, Eifersucht und Gedanken der Rache sind sehr starke Gefühle. Ich kann weder das eine noch das andere sehen. Die Gründe sind, weil diejenigen, die auf der falschen Seite stehen, meine Fähigkeiten beeinflussen können, die mit Gefühlen zu tun haben. Sie haben ebenfalls die Gabe, meine Bilder teilweise zu löschen. Und außerdem habe ich nicht das

Recht zu wissen, wer derjenige ist, der dir verfallen ist." Mit einem breiten Grinsen fügte er hinzu:

„Und im Übrigen auch nicht, wer der Glückliche sein wird, für den dein Herz schlägt. Du musst es selbst herausfinden. Entschuldige *Charlotte*, aber ich kann dich nur warnen. Sei dir der schlechten Seite bewusst und schau in dein Herz. Frage, wer der Richtige ist, vielleicht derjenige, der die andere Hälfte des Amuletts hat. Und frage nach dem, der der Richtige sein möchte und dich beeinflusst und so tut, als wäre er der Richtige, aber nur Böses im Sinne hat."

Bei Boshaftigkeit fiel mir eigentlich nur *Johanna* ein, aber das hatte nichts mit verflossener Liebe zu tun, dachte ich. Und bei *Mr. Jo* konnte ich mir eigentlich nicht vorstellen, dass er böse Absichten hatte. Er war chaotisch und nicht gerade zuverlässig, aber einen schlechten Charakter konnte ich ihm beim besten Willen nicht vorwerfen.

Ich musste *Walking With The Spirits* etwas sehr Wichtiges fragen: „Ich habe dies in letzter Zeit sehr oft gesagt bekommen: „Höre auf dein Herz." Aber ehrlich gesagt, weiß ich nicht, wie ich das machen soll. Wie weiß ich bei meinem Herz, wer der Richtige und wer der Falsche ist?"

Neil und *Walking With The Spirits* schauten sich kurz an und lächelten. Anscheinend waren sie dabei alte Hasen und kannten ihren Körper sehr gut. Das war bei mir aber nicht der Fall.

Walking With The Spirits antwortete geduldig: „Wenn jemand gut ist, hast du ein wirklich gutes Gefühl in der Brust. Sie erweitert sich. Du hast automatisch ein Lächeln auf den Lippen. Aber wenn jemand schlecht ist, verengt sich deine Brust. Es beschleunigt sich dein Herzschlag, und es kann sein, dass du das Gefühl hast, dass sich dein Körper unangenehm erwärmt, deine Beine schwer werden und es sich anfühlt als würden sie brennen."

„Ach so", nickte ich verständlich und dachte, dass ich diese Symptome in letzter Zeit öfter hatte, aber erwähnte ohne groß darauf einzugehen, dass ich zukünftig auf diese Symptome achten würde.

„Ok, ich sehe, wir haben viele Informationen bekommen und ich möchte mich ganz herzlich für deine Zeit und deine Hilfe bedanken. Aber ich denke, wir sollten jetzt aufbrechen", sagte *Neil* sanft und wollte die Sitzung mit *Walking With The Spirits* beenden. Ich nickte zustimmend, aber *Walking With The Spirits* bot uns an, weiterhin seine Gäste zu bleiben, denn es war zu unserem Erstaunen schon dunkel geworden.

„Wie die Zeit vergeht", wunderte ich mich und schüttelte den Kopf darüber, wie lange wir schon mit unserem Gastgeber zusammensaßen und die Zeit total vergaßen.

Er schürte im Kamin Holz an und legte ein paar Felle aus. Wir sollten es uns vor dem Kamin gemütlich machen. Dann holte er einen Scotch und für mich einen selbstgemachten ‚Chicha' und wir plauderten. Das hieß eher, dass *Walking With The Sprits* von seinen Erfahrungen erzählte und wir zuhörten. *Neil* sah im Feuerschein wieder einmal unheimlich verführerisch aus und unsere Blicke streiften sich ein paar Mal. Ich wollte darüber nachdenken, was *Walking With The Spirits* mir mitteilen wollte. Einige Informationen hatte ich zuvor schon von *Healing Hand* bekommen. Mit dem Krieger musste *Thunderhorse* gemeint sein, mein Ururgroßvater, und *White Wing* war die Frau im Hochzeitskleid, die meine Ururgroßmutter gewesen sein musste. Zu mehr Gedanken kam ich nicht, denn die beiden Herren bemerkten, dass ich gedanklich abschweifte:

„*Charlotte*, grüble nicht zu viel. Heute nicht mehr. Heute wollen wir nur noch genießen und morgen ist ein neuer Tag, um all die Informationen von heute zu sortieren", brachte *Walking With The Spirits* mich wieder zurück zu ihrer Unterhaltung. *Neil* lächelte und zwinkerte mir zu.

„Ok, du hast recht. Heute ist Heute und Morgen ist Morgen", fasste ich nochmals zusammen und alle lachten. Wir hatten noch einen wunderschönen Abend zu dritt und einen kleinen Schwips hatte ich auch.

Als es Zeit war, das Schlaflager aufzubauen, überließ uns der Gastgeber seine Hütte und er ging zu seiner Greifvogelstation, um dort zu übernachten. Wir schlugen ihm vor, dass er in seiner Hütte und wir in der Station übernachten könnten, aber er bestand darauf. Er legte uns ein paar schöne selbstgewebte Indianerdecken aus, verabschiedete sich und wünschte uns eine gute Nacht.

Ich war etwas schüchtern, alleine mit *Neil* im Zimmer zu sein. Er setzte sich dann neben mich aufs Fell und da war wieder dieser atemberaubende Moment, in dem man nicht wusste, was man sagen sollte. Aber für *Neil* war das überhaupt kein Problem. Mit ihm war es ganz unkompliziert und er brachte mich wieder zum Lachen. Sein Humor war einfach fantastisch. Und dann legte er seinen Arm um mich und mir wurde ganz warm. Jetzt hatte ich auch Herzklopfen, aber das Gefühl war wohlig und voller Spannung, darauf, was kommen wird. Er musterte meine Augen, lehnte seinen Kopf seitwärts und strich mir sanft die lockigen Haare aus dem Gesicht. Die Zeit schien stillzustehen und unsere Lippen näherten sich immer mehr bis mich *Neil* sanft küsste, und dann verfielen wir immer mehr in den Moment der Leidenschaft und gaben uns voll der Zweisamkeit hin bis wir von dem Augenblick des Glücks verschlungen wurden. Er knöpfte meine Bluse auf, bis die letzten Knöpfe ungeduldig aufsprangen. Seine schönen maskulinen Hände berührten meine Brüste, die jetzt fest waren und ungeduldig darauf warteten, was noch geschehen würde. Ich schmiegte mich an seine Schulter und küsste seine gut behaarte Brust. Er roch ausgesprochen gut nach einem erfrischenden herben Duft. Dann rissen wir uns den Rest der Kleider vom Leibe und verbrachten aufregende Stunden der Leidenschaft miteinander. Es stimmte alles und wir beide genossen diesen intimen Akt der Zusammengehörigkeit.

Am liebsten wäre ich ewig in diesem Moment geblieben. Und es schien, als wollte *Neil* genau dasselbe. Es war so, als hätten wir beide schon lange darauf gewartet, aber es gab diese Momente der Unsicherheit und Verletzlichkeit, die keiner zugeben wollte. *Neil* streichelte mir meine zerzausten Haare aus dem Gesicht und küsste mich genauso sanft wie zu Beginn unserer Intimität. Dann zog er mich auf seine Brust und wir genossen die Stille bis wir glücklich einschliefen.

Am nächsten Morgen wartete schon ein deftiges Frühstück auf uns. Mir kroch der angenehme Duft von Kaffee in die Nase. Ich wachte genau in der Position auf, in der ich eingeschlafen war, auf *Neil's* Brust. Dieser schlief noch mit ganz sanften Atemzügen. Ich krabbelte vorsichtig aus unserem Schlaflager und musste mich recken und strecken und ich hatte das Gefühl, ich könnte die Welt umarmen. *Walking With The Spirits* musste so leise gewesen sein, dass er uns nicht aufgeweckt hatte. Er selber war nicht da und hatte auch nur für zwei aufgedeckt. Das Brot war noch warm und kam direkt aus dem Ofen. Frische Spiegeleier, selbstgemachte Marmelade und frisch gebrühter Kaffee, alles war da, was das morgendliche Herz begehrte. Sogar Milch hatte er. „Ich hatte gar keine Kuh gesehen", dachte ich.

Ich legte meinen Ring auf dem Tisch ab und ging erst mal in sein Bad, um mich ein wenig frisch zu machen. Es war spärlich, aber ordentlich und sauber. Das Bad hatte ein Waschbecken und eine Toilette. Neben dem Waschbecken standen zwei Kannen Wasser. Das Wasser war aber angewärmt, gerade bereit für die Füllung des Waschbeckens. Waschschwämme lagen daneben. Dusche oder Badewanne gab es nicht. Auf einer Ablage lagen eine Zahnbürste und Kreide, die voraussichtlich zum Zähneputzen gedacht waren, ein Rasierpinsel und Rosenwasser. Ich machte nur eine Katzenwäsche, versuchte meine Haare wieder zu ordnen und band sie zu einem Zopf zusammen. Dann roch ich an dem Rosenwasser, was einen unglaublichen Duft verströmte. Ich strich mir ein paar Tropfen auf meine Handgelenke und hinter die Ohren.

Als ich aus dem Bad kam, saß *Neil* schon am Frühstückstisch und schenkte uns Kaffee ein. Er nahm mich zur Begrüßung in den Arm. Dann nahm er meinen Ring, den ich von meiner Großmutter geschenkt bekommen hatte, vom Tisch und fragte mich, ob die Gravur das gegenseitige Versprechen meiner Großeltern gewesen sei. Ich erklärte ihm, dass es meine Ururgroßeltern *White Wing* und *Thunderhorse* gewesen sein mussten.

„*Thunderhorse*, den Namen habe ich schon einmal gehört", meinte *Neil* nachdenklich und setzte fort: „Ich glaube, dass mein Urgroßvater ihn erwähnt und davon gesprochen hatte, dass er dieser Freund seines Vaters war und als der größte Pferdeversteher in dieser Gegend galt. Viele Indianer unterschiedlicher Stämme sind lange Wege zu ihm gepilgert, um ihn in Pferdefragen um Rat zu fragen. Das ist ja mehr als fantastisch, dann schließt sich ja doch wieder der Kreis, *Charlotte*."

„Tja, aber da ist noch die Frage offen, was mit dem Talisman geschehen ist. Und nur derjenige, der die richtige Hälfte besitzt, wird mich als meinen Traumprinzen erobern können", schmunzelte ich verschmitzt.

„Oh ha, da muss ich mich aber anstrengen, doch noch für meinen Großvater den Auftrag zu erfüllen und den Talisman zu finden. Dann werde ich ihn entzweibrechen, damit ich dir meine Hälfte präsentieren kann", erwiderte *Neil* neckend.

„Tja, dann musst du dich aber schon beeilen, denn ich möchte meinen Traumprinzen nicht erst heiraten, wenn ich alt und grau bin", sagte ich mit ernster Miene.

„Och, ich denke, dass du alt und grau immer noch sehr attraktiv sein wirst. Die Zeit macht mir nichts aus", erwiderte er schmunzelnd.

In dem Augenblick kam *Walking With The Spirits* hinein.

„War ich der Liebesengel?", fragte er lächelnd, ohne die Antwort abzuwarten und gratulierte uns.

„Ich habe dir doch gesagt, dass du das starke Gefühl der Liebe selber entdecken musst…und es hat scheinbar funktioniert, oder?"

Neil kniff ihn und stellte zynisch fest: „Komm, du hast doch von vornherein gewusst, dass wir füreinander bestimmt sind."

„Habe ich das?", fragte er mit hochgehobenen Augenbrauen zurück.

„Glaubt ihr etwa, dass ich alle Pläne von *Wakan Tanka* kenne?" Wir nickten beide überzeugt.

„Ok Freunde, ich gebe zu, ich wusste es. Aber ich kannte den richtigen Zeitpunkt nicht. Ihr wisst, dass es in *Wakan Tanka's* Weltjahrzehnten nur ein einziges Zeit-Raum-Kontinuum gibt", fügte er rasch hinzu.

„Ah, und in deiner Zeit hast du nicht wirklich versucht, die Situation zu beeinflussen, dass wir zusammen kommen?", fragte *Neil* schelmisch.

„Hm, möglicherweise habe ich einen kleinen Hinweis erhalten", schmunzelte er.

Er schenkte sich auch eine Tasse Kaffee ein, holte sich einen zusätzlichen Teller und Besteck und dann frühstückten wir gemeinsam. Er hatte unsere Pferde heute früh schon versorgt, worüber wir sehr froh waren. Er wollte uns noch gerne seine Pferde und Kühe zeigen, bevor wir wieder aufbrachen. Jetzt wusste ich jedenfalls, wo die Milch herkam.

Er hatte einen wunderschönen Schecken vor der Hütte stehen und wir ritten zu dritt zu seinen Weiden. Seine Rinder fing er immer vom Pferd aus mit dem Lasso ein. Er demonstrierte uns seine Art des ‚Cattle pennings' und es schien für ihn eine Leichtigkeit zu sein, die Rinder aus der Herde zu selektieren und einzufangen. Dann forderte er uns auf, mitzumachen, und wir bekamen eine Lektion im Rindertraining. *Neil* kannte sich mit dem Lassowurf aus, ich dagegen machte eine schlechte Figur. Mit dem ‚Rinder selektieren' jedoch klappte es nach einigen Versuchen recht gut. Es war grandios und wir hatten eine Menge Spaß.

Dann zeigte er uns noch seine ‚Apaloosa' Herde mit den neuen Fohlen, die er selbst gezogen hatte. Er war stolz, uns die kleine Herde zu präsentieren und unsere Pferdeherzen gingen mit ihm auf. Nach einem so schönen Vormittag bedankten wir uns für die überschwängliche Gastfreundschaft und seine Hilfe, und verabschiedeten uns mit den Worten: „Möge *Wakan Tanka* dich immer begleiten" und den typischen Handzeichen der drei Finger auf dem Herzen wie ich es aus dem Film ‚Winnetou' von *Karl May* kannte.

Nach der netten Verabschiedung machten wir uns auf den Weg. Wir hatten einen wunderschönen Ritt zurück und ich wurde immer sicherer im Sattel. Jetzt hatte ich zum ersten Mal das Gefühl, wieder einen richtigen Glücksmoment zu erleben. Mein Herz raste nicht, ich fühlte mich ausgeglichen. Die Weste verlieh mir Stärke, aber die Liebe machte den Moment vollkommen. Das spürte auch *Neil* und er schien sich aus ganzem Herzen zu freuen. Zwischendurch ließen wir die Pferde richtig laufen. Den Berg hinauf wurden sie etwas langsamer und oben angekommen, genossen wir die Weite und diesen einmaligen Ausblick. Diesen Moment wollte ich einfach festhalten.

Da konnte man doch gar nicht mehr deprimiert sein. Dennoch wusste ich, dass der Moment nicht lange anhalten konnte, denn die Blockaden waren ja noch da. Und so lange noch so viele Fragen unbeantwortet waren, war dieser Stein, der auf mir lastete, auch immer noch nicht beseitigt. Und er würde mich weiterhin negativ beeinträchtigen, egal wie stark die Liebe wäre. Dessen war ich mir bewusst.

Die seltsame Wandlung des *Mr.*
Jo

*N*ach ein paar Minuten der Stille brachen wir auf und ritten zurück zur Farm. Wir lachten, als wir eintrafen. *Johanna* blinzelte böse und drehte uns den Rücken zu. Ich ließ mich davon nicht beirren, denn *Neil* und ich hatten eine wundervolle Zeit gemeinsam verbracht. *Neil* verabschiedete mich mit seinem legendären Handkuss, nahm mich kurz in den Arm, und ich ging glücklich auf mein Zimmer.

Ich ließ mich auf mein Bett fallen und schlief sofort ein. Im Schlaf wälzte ich mich hin und her, obwohl ich so wunderschöne Tage mit *Neil* verbracht hatte. *Mr. Jo* war wieder in meinem Traum und er war traurig, dass ich ihn zurückgewiesen hatte. Er wollte mich wieder auf eine Reise mitnehmen, aber ich weigerte mich. Er wurde sehr wütend. und mein Bett fing an zu hüpfen, so dass ich auf und ab gewirbelt wurde. Er sah plötzlich sehr gefährlich aus mit seinen tiefschwarzen Augen, die mich anblitzten. Diese hatten nicht mehr diesen wunderbaren edlen Ausdruck des Opals, sie verwandelten sich in eine dunkle unheimliche Leere, die mir Angst machte. Er packte meine Arme und meinte, dass ich doch einsehen müsse, dass er es immer gut gemeint habe, und dass uns etwas aus der Vergangenheit verbinde und ich niemals von ihm loskommen würde. Er würde mich immer festhalten und ich hätte keine andere Wahl.

Unsere Seelen seien miteinander verschmolzen und ohne seine Einwilligung würde er meine Seele niemals freigeben. Plötzlich roch er nach Feuer und Schwefel und sieben schwarze Engelsköpfe erschienen über ihm und klimperten mit den Augen. Er hielt immer noch meine Arme fest und zischte: „*Charlotte*, du hast keine Chance zu entfliehen. Ich habe es die ganze Zeit gut mit dir gemeint, war nett und aufrichtig, aber du lässt dich mit so einem Cowboy ein. Dumm bist du, du blöde Kuh. Ein Paradies könntest du mit mir haben, ein Paradies der Ewigkeit, aber alles verspielst du. Und nochmals sage ich dir im Guten. Komm zu mir oder du wirst es auf Ewigkeit bereuen. Das verspreche ich dir."

Zum ersten Mal verspürte ich in seiner Gegenwart eine unglaubliche Angst. Es schnürte mir die Kehle zu und mein Herz raste unaufhörlich. Und da waren sie wieder, diese feuerbrennenden Beine, die so schwer waren, dass ich nicht weglaufen konnte. Ich zog meine Decke über den Kopf und weinte. Plötzlich löste er sich in Rauch auf und war wie vom Erdboden verschluckt.

Schweißgebadet wachte ich auf. Mein Pulsschlag war auf 180 und ich hatte das Gefühl, dass sich das Bett immer noch bewegte. „Puuh, was für ein Traum!", seufzte ich. „*Charlotte*, beruhige dich! Es war nur ein Traum", versuchte ich mich selbst zu beschwichtigen. „Sollte ich *Neil* erzählen, wovon ich da geträumt hatte? Aber er würde doch auch nur sagen, dass es ein Traum war. Vielleicht hatte mein Unterbewusstsein wieder zu mir gesprochen?", sprach ich zu mir selbst. Aber wieder erschien mir alles so real. Ich musste unbedingt *Mr. Jo* damit konfrontieren. Vielleicht würde er nur darüber lachen, was ich da Blödes über ihn träumte, aber mir wurde ja mitgeteilt, dass ich auf meine Träume hören sollte, also vielleicht war es eine Botschaft. Ich hatte das Gefühl, dass ich jetzt einen erfrischenden

Spaziergang durch die Wiesen benötigte, um auf andere Gedanken zu kommen und mich zu entspannen.

Ich nahm eine Dusche, zog mir meinen Jogginganzug an und beschloss, direkt aus dem Haus in die Natur zu laufen. Das war für mich das beste Mittel, meine Seele baumeln zu lassen und Ängste abzubauen. Ich traf *Neil* im Flur. Dieser war etwas verwundert, dass ich es so eilig hatte und an ihm vorbei huschen wollte. Ich teilte ihm nur kurz mit, dass ich sehr schlecht geschlafen hätte und einfach alleine in der Natur sein wollte. Er hatte Verständnis und meinte, dass er *Ben* dann Bescheid gäbe, dass wir später kommen würden, um mit ihm über die Weste zu sprechen. Er würde dann solange mit den Pferden arbeiten. Arbeit hätte er ohnehin genug, denn diese wäre ja für zwei Tage liegen geblieben.

Ich nickte und machte mich auf den Weg. Erst lief ich bis ich die Farm verlassen hatte. *Johanna* ritt an mir vorbei und wirbelte viel Staub auf, so dass ich husten musste. Sie drehte sich kurz um und lachte höhnisch. „Was für eine Giftschlange", dachte ich und lief weiter die lange Allee entlang, die die Ein- und Ausfahrt bildete. Die Kastanien und die Dogwood Bäume blühten in voller Pracht. Am Ende war eine wunderschöne Kräuter- und Blumenwiese gelegen, in die ich hineinlief. Der Blütenstaub haftete sich an meine Kleidung. Ich genoss es, durch die Wiesengräser zu laufen und mit den Händen durch sie zu streifen. Die Wiese war kunterbunt mit Frühjahrsblühern wie weißen Astern, roten Tulpen und wunderschönem gelben Sonnenhut übersät.

Ich erreichte einen Hügel, auf dem ein großer Baum stand, eine Eiche, die bestimmt schon sehr alt war. „Was diese wohl alles zu erzählen hätte?", dachte ich. Der Wind peitschte die Äste samt den Blättern von einer Seite zur anderen. Auf der anderen Hügelseite sah ich *Johanna's* Pferd grasen. *Johanna* war an einem Baum gelehnt und sprach mit jemandem. Ich ging um die Eiche herum und sah einen Mann mit einem Cowboyhut. Ich konnte ihn nicht genau erkennen. Ich schlich mich etwas näher heran und versteckte mich hinter einem Gebüsch. *Johanna* war sehr aufgebracht. Ich hörte, dass sie wütend darüber war, weil *Neil* mich und nicht sie mitgenommen hatte.

„Ich kenne *Neil* schon so lange, und da kommt dieses Flittchen und macht alles zwischen uns kaputt", zischte sie.

„Hm, Flittchen, was für eine nette Bezeichnung", dachte ich nur. Dann drehte sich der Mann um und ich konnte sein Gesicht erkennen. Er war ein Weißer, der mir irgendwie bekannt vorkam, aber ich wusste nicht woher. Er versuchte *Johanna* zu trösten.

„Was hatte er denn mit *Johanna* zu tun?", fragte ich mich. Ich hörte, wie er von den Ermittlungen sprach und dass er veranlassen würde, dass die Weste aus Gründen kriminaltechnischer Untersuchungen von mir bei der Polizei abgegeben werden müsste. Er würde sie dann verschwinden lassen, so dass sie nie wieder zu mir zurückkäme. Damit wären alle meine Kräfte genommen. Ich fragte mich, woher er wusste, dass mir die Weste Kräfte verleihen würde. Es war doch niemand bei unseren Gesprächen dabei gewesen.

„Durch mich", hauchte eine Stimme in mein Ohr. Ich drehte mich blitzschnell um und wollte gerade ausholen.

„Ach du bist es. Du hast mich zu Tode erschreckt", sagte ich ohne daran zu denken, dass er kein Deutsch versteht. *Mr. Jo* stand lachend vor mir.

„Bitte? Was meinst du damit, dass er durch dich weiß, was mit mir los ist und worüber er spricht?", fragte ich ihn verwundert, denn ich hatte ihm nichts darüber erzählt.

„Ich weiß mehr als du denkst. Ich weiß alles über dich und deine Vergangenheit. Ich habe dir bereits gesagt, dass wir miteinander verbunden sind, ein Bündnis, das keiner zerstören kann. Hast du nicht richtig zugehört?", bemerkte er zynisch.

„Aber das war doch nur ein Traum", antwortete ich verdutzt.

„War es das?", hakte er grinsend nach, „vielleicht, vielleicht auch nicht. Das ist jetzt auch egal. Ich möchte auf jeden Fall sofort meine Weste haben. Bei unserem ersten Treffen habe ich dir bereits gesagt, dass es meine ist und ich darauf bestehe. Also gib sie mir zurück."

„Nein, niemals", erwiderte ich erbost, „das ist nicht wahr. Sie gehörte meinen Vorfahren und jetzt gehört sie mir. Was für ein Spiel spielst du?"

„Das ist kein Spiel. Ich meine es ernst. Gib mir, was mir zusteht", schrie er erbost.

„Ich meine, was weißt du über den Wert dieser Weste? Warum ist sie so wichtig für dich? Du warst also nur so freundlich, weil du etwas von mir wolltest, nämlich meine Weste, richtig?"

„Nein, das ist nicht der wahre Grund. Du hast aber auch rein gar nichts kapiert. Der wahre Grund ist meine Zuneigung zu dir. Einst war ich schon in deine großartige Ururgroßmutter verliebt, aber sie hatte mich abgelehnt, genauso wie du es mit mir getan hast. Jetzt bin ich nicht mehr daran interessiert, deine Liebe zu bekommen. Ich habe aufgegeben, aber ich will auch nicht, dass ein andere Mann dich bekommt."

„Worüber sprichst du? Verliebt in meine Ururgroßmutter? Bist du verrückt? Ich verstehe nicht, was du meinst. Du machst mir Angst."

Ich lief davon und rief *Johanna* und den anderen Mann um Hilfe, aber die beiden versuchten mir den Weg zu versperren und *Mr. Jo* packte mich und versuchte mir die Weste herunterzureißen. Ich schrie um Hilfe, aber es schien, als hörte mich keiner. Plötzlich verspürte ich einen Schlag im Gesicht und es wurde dunkel um mich.

Langsam kam ich zu mir. Benommen schaute ich in die Augen von *Healing Hand*, die mir ein Tuch mit Wasser auf mein Gesicht tupfte. „Was ist passiert?", fragte ich benommen. „Du hattest einen Streit mit *Johanna* und einem Mann. Ich hatte ein seltsames Gefühl und wollte nachsehen, da habe ich deine Schreie gehört. Als ich auf dem Berg angekommen bin, habe ich wohl die beiden überrascht. Sie liefen davon", sagte *Healing Hand*.

„Ein Mann? Es müssen zwei gewesen sein", wand ich ein. Und dann fiel es mir wieder ein: „Meine Weste?" Ich schnellte mit dem Oberkörper hoch, aber Gott sei Dank, sie war noch da, zwar zur Hälfte von meinen Schultern gezogen, aber mir fiel ein Stein vom Herzen. Mir wurde ganz schwindelig. *Healing Hand* ermahnte mich, ruhig zu bleiben. Ich hätte einen starken Schlag abbekommen. Ich sollte mich wieder hinlegen, um mich auszuruhen. Dann würde sie mich zu ihrem Haus begleiten. Aber es ließ mir keine Ruhe:

„Hast du wirklich nur einen Mann gesehen? Es müssen zwei dort gewesen sein." *Healing Hand* betonte nochmals, dass es sich lediglich um einen weißen Amerikaner gehandelt hat.

Ich war ganz aufgeregt: „Ich bin doch nicht verrückt. *Mr. Jo* war da."

„Jetzt beruhige dich erst mal. Wir werden später darüber sprechen. Der Schlag hat dich sehr mitgenommen", sagte *Healing Hand*.

Als ich mich ein wenig erholt hatte, half mir *Healing Hand* aufzustehen und wir gingen langsam zu ihrem Haus, das ganz in der Nähe war. Sie kochte mir einen Kräutertee und gab mir ein paar Blätter, die ich auf meine Gesichtsschwellung legen sollte.

Dann setzte sie sich zu mir: „Also, dann erzähl mal, was da oben passiert ist." Sie hörte gespannt und vor allen Dingen geduldig zu, denn die Worte sprudelten aus mir heraus und es war bestimmt nicht einfach, meiner Erzählung zu folgen.

„Ah, ein *Mr. Jo* war dort. Aber er konnte sich ja nicht in Luft aufgelöst haben, oder?", stellte *Healing Hand* fest. Ich nickte.

„Du hast ihn schon mehrmals gesehen, getroffen und mit ihm gesprochen?", fragte sie mich weiter.

„Ja, er hat sogar einige Zeit neben mir gewohnt", gab ich zu.

„Und er hat gemeint, dass er schon deine Ururgroßmutter, also *White Wing*, geliebt hätte, richtig?", sagte *Healing Hand* zusammenfassend.

„Ja, das ist doch absurd. Ich denke, dass er jetzt total spinnt", meinte ich.

Two Eyes Look Twice

Healing Hand schüttelte den Kopf.

„*Charlotte*, nein, er hat die Wahrheit gesagt. Mein Urgroßvater hatte deine Ururgroßmutter gekannt und sehr geschätzt. Er hatte mir auch davon erzählt, dass nach dem Tode ihres Mannes *Thunderhorse*, ein *Two Eyes Look Twice* sie heiraten wollte und sie schon immer begehrt hatte. Dieser *Two Eyes Look Twice* konnte sie nie bekommen und wollte auch nicht, dass ein anderer sie bekommt", erklärte sie ruhig.

„Ah ja, *Walking With The Spirits* erwähnte das. Und du denkst, dass *Mr. Jo* dieser *Two Eyes Look Twice* sein könnte und er jetzt noch herumgeistert?", fragte ich sie ungläubig.

Healing Hand nickte: „Ja, seine Seele kann nicht zur Ruhe kommen, da er mit deiner verbunden ist. Das würde auch deine heftigen Körperreaktion erklären. Damals erzählte *Healing Feather*, dass deine Ururgroßmutter *White Wing* durch ein Messer umgekommen ist, dass sie zuvor als Hochzeitsgeschenk deinem Ururgroßvater *Thunderhorse* geschenkt hatte. Es wurde vermutet, dass sie sich aus Schmerz selbst umgebracht hatte, andere glaubten an einen tragischen Unfall. Aber mein Urgroßvater *Healing Feather* war sich sicher, dass deine Ururgroßmutter ermordet wurde, nur konnte er nicht sehen, von wem. Die böse Kraft hatte die Bilder meines Urgroßvaters verdunkelt. Er konnte nur spüren, dass etwas Schlimmes passiert sein musste. Wir müssen zusammen an die Stelle gehen, wo es passiert ist. Dort kann ich mich dann auf eine mediale Ebene begeben und sehen, was wirklich an der Stelle passiert ist. Nun ist es an der Zeit, um einiges, das für dich so bedeutend ist, aufzuklären."

„Wo ist die Stelle?", fragte ich nichtsahnend.

„Du warst mit *Neil* schon dort, um die Milky Roots zu finden, vor der Thunderhill Höhle", antwortete sie geduldig.

„Ja, *Walking With The Spirits* erwähnte auch, dass dort der Geheimplatz von *Thunderhorse* gewesen sein musste und jetzt erzählst du mir, dass *White Wing* dort gestorben ist. Das heißt, *Neil* und ich waren am Platz meiner Vergangenheit und wussten nicht wie bedeutend die Höhle doch ist", stellte ich fest.

„Ich sagte dir bereits letztes Mal, dass die Liebe dir den Weg weisen wird und sie hat dich doch dort hingeleitet, nicht wahr?", zwinkerte mir *Healing Hand* zu. Ich musste lachen und nickte. Sie wusste die ganze Zeit viel mehr als ich.

„Hast du noch das Stück Leder, das ich dir gegeben habe? Mein Urgroßvater hatte es meinem Großvater und dieser schließlich mir überlassen, um es an die richtige Person weiterzugeben." Ich nickte und erzählte ihr, dass ich es gut in meinem Zimmer aufbewahrt hätte. *Healing Hand* drückte meine Hand und lächelte warmherzig.

„Ich bin so froh, dass ich diese richtige Person endlich kennenlernen durfte. Bitte bring das Stück Leder mit, wenn wir uns das nächste Mal treffen, um zu dem Platz deiner Vergangenheit zu gehen. *Neil* wartet bestimmt schon auf dich. Gehe zu ihm und kläre, was es mit der Weste auf sich hat. Aber an deiner Stelle würde ich nichts von dem Vorfall erzählen, halte dich erst mal bedeckt. *Neil* hält große Stücke auf *Johanna* und er könnte denken, dass du aus Abneigung ihr gegenüber ungerecht wärst. Sie würde sowieso alles abstreiten", riet *Healing Hand*.

„Aber er sollte doch erfahren, dass sie dabei war und mich zwingen wollte, die Weste herzugeben, um sie sich selbst anzueignen", erwiderte ich besorgt.

„Sei klug, *Charlotte*, und halte dich noch bedeckt. Die Wahrheit wird ohnehin früher oder später herauskommen, aber wähle den richtigen Zeitpunkt. *Neil's* Vertrauen dir gegenüber ist noch schwach, stärke es erst bis es gefestigt ist, dann kannst du ihm immer noch alles erzählen", antwortete sie bestimmt.

„Was mir seltsam vorkam, war, dass dieser weiße Mann sagte, dass er die Weste verschwinden lassen könnte und zwar bei den kriminaltechnischen Untersuchungen. Irgendwie kam er mir bekannt vor." Ich überlegte woher. *Healing Hand* beruhigte mich, dass es mir bestimmt noch einfallen würde.

„Aber ich gebe dir den Rat, dass du bei *Ben* gleichzeitig darauf bestehst, dass du bei den Untersuchungen dabei bist, denn schließlich bist du Journalistin und Besitzerin zugleich und möchtest alles genau dokumentieren. Ansonsten wärst du nicht bereit, sie aus den Händen zu geben, da du schon schlechte Erfahrungen gemacht hättest. Und sei energisch. Dieser Fremde, wer auch immer er war, wird alle Register ziehen, um das zu erreichen, was er und seine sogenannten Freunde vorhaben", warnte sie mich.

„Das wird alles etwas schwierig werden", klagte ich.

„Naja, Probleme sind dazu da, um gelöst zu werden. Und ich weiß, dass du das schaffst. Sei vorsichtig und habe einen guten Heimweg. Möge *Wakan Tanka* dir viel Sicherheit, Stärke und Klugheit verleihen. Ich werde für dich beten", sagte sie mir zum Abschied. Dann öffnete sie die Tür und geleitete mich hinaus. Ich hätte sie gerne in den Arm genommen, aber ich wusste, dass Indianer sehr reserviert waren und drückte stattdessen zum Abschied auch ihre Hand. Ich hatte ein mulmiges Gefühl, aber sie rief mir hinterher: „Hab keine Angst. Dein Gott wird dich beschützen." Ich fragte nach: „Sicher?" Und es kam zurück: „Ganz sicher, das weiß ich." *Healing Hand* schaute mir noch lange nach.

Auf der Farm angekommen, ging ich direkt auf mein Zimmer. *Johanna* begegnete mir auf dem Flur, versuchte mich aber zu ignorieren, sah auf den Boden und ging schweigend an mir vorbei. Es war mir recht. Ignoriert zu werden ist besser als ständig das Gefühl zu haben, von Pfeilen beschossen zu werden. Ich machte mich schnell frisch und ging eilig zum Salon.

Neil saß im Sessel, rauchte gemütlich seine Pfeife und las Zeitung.

„Du bist spät, *Charlotte*", ermahnte er mich.

„Wollten wir nicht zu *Ben*? Ich dachte, es sei wichtig für dich", setzte er fort.

„Sorry, ich hatte die Zeit vergessen. Es war so ein schöner Tag und ich habe die Gegend hier genossen. Können wir jetzt noch zu *Ben* fahren?", fragte ich ihn.

„Morgen, *Charlotte*, ich habe ihn bereits angerufen, und ein Treffen für morgen früh organisiert. Ich hatte ja schon die weise Voraussicht, dass du es heute nicht mehr schaffen wirst."

„Danke, dass du so gut über mich denkst", erwiderte ich lächelnd.

Ich wollte mich gerade zu ihm auf die Sessellehne setzen, als *Johanna* hereinplatzte. Sie versuchte *Neil* in ein Gespräch zu verwickeln, aber er war kurz angebunden. Sie ignorierte es und sprach unaufhörlich. Ich konnte mir gut vorstellen, dass sie Angst hatte, dass ich irgendetwas sagen könnte und deshalb jetzt in meiner Gegenwart versuchte, *Neil* von mir abzulenken. Ich beobachtete das Ganze, war aber entschlossen, ihr nicht die Bühne zu überlassen.

Nach einiger Zeit wimmelte *Neil* sie ab: „*Johanna*, ich habe mit *Charlotte* zu sprechen. Aber bitte allein." Sie drehte sich schnippisch um und ging schnaufend aus dem Raum.

„Ich erkenne sie nicht wieder. Sie war bisher noch nie so. Ich entschuldige mich für ihr Verhalten dir gegenüber. Ich weiß nicht, was sie gegen dich hat. Bei anderen Frauen in meiner Gegenwart ist sie normalerweise zwar nicht überschwänglich freundlich, aber doch neutraler als dir gegenüber. Sie hatte es nicht leicht als Kind, ist von ihren Eltern nicht gerade gut behandelt worden und als Indigo hat man es sowieso nie einfach hier gehabt. In Amerika genießt man nicht wie in Europa diesen Kult und die Mystik, den man mit Indianern verbindet. Hier sind wir noch Wilde, die man zu allem Übel dulden muss", erklärte er mir nachdenklich.

„Und Solidarität schafft Freunde?", fragte ich ihn.

„Ja, in der Tat. Wir haben uns immer gegenseitig geholfen und ich habe ihr viel zu verdanken. Sie hat mir sehr über den Trennungsschmerz hinweggeholfen", meinte er und nahm einen kräftigen Zug aus seiner Pfeife.

„Ist dir denn nie der Gedanke gekommen, dass sie mehr als Freundschaft wollte?", fragte ich ihn schmunzelnd.

„Ah, weibliche Intuition? Nein, wir waren schon befreundet, als sie noch verheiratet war", erwiderte er zynisch.

„Und warum sollte das Halt vor Gefühlen machen? *Prinz Charles* war auch mit einer anderen verheiratet, obwohl er immer eine andere geliebt hatte. Ehrlich, sie hat mir gesagt, dass ihr ein Paar gewesen seid und sie machte mir klar, dass da auch jetzt etwas zwischen euch ist", ließ ich ihn wissen.

„Das ist doch Quatsch. *Charlotte*, da musst du etwas falsch verstanden haben. Warum sollte sie so etwas behaupten?"

„Ach, ihr Männer merkt auch wirklich nichts. Dann überleg doch mal. Ihre Reaktion mir gegenüber ist doch eindeutig Eifersucht und sie möchte bei dir immer die erste Geige spielen und dich auf keinen Fall mit mir alleine lassen."

Neil lachte und zog mich auf seinen Schoß:

„Jetzt klingst DU aber eifersüchtig, oder?", witzelte er.

„Ach, du nimmst mich wirklich nicht ernst und außerdem nimmst du sie immer in Schutz", protestierte ich. Er gab mir einen zärtlichen Kuss. Dabei bemerkte er meine Schwellung im Gesicht.

„Was ist dir denn passiert? Hast du einen Baum geknutscht?"

„Ja, ja, so ähnlich", flunkerte ich ihn an, „ich habe geträumt und ein Ast war im Weg."

„Meine kleine Träumerin. Möchtest du mit mir den Abend verbringen? Wir kühlen uns ein bisschen bei einem romantischen Abendspaziergang ab, *Charlotte*."

Wakan Tanka

*O*hne meine Antwort abzuwarten, nahm er meine Hand, griff nach einer Wolldecke und einem Korb, legte mir eine Jacke um die Schultern und geleitete mich aus der Haustür. Der Himmel war klar, so dass die vielen leuchtenden Sterne wie kleine Diamanten funkelten. Die Grillen surrten, einige Fledermäuse kreisten um uns herum und es war schön, durch die Allee zu schlendern. *Neil* führte mich zu einem See, in dem sich der Mond spiegelte. Wir setzten uns auf seine Wolldecke, um dem Froschgesang zuzuhören. Ich fragte *Neil*, was *Wakan Tanka* für die Indianer bedeutete. *Neil* stopfte sich gemütlich seine Pfeife, zündete sie an und fing an, mir etwas über den großen *Manitou Wakan Tanka* zu erklären.

„Jedes Volk und jede Kultur besitzt seit ihren Uranfängen Geschichten und Legenden über den Beginn des Lebens. In der Tradition der ‚Twisted Hairs' steht in den Aufzeichnungen der heiligen ‚Kiva' folgendes: „Am Anfang und seit jeher schon wurde das Alles aus der Leere geschaffen, in der eine pure Energiekraft vorhanden war, die wir als ‚Chuluaqui' bezeichnen. Diese ‚Chuluaqui'-Energie drückt sich als rein harmonische Schwingung aus, die Gleichgewicht bringt. Im Grunde genommen ist sie der Funke des Lebens, der es allen Dingen im Universum ermöglicht, ihre individuelle Form in der Substanz anzunehmen. Als *Wakan Tanka*, der Große Geist, der auch das ‚Alles' genannt wird, sein weibliches Wesen entdeckte, atmete er mit nach innen gerichteter Kraft ein. Diese kreativ-empfängliche Kraft wurde zum Ei aller Schöpfung, wurde zu ‚Wahkawhuan', dem Universum unserer heiligen Urgroßmutter. Dann atmete *Wakan Tanka* aus und entdeckte dabei seine männliche Seite, die aktiv-konzeptive Kraft ‚Sskawhuan', die Galaxie unseres heiligen Urgroßvaters.

Daher war das erste der vier heiligen Elemente das Feuer, der Geist der ‚Chuluaqui'- Kraft von *Wakan Tanka*. Das zweite Element war die Luft, der Atem von *Wakan Tanka*. Aus dem Raum seiner weiblichen und männlichen Seite kamen dann ‚Wahkawhuan' und ‚Sskawhuan' mit der energetischen Kraft ihrer individuellen ‚Chuluaqui'-Energien in einem wirbelnden Schlangenfeuer der totalen Liebe zusammen und das dritte Element, das Wasser, war erschaffen. Die beiden ‚Chuluaqui'-Energien wurden zu ‚Quodoushka', der heiligen Hochzeit und Vereinigung der weiblichen und männlichen Energien, die gemeinsam zu mehr wurden als nur der Summe ihrer Teile und somit zum Herzen von *Wakan Tanka*. Als sie erkannten, dass der Zweck der Schöpfung das Vergnügen war, um sich selbst zu erkennen, machten ‚Wahkawhuan' und ‚Sskawhuan' Liebe und erschufen alle Dinge innerhalb des Alles *Wakan Tanka*. Und so wurde das vierte Element, die Erde, zur physischen Manifestation der Liebesenergie des Großen Geistes. Das ist die Geschichte, wie das ‚Alles' durch die Elemente geboren wurde", schloss er seine Erklärung ab.

„Wow, das nenne ich nun mal eine lange Geschichte über den heiligen Geist. Und alles drehte sich um Liebe. So eine romantische Betrachtung zur Erschaffung der Welt habe ich noch nie gehört", seufzte ich und lehnte mich an *Neil* an.

„Alles im Leben dreht sich um Liebe. Alle Lebewesen wollen geliebt werden, sogar Materie wie Wasser formiert seine Moleküle anders bei den Wörtern ‚Liebe' und ‚Dankbarkeit'. Gesten der Freude, Zuvorkommenheit und Nettigkeit bedeuten Liebe. Und alle negativen Gefühle wie Hass, Eifersucht, Selbstsucht, Habgier, Verzweiflung kommen aus nichts anderem als nicht geliebt und angenommen zu werden. Ja, und dann ist es doch klar, dass der Schöpfer des Alles - *Wakan Tanka* - auch von seinen Erdenkindern geliebt werden möchte", erklärte mir *Neil*.

„Dann habe ich ja Glück gehabt, dass ich zwar ab und zu verzweifelt bin, aber mir alle anderen Gefühle, die konträr zur Liebe sind, erspart geblieben sind."

Neil erhob Einspruch: „Hatte ich nicht auch Sturheit mit aufgezählt? Denn dann gibt es doch eine Ausnahme, nämlich deinen Dickschädel."

Ich puffte ihn in die Seite: „Nein, das hast du nicht aufgeführt. Aber im Ernst, bin ich denn wirklich so stur?", fragte ich ihn zuzwinkernd.

Neil brummte: „Hm, ich bin schon mit widerspenstigeren Stuten fertig geworden. Ich denke, dass ich dich auch noch zurechtbiegen kann."

„Danke für den Vergleich mit deinen Pferden", antwortete ich zynisch.

„Hey, du solltest dich geehrt fühlen. Meine Pferde sind mir sehr wertvoll. Wie für alle Indianer sind Pferde das Wichtigste im Leben. *Wakan Tanka* hat uns die Pferde geschaffen, um vollkommen zu sein", warf er ein.

„Na dann bedanke ich mich ganz herzlich für das Kompliment", erwiderte ich ironisch. *Neil* nahm mich in den Arm: „*Wakan Tanka* hat aber auch Musik, die im Einklang spielt, in unsere Herzen eingeflößt." Ich war gerührt und fing an, seine Arme zu streicheln.

„*Neil?* Wie stellst du dir eigentlich *Wakan Tanka* vor?", fragte ich interessiert.

„Er ist der Urgrund des Seins aller sichtbaren und unsichtbaren Materie und wir sind ein Teil von ihm, deshalb ist er in uns und wir in ihm", erklärte er sanft.

„Und was passiert mit uns, wenn wir sterben?", fragte ich ihn weiter.

„Es gibt eine andere Wirklichkeit hinter dieser Wirklichkeit in der Ewigkeit. Wir sind von Natur aus Seelen- und nicht Körperwesen. Die Seele ist eine Form von Kraft, die nach den physikalischen Gesetzen nicht verloren gehen kann. Nach *Wakan Tanka* sind wir von der Kraft der Sonne entstanden und gehen als Lichtwesen wieder in den Kreislauf des Universums zurück."

„Aber daran muss man fest glauben", wandte ich ein.

„*Charlotte*, Glaube ist nichts anderes als die Bereitschaft, sich von Gott berühren zu lassen. Wir sind auf der Erde, um die Wahrheit über unser Dasein zu erfahren und unsere Seele zu reifen, um sie für die Ewigkeit vorzubereiten. Wir müssen dieses menschliche Dasein auf der Erde erleiden, um zu erkennen, dass das Glück nur durch die Aufgabe unseres Egos und durch das gänzliche Vertrauen zu Gott zu finden ist", erklärte er weiter.

„Und glaubst du im christlichen oder im schamanischen Sinn?", fragte ich interessiert weiter.

„Ich habe zwei Herzen, die in mir schlagen. Aber ehrlich gesagt sehe ich viele Parallelen. Beide glauben an einen Schöpfer, aus dem alles entstanden ist und zu dem alles wieder zurückgeht. Beide glauben an das ewige Leben nach dem Tod und an ein Seelenleben, das sich aus dem Körper löst, um in die Ewigkeit zu gehen. Die schamanische Zeremonie ist der christlichen auch insofern ähnlich, als Rauch und Lobpreis-Gesang eine wichtige Rolle spielen, um den Heiligen Geist einzuladen und ihm zu danken. Die Indianer haben immer von einem Reiniger gesprochen, der eines Tages kommen wird, um Seelen zu erwecken und den heiligen Geist unter die Menschen zu bringen. Und da ist mir ganz klar, dass *Jesus* dieser Reiniger ist, insofern kommt dann mein christlicher Glaube und das Wertebewusstsein zu tragen", stellte er seine Sichtweise dar.

„Davon hatte auch *Healing Hand* gesprochen", meinte ich und setzte fort: „Ihr Urgroßvater war ja Medizinmann und hat Praktiken des Schamanismus angewandt. Aber sie selber glaubt auch an *Christus*, genauso wie du. Und sie hat mich sogar davor gewarnt, an den schamanischen Zeremonien teilzunehmen. Wenn es jedoch so viele Parallelen gibt, dürfte es doch keinen Unterschied machen, oder?"

„Wenn man in seinem christlichen Glauben stark gefestigt ist, dann können solche Zeremonien nichts negatives bewirken. Das Herbeirufen von verstorbenen Seelen, wie es bei Indianern üblich ist, birgt aber auch die Gefahr, dass sie uns stark berühren und beinträchtigen können. Dann braucht man einen guten Schutz, und den hast du noch nicht, *Charlotte*."

„Aber Du sagtest doch beim Ahnenfest, dass ich mich den Erfahrungen der Geisterbeschwörungen nicht verschliessen sollte", wand ich ein.

„Ja, aber nur als Beobachter, nicht um selber die verstorbenen Seelen herbeizurufen. Dafür ist dein Schutz noch nicht ausreichend", erklärte mir *Neil*.

„Kann ich diesen denn nicht bekommen?", fragte ich weiter, denn ich wollte unbedingt meine Seele von den Lasten und der tiefen Traurigkeit befreien und wieder glücklich sein.

„Diesem Schutz muss eine Reinigung vorausgehen, und diese kann nur stattfinden, wenn der richtige Zeitpunkt dafür gekommen ist. Diesen bestimmt allein *Wakan Tanka* und wann dieser es bestimmt, weiß *Healing Hand*, denn sie führt diese Reinigung bei uns durch", antwortete *Neil*.

„Wird denn oft gereinigt?", fragte ich weiter.

„Sicherlich, denn keiner ist frei von der Vergangenheit, die unsere Seelen blockiert und unfrei macht. Manche leiden mehr, manche haben das Glück weniger beeinflusst zu sein, wenn die Seele schon sehr herangereift ist. In unserer Tradition ist das ganz normal. Es ist sehr befreiend. Und um deine nächste Frage gleich vorwegzunehmen, *Healing Hand* wird auf dich zugehen. Du brauchst sie nicht zu fragen, wann der Zeitpunkt für dich kommen wird."

Ich fing an zu lachen. *Neil* konnte meine Gedanken lesen oder wusste einfach, dass ich ganz schön neugierig war.

Dann holte *Neil* zwei Gläser und Wein aus seiner Tasche, sowie Käse mit Oliven und Weißbrot: „Und jetzt lass uns wie Gott in Frankreich noch die Nacht genießen. Ich habe mir erlaubt, dir den Wein, den du bei der Wette verloren hast, heute auszugeben."

„*Neil*, ich bin über deine romantische Ader und deine Zuvorkommenheit sehr überrascht", neckte ich ihn und strahlte wie ein Honigkuchenpferd, denn die Unterhaltung hatte in mir eine wohlige Ruhe ausgelöst und gab mir die Hoffnung, dass alles gut werden würde.

„Na, auch hinter meiner harten Schale schlummert ab und zu ein weicher Kern", erwiderte er lachend und dann verbrachten wir noch einen wunderschönen Abend, den wir still zusammen genossen.

Aufschluss der kriminaltechnischen Untersuchung

*A*m nächsten Tag machten wir uns auf zu *Ben*, der uns schon ungeduldig erwartete. *Neil* hatte ihn bereits vorgewarnt, dass wir Vermutungen zu den Todesfällen hatten. Ich berichtete ihm, dass ein Zusammenhang zwischen meiner Weste und den seltsamen Fällen bestehen müsste, erläuterte ihm, was wir herausgefunden hatten und erwähnte auch meinen Traum. *Ben* meinte, dass wir direkt in die Abteilung für kriminaltechnische Untersuchungen gehen sollten. Ich hatte jedoch meine Bedenken, wegen der Aussage dieses Mannes, den ich mit *Johanna* gesehen hatte, und fragte *Ben*, ob wir die kriminaltechnische Untersuchung nicht an einem anderen Ort durchführen lassen konnten. Er verstand meine Bedenken natürlich nicht und winkte ab, dass ich mir keine Sorgen machen müsste, denn die kriminaltechnische Untersuchungsabteilung sei hier sehr gut. Ich versuchte ihn weiter davon abzubringen unter dem Vorwand, dass diese Abteilung bisher keine besonderen Erkenntnisse geliefert hätte. Aber *Ben* bestand darauf zu seinem Labor zu gehen, was wir auch taten.

Ich war erleichtert, als ich eine Frau dort vorfand, die sehr sympathisch aussah. Sie begrüßte uns: „Hi! Ich bin *Dr. Smith*. Ich bin hier als

Naturwissenschaftlerin tätig." *Ben* fragte sie nach unbekannten Reaktionen, die eine Weste auslösen könnte, die Samen von Moha bzw. Milky Roots enthielt. Er erklärte ihr, dass anscheinend die Weste auf einige Leute eine tödliche Auswirkung gehabt, aber bei anderen sie keine Reaktion hervorgerufen hätte. *Dr. Smith* war mit sehr guter Technik ausgestattet. Sie gab den Pflanzennamen direkt in ihre Datenbank ein und erklärte uns, dass sie nach der Pflanze und ihren Inhaltsstoffen suchen würde und die Datenbank direkt Unverträglichkeiten mit anderen Substanzen aufzeigen könnte.

„Das übersteigt natürlich meine journalistischen Möglichkeiten", dachte ich. Dann fragte sie nach den Samen und ich überreichte ihr eine kleine Box, in die ich einige Samen hineingetan hatte.

Plötzlich trat der Mann ein, den ich mit *Johanna* gesehen hatte. Ich erschrak, als ich ihn erblickte. *Neil* schaute mich verwundert an. Der Mann streckte mir seine Hand entgegen und stellte sich vor: „*Dr. Baeng*, Direktor der Technischen Untersuchung." Ich schaute ihn misstrauisch an und verweigerte die Begrüßung. *Neil* und *Ben* gaben ihm die Hand. *Dr. Smith* erklärte ihm den Sachverhalt. Er musterte mich dabei und lächelte. Dann wurde seine Miene ernst und er meinte, dass er die Weste zur Untersuchung behalten müsse. Ich widersprach vehement.

„Was ist los, *Charlotte*, du willst doch genauso wissen, ob unsere Vermutungen richtig sind, oder nicht?", fragte *Neil* verwundert über meine Reaktion.

„Ja, natürlich, aber…", unterbrach ich mich selbst, zog *Neil* zur Seite und flüsterte:

„Du hattest doch von *Walking With The Spirits* gehört, dass ich die Weste auf keinen Fall aus den Augen lassen darf. Also werde ich das auch nicht tun, auch wenn alles dafür sprechen würde, dass ich sie in einer scheinbar sicheren Umgebung zurücklassen könnte." *Ben* fragte uns, wo das Problem sei. Wir wandten uns wieder den anderen zu und *Neil* versuchte zu erklären, dass ich die Weste unbedingt wieder mitnehmen müsse.

Dr. Smith wand ein, dass sie eine kleine Probe von der Weste entnehmen könnte und dies auch reichen würde, denn die Weste sei ja ohnehin nicht direkt vom Tatort gekommen, so dass viele Spuren bereits verwischt wären.

Dr. Baeng wies sie zischend und mit böser Miene zurecht und erklärte uns: „Unakzeptabel. Wir brauchen die ganze Weste, um mehrere Tests durchzuführen. Ich bestehe darauf, dass die Weste hierbleibt. Das ist ein juristischer Auftrag." Er packte mich grob an meiner Weste.

Neil nahm seinen Arm, zog ihn von mir weg und ermahnte *Dr. Baeng* mit wütendem Gesichtsausdruck: „Sie haben gehört, was sie gesagt hat. Sie ist einverstanden, eine kleine Lederprobe und die Samen zur Untersuchung hier zu lassen und Sie haben von der Kollegin gehört, dass dies ausreichend ist. Das ist unser letztes Wort."

Dr. Baeng schaute in ein sehr zorniges Gesicht und wusste, dass *Neil* es ernst meinte. Er wollte sich nicht mehr länger die Blöße geben, nickte und verließ sauer das Labor. *Dr. Smith* entnahm eine Lederprobe und teilte uns mit, dass sie bis morgen ein Ergebnis hätte. Dann wüssten wir wahrscheinlich mehr. *Ben* lud uns zu sich nach Hause ein und *Lora* begrüßte uns herzlich. *Lora* bekochte uns und wir hatten einen lustigen Abend. *Neil* und ich zeigten an diesem Abend keine Gefühle, aber *Lora* konnte man nichts vormachen. Sie fragte mich in der Küche direkt und ich lächelte verlegen. Sie zwinkerte mir nur zu, ohne etwas zu sagen, denn meine Geste drückte alles aus, was sie wissen wollte.

Am nächsten Tag hielt ich es vor lauter Spannung nicht mehr aus.

„Konnten wir jetzt endlich das Geheimnis um die Todesfälle lüften?", fragte ich mich. Nach einem ausgiebigen Frühstück fuhren *Ben, Neil* und ich zum Polizeipräsidium und gingen direkt zu *Dr. Smith*. Sie erzählte uns, dass sie neben der Milchflüssigkeit von Rotam alba oder auch Moha genannt, auch große Spuren von Gerbsäure aus Baumrinde entdeckt hatte, die bei vielen Menschen, die keine Antikörper dagegen hatten, zu schweren Reaktionen bis zum Tod führen könnte, vor allem in Verbindung mit den Moha-Samen, die einen Synergieeffekt herbeiführen würden.

Ich musste innerlich seufzen und dachte: „Wieder wie in meinem Traum." Ich fragte sie, warum diese Gerbsubstanz im Laufe der Jahre nicht herausgewaschen wurde. Sie meinte, dass die Gerbstoffe tief im Gewebe saßen und sich nur durch den Schweiß des Trägers herauslösten und dann mit der Haut in Berührung kämen.

Ich hätte anscheinend das Glück, dass ich sowohl gegen die Säure als auch gegen Moha immun war. Ich wollte aufgrund meines Traumes noch Weiteres wissen und fragte daher, ob die Möglichkeit bestünde, dass Menschen sich gegen die allergischen Stoffe immunisiert haben könnten und diese Immunität dann weiter vererbt worden sein könnte.

„Absolut", antwortete *Dr. Smith*. Vor Generationen könnten Menschen immunisiert worden sein und das könnte sich im Erbgut niedergeschlagen haben, so dass diese Immunität auf die nachfolgenden Generationen übertragen worden sein könnte. In Mexiko gäbe es eine Frucht, die zu schweren Verätzungen und zu Atemstillstand bei Menschen und Tieren führen konnte, mit der Ausnahme einer speziellen Schildkrötenart, die dagegen immun sei.

„Warum fragen Sie?", wollte *Dr. Smith* wissen. Ich antwortete ihr, dass ich einfach nur Interesse an dieser Geschichte hätte und fragte weiter, warum die Weste Menschen, die immun gegen die Giftstoffe seien, Stärke verleihen würde und ob es auch mit der Immunität zusammenhänge, dass sich diese Menschen ausgesprochen wohl fühlten. *Dr. Smith* lachte und versuchte mir zu erklären, dass dies lediglich etwas mit geistiger Haltung zu tun hätte und dass dieses Phänomen rein wissenschaftlich nicht zu erklären sei. Der Weste könnten bestimmte übernatürliche Kräfte verliehen worden sein, die nur Auserwählten zuteil werden sollten. So könnte die Weste von bestimmten Geistheilern der Naturvölker besprochen worden sein - so wie es bei ‚Voodoo'-Zauber der Fall war- aber sie als Wissenschaftlerin hätte ansonsten keine Erklärung dafür und müsste wohl auch akzeptieren, dass es zwischen Himmel und Erde etwas gäbe, das nicht sichtbar und auch nicht nachweisbar wäre.

Ben, Neil und ich nickten verständnisvoll und bedankten uns ganz herzlich bei *Dr. Smith*. Ich war froh, dass *Dr. Baeng* nicht anwesend war und auch die Ermittlungen von *Dr. Smith* nicht behindert hatte. Als hätte *Dr. Smith* meine Gedanken gelesen, fügte sie zum Abschied noch hinzu, dass sie den ganzen Abend an den Versuchen gesessen und die Proben nicht aus den Augen gelassen hätte. Wir wussten alle, was sie meinte, und klopften ihr zum Dank nochmals auf die Schulter.

Als wir aus dem Labor gingen, bedankte sich *Ben* bei uns und lobte mich für meine journalistische Spürnase. Über viele Jahre seien die Fälle ungeklärt gewesen, aber ihm würde ein Stein vom Herzen fallen, dass jetzt endlich der Durchbruch zur Aufklärung geschafft worden sei. Er wunderte sich nur, dass alle Ermittler die Weste auf den Fotos und auch am Tatort übersehen hätten. Er konnte sich das, genauso wie *Neil*, nur so erklären, dass die Angehörigen oder die Opfer selbst die Weste vorher ausgezogen hatten, und sie deshalb nie beachtet worden war. *Neil* wies *Ben* auch darauf hin, dass wohl keiner auf die Idee gekommen sei, dass ein Kleidungsstück als Todesursache in Frage käme. Das wäre für die Kriminaltechnische Untersuchungsabteilung und die Leichenbeschauer auch noch nicht der Fall gewesen. *Ben* schüttelte nur den Kopf und lachte: „Nein, wahrhaftig nicht." Ich seufzte erleichtert und wir verabschiedeten uns bei *Ben*, der jetzt noch viel Schreibkram erledigen und Gespräche mit den leitenden Personen dieser Ermittlungen führen musste. Dann machten wir uns auf den Heimweg.

Während *Neil* und ich im Auto saßen, ging mir die Frage nicht aus dem Kopf, wie *Johanna* zu der Blume gekommen war und ob sie über deren tödliche Wirkung in Zusammenhang mit der Weste wusste. In dem Fall hätte sie vorsätzlich gehandelt. Oder war es wirklich nur Zufall, dass sie ausgerechnet diese Blume verschenkte, weil sie ihr besonders gefiel? Bei aller Abneigung ihr gegenüber konnte ich mir das bis vor dem kürzlichen Zwischenfall mit *Dr. Baeng* und *Mr. Jo* nicht vorstellen, jetzt jedoch traute ich ihr so eine Boshaftigkeit wahrlich zu.

„Ich werde es noch herausbekommen", dachte ich, „aber ich behalte es vorläufig erstmals für mich und werde *Neil* nichts davon sagen. *Healing Hand's* Worte waren immer weise und er muss selbst dahinter kommen."

Neil und ich sprachen nicht viel während der Fahrt. Wir mussten das Neuentdeckte erst mal Revue passieren lassen und außerdem genoss ich das ‚Sightseeing' und war zufrieden, dass wir einen Schritt weiter gekommen waren. Mich faszinierte die Tatsache, dass ich ein Gen vererbt bekommen hatte, welches eine Immunisierung gegen ganz bestimmte Substanzen hervorrief und dass sich anstatt einer Krankheit, die volle energetische Kraft bei mir entfalten konnte. „Wie unglaublich ist das denn?", dachte ich und zog einen Vergleich aus der Landwirtschaft heran: „Mais, dessen Gene sich ganz natürlich in vielen vielen Generationen so verändert haben, dass er gegen bestimmte Schaderreger resistent geworden ist und dadurch starke nächste Generationen herausbringt, die die gleiche Fähigkeit besitzen."

Als wir auf der Farm ankamen, beschloss ich, erst mal mein ‚Mind Map' abzuändern. Ich teilte *Neil* mit, dass ich meine Gedanken sammeln müsste. Er hatte Verständnis und war sogar froh, dass er sich nicht um mich kümmern musste, weil er noch mit den Pferden arbeiten wollte. Ich nahm den Zettel, auf dem mein ‚Mind Map' geschrieben war, und stellte zusammen:

- o Rotam alba (auch unter den Namen Milky roots oder Moha bekannt) auf Thunderhill gefunden.
- o *Healing Hand* erwähnte eine Sternblume, die auch bedeutend ist.
- o Thunderhill ist der Ort, an dem die Weste hergestellt wurde.
- o Die Weste war für *Thunderhorse*, meinem Ururgroßvater, bestimmt. Dieser war mit *White Wing*, meiner Ururgroßmutter, liiert.
- o Die Höhle auf Thunderhill war ein Rückzugsort, ein anscheinend heiliger Ort, an dem auch Segnungen stattfanden - Was für Segnungen? Im Gespräch von *Mr. Jo* und *Johanna* wurde erwähnt, dass ich die Höhle auf keinen Fall finden durfte, weil dort etwas Wichtiges sei. Also, die Höhle musste mit *Mr. Jo* und *Johanna* in Verbindung gesetzt werden.
- o Dieses Wichtige in der Höhle war die Weste oder gibt es noch etwas Anderes dort, was von Bedeutung ist?

- o Einen Pfeil setzte ich von Rotam alba zu *Johanna*.
- o *White Wing* war dort gestorben, also Verbindung zur Höhle.
- o *Mr. Jo* ist *Two Eyes Look Twice*? *Two Eyes Look Twice* hatte Verbindung zu *White Wing*.
- o Jetzt musste ich *Neil* und mich noch unterbringen. Ich war ein Nachfahre von *Thunderhorse* und *White Wing* und hatte eine Verbindung zur Weste, die mir Kraft verleiht.
- o Entgegengesetzter Pfeil von der Weste führte zu Todesopfer durch Moha Samen und Ledergerbstoffe, die durch Flüssigkeit, in den meisten Fällen Schweiß, herausgelöst wurden.
- o Ein anderer Pfeil führte von mir zu *Neil*. Ein Fragezeichen, was er mit allem zu tun hatte. Möglicherweise aus demselben Clan der Choctaw-Apachen wie *Thunderhorse*, also ein Pfeil führte zu meinem Ururgroßvater.
- o Wichtige Elemente, von denen *Neil* auf dem Thunderhill sprach, waren die vier Pferde, wobei das Rote fehlte und dann war da noch das Zeichen zum Schutz vor dem Bösen.

Ich überlegte, was es noch Wichtiges an der Weste gab: die im Wind musizierenden Röhrchen an der Weste und die Metallknöpfe, die in der Sonne sich um das zigfache erhitzten, so dass man Spiegeleier darauf braten könnte.

Dann musste das Messer von *Neil* noch etwas mit der ganzen Sache zu tun haben, da *Healing Hand* Blut gespürt hatte und Dinge zu demjenigen zurückkamen, zu dem sie gehörten. Also ein Pfeil zu mir und auch zu *Johanna*, da diese das Messer hatte. Die Frage war, was so wichtig daran war.

Und dann noch die halben Talismane, die zur Einheit zusammengefasst werden mussten, und damit zur Liebe führen würden. Ein Pfeil zu mir, ein Fragezeichen am anderen Talisman.

Auch die Botschaft auf dem Lederstück, das mir *Healing Hand* gegeben hatte, bekam ein Fragezeichen, da es mir noch ein Rätsel war, was es bedeutete. Ich erhoffte mir mehr Aufschluss zu den Fragen beim anstehenden Besuch des Thunderhill von *Healing Hand* und mir.

Die heilige Stätte am Thunderhill

Healing Hand verabredete sich mit mir zu einer ganz bestimmten Zeit und es war ihr sehr wichtig, dass ich pünktlich war. *Neil* hatte *Healing Hand* und mich mit dem Auto in der Nähe des Thunderhill's abgesetzt. Den Rest mussten wir wandern und das war ein beträchtliches Stück. Als *Neil* und ich damals mit den Pferden hierher geritten waren, kam es mir nicht so weit vor. Und damals lag noch viel mehr Schnee oben auf dem Thunderhill, als dieses Mal.

Healing Hand war erstaunlich fit für ihr Alter. Als sie mir erzählte, dass sie schon Mitte 70 sei, war ich doch über ihre gute Kondition überrascht. Auch hatte ich sie mindestens zehn Jahre jünger geschätzt. Am Thunderhill angekommen war Moha schon verblüht. Wir gingen direkt in die Thunderhill-Höhle hinein. Die Fledermäuse waren ausgeflogen, nicht wie letztes Mal, als ich mit *Neil* dort war. Die Sonne stand in einem Winkel, so dass es sehr hell in der Höhle war. *Healing Hand* kannte die Höhle anscheinend gut und ich folgte ihr. Man musste weit hineingehen und da wir keine Taschenlampen hatten, konnten wir nur durch das eindringende Licht den Weg in der Höhle erkennen. Ich erzählte *Healing Hand*, dass *Neil* und ich nichts sehen konnten, da es dunkel war und wir damals auch keine

Taschenlampen hatten. Sie meinte, dass man auch keine benötigen würde, wenn man zu einer ganz bestimmten Zeit in die Höhle gehe.

Wir erreichten das Plateau, an dem es verschiedene Abzweigungen gab. Wir gingen geradeaus direkt auf einen Wasserfall zu. Ich wollte schon abbiegen, als *Healing Hand* plötzlich in dem Wasserfall verschwand. Ich stutzte als ich vor der Wasserwand stand, aber *Healing Hand* rief mich: „Geh einfach durch. Es passiert dir nichts." So tat ich es und war überrascht, dass ich kaum nass wurde und dass auf der anderen Seite des Wasserfalls ersichtlich wurde, wie groß und interessant diese Höhle war.

Healing Hand führte mich auf einem trockenen Weg an der Felswand hinter dem Wasserfall entlang. Und jetzt konnte man auch die Wandmalerei erkennen, die *Neil* und mir zuvor verborgen geblieben war. *Healing Hand* erklärte mir, dass die Frau in der Zeichnung die Mutter von *Healing Feather* sei, die mit dem heiligen Wasser segnete.

„Sie war eine außergewöhnliche Frau und wusste alles über magische Kräfte und auch wie diese sinnvoll zu nutzen waren. Sie kannte die Unterscheidung von guten und bösen Geistern und war so stark, dass sie die Geister nicht beschwichtigen musste. In der schamanischen Lehre müssen nämlich Gaben für die Geister gegeben werden, um ihnen zu danken oder um sie nicht zu verärgern." Ich nickte und meinte, dass ich das auch von Thailand kennen würde. *Healing Hand* fügte hinzu: „Ihre Stärke und ihr Wissen waren so groß, das sowohl die irdische als auch die übersinnliche Welt Respekt vor ihr hatten."

Sie zeigte mir den Ort, an dem sich *Thunderhorse* am meisten aufhielt. Am Ende der Wasserwand lief der Wasserfall in ein Plateau. In der Mitte dieser Höhle war eine Feuerstelle mit Holz, die aussah, als hätte sie eben noch gebrannt. Seine Messer lagen aufgereiht auf dem Tisch mit einer schönen Messerschatulle, die aber kaputt war. Seine Pfeiltasche war gefüllt mit Pfeilen und seine Bögen und seine Zielscheibe standen noch so platziert, als könnte er gleich wieder losschießen. Sein Tomahawk steckte im roten Bullauge. „Da hat er aber gut getroffen", meinte ich ohne natürlich zu wissen, dass *White Wing* diesen Wurf gemacht hatte.

Healing Hand schwärmte von *Thunderhorse*: „Er war ein außergewöhnlicher Krieger. Die Menschen um ihn herum verehrten ihn wegen seiner Kampfkunst und auch seiner Persönlichkeit. Er war mutig und stark und hatte viel Empathie. Er hatte auch immer das richtige Gefühl, wenn sich Gefahr angebahnt hat bis zu dem Zeitpunkt seines tödlichen Kampfes. Anscheinend war er so blind vor Liebe, dass ihn das Gefühl darüber hinweggetäuscht hat. So hat es mir mein Urgroßvater erzählt."

Es lag ein betörender Duft in der Luft, der mir das Gefühl von Geborgenheit und Frieden gab und ich hatte den Eindruck, dass mein Ururgroßvater *Thunderhorse* genau neben mir stand. Plötzlich flog der rostfarbene Vogel an uns vorbei.

„Oh je, den hatte ich schon letztes Mal hier gesehen. Ist dies der Feuervogel?", fragte ich erschrocken, denn ich wusste nun ja, dass er Unheil voraussagen konnte. *Healing Hand* lachte: „Er kann zwar vorausgegangenes Unglück mitteilen, aber was im Moment wahrscheinlicher ist, ist, dass er uns einen magischen Platz zeigen möchte, und zwar nur der Person, die zu diesem Platz gehört."

„Aber woher kommt er denn? Er ist uns ja entgegengeflogen", fragte ich erstaunt.

„Komm, folgen wir ihm!", forderte *Healing Hand* mich auf. Dann sahen wir einige Stufen, die zu einer Öffnung führten, durch die die Sonne schien und der Wind blies. Er flog dort hin, drehte sich nochmals zu uns um und flatterte kräftig mit den Flügeln. Dann verschwand er durch die Öffnung. Wir stiegen empor, passten aber nicht durch die Öffnung. Wie selbstverständlich nahm *Healing Hand* ein paar Steine weg, um die Öffnung zu vergrößern und wir krabbelten hindurch.

„Bis hierher kenne ich den Weg, aber nun bist du an der Reihe, *Charlotte*. Nur du bist in der Lage, das Geheimnis dieses Platzes zu lüften, denn der Feuervogel hat uns zu erkennen gegeben, dass wir noch nicht am Ziel angelangt sind. Ansonsten hätte er sich auf dem Platz niedergelassen und einer seiner Federn gelassen."

„Und wie soll ich das herausfinden?", fragte ich verdutzt.

„Hast du die Botschaft, die du mitbringen solltest?", antwortete *Healing Hand*.

„Hast du sie denn nicht entschlüsseln können?", fragte ich sie erstaunt.

„Möglicherweise, aber es hätte mir ja nichts genutzt, denn nur du bist in der Lage, hier etwas über den Platz, seinem Wirkungsbereich und deine Vorfahren herauszufinden, denn du gehörst zu diesem Platz. Danach erst kann ich in der Vergangenheit sehen, was mit deiner Ururgroßmutter *White Wing* wirklich geschehen ist. Deshalb habe ich auch keine Energie hineingesteckt, diese Botschaft zu entschlüsseln." Das leuchtete mir ein.

Ich zog das Lederstück aus der Tasche meiner Weste, in der es schon angewärmt wurde und die geheimnisvolle Schrift sichtbar wurde.

„Let Black Bear guide you to the secret Thunderhill, where three stars and one sun give you my last will. If rain comes down in a holy sink, a crystal will shine in blue and pink. It's

telling you: „Goddess on my breast, divine strength and power will give evils the rest."

- „Lass dich von *Thunder's Black Bear* zum geheimen Thunderhill führen, wo drei Sterne und eine Sonne dir meinen letzten Willen mitteilen werden. Wenn Regen in ein heiliges Wasserbecken läuft, wird ein Kristall in blau und rosa leuchten. Mein Wille wird dir sagen: „Göttin auf meiner Brust, göttliche Kraft und Macht geben dem Bösen den Rest." - (Übersetzt)

„Also, dann versuchen wir es mal zu entschlüsseln", meinte ich entschlossen und fragte *Healing Hand*: „Die ersten Fragen, die mich brennend interessieren, sind, von wem diese Nachricht geschrieben wurde und für wen sie gedacht war. Und was bedeutet *Black Bear*?"

„*Black Bear* muss ein Pferd gewesen sein, da viele Pferde der Cherokees einen Namen hatten, der *Bear* beinhaltete. Bei den Cherokees mussten die Nachkommen eines Hengstes den Hauptnamen beinhalten. Und ich schließe einfach daraus, dass diese Nachricht für *Thunderhorse* bestimmt war, da ich richtig fühle, dass *Black Bear* sein Pferd war, das ihm sehr sehr nahe stand." Sie legte ihre Hand auf das Lederstück und schloss die Augen. Nach einigen Minuten der Stille war sie sich sicher, dass es einer anderen Person gegolten haben muss: „Nein, es galt *White Wing*. Sie sollte von seinem Pferd zu seinem Ort geführt werden. Ich fühle seine Liebe, die er in diese Handschrift fließen ließ. Und nach meiner Vorstellung würde er nur einer Person seinen vertrautesten Freund anvertrauen. Außerdem macht es mehr Sinn, dass *Black Bear* den geheimen Platz kannte und er jemanden Fremden dorthin bringen sollte."

„Also sollte *Black Bear White Wing* zum Thunderhill führen", stellte ich nochmals fest.

„Aber was bedeuten ‚drei Sterne und eine Sonne' und ‚sein letzter Wille'? Kann sich das auf die Konstellation am Himmel beziehen, die ihr den Weg weisen sollte?", fragte ich sie rätselnd. „Hm, aber wenn *Black Bear* sie doch geleiten sollte, wäre doch eine Himmelskonstellation überflüssig. Nein, ich glaube eher, dass dies ein Wegweiser hier in der Höhle sein muss, der zu seinem letzten Willen führt." Ich schaute mich um, denn falls *Healing Hand* Recht hatte, musste es doch hier ein Zeichen geben. „Sterne, gleich drei und eine Sonne", überlegten wir. Plötzlich stieg uns ein wunderschöner Duft in die Nase, der mir schon in der Höhle aufgefallen war.

„Siehst du da vorne?", fragte *Healing Hand* und zeigte auf eine wunderschöne weiße Blume, die uns aus einem nassen Felsen entgegen ragte. Ich roch an ihr und sie verströmte diesen betörenden Duft. „Das ist Stella alba, die genauso wie Milky Roots nur an diesem Ort wächst, aber erst nachdem Milky Roots verblüht ist. Ihr wird nachgesagt, dass sie die Anzahl der Kinder, die eine Frau bekommen soll, vorhersagen kann. Und zwar ist es die Anzahl der Samen, die keimen, nachdem man mehrere Samen eingepflanzt hat. Aber es gibt nur ganz wenige Exemplare dieser Pflanze, da sie ganz bestimmte Bedingungen zum Wachstum benötigt. Außerdem bleibt die Anzahl der Pflanzen über Jahrhunderte lang gleich."

„Und ‚Stella' bedeutet Stern. Das weiß ich noch aus dem Lateinunterricht", fügte ich hinzu und fragte weiter, was das für spezielle Wachstumsbedingungen wären.

„Sie wachsen dort, wo es anderen Pflanzen unmöglich ist zu gedeihen, auf felsigem kalkhaltigem feuchtem Gestein einer ganz bestimmten Zusammensetzung und an den Orten, an denen starke UV Strahlung herrscht. Denn die weißen Blätter sind in der Lage, die Sonnenstrahlen durch gläserne Bläschen zu reflektieren, und die Substanzen aus diesem

Gestein schützen die Pflanze vor den UV Strahlen. Gleichzeitig muss sie die Fähigkeit besitzen, Wasser an der Oberfläche abperlen zu lassen. Deshalb haben sie einen Wachstumsvorteil an diesen Orten und sind auf hohen Bergen zu finden, wo andere Pflanzen nicht existieren können", informierte mich *Healing Hand* sachkundig.

„Also müssen wir in unserem Fall nach drei ‚Stella' schauen, nicht wahr?", stellte ich fest.

„Richtig, dann klettern wir mal weiter hoch", schlug sie vor.

„Ja, aber warum ist der Feuervogel nicht mehr da? Er könnte uns doch auch den Platz verraten", fragte ich ganz selbstverständlich.

„Er wird sicherlich schon dort sein. Er wartet doch nicht auf uns", lachte *Healing Hand*.

Als wir emporstiegen, entdeckten wir die zweite Blume auf einem Plateau, auf dem sich Wasser von den Spritzern des Rinnsals, das an dem Felsen entlanglief, sammelte. Wir stiegen noch weiter hoch und fanden die dritte Blume, die wieder auf einem großen Plateau wuchs. An diesem Platz sammelten sich viele Rinnsale in einem Wasserbecken. Ich war außer Atem, denn der Aufstieg war steil und lang, aber *Healing Hand* war nichts von der Anstrengung anzumerken.

„Sie ist fit wie ein Turnschuh", dachte ich bewundernd. Sie schaute mich lächelnd an und als hätte sie meine Gedanken gelesen, antwortete sie: „Ich esse sehr gesund, sammle viele Lebenskräuter, trinke gutes Wasser und gehe dreimal am Tag hinaus in die Natur spazieren. Das ist das ganze Rezept."

„Und mit diesem Rezept hast du eine Kondition wie eine Dreißigjährige, obwohl du ja nur mindestens 40 Jahre älter bist als ich", witzelte ich.

„Und du kannst später auch so fit sein", meinte sie. Dann forderte sie mich auf, meinen Finger in das Wasser zu halten. Das Wasser perlte an meinem Finger ab und eine kleine Schnittwunde schloss sich sofort. Dann nahm sie ein kleines Gefäß aus ihrem Rucksack, schöpfte aus der Wassersenke und trank einen Schluck:

„Ja, wir sind richtig. Hier muss es sein", sagte sie und reichte mir das gefüllte Gefäß.

„Trink dies in kleinen Schlucken", forderte sie mich auf. Als ich das Wasser trank, durchlief mich ein warmer Strom, der meinen ganzen Körper entspannte und mir dieses langersehnte Gefühl der Glückseligkeit gab.

Ich genoss die kurze Zeit dieses Glücks. Nach diesem Highlight kamen sofort wieder die entgegengesetzten Gefühle der Angst und tiefen Traurigkeit, die mich seit einiger Zeit jetzt schon begleiteten.

„Schade", dachte ich. *Healing Hand* nahm meine Gefühlsschwankungen wahr und versuchte mir zu erklären, dass dieses Wasser zwar besondere Kraft hätte, aber dass wir erst noch die starken Blockaden aus der Vergangenheit lösen müssten, bis das Wasser seine volle Kraft entfalten könnte.

Sie beruhigte mich: „Keine Sorge, wir sind heute da, um der Lösung einen Schritt näher zu kommen. Und glaub mir, *Charlotte*, da die starke Kraft *Wakan Tanka's* mit uns ist, wird es so geschehen, dass du ganz geheilt wirst und die Glückseligkeit dich immer begleiten und nie wieder loslassen wird. Schließlich hast du eine Aufgabe zu erfüllen, die besonders wertvoll für *Wakan Tanka* aber auch für uns ist. Und diese kann nur ein gesunder Mensch meistern."

Ich lächelte verlegen, auch wenn ich noch nicht ganz verstand, was sie mit meiner wertvollen Aufgabe meinte. Denn in erster Linie wollte ich erst mal mich von den schlechten Gefühlen befreien, die mein Leben zum großen Teil unerträglich machten. Und da ich schon alles versucht hatte, um mich zu therapieren, war dies die einzige Chance, die mir noch blieb. Und es schien mir immer wahrscheinlicher - jedenfalls hörte ich das nun von vielen Quellen - dass es doch wahrhaftige Dinge gab, die man zuvor nicht für möglich hielt oder sogar als Spinnerei abgetan hatte.

Ich fragte *Healing Hand*, warum das Wasser so kraftvoll sei. Sie antwortete, dass wir das herausfinden müssten, aber eins stände fest: „Mein Urgroßvater *Healing Feather* kannte diese geheime Stelle und er hielt diese auch geheim, weil dein Ururgroßvater darauf bestanden hatte. *Healing Feather* legte ein großes Wasserreservoir von diesem heiligen Wasser an, das *White Wing* zuvor zu ihm gebracht hatte. Sie löste die geheime Botschaft, teilte ihm aber aufgrund des Wunsches von *Thunderhorse* die geheime Stelle nicht mit. Aber nach ihrem Tod fand er auf einem anderen Weg die geheime Botschaft, wie er das kraftvolle Wasser finden konnte."

„Wenn dein Urgroßvater doch die geheime Stelle kannte, hättest du nicht doch die Möglichkeit gehabt, die geheime Botschaft auch zu entschlüsseln?", fragte ich erstaunt.

„Wie ich dir bereits versucht habe zu erklären, hätte mir das nichts genützt, da das Wasser nur kraftvoll sein kann, wenn es von Auserwählten gesegnet wird. *Thunderhorse's* Großvater und all seine Nachfahren waren die Personen, die *Wakan Tanka* auserwählt hatte, und nur durch sie konnte *Healing Feather* diesen Ort segnen und magische Kräfte verleihen. Aber diese Kraft muss immer wieder erneuert werden, wenn man erneut Wasser aus dem Reservoir schöpfen möchte. Ich hatte das Glück, dass mein Urgroßvater zum richtigen Zeitpunkt an dem heiligen Wasser war, kurz nachdem es *Thunderhorse* gesegnet hatte. Und er hat mir eine beträchtliche Menge hinterlassen und man braucht ja auch nur ganz wenige Schlucke davon."

„Und deshalb bist du so jung geblieben, stimmt's?", wurde mir plötzlich klar.

„Genau, das Wasser heißt auch Lebenskraft und wird als heilig angesehen. Es hat damals die Cherokees vor anderen indianischen Stämmen und den Weißen geschützt, jedenfalls bis zu dem Zeitpunkt, als diese in solcher Übermacht waren, dass auch das magische Wasser nicht mehr helfen konnte. Auf jeden Fall hat es die Cherokees vor den Krankheiten geschützt, die der weiße Mann eingeschleppt hatte."

„Wieso eigentlich die Cherokees? *Thunderhorse* stammte biologisch gesehen doch von den Choctaw-Apachen ab.

„Ja, das stimmt, aber als *Thunderhorse* zu den Cherokees kam, hatten seine biologischen Eltern nie den Kontakt zu ihm abgebrochen. Sie haben ihn mit dem geheimen Ort vertraut gemacht und die Wirkung, die er auf ihn hat. Erst hat dann *White Wing* und dann mein Urgroßvater das Geheimnis verwahrt. So steht es in den Aufzeichnungen meines Urgroßvaters *Healing Feather*."

„Und wie ist *Healing Feather* dann an die geheime Botschaft gekommen? Und wie konnte er die Segnungen seiner Mutter weiter fortsetzen, wenn doch meine Ururgroßeltern nicht mehr lebten?", fragte ich neugierig.

„Tja, das ist eine ganz besondere Geschichte. Deine Ururgroßeltern hatten ein Kind, ansonsten könntest du ja auch kein Nachfahre sein. Es war ein Junge. Als *White Wing* ihn zur Welt gebracht hatte, war *Thunderhorse* schon tot. Damals waren bei den Cherokees Wassergeburten üblich und *White Wing* ist deshalb zum Ozean gegangen. Sie muss gestört worden oder auf der Flucht gewesen sein und hat ihr Baby im Schilf versteckt. Sie hätte das Neugeborene niemals zurückgelassen, wenn es nicht unbedingt notwendig gewesen wäre. Weiße Farmer müssen das Findelkind gefunden haben. Er hatte hohes Fieber und es gab zu dem Zeitpunkt weder Ärzte noch christliche Pfarrer.

Sie hörten von dem Können des indianischen Medizinmannes und brachten ihn zu *Healing Feather*, der ihm geholfen hat. An dem Muttermal über dem Auge, das auch du hast, erkannte er sofort, dass es sich um den Sohn von *Thunderhorse* und *White Wing* handeln musste. Bei der Untersuchung fand er das Lederstück unter seinem Armband und so kam er an die geheime Botschaft. Er sagte den neuen Eltern nichts über die Funktion dieses Lederstückes. Sie hätten es ja ohnehin nicht verstanden und es war für sie auch von keinem Interesse. Er erzählte ihnen nur, dass er den Jungen segnen müsse, fand den geheimen Platz, tauchte ihn in das Wasser, füllte seine Wassereimer und brachte ihn wieder zurück zu den weißen Farmern. Den Rest der Geschichte kennst du ja schon. Er ist später nach Atlanta mitgenommen worden, heiratete dort eine deutsche Frau und zog nach Deutschland. Und so hat *Wakan Tanka* bestimmt, dass du in Deutschland geboren wurdest, liebe *Charlotte*", erzählte sie mir mit einem Lächeln.

„Ja, wenn ich dir Glauben schenken darf, war das wohl schon durch die Führung Gottes vorbestimmt. Wow, das muss ich erst mal verdauen. Meine Vorgeschichte ist ganz schön aufregend", antwortete ich beeindruckt.

„Ja in der Tat, das ist sie", lachte *Healing Hand* laut.

„Aber wie konnte *White Wing* das heilige Wasser denn nutzen? Sie war ja damals nicht auserwählt?", wunderte ich mich.

„Ja, aber sie trug doch die Frucht von *Thunderhorse* in ihr und sie hatte vermutlich einen Gegenstand von ihm dabei", antwortete *Healing Hand* ganz überzeugend.

Dann forderte sie mich auf, das Lederstück zu nehmen. Die Buchstaben waren undeutlich. „Halte es bitte in die Sonne und dann wissen wir vielleicht, was das Wasser so kraftvoll macht und was noch Geheimnisvolles an diesem Platz ist", bat sie mich. Tatsächlich kamen die Worte wieder zum Vorschein: „*If rain comes down in a holy sink, a crystal will shine in blue and pink. It's telling you: „Goddess on my breast, divine strength and power will give evils the rest.*"

Healing Hand und ich schauten in das Wasserbecken. Plötzlich spiegelte sich mein Gesicht im Wasser und verwandelte sich in eine bildhübsche Indianerin, die mich anlächelte und mir zunickte. Ich erschrak.

„Was ist *Charlotte*?", fragte *Healing Hand*.

„Ich habe eine Indianerin gesehen, die mir direkt ins Gesicht schaute", erzählte ich ihr aufgeregt.

„*Charlotte*, ich denke, dass *White Wing* dir ein Signal geben wollte, dass du auf dem richtigen Weg bist", sprach sie mir freudig zu.

Dann spiegelte sich die Sonne und das Wasser leuchtete blau. Es stiegen viele Bläschen aus einer Ecke auf, in der ganz normale Steine lagen. Die Bläschen wurden immer heftiger und als ich die Steine hochhob, sprudelte es richtig aus der Ecke. Wir erkannten einen blauen Kristall, der stark strahlte. Ich ging auf die andere Seite, um den Kristall näher zu betrachten und aus einem anderen Winkel erschien er auf einmal richtig pink. Einen Teil der Botschaft hatten wir aufgeschlüsselt, aber was hatten der letzte Wille, die damit verbundene Sonne und der letzte Teil dieser rätselhaften Botschaft- *It's telling you: „Goddess on my breast, divine strength and power will give evils the rest*- zu bedeuten?"

Healing Hand versuchte es zu deuten: „Die drei Sterne haben uns zu dem Platz geführt, an dem das heilige Wasser ist. Aber was hat die Sonne für eine Funktion?" Sie nahm ein großes Tuch und spannte es mit meiner Hilfe über das Wasserbecken, so dass die Sonne nicht mehr auf den Kristall treffen konnte. Wir warteten einige Zeit und das Wasser in Kristallnähe hörte zwar nicht auf zu blubbern, wurde aber etwas schwächer.

„Also hat die Sonne doch eine Funktion, und zwar, dass sie die Kristalle energetisiert und dadurch eine Brown'sche Molekularbewegung in Gang setzt, wobei die Wassermoleküle in Schwingung geraten. Und sind die Kristalle erst einmal aufgewärmt, dauert es einige Zeit bis die Reaktion nachlässt. Das kann aber nicht der Antrieb für die Kristalle gewesen sein, denn die Kristalle fingen erst an zu blubbern, als ich meine Hand ins Wasser hielt. Also war eigentlich ICH der Antrieb, denn die Sonne schien ja ständig in das Wasserbecken", analysierte ich.

„Ah, die Naturwissenschaftlerin hat gesprochen. Das sind jetzt wirklich unbekannte Gebiete für mich. Ich könnte dies nur durch die energetischen Schwingungen aus der überirdischen Ebene erklären oder hast du irgendwelche naturwissenschaftliche Kenntnisse darüber, warum nur auserwählte Menschen diesen Kristall zum Blubbern bringen?", fragte mich *Healing Hand* mit ihrem verschmitzten Gesichtsausdruck.

„Nicht wirklich", gestand ich ein.

„Meinst du, dass mit der Botschaft ‚*one sun*' diese Aufladung der Kristalle gemeint ist?", fragte ich weiter, aber *Healing Hand* bezweifelte das, da das Hauptaugenmerk doch nicht auf das Wasserbecken gelegt werden sollte, sondern auf einen Platz, an dem der letzte Wille *Thunderhorse's* sei.

Ich setzte mich an das Wasserbecken und plantschte ein bisschen mit meinen Händen herum. Ich fragte mich, warum der Feuervogel nicht kam.

Als hätte er nur auf meine Aufforderung gewartet, kreiste er plötzlich um mich herum und landete im Wasser, um sich ausgiebig zu baden. Seine Federn glänzten feuerrot, dann flog er empor auf einen Felsvorsprung, um sich zu putzen. Da sah ich aber nichts. Als ich so mit meinen Händen durch das Wasser strich, stoppte mich *Healing Hand* plötzlich, schaute nach oben und forderte mich auf, erneut durch das Wasser zu streifen, was ich auch sofort tat.

„Schau dort, *Charlotte*, siehst du?“, fragte sie mich. Ich war überrascht. Es bildete sich ein Regenbogen, der auf dem Felsvorsprung erschien.

„Es ist dein Ring (der mit der Inschrift von *Thunderhorse* und *White Wing*)“, sagte *Healing Hand*.

„Ja, richtig, das muss es sein“, meinte ich und führte den Ring so vor den Kristall, dass die Sonne reflektiert und zu einem Licht-Spektrum aufgespalten wurde.

„Der Ring reflektiert einen Regenbogen auf den Felsen“, fügte ich hinzu. Der Regenbogen umschloss den Feuervogel. Es ergab ein tolles farbenprächtiges Bild.

Healing Hand kletterte zu der Stelle und fühlte an dem Felsen. Plötzlich konnte sie die Steine etwas verrücken und fand eine kleine Öffnung. Sie schaute hinein, nahm ein Feuerzeug und sah eine Falkenfeder, die in eine bestimmte Richtung zeigte.

„Eine Falkenfeder kann nicht einfach durch eine geschlossene Öffnung fliegen. Sie muss absichtlich hineingelegt worden sein“, dachte *Healing Hand*. Sie leuchtete mit dem Feuerzeug in die gezeigte Richtung, kratzte mit einem Stock am Felsengrund und plötzlich kam ein Stück Leinen zum Vorschein.

„*Charlotte*, ich sehe etwas. Du hattest doch recht, dass der Feuervogel uns den Weg zeigen würde. Und mein Urgroßvater hatte recht, als er in seinen Notizen vermerkte, dass der letzte Wille in zwei Monden und einer Sonne, also exakt am 15. April, im Zenit gefunden werden könne und zu keinem späterem Zeitpunkt. Moha ist dann schon verblüht, denn diese Blume ist ein extremer Frühblüher, und ‚Stella' entfaltet dann bei der starken Sonnenstrahlung seine volle Blütenkraft." Und um *Charlotte's* Fragen gleich vorwegzunehmen, erklärte sie die Bedeutung von zwei Monden und einer Sonne. „Der indianische Kalender beginnt am 14. Februar. Daher war mit ‚zwei Monden' zwei Monate und mit ‚einer Sonne' ein Tag gemeint. Deshalb habe ich den heutigen Tag gewählt. Es hat sich ausgezahlt, so lange auf diesen Moment zu warten. Nur heute genau zum Zenit, konnten wir die geheimnisvolle Öffnung finden."

Ich lachte freudig und rannte zu ihr empor.

„Und jetzt wissen wir auch, wie *White Wing* die Öffnung finden konnte, nämlich mit Hilfe des Ringes", rief ich erfreut.

„Oder mit dem Messer von *Thunderhorse*, beides wäre möglich gewesen", überlegte *Healing Hand* und zog das Leinen aus der Öffnung. Sie faltete es auseinander. Innen war ein Stück wunderschönes Leder. Es war samtig weich, wie ein paar Lederkissen, die in *Thunderhorse's* Höhle zu finden waren. Auf dem Stück Leder war in einer sehr schönen Handschrift die gleiche Botschaft geschrieben, wie auf dem Lederstreifen, den wir hatten. Dann waren mehrere Zeichnungen zu erkennen. Unter anderem Moha, Schilfrohr, Schweifhaare, das Symbol des Skinwalkerschutzes und vier Pferde. Diese Pferde sahen genauso aus, wie auf dem Rückenteil meiner Weste. Ich zog meine Weste aus und verglich die Bilder. Tatsächlich, sie stimmten völlig überein, mit der Ausnahme, dass auf meiner Weste das Rote fehlte.

„Das ist es *Charlotte*, das ist der Beweis. Es ist die Weste, die das Besondere ist und hier versteckt wurde. Das bedeuten die Zeilen: „*Goddess on my breast, divine strength and power will give evils the rest.*" Und der letzte Wille ist nicht ausschließlich von *Thunderhorse*, er gilt für vorherige und nachfolgende Generationen gleichermaßen und da man nicht wusste, in welchem Land die Nachfahren aufwachsen würden, hat man Englisch für die Botschaft und das Schriftstück gewählt. Es ist von Bedeutung, dass die Weste vollständig ist, nur so kann sie Stärke und Unverwundbarkeit gewährleisten. Schau hier, die Symbole sind miteinander verbunden und werden durch ein Hufeisen umschlossen, es galt also dem Familienzweig von *Thunderhorse*. Und unter dem Hufeisen ist noch ein Spideramulett Talisman gezeichnet, der in der Mitte gebrochen ist und ein Pfeil zur anderen Hälfte zeigt. Das zeigt mir ganz klar, dass diese Teile zusammengefügt sein müssen durch die Personen, zu denen diese Teile gehören und dass diese auch zusammengehören", erklärte *Healing Hand* aufgeregt.

Ich nahm mein Amulett, das an meinem Silberhalsband hing, und es sah selbst mit den Bruchlinien identisch aus wie die Hälfte unter dem Hufeisen.

„Das ist ja Wahnsinn", dachte ich.

„Und wer hat denn bloß die andere Hälfte?" fragte ich *Healing Hand* eindringlich. Sie schwieg und schmunzelte. Sie zeigte mir, dass wir das Thema schon hatten, also war es besser, nichts dazu zu sagen.

Aber die eigentliche Fragen, die ich mir stellte, waren, wieso die Weste nicht mehr hier in dem Versteck war und warum *Thunderhorse* umgebracht werden konnte, wenn er sich doch durch die Weste hätte schützten können. Genau das wollte *Healing Hand* jetzt herausfinden. Sie legte die Hand auf die

Weste und auf das Lederstück, schloss die Augen und begab sich in tiefe Meditation.

„Der Adoptivvater von *Thunderhorse* wusste nicht um die Bedeutung der Höhle für die Choctaw- Apachen und auch nicht, dass *Thunderhorse* der Auserwählte sein musste. Er wollte ihm von der Weste vor seiner Hochzeit berichten, jedoch ist es nicht mehr dazu gekommen. Wann er die geheime Botschaft geschrieben hat, ist nicht ganz deutlich. Entweder muss er die Botschaft danach geschrieben haben, um sicher zu gehen, dass diese überliefert wird, falls etwas mit ihm geschehen würde oder er trug sie stets bei sich und hat sie kurz bevor er starb mit letzter Kraft ergriffen und in seinem Messerhalter aufbewahrt. Auch ist mir nicht ganz klar, warum *Thunderhorse* die Weste bei seiner Hochzeit nicht trug, aber wahrscheinlich kam er nicht dazu oder er hat nicht mit einem Überfall gerechnet. Jedenfalls war *Thunderhorse* in diesem Augenblick verwundbar, wurde überrascht und getötet. Auch das heilige Wasser, das zwar innere Stärke verleihen konnte, konnte keinen äußeren Schutz bieten. Nach seinem Tod hat der Vater die Weste, in Hinsicht auf nachfolgende Generationen, an diesem Platz versteckt. *Thunderhorse* hatte nach seinem Tod *White Wing* aufgefordert, die Weste zu holen, hat dies aber durch die verschlüsselte Botschaft getan, so dass sie niemals in die Hände Anderer fallen würde, für die diese Zeilen nicht bestimmt waren.

Ich spüre *White Wing's* Gegenwart hier ganz stark. Sie hatte die Weste bereits in der Hand gehabt, aber dann kam ihr Verehrer, den sie stets zurückgewiesen hatte, und hat sie an diesem Platz mit dem Messer, das *White Wing Thunderhorse* zur Hochzeit geschenkt hatte, getötet. Das ist Ironie, denn das Messer, das eigentlich von ihrer eigenen Familie kam, richtete sich plötzlich gegen sie. *Two Eyes Look Twice* hat daraufhin die Weste aus dem

Leinenbündel genommen und sie angezogen. Gegensätzlich zu dem, was er wollte, nämlich Stärke und Unverwundbarkeit, wurde er krank und schwach und ist letztendlich an den Folgen gestorben. *Wakan Tanka* hat ihn dann bestraft, um irrlos im irdischen Leben zu verweilen. *Two Eyes Look Twice* hat sich daraufhin entschieden, der anderen Seite auf ewig das Leben schwer zu machen und versucht seit eh und je zu intervenieren und der Familie von *Thunderhorse* zu schaden."

„Und *Two Eyes Look Twice* ist *Mr. Jo*!", stellte ich nochmals fest.

„Du hattest es doch schon länger geahnt?", fragte ich *Healing Hand* und sie nickte: „Seitdem du mir von deinen Träumen erzählt hast und du den Zwischenfall auf dem Berg hattest, bei dem du mir versichert hast, dass sich dort eine dritte mysteriöse Person befand, die ich aber nicht sehen konnte und diese *Mr. Jo* war, war ich mir ganz sicher. Diese Person ist ein Geist, der sich deiner Seele und deiner Energie beraubt und aus der Vergangenheit mit dir verbunden ist."

Auf einmal brannten meine Beine wieder wie Feuer und mein Herz wurde schneller. Wir fühlten den Windzug und der Feuervogel flatterte auf und schrie ohrenbetäubend.

„Bravo, bravo", klang eine Stimme hinter dem Felsen und es klatschte jemand laut. *Mr. Jo* kam zum Vorschein, aber diesmal in Indianerkluft.

„Sehr gut, *Charlotte*, du bist wie *White Wing*, sehr klug und stark und wenn du dir etwas zum Ziel gemacht hast, lässt du um keinen Preis davon ab. Und genauso bin ich. Du siehst, wir sind wie Topf und Deckel, aber du wolltest es nicht sehen", zischte er zynisch.

„Er ist hier, nicht wahr?", fragte *Healing Hand* ganz überzeugt. Ich nickte und wunderte mich über sein fließendes Deutsch.

„Was glaubst du denn dieser Hexe? Schau, sie kann mich doch nicht mal sehen, geschweige denn hören. Und du glaubst, dass sie übersinnliche Fähigkeiten hat, hahaha. Du bist naiv, *Charlotte*", rief er mir zu und lachte überheblich.

„Und du tust mir leid. Dein ganzes ewige Leben wirst du erbärmlich in der Dunkelheit verbringen müssen. Und für immer wirst du von allen Lebewesen dieser Erde verdammt sein. Nie wird dir jemand Liebe und Vertrauen schenken, denn das hast du verspielt, *Two Eyes Look Twice*", konterte *Healing Hand*.

„Ach, kann sie mich doch verstehen, die Hexe. Ihr Urgroßvater war schon ein arroganter dämlicher Kerl, der meinte, dass er der große Weltversteher sei. Aber ich konnte damals schon seine Vorsehungen verdunkeln und ihn durcheinanderbringen, ein Leichtes für mich. Wenn doch wenigstens *White Wing* mein großes Potential erkannt hätte, aber sie hatte nur Augen für *Thunderhorse*. Tja und dann hat sie ihn verloren, kurz war die Liebe, was für ein Pech. Und sie hatte ihn auf dem Gewissen, denn hätte sie mich nicht verweigert, hätte ich die Fährte nicht direkt zu ihm gelegt. Als ich ihr später hierher gefolgt war, wollte ich sie nochmals überreden, mit mir zusammen zu sein. Ich zog sie zu mir heran und wollte sie küssen, aber sie gab mir eine Ohrfeige und wies mich wieder zurück. Dann nahm ich das Messer aus ihrer Tasche, genau das, das sie *Thunderhorse* geschenkt hatte, und stach zu und jeder dachte, dass es Selbstmord oder ein Unfall gewesen war", teilte er uns triumphierend mit.

„Mein so dämlicher Urgroßvater, wie du ihn nennst, glaubte dies aber nicht. Er hatte nie daran gezweifelt, dass sie ermordet wurde. Das war ihm ganz klar", antwortete *Healing Hand* provozierend. Plötzlich fiel mir ein, was das Medium *Khun Lila Dee* damals zu mir sagte. Mit mir wäre ein Geist der

Liebe verschmolzen, und dieser war nicht so harmlos wie *Khun Lila Dee* es angenommen hatte. Jetzt wurde mir ganz klar, dass dies *Mr. Jo* war und nichts davon stimmte, was er über das Medium uns mitgeteilt hatte. „Ich habe Dich nicht in einem vorigen Leben verbrannt. Das hast Du alles nur erfunden, damit ich mich schuldig fühlen und ein schlechtes Gewissen bekommen sollte. Du wolltest Dir meine Liebe erschleichen, wie Du es bei meiner Ururgroßmutter *White Wing* versucht hast."

„Und wenn schon. Jetzt Schluss mit dem Geschwafel, was mir verwehrt blieb und bleibt, soll auch dir verwehrt bleiben, *Charlotte*. Die übernatürliche Kraft und Macht bleiben auch dir verschlossen und ich bleibe mit deiner Seele auf ewig verbunden. Jetzt nehme ich mir, was ich will", versuchte er mich einzuschüchtern.

„Ach ja? Und wie willst du das anstellen? Du bist doch nur ein Geist", fragte ich ihn belächelnd.

„Dreh dich um, dann siehst du es", rief er mir zu.

Healing Hand und ich drehten uns um. Da stand *Johanna* in ihren schönsten Pocahonta-Kleidern. Ihre langen blauschwarzen Haare wehten im Wind und ein Stirnband sorgte dafür, dass die Haare nicht in ihr Gesicht flogen. *Johanna* hatte einen Bogen um die Schulter und eine Pfeiltasche um den Rücken umgehängt. Sie sah nicht sehr freundlich aus. Ihre schmalen Augen verrieten nichts Gutes.

Mr. Jo lachte höhnisch: „Ich bin in guter Gesellschaft. Seht ihr?"

„*Johanna*, du hast dich mit *Mr. Jo* verbündet? Warum nur? Und was habe ich dir getan, dass du so einen Hass gegen mich verspürst?", fragte ich sie ohne mir bewusst darüber zu sein, dass ich Deutsch mit ihr sprach.

Healing Hand wand ein: „*Charlotte*, sie ist mit dir verwandt. Das spüre ich ganz deutlich."

„Was? Das kann doch nicht sein", wunderte ich mich. Ich war fassungslos.

„Doch, die alte Hexe hat recht", stimmte *Johanna* zu. Auch bei ihr war ich über ihr akzentfreies Deutsch verblüfft.

„Meine Ururgroßmutter litt immer unter deiner selbstsüchtigen arroganten Grand-granny", zischte sie mich an.

„Ich befürchte, dass ich dir nicht folgen kann", meinte ich immer noch völlig ahnungslos.

„Deine Ururgroßmutter *White Wing* war immer die Erste, der Star und ihre Schwester *Pepper Rose* stand immer in ihrem Schatten. Sie war eine große Bogenschützin, aber niemand hat ihr Talent wahrgenommen, weil sich immer alles nur um *White Wing* drehte", zischte sie mir zu.

Ich verstand immer noch nicht, worauf sie hinaus mochte.

„*Pepper Rose* war meine Ururgroßmutter. Sie wurde nie beachtet und dann hat ihr *White Wing* auch noch ihre große Liebe, *Thunderhorse*, weggenommen. Sie hatte nicht mal eine Chance ihn näher kennenzulernen, da sich deine Ururgroßmutter, die dumme Pute, wieder einmal vorgedrängelt und das erste Date mit ihm hatte", fuhr *Johanna* schroff fort, „und jetzt wiederholt sich die Geschichte wieder. Du drängelst dich zwischen mich und *Neil*."

„Und wer ist dann dein Ururgroßvater?", fragte ich *Johanna*, und es lag nahe, wer das gewesen sein musste. *Healing Hand* hatte denselben Verdacht.

„*Mr. Jo* oder in der Vergangenheit auch *Two Eyes Look Twice* genannt", fügte sie dem Gespräch kaum hörbar zu.

Mr. Jo nickte: „Bingo! *Pepper Rose* hat mich wenigstens verstanden und mir zugehört. Sie hat mir das gegeben, was ich immer von *White Wing* wollte und nie bekommen habe. Und *Johanna's* Urgroßmutter ist die Frucht unserer Liebe."

„Daher diese Vertrautheit und dass sie immer als einzige da war, wenn du aufgetaucht bist. Du hast mir die ganze Zeit etwas vorgemacht und eine Liebe vorgegaukelt, die eigentlich meiner Ururgroßmutter galt. Und alles nur, um Rache zu üben?", fragte ich ihn und schüttelte den Kopf.

Bevor er antworten konnte, hakte *Healing Hand* ein: „In indianischer Kultur war es üblich, dass bei Erwartung eines Kindes die Ehe mit derjenigen Frau eingegangen werden musste. *Two Eyes Look Twice* musste also *Pepper Rose* heiraten, da sie ein Baby erwartete. Er hatte aber eine andere fruchtvolle Begegnung mit einer anderen Frau, während *Pepper Rose* schwanger war. Sie war ein ganz junges Mädchen aus dem Stamm der ‚Choctaw- Apachen', das seine Tochter hätte sein können. Sie war die besagte Freundin der Schwiegermutter von *Faster As a Flash*, die sich aufgrund der Scham und tiefer Traurigkeit über eine unerfüllte Liebe umgebracht hatte. Und dies hat zusätzlich die Schwiegermutter in schlimme Depressionen versetzt. Du siehst, *Johanna*, er ist nicht der, für den du ihn hältst. Er hat uns allen nur etwas vorgemacht, um lediglich seine eigenen Interessen zu verfolgen."

„Glaub ihnen nicht, *Johanna*. Du kennst mich doch", warf *Mr. Jo* ein und schaute ihr mit vertrauensvollem Blick tief in die Augen. *Johanna* wirkte sichtlich irritiert, sah aber keinen Grund, *Mr. Jo's* Worten zu misstrauen.

„Ach Du Hexe, du lügst doch! Ich glaube dir kein einziges Wort. So hinterhältig wie *White Wing* war, seid auch ihr. Die Brut da hat dir deine Sinne getrübt. Wo soll denn die Frucht dieses Seitensprungs sein, wenn dies wirklich wahr wäre?", schrie *Johanna* und nahm einen Pfeil aus ihrer Pfeiltasche.

„Warte *Johanna*. Die Frucht kennst du sehr gut. Du stehst dieser Person sogar sehr nahe und hast ihm schöne Augen gemacht, ohne zu wissen, dass ihr miteinander verwandt seid. Als der Seitensprung von *Two Eyes Look Twice* das Baby bekommen hatte, hat sie es ausgesetzt. Mein Urgroßvater hat den Jungen gefunden, ihn bis zum 12. Lebensjahr großgezogen und ihn dann auf ein Internat in Boston geschickt, um ihm eine bessere Zukunft zu ermöglichen. Und das hat er auch durch ein Stipendium geschafft, da er außergewöhnlich gute Noten hatte. Er hat Medizin studiert, eine weiße Frau geheiratet und alle Generationen danach sind auch Mediziner geworden", erklärte *Healing Hand* geduldig.

„Und wer soll dieser geheimnisvolle Nachfahre des Säuglings sein?", fragte *Johanna* skeptisch.

„Er arbeitet in der Kriminaltechnischen Untersuchungsabteilung", antwortete *Healing Hand* und ich war jetzt genauso gespannt wie *Johanna*. Es erschien mir alles wie in einem falschen Film. *Johanna* wurde kreidebleich.

„Was? *Hugh*! Das ist unmöglich. Er ist total weiß und hat keinerlei Indigo Eigenschaften", stellte sie energisch fest. „Zurückliegend sind die Gene hauptsächlich durch Weiße vererbt worden, so dass sich die indianischen Gene stark ausgedünnt haben", versuchte ihr *Healing Hand* zu erklären und fügte hinzu: „Versteh doch *Johanna*, du bist durch und durch von *Mr. Jo* reingelegt worden."

Johanna war irritiert und wusste nicht mehr, was sie glauben sollte.

„Aber *Hugh* war doch auf unserer Seite. Als ich ihn davon überzeugt hatte, dass *Charlotte* die Weste, die in meinem Familienbesitz war, weggenommen hatte, wollte er sie doch beschlagnahmen, um Untersuchungen durchzuführen. Und er war doch in mich verliebt", teilte sie uns mit.

„Tja, aber ich habe doch die Weste an, wie du siehst", stellte ich sachlich fest. Und dann fiel es mir selbst wie Schuppen von den Augen.

„*Dr. Baeng* alias *Hugh* hätte doch als Abteilungsleiter darauf bestehen können, was er aber nicht tat. Denn auch wenn *Dr. Smith* überzeugend aufgetreten war und er das Labor verärgert verlassen hatte, hätte er sich letztendlich doch durchsetzen können", sprach ich zu *Healing Hand*.

Sie nickte und erklärte weiter: „Als ich ihn bei dem Vorfall auf dem Berg sah, erkannte ich die Tätowierung an seinem Unterarm. Es handelte sich um ein spezielles Symbol, das nur Medizinmänner der Cherokees trugen, und das durch die traditionelle Klopftechnik der Cherokees gemacht wurde." *Healing Hand* krempelte ihren Hemdsärmel hoch und zeigte uns das Symbol. „Als *Johanna Charlotte* niedergeschlagen hatte und ich überraschend aufgetaucht bin, hat er mir zuerst den Weg versperrt. Als ich ihm aber meine Tätowierung gezeigt hatte und ihm signalisierte, dass er auf der falschen Seite stand, hat er mich vorbeigelassen und *Johanna* überredet, von *Charlotte* abzulassen und zu verschwinden. *Johanna* hatte ihn mit ihrem Charme umwickelt und ihm fälschlich erklärt, dass *Charlotte* die Böse sei, die *Johanna* die Weste verweigert habe. Im Übrigen war er derjenige, der die Weste an jemanden weitergegeben hatte, nur mit dem Versprechen, dass sie nicht verkauft werden dürfte. *Healing Feather* hatte sie genommen, als *Two Eyes Look Twice* starb und aufbewahrt. Sie gelang dann über Generationen zu *Dr. Baeng*, der genauso aufgefordert wurde, sie nicht weiterzugeben. Er wusste zwar um die Bedeutung, konnte aber selbst nichts damit anfangen. Er hatte sich nicht an die Anweisung gehalten und irgendwie ist die Weste dann nach Thailand zu einem Händler gekommen. *Manitou* hat aber dafür gesorgt, dass sie zu der Person zurückkam, für die sie bestimmt war, nämlich *Charlotte*. *Johanna* hatte ihm dann ein überzeugendes Märchen verkauft. Er hatte ihr zuerst geglaubt, doch ich konnte ihn vor dem Besuch von *Charlotte* und *Neil* in der Kriminaltechnische Untersuchungsabteilung darüber aufklären, dass *Johanna* eine großartige Lügnerin und Schauspielerin sei.

Daraufhin hatte er mir versichert, *Johanna* im Glauben zu lassen, dass er alles dafür tun würde, um die Weste zu beschlagnahmen", erklärte sie uns das Geschehene.

„Und er hat fantastisch mitgespielt, das muss man ihm lassen", merkte ich an.

„Und wenn schon, jetzt kannst du dir die Weste holen und deiner Familie die verlorene Ehre wieder zurückgeben, *Johanna*", rief ihr *Mr. Jo* zu.

Johanna schaute zuerst sehr irritiert, war dann aber doch fest entschlossen, *Mr. Jo* zu folgen. Sie spannte den Bogen und richtete den Pfeil auf mich.

„Nein, *Johanna*, versteh doch. *Two Eyes Look Twice* hat dir die ganze Zeit etwas vorgemacht. Er ist ein Lügner und ein Mörder. Willst du dich auch unglücklich machen und zur Mörderin werden?", rief *Healing Hand* und stellte sich beschützend vor *Charlotte*.

„Mir ist alles genommen worden. Der Mann, den ich liebe, den hast du, *Charlotte*, mir weggenommen und du, *Jo*, mein engster Verwandter, hast mein Vertrauen missbraucht und wirst für immer in die Hölle verbannt. Ich werde euch allen jetzt die Stärke und Macht nehmen. Das habt ihr nicht anders verdient", schrie *Johanna* verheult. Sie spannte den Bogen noch weiter und zielte jetzt auf *Healing Hand*, die immer noch vor mir stand. Ich betete laut: „Lieber Gott, bitte hilf uns in diesem Augenblick und lass *Johanna* zur Vernunft kommen."

In dem Augenblick durchflog etwas ihren Pfeil und dieser fiel zerbrochen zu Boden. Staub wirbelte auf und *Thunderboy* stand schnaubend und wiehernd unten auf der Anhöhe. *Neil* hatte einen hervorragenden Schuss mit seinem Pfeil abgegeben. *Johanna* drehte sich um, und diesen Moment nutzte ich, um sie umzustoßen. Sie taumelte und fiel, zückte dann aber ihr Messer. *Neil* kam in Windeseile angerannt und versuchte ihr das Messer aus der Hand zu reißen, doch sie wehrte sich und verlor dabei etwas aus ihrer Tasche. *Neil* schaffte es schließlich sie zu bändigen und nahm ihr das Messer ab.

Johanna fiel zu Boden und weinte jämmerlich: „*Neil*, ich wollte nur von dir geliebt werden. Ich dachte, dass du mich liebst. Wir kennen uns seit langer Zeit und wir fühlten uns immer verbunden." *Neil* klopfte ihr kurz auf die Schulter, um sie zu beruhigen. Dann nahm er mich in den Arm und drückte mich fest. Ich war erleichtert und auch mir kamen die Tränen.

„*Ben* hat mich angerufen. Er hat ein Telefongespräch von *Dr. Baeng* mitbekommen, in dem *Johanna* ihm erzählte, dass sie zum Thunderhill reiten würde, um endgültig das zu erreichen, was sie wollte. *Dr. Baeng* hatte erfolglos versuchte sie davon abzuhalten. Danach hatte er *Ben* davon erzählt, worauf dieser mich informiert hatte. Dann habe ich mich ganz schnell auf den Weg gemacht", erklärte *Neil* seine plötzliche Gegenwart.

„Zum Glück bist du gerade noch rechtzeitig gekommen", sagte ich.

„Glück? Nein, das war göttliche Eingebung", antwortete *Neil*.

Als wollte ihm Recht gegeben werden, blies plötzlich der Wind so stark, dass die Röhrchen an meiner Weste wieder zu singen anfingen, genauso wie am Anfang, als ich die Weste das erste Mal gesehen hatte. Und mich erfüllte dasselbe warme friedvolle Gefühl wie damals.

Neil bemerkte etwas blau Schimmerndes auf dem Boden, wischte den Sand weg und hob es auf.

„Das gibt es doch nicht. Das ist doch *Faster As A Flash's* Talisman. Der, den ich auf jeden Fall wiederfinden sollte, um Großvaters Versprechen einzulösen. *Charlotte*, schau mal!", rief er mir aufgeregt zu und hob ihn hoch.

Ich konnte meinen Augen nicht trauen, es war tatsächlich die Hälfte des Spiderweb- Talisman. Ich lief zu ihm und er prüfte an meiner Hälfte, ob sie zu meiner passen würde, was diese tat. Ich schaute zu *Healing Hand* und diese lachte erfreut. Sie wusste schon, was ich sagen wollte und nickte zustimmend.

Mr. Jo, oder eher *Two Eyes Look Twice* war wütend und brüllte: „*Johanna*, du bist zu nichts zu gebrauchen. Ich bin enttäuscht von dir." Er sah seine Chance dahinschwinden und *Neil* war verdattert, woher die Stimme kam, da er *Two Eyes Look Twice* nicht sehen konnte.

„Woher kam denn das?", fragte er erschrocken.

„Das erzähle ich dir später. Aber es hat etwas mit der indianischen Verbindung von Sinnlichem und Übersinnlichem zu tun, wovon du mir erzählt hattest", sagte ich lächelnd und setzte fort:

„Jetzt darfst du dich dann auch nicht über unsichtbare Seelenwesen wundern. Das ist doch ganz normal, oder?", fragte ich keck.

Neil nickte nur: „Na, dann bin ich mal gespannt, was hier Mystisches vorgeht." Dann wand er sich *Johanna* zu und fragte schroff: „Woher hast du das und warum hast du es genommen?"

Sie saß zusammengekauert auf dem Boden und blieb stumm. Stattdessen antwortete *Two Eyes Look Twice*: „Ich hatte *Johanna's* Großmutter dazu überredet, *Faster As A Flash* die letzte Ehre zu erweisen. Als er schlief, schickte sie *Fit For Two* aus dem Raum und nahm den Talisman von seinem Hals. Dann knöpfte sie sein Nachtgewand hoch, so dass *Fit For Two* den Verlust nie bemerkte. Und so ging der Talisman an *Johanna* über, die ihn immer gut versteckt in ihrer Hosentasche aufbewahrte. Ihr seht also, dass ich euch die ganze Zeit über überlegen war und immer noch bin."

„Wohl kaum, denn du hast nicht das erreicht, was du wolltest. Du hast uns weder Stärke noch Liebe genommen. Und du siehst, dass die Liebe stärker ist, als alles Andere. Rache und Vergeltung haben gegen die Liebe keine Chance", erwiderte ich kühl.

„Trotz Allem hast du nicht die geringste Chance, mir zu entrinnen und mich loszuwerden. Ich sagte dir bereits, dass wir auf ewig verbunden sein werden", erwiderter *Two Eyes Look Twice* und holte sich wie in meinem Traum Verstärkung. Sieben schwarze Engelsköpfe reihten sich um ihn herum und er hatte einen silberglänzenden Gegenstand in der Hand, den er in meine Richtung hielt. Mir fingen die Beine wieder zu brennen an, wie Feuer, das sich über meinen ganzen Körper ausbreitete. Ich schrie vor Schmerzen und konnte meine Beine nicht mehr bewegen. Mein Herz raste, als würde es zerspringen und ich hatte wieder das Gefühl einen Stein in der Brust zu haben, der immer schwerer wurde.

Healing Hand forderte *Neil* auf, mich in das Wasserbecken zu setzen und meine Weste hinein zu tauchen. Dann sollte er noch den Talisman hinein halten und mir in die Hand geben. *Two Eyes Look Twice* schwirrte jetzt mit seinen dunklen Engeln über mir und war ganz nahe, aber das Wasser linderte meinen Schmerz und das Böse verlor an Kraft. Ich hatte das Gefühl, dass meine Batterie wieder aufgeladen und Schutzschilder aufgebaut werden würden. Aber die dunkle Macht gab nicht auf und so war es ein Auf und Ab der Gefühle und der Körperreaktionen. Ich schwitzte stark, obwohl ich im Wasser saß und musste mich übergeben. *Healing Hand* strich ihre Hand über mein Haar und beruhigte mich: „Das ist ein gutes Zeichen, *Charlotte*. Wir beginnen jetzt mit der Abspaltung."

Dann schloss sie die Augen und pfiff ein Lied. Der Feuervogel setzte sich auf ihren Finger. Dann setzte sie ihn bei mir ab und er badete. Seine Federn fingen an, sich golden zu verfärben. Dann putzte er seine Federn, wobei eine herausfiel. *Healing Hand* steckte die Feder an meine Weste und forderte mich auf, den Feuervogel in den Himmel fliegen zu lassen.

Dann fing sie an, die Melodie des Lobpreisgesanges der Indianer zu summen und *Neil* leitete mit ein paar Worten den Gesang ein: „Wir glauben an Vergebung, uns ist bewusst, dass unser Großer Geist Gerechtigkeit für uns walten lässt, für die Vergangenheiten und die Gegenwart. Wir fragen ihn, was mit unseren Vorfahren geschehen ist und was wir ändern müssen, um *Manitou* zu gefallen. Wir bitten den Großen Geist um Vergebung."

Und dann setzte *Healing Hand* in Cherokee Sprache fort nach der Musik von ‚Amazing Grace'. Sie sprachen in dem Song im übertragenden Sinn aus der Bibel, über die Offenbarung und der Erweckung des Reinigers, der Spreu vom Weizen trennt, und in unserem christlichen Glauben vergleichsweise *Jesus* darstellt.

u ne la nv i u we tri, i ga gu yv he i hna quo tso sv wi yu lo se, i ga gu yv ho nv a se no i u ne tsi i, i yu no du le nv ta li ne dv tsi lu tsi i, u dv ne u ne tsv e lo ni gv ni li s qua di, ga lu tsv ha i yu ni ga di da ye di go i, a ni e lo hi gv a na da nv ti a ne hv, do da ya nv hi li tso sv hna quo ni go hi lv, do hi wa ne he s di

Unseres Schöpfers Sohn hat für uns bezahlt. Nun ist er im Himmel, um zu richten. Dann sprach er, als er aufstieg: Ich werde ein zweites Mal kommen. Als er sprach, sagte er: Bevor alles Leben auf Erde endet, werde ich kommen. Wir werden ihn alle sehen, bevor die Erde stirbt. Die Gerechtigkeit wird siegen. Er wird kommen für alle, die im Himmel sein werden, um in Frieden zu leben. (übersetzt)

Sie luden *Jesus* zu dieser Zeremonie ein und ich fühlte plötzlich eine unwahrscheinliche Kraft, wie ich sie noch nie zuvor in meinem Leben gespürt hatte, und die mich überwältigte. Ich fühlte eine unendliche Liebe und Geborgenheit. Es roch nach Rosen, wie früher bei meiner Großmutter in ihrem Garten, in dem sie eine Rosenallee angelegt hatte. Plötzlich glitzerte alles um mich herum und ich war eingebettet in einem silbrig schimmernden Kegel. Dann hoben sich meine Arme, ohne mein Zutun und fühlte wie etwas aus mir herausgezogen wurde. Vor Erschöpfung versank mein ganzer Körper im Wasser. Danach kehrte Frieden in meinem Körper ein und mein Herzschlag normalisierte sich. Der Stein, der auf mir lastete, verschwand und ich fühlte mich befreit. *Two Eyes Look Twice* wurde samt seinen Engeln von mir weggerissen und unsere Seelen waren entzweit.

Healing Hand's Gesang verstummte und die Zeit schien für einen Moment still zu stehen. Wir verharrten in dieser Herrlichkeit der Gefühle und dankten der göttlichen Gnade, mich aus der Gefangenschaft der Seelenbesetzung befreit zu haben. *Healing Hand* ermahnte mich, mich nie wieder auf spirituelle Sitzungen einzulassen, deren Praxis fraglich und die Quelle unbekannt seien.

„Vertraue dich nur seriösen erfahrenen Menschen an, damit dies niemals wieder passiert und lasse dich in deinem Glauben nochmals taufen und mit dem heiligen Geist füllen, damit dein Haus der Seele von außen und innen geschützt ist. Dies war die Reinigung deiner Seele, aber ein leeres Haus kann schnell wieder besetzt werden und dann leider auch mit böser Energie. Denke daran."

Ich nickte und war unendlich erleichtert. Zum ersten Mal verspürte ich wieder ein befreites Gefühl des Glücks. Meine Ängste und meine tiefe

Traurigkeit waren wie weggeblasen. *Neil* nahm mich aus dem Wasserbecken und schloss mich in seine Arme.

„Man sieht eindeutig eine Veränderung. Dein Gesicht ist rosa und glänzt. Es zeigt, dass es dir gut geht. Du bist offensichtlich in einen Jungbrunnen gefallen", lächelte er mich an. Wohl wissend hatte er einen Rucksack gepackt und reichte mir ein Handtuch zum Abtrocknen.

„Später musst du mir aber erzählen, was es mit diesem mysteriösen *Mr. Jo* auf sich hatte. Da habe ich anscheinend etwas verpasst", forderte er mich auf und ich nickte.

„Oh Gott, wir haben *Johanna* ganz vergessen", fiel mir ein. *Neil* ging zu ihr. Sie saß immer noch wie versteinert auf dem Boden und brachte kein Wort heraus. Ihr Gesicht war nass von ihren Tränen und ihre Augen weit aufgerissen, desillusioniert und überrascht zugleich über das gerade Geschehende. Er brachte sie zu *Thunderboy*, damit sie zurück zur Farm reitet und dann *Shiner* bitten würde, uns am nächsten Tag abzuholen. *Thunderboy* ließ sich von *Neil* nicht beirren und kaute gemütlich an seinem Gras weiter. Als *Johanna* die Zügel nahm, machte er keine Anstalten, sich auch nur einen Millimeter von der Stelle zu bewegen. Das Gras hier war saftig und ein Leckerbissen. Das ließ man sich doch nicht entgehen, schon gar nicht, wenn der Meister selber nichts sagte. *Neil* hockte sich neben seinen Kopf und flüsterte ihm etwas zu. Plötzlich spitzte er die Ohren und war aufmerksam. *Neil* nahm noch ein Bündel von seinem Rücken, was hinter dem Sattel fest geschnallt war, und legte beide Satteltaschen über seine Schulter. *Johanna* konnte jetzt, ohne irgendwelche Kämpfe auszustehen, aufsteigen und wegreiten. Sie sagte nichts, gab *Thunderboy* das Kommando zum ‚Roll back' und es war nur noch eine Staubwolke zu sehen. Es schien, als hätte die ganze Situation des Gefühlschaos von Enttäuschungen, Rachelust bis zur

Reue und Demut gegenüber dem Göttlichen sie versteinert und das so Überwältigende ihre Sprache verschlagen.

Ich befand mich auch noch in so einer Betrunkenheit des Übersinnlichen. Es war ein Gefühl der vollen Zufriedenheit, aus der man nicht mehr heraus wollte. In diesem Zustand fragte ich mich, warum es eigentlich so viele Drogen gab, wenn es doch so einfach war, eine unbeschreibliche Glückseligkeit zu erreichen. Ich stellte die Frage auch an *Healing Hand*.

„Weil die Menschen sich immer mehr von Gott entfernt haben. Früher lebte man mit Gott und war überzeugt, dass er der Konstrukteur und Herrscher über allen Lebenden und Nichtlebenden war. Wir Indianer haben immer noch diesen Bezug, da wir die Kräfte der Seelenwelten kennen. In eurer westlichen Welt wird das Göttliche ausgeschlossen, euer Glaube ist begrenzt und sogar der Glaube an Seelen, die nach dem Tod hier noch verweilen, wird als Teufelszeug angesehen. Die Menschen, die zwischen den Welten leben, werden als Spinner abgetan. Diejenigen, die jeden Tag den lebendigen Gott in ihr Leben mit einschließen, werden skeptisch beäugt, vor allem, wenn in mehreren Zungen gesprochen wird, was aber ganz normal ist, wenn man den heiligen Geist in sich trägt. Das ist auch der Grund, dass an diesem Platz der heiligen Stätte plötzlich alle Deutsch mit dir sprechen konnten, *Charlotte*. Die Gegenseite kann das natürlich auch. Das hat man bei *Mr. Jo* gesehen. Aber das ist gerade der Punkt, man will nicht an die Hölle glauben, weil das unangenehm ist und mit dem schrecklichsten Gebilde, dem Teufel, in Verbindung gesetzt wird. Aber dafür schließt man grundsätzlich jeglichen Glauben an das Göttliche aus, denn nur Gott allein ist der Richter über Himmel und Hölle, nicht der Teufel. Stattdessen flüchtet man sich in die Esoterik und versucht so, sein Glück zu finden, dabei kann es doch um so viel einfacher sein", erklärte sie.

„Das kann ich nach diesem Tag bestätigen. Aber selbst wenn ich Zeuge dieses fantastischen Erlebnisses, der Begegnung mit dem Göttlichen, bin, so werden mir viele wahrscheinlich nicht glauben", betrachtete ich die Worte von *Healing Hand* kritisch.

„Das ist richtig. Aber auch *Paulus*, der als *Saulus* Zeuge der Begegnung mit *Jesus* wurde, hatte mit diesen Problemen zu kämpfen. Trotzdem nahm er den Auftrag an, um die Lehre *Jesus* zu verbreiten, obwohl er ihn ja nicht als lebendigen *Jesus* in Fleisch und Blut, sondern als geistlichen *Jesus* erlebt hatte. Er wurde zu einem der größten Nachfolger *Jesus* und Verfechter seiner Lehre. Und du hast denselben Auftrag, *Charlotte*", erklärte mir *Healing Hand* eindringlich.

In der Zwischenzeit kam *Neil* mit seinem Gepäck zurück. Mir war immer noch ganz warm, obwohl in der Höhle nur circa zwei Grad herrschten. Aber ich wollte die nassen Sachen wechseln und zog mir andere Kleidung an, die ich zum Glück immer auf Touren mit dabei hatte.

Dann gingen wir zusammen zu dem Versteck, in dem das Leinenbündel mit dem letzten Willen aufbewahrt war. Neben den Symbolen und der geheimen Botschaft stand auf dem Leder etwas in Choctaw Schrift geschrieben, das mir *Neil* übersetzte: „*Wakan Tanka* flüsterte mir folgende Worte: Einst schenkte ich euch das Paradies, aber ihr habt es mit Füßen getreten. Einst habe ich euch mit Liebe zum eigenen Volk, zu euch und zu mir ausgestattet, aber eure Überheblichkeit hat sich von der Liebe entfernt. Einst ward ihr und das Universum eins. Ihr habt ihm jeden Atem genommen. Ihr habt alles getan, um euch von mir zu trennen. Ihr könnt nur die Saat der Liebe in euch wachsen lassen, wenn ihr die Verbindung aller Elemente im Universum versteht. Wenn ihr versteht, dass Vergangenheit, Gegenwart und Zukunft in Einem existieren und das alles, was ihr jetzt tut, Auswirkungen auf euch und eure Nachfahren haben wird, denn alles steht im Zusammenhang. Die Prophezeiung muss erfüllt werden, um die Erde zu retten, denn das ist das wichtigste Gut. Der von mir abgesandte Reiniger hat euch die Liebe zurück gebracht. Er hat euch gezeigt, dass die Liebe sich heilend auf euch, euer Volk und auf die Umgebung auswirkt. Doch seit dieser Zeit habt ihr euch wieder gegen mich aufgelehnt und habt euch von der Macht des Bösen verleiten lassen. Es ist Zeit der Erweckung und ihr müsst euch auf die Wiederkunft des Reinigers einstellen. Und der, dem das Heilige an dieser heiligen Stätte zuteil ist, hat die Pflicht die Lehre des Reinigers im Auftrag des *Wakan Tanka* zu verbreiten, denn er ist Zeuge von der Macht des Göttlichen geworden und hat verstanden, dass ohne *Wakan Tanka* das Leben nicht lebenswert ist und der Glaube an mich über alles stehen muss.

Um dir diese Mission zu erleichtern und dir den ultimativen Schutz gegen das Böse zu geben, dient das Brustschild, das alle kraftvollen Elemente des Thunderhill beinhaltet. Nähe es aus dem feinstem Leder der seltenen ‚Wuhu' Ziege. Tränke das Lederstück und dich selbst in dem heiligen blau-pink kristallinen Wasser. Moha ist das Lebensrad, das sich an einem Platz drehen muss. Dreht es woanders, sei auf der Hut.

Die Samen der Moha sind Symbole der Fruchtbarkeit für die Auserwählten *Wakan Tanka's*. Aber wehe andere berühren sie, dann sind sie die Frucht des Todes. Sammle die Samen und packe sie in die Innentaschen des Brustschildes. Schnitze das Schilfrohr so, dass es im Wind die verschiedenen Töne einer Panflöte wiedergibt. Hänge sie an das Vorderteil deines Brustschildes. Im heiligen Wasser ist Rotgestein. Stelle daraus die Schnallen her, deren Geschlossenheit den Schutz gegen Skinwalkers darstellt. Tauche das Schweifhaar, das zu dem auserwählten Pferd gehört, in das heilige Wasser und hafte es am Brustschild fest. Auf der Rückseite fertige vier Engel an, die du als Pferde darstellst. Die vier Engel symbolisieren auch die vier Häuptlinge der Kontinente. Der Rote steht für das auserwählte Volk. Der Schwarze für den schwarzen Kontinent, der Weiße für den Kontinent der Mitte und der Beige für den gelben Kontinent. Alle Elemente, die in diesem Brustschild vereint sind, müssen im Einklang miteinander sein. Der Spiderweb-Talisman wird zur Frucht der Liebe führen. Sei gesegnet mit Gnade und Frieden. *Wakan Tanka* hat gesprochen."

„Also war es *Thunderhorse* wichtig, dass *White Wing* nicht nur die Weste fand, sondern auch den Willen *Wakan Tanka's*. Die in der Botschaft gewählten Worte „Mein letzter Wille'" bezogen sich daher nicht nur auf *Thunderhorse's*, sondern auch auf *Wakan Tanka's* Willen", analysierte ich.

„Ja, genau. Nur so waren der Schutz und auch die Verbreitung der Lehre Gottes über Generationen hinweg gesichert. *Thunderhorse's* Botschaft sollte *White Wing* zu dem Schriftstück *Wakan Tanka's* führen. Es ist sehr wichtig für uns alle. Und nun ist es deine Mission, die für uns alle entscheidend ist, denn der Fortgang dieser Welt liegt in unser aller Händen", erklärte *Healing Hand*.

„Und wir werden dich dabei tatkräftig unterstützen, ich besonders bei der Frucht der Liebe", sagte *Neil* mit verschmitzter Miene.

„Na, war ja wieder klar, dass dies das Wichtigste für euch Männer ist", antwortete ich ihm scherzend.

„Naja, ist ja auch etwas Schönes", erwiderte er und nahm mich in den Arm. „Mmh, mit der Frucht, ich weiss nicht so recht, ich bin ja schon ein älteres Semester."

„Aber Wein wird auch immer wertvoller, je älter er ist", erwiderte *Neil*.

„Nein, ich scherze nur", sagte er danach etwas ernster, „wir werden dich natürlich bei deiner Mission begleiten und dir immer zur Seite stehen, nicht wahr *Healing Hand*?" *Healing Hand* grinste zustimmend.

„Und was genau muss ich bei meinem Missionsdienst tun?", wollte ich wissen. „Schreiben! Du bist doch Journalistin", antwortete *Healing Hand* und wiederholte: „Schreib das, was du erlebt hast, um möglichst vielen Menschen von deinem Zeugnis zu berichten. Das ist das Beste, denn du kannst deinen Beruf mit deinen Erlebnissen verbinden."

„Also, um nochmals zu *Wakan Tanka* zurückzukommen, wir hatten recht, dass die Auserwählten die Kraft der Blume Moha oder die ‚Blume des Todes' nutzen können und zugleich vor ihrer tödlichen Wirkung geschützt sind. Dann bin ich wirklich die Eine, die die Ehre hat, das Erbe von *Thunderhorse's* Vorfahren antreten zu dürfen. Das kann ich gar nicht glauben", meinte ich gerührt und fragte *Healing Hand*: „Wenn ich doch diese Kraft besitze und nun auch gereinigt wurde, warum soll ich mich nochmals im christlichen Sinne taufen lassen?" *Healing Hand* versuchte es mir zu erklären: „Damals zur Zeit der Indianer gab es *Wakan Tanka*, seine Macht und die der Verstorbenen. Man kannte noch nicht *Jesus*. Wir kennen ihn nun als Ausdruck der Liebe, des Weges und der Wahrheit. Er ist die direkte Verbindung zu Gott. Diese Kraft ist geistlich und geht über alle Kräfte der Vergangenheit hinaus. Ja, Du hast bestimmte Fähigkeiten und Schutzmechanismen durch Dein Erbgut mit in die Wiege gelegt bekommen, aber im geistlichen Sinne musst Du Dich ganz bewusst für *Jesus* entscheiden.

Dann wirst Du von der Glückseligkeit des Heiligen Geistes berührt und kannst in ihm wachsen. Du bist zu Dingen fähig, die keine schamanische Kraft standhält. Deshalb ist es so wichtig, sich nochmals christlich taufen zu lassen. Geleitet vom Heiligen Geist kannst Du Deine Mission erfüllen, Zeugnis über das Geschehende abzulegen. Dadurch wirst Du viel leichter Zugang zu Menschen haben; Du wirst schneller Gutes von Bösen und Wahres von Lügen unterscheiden können. Du kannst aus göttlichen Ressourcen schöpfen, die unendlich sind."

„Danke dir Gott, danke dir. Ich werde versuchen, in deinem Auftrag zu arbeiten, so wie du es dir wünschst", fügte ich hinzu. Die anderen schwiegen gerührt und dankten im Stillen.

Nach einigen Minuten der Stille brannten mir noch die folgenden Fragen auf den Lippen: „Wo ist das rote Pferd? Und was bedeutet die Verbindung zu den Elementen?" *Neil* hatte mir in der Vergangenheit erklärt, dass es sich um die vier kraftvollen Elemente Feuer, Wasser, Luft und Erde handelt, wofür die Pferde stehen.

Neil versuchte mir anhand der Weste zu erklären, wie wichtig diese Elemente für die Naturstämme waren: „Das Leder wird von der Wuhu-Ziege hergestellt. Diese ist nur hier in dieser Gegend zu finden. Sie ist wie du, *Charlotte*, gegen das Gift der Moha Samen immun. Sie hält die Felsen sauber, so dass Stella alba wieder neu auskeimen kann. Sie bietet uns nicht nur Fell, Milch und Fleisch, sondern aufgrund des heilenden Wassers, des üppigen Grases und der sauberen Luft die beste Qualität, die man sich nur vorstellen kann. Aus dem Wuhu-Horn machen wir übrigens Trinkbecher wie einst die Wikinger aus Rinderhorn. Moha vereint alle Elemente. Die Samen brennen wie Feuer und verbrennt man diese, produzieren sie einen giftigen Rauch, der beim Einatmen tödlich sein kann. Aber das Feuer lässt auch wiederum neue Samen auskeimen. Sie verwurzeln tief in der Erde, dieser Ort ist einzigartig, solange die Lebensbedingungen in der Umgebung in Ordnung sind. Sie ist hier endemisch, also ortsgebunden. Ihre Samen werden durch die Luft verbreitet, aber auch durch den Feuervogel, der die Samen frisst und davon fliegt. Der Samen kann aber nur an dem heiligen Platz auskeimen, soweit geeignete Wasserreservoirs vorhanden sind. Nach einer gewissen Zeit stirbt sie ganz natürlich ab. Und dies ist der richtige Zeitpunkt für eine andere Pflanze, die optimale Bedingungen in der Höhe findet und dort auskeimt. Moha ist sozusagen der Vorbote der Stella alba. Es müssen alle Elemente im Einklang sein, dass Moha überhaupt keimen kann und nur so werden die Voraussetzung für ein anderes Leben geschaffen.

Genauso verhält es sich mit dem Leben auf unserem Planeten. Halten wir unsere Umwelt und unser soziales Leben nicht im Einklang, kann keine gesunde Frucht daraus entstehen und der Tod ermöglicht es, dass wir Platz für andere Lebewesen schaffen. Die Holzröhrchen sind aus Schilfrohr und verbinden Erde, Wasser und Luft, denn sie wachsen in der Erde an wasserreichen Plätzen und singen im seichten Luftzug das Lied der Liebe. Die Metallknöpfe werden aus eisenartigem Gestein hergestellt, das feuerfarbend glitzert und in großen Mengen im heiligen Wasser vorkommt, in dem die Sonne auf den Kristall trifft und das Eisen aus der Luft oxidiert wird, und so seine Farbe erhält. Wie du schon weißt, hat die Farbe Rot eine besondere Bedeutung für uns. Sie ist Symbol der Sonne, der Liebe und der Ursprung allen Seins.

Und nun zu den Pferden, die sowohl für Spiritualität, Kraft, Ausdauer und Intelligenz stehen. Im Spirituellen reiten Engelboten auf den Rücken der Pferde. Jeder Kontinent hat einen Schutzengel, der die Elemente im

Gleichgewicht halten muss und jeder Kontinent wird durch einen Häuptling regiert, dessen Engel ihm zum Wohle des Landes und der Lebewesen Schutz verleiht. Außergewöhnlich ist nun der rote, denn er steht für den Häuptling des Landes der unbegrenzten Möglichkeiten, dem Land der Indianer. Und nach unserer Lehre oder unserem Glauben sind die Indianer das auserwählte Volk *Wakan Tanka's*, da über den Tod hinaus unsere Seelen unheimlich stark sind und weiterhin auf der Erde Einfluss nehmen können. Mit diesem Land hat alles begonnen und muss auch zu Ende gebracht werden, um die Prophezeiung der Wiederkehr des Reinigers zu erfüllen. Fehlt das rote Pferd, werden alle anderen Elemente aus dem Gleichgewicht gebracht und wie Großvater zuvor erwähnt hatte, die Erde geschüttelt."

„Sind damit die Naturkatastrophen wie Erdbeben, Tsunamis, Orkane oder Tornados gemeint, die jetzt schon stark zugenommen haben?", fragte ich nochmals zur Aufklärung.

„Genau, und das steht auch in der Offenbarung der Bibel. Durch die Trennung der Menschen von Gott, werden diese von den vielen, in immer schneller aufeinander folgenden Zeitabständen auftretenden Katastrophen, Hunger- und Durststrecken heimgesucht. Und dies passiert in der Zeit, bevor der Reiniger ein zweites Mal auftaucht, um die erweckten Menschen von denen, die es immer noch nicht verstehen wollen, zu trennen. Und du hast in der Zwischenzeit die Aufgabe, mehr und mehr Menschen vom Glauben an Gott und *Jesus* zu überzeugen. Du fischt ab jetzt keine Fische, sondern Menschen, sagte einst *Jesus* zu *Petrus*", erklärte *Healing Hand* nochmals, um die Wichtigkeit der Mission zu verdeutlichen.

„Jetzt habe auch ich es kapiert, meine Lieben", sagte ich.

„Tja, die Studierten sitzen ganz schön auf der Leitung, weil sie die Einfachheit des Denkens verloren haben. Warum einfach, wenn es auch kompliziert geht?!", foppte mich *Neil*.

„Hahaha, bin doch nicht dumm", erwiderte ich und knuffte ihn sanft in die Seite.

„Und mein doch so schlauer Herr, haben Sie schon eine Ahnung, wo wir das rote Pferd finden können?", fragte ich *Neil* provozierend. *Neil* überlegte einen Moment und antwortete, dass er sich erstmals aufwärmen wolle und dann erst wieder klare Gedanken fassen könnte.

Neil sammelte ein paar Hölzer und wir gingen zusammen in die Höhle, die einst *Thunderhorse's* Vorfahren und ihm Schutz gewährt hatte und die eine tolle Atmosphäre ausstrahlte. *Neil* machte Feuer an einer bestimmten Feuerstelle, die an einem Felsvorsprung der Höhle lag. So konnte der Rauch direkt abziehen ohne die Innenhöhle zu verräuchern. Wir setzten uns um das Feuer und schon nach kurzer Zeit konnten wir die warme Kleidung ausziehen. In der Höhle war noch weiteres Holz gestapelt. Es musste sehr alt sein, aber es war gut geeignet, da es ganz trocken war. Es zündelte sofort und zischte. So saßen wir einige Zeit um das Feuer und genossen die Stille. Die Vögel zwitscherten und wir sahen in der Ferne einige der Wuhu Ziegen. Ich war fasziniert, wie hübsch diese aussahen, mit ihren gewundenen starken Hörnern und ihrem schwarzen wuscheligen Fell, das in der Abendsonne schwarz-bläulich glänzte. Sie erinnerten mich stark an unsere Heidschnucken. *Neil* holte aus seinem Rucksack Stockbrot, Buletten, Kartoffelchips, Ketchup und Senf und einen Picknick- Korb, der Teller und Becher enthielt. *Healing Hand* steuerte einen selbstgemachten Salat und Getränke wie ‚Chicha' und Wasser bei. Ich hatte einen großen Hunger und mein Magen knurrte. Ich war dankbar, dass beide an Nahrung gedacht hatten. Wir grillten unser Stockbrot im Feuer, aßen und tranken und hatten ein anregendes Gespräch über das, was geschehen war.

Dann eröffnete *Neil* die Diskussion, und fragte, wo das rote Pferd sein könnte. Ich meinte, dass es sich im Laufe der Jahre vielleicht vom Leder gelöst hatte und es verloren gegangen war, oder dass es jemand gestohlen hatte. *Healing Hand* bat mich, ihr die Weste zu reichen und musterte die Rückseite. Sie strich über die Lederornamente und widersprach: „Schaut, die Nähte sind alle wunderbar in Ordnung. Das Schafschurmaterial ist sehr reißfest und hält auch härteste Bedingungen aus. Und hier an der Stelle, wo das rote Pferd fehlt, sieht es so aus, als seien die Fäden durchtrennt worden. Seht ihr?" Sie zeigte uns die Stelle und wir mussten ihr recht geben.

„Hm, dann könnte *Charlotte* mit der anderen Möglichkeit Recht haben, dass das Ornament gestohlen wurde, um der Weste die Kraft zu nehmen", meinte *Neil*.

„Das erscheint mir nicht logisch, denn die Seite des Bösen war ja die ganze Zeit im Glauben, dass ihr die Weste auch die ultimative Kraft verleihen würde und wäre dann ja dumm, etwas davon wegzunehmen", erwiderte *Healing Hand*.

„Meinst du wirklich, dass sie es nicht wussten? Schließlich hat doch *Mr. Jo* die ganzen tödlichen Vorfälle mitbekommen und ist zuvor selbst durch die Weste gestorben?", erwiderte ich.

„Aber er sprach doch heute auch davon, dass er die Kraft und Macht haben wollte. Ich kann mir nicht vorstellen, dass er lediglich dein Schutzschild zerstören wollte. Ich glaube eher, dass er immer noch an die Wirkung der Weste glaubte und sie nicht in Zusammenhang mit seinem Tod gebracht hatte. Und bei den anderen Todesfällen ist er bestimmt nicht darauf aufmerksam geworden", analysierte *Healing Hand*.

„Aber warum hatte *Healing Feather* die Weste nicht deiner Mutter überlassen, so dass sie in deine Hände gekommen wäre? Denn da wäre sie ja sicher gewesen", fragte ich.

„Na, er wusste ganz genau, dass *Two Eyes Look Twice* die ganze Zeit über versuchen würde, die Weste den nachfolgenden Generationen abspenstig zu machen. Und er würde sie bei mir als erstes suchen, da ich am Vertrautesten mit *Healing Feather* war. Hingegen blieb *Hugh Baeng's* Großvater aufgrund seiner geheimen Herkunft nicht nur unbehelligt, sondern wurde nicht als bedeutend wahrgenommen, da er nicht in die Praxis des Schamanismus eingeweiht war. Seine Familienmitglieder waren ausschließlich konventionelle Mediziner", antwortete *Healing Hand* sachlich.

„Du hattest mir mal gesagt, dass nur Gott wüsste, wo der Säugling abgeblieben war, dabei wusstest du es doch, dass er in eine neue Familie kam, nämlich, die von *Healing Feather*. Darfst du denn schwindeln, wenn du nach den Gesetzen *Wakan Tanka's* lebst?", fragte ich mit erhobenem Zeigefinger.

Healing Hand grinste: „Das war eine kleine Notlüge, denn ich durfte doch nicht die Wahrheit sagen. Das war auch im Sinne *Wakan Tanka's*. Aber du hast recht, vielleicht hätte ich dann lieber nichts sagen sollen. Man sollte das Lügen vermeiden. Aber die Wahrheit ist, dass ich zwar von einer Existenz von diesem Säugling wusste, aber da er dann meinen Urgroßvater *Healing Feather* verließ, trennten sich unsere Familienzweige und ich kannte seine Nachfahren nicht und somit auch nicht *Hugh Baeng*. Seine verwandten Vorfahren hatten genauso wie er keinen Bezug zum Übersinnlichen", erklärte sie mir.

„Ok, ok, aber jetzt sollten wir zurück zu unserem eigentlichen Thema kommen", protestierte *Neil*.

„Ja, sorry, dass ich immer so neugierig bin. Aber du weißt schon, dass ich Journalistin bin, oder?", zog ich ihn etwas auf, zwinkerte ihm zu und legte meine Hand auf seine.

„Ach und dann kannst du dich nicht auf eine Sache konzentrieren? Ich dachte, dass wäre in eurem Beruf so wichtig?", konterte *Neil*.

„Ok, um es jetzt kurz zu machen und gleich auf das eigentliche Thema zurückzukommen, wo waren wir doch gleich stehen geblieben?", prustete ich und wir mussten alle lachen.

Dann wandten wir uns wieder der Frage zu, wo das rote Pferd zu finden sei. *Healing Hand* wurde ernst, nahm ein Stück Papier und einen Stift und meinte: „Ja, wir sollten alle Ideen sammeln." Dann fasste sie nochmals zusammen und notierte: „Es ist unwahrscheinlich, dass das rote Ornament sich einfach gelöst hat. Es ist aber auch genauso fraglich, ob es gestohlen wurde. *Charlotte*, bitte reich mir nochmal die Botschaft herüber!" Sie musterte nochmals den Text. Dann hielt sie an der folgenden Passage fest: „*It's telling you:* „Goddess on my breast, divine strength and power will give evils the rest." "

„Es macht mich stutzig, dass ‚Goddess' und ‚evils' im selben Text erwähnt werden. Worte haben nach indianischer Tradition eine große Bedeutung und werden nicht nur als Worte sondern im Sinnbildlichen als Instrumente gesehen, die sehr lebendigen Charakter haben. Worte haben Macht und werden beim Aussprechen erfüllt. Die Macht Gottes sollte nicht mit der Macht des Bösen in einem Satz gleichgestellt werden. Denn dadurch wird die göttliche Kraft geschwächt. Und das Erwähnen des Bösen erregt Aufmerksamkeit und wird herbeigerufen", sagte sie nachdenklich.

„Ach du meinst, es wurde extra geschrieben, um eine Botschaft zu verschlüsseln?", fragte *Neil.*

„Oh je, wie soll man das nur herausfinden?", seufzte ich. *Healing Hand* fragte lächelnd: „*Charlotte*, wo ist deine journalistische Schnüffelnase abgeblieben? Und wir sind doch drei schlaue Köpfe. Da wird uns bestimmt einiges einfallen, oder?" Sie nahm das Lederstück mit dem Willen *Wakan Tanka's* und breitete es nochmals aus.

„Schaut her, die Botschaft ist auf dem Lederstück versetzt geschrieben und durch einen Punkt getrennt:

„It's telling you: Goddess on my breast.

Divine strength and power will give

->evils<-

the rest."

„Und das bedeutet, dass die Macht Gottes über der des Bösen steht und gleichzeitig die Macht Gottes nicht mehr gemindert wird?", fragte ich *Healing Hand.*

Sie nickte: „Genau, und ,*Goddess*' wird groß geschrieben, und ,*evils*' klein, was dieselbe Bedeutung hat."

„Und ,*evils*' ist noch eingerahmt. Das sieht aus wie das Skinwalker Schutzzeichen", fiel mir auf.

„Richtig, *Charlotte*, dadurch wird das Wort ,*evils*' aufgehoben. Deine Spürnase ist doch wieder aktiviert", antwortete *Healing Hand* und wir mussten lachen.

„Aber ich muss schon sagen, dass ihr das nicht gleich gesehen habt, wundert mich schon, da muss ich doch eure Spürnasen in Frage stellen", neckte uns *Neil* und wurde wieder ernst.

„Ja, aber da stellt sich noch die Frage, warum es in der Botschaft anders geschrieben wurde? Vielleicht bedeutungslos, weil es schnell gehen musste und *Thunderhorse* es eilig hatte oder doch ein enthaltener Schlüssel?", überlegte *Neil*.

„Ich glaube, dass es nicht bedeutungslos war, denn *Thunderhorse* wollte einen vollständigen Zugang *White Wing's* zu dem Willen *Wakan Tanka's* gewähren und da musste er sich sicher sein, dass sie es auch richtig versteht. Nein, wir müssen nach der Verschlüsselung suchen", fügte *Healing Hand* hinzu.

„Was bedeutet eigentlich das Wort ,*It's*' in „*It's telling you*'? Was ist denn damit gemeint?", fragte ich die Anderen.

„Hm, gute Frage. Eigentlich bezieht es sich auf den Kristall, aber der kann ja nicht sprechen, oder?", fragte *Neil* ironisch.

„Na, aber der Kristall hat uns schon den geheimen Ort verraten, also hat er doch gesprochen", widersprach ich *Neil* und schmunzelte.

Dann kam mir plötzlich in den Sinn: „Vielleicht haben die Farben Blau und Pink des Kristalls, die auf dem Lederstück genannt wurden, eine Symbolik?"

„Hm, was bedeutet Blau?", fragte *Neil*.

„Mit Farbenlehre habe ich mich während des Studiums befasst, da beim Journalismus nicht nur der Text, sondern auch die Darstellung sehr wichtig ist. Also, das kann ich dir genau sagen. Blau ist die Farbe des Himmels, es

bedeutet Weite und Unendlichkeit und steht für Wahrheit und Ewigkeit",
erklärte ich.

Healing Hand notierte Blau-Himmel-Ewigkeit und *Neil* fragte weiter: „Ok,
hört sich gut an. Und was bedeutet dann Pink?"

„Pink symbolisiert Romantik und Zuneigung aber auch ein verstärktes
Schutzbedürfnis", antwortete ich. Auf dem Zettel wurde notiert: Pink-
Zuneigung-Schutz.

„Zur Farbe Blau kann man hinsichtlich der Ewigkeit die Worte *Wakan
Tanka's* und das ewige Leben derjenigen, die an ihn glauben, in Verbindung
setzen. Und mit der Farbe Pink, die verstärkte Schutzbedürftigkeit, die durch
die Weste ermöglicht wird. Und die Zuneigung ist in vieler Hinsicht wichtig,
die Zuneigung zu Gott und die damit verbundene Gnade der Auserwählten,
die Liebe zum eigenen Volk und die Liebe zu einem anderen Menschen",
analysierte *Neil* und zwinkerte mir zu.

„Aber damit wissen wir immer noch nicht, wo unser rotes Pferd ist?",
fragte ich.

„Und was ist die Mischung von Pink und Blau? Das ergibt doch Violett,
nicht wahr? Was bedeutet diese Farbe?", wollte *Healing Hand* wissen.

„Violett oder Lila ist die Farbe der Weisheit und Spiritualität. Sie besitzt
magische Kräfte, verzaubert und ist geheimnisvoll zugleich. Sie ist eine
gefühlsbetonte Farbe, die starke Empfindungen auslöst. Violett steht für den
Einklang der sinnlichen erfassbaren Welt und dem unbekannten, mystischen
Reich des Unsichtbaren, das wir als das Reich Gottes ansehen", antwortete
ich. *Healing Hand* schrieb auf ihren Zettel: Lila-Magie-Mystik-Harmonie
zwischen den zwei Welten.

Dann schaute sie sich ihre Notizen nochmals im Überblick an und schloss
daraus folgendes: „Wenn ich mir das insgesamt anschaue, hat doch alles mit

‚Heilig' und ‚Schutz' zu tun. Wenn wir wirklich davon ausgehen, dass *Charlotte* Recht mit den Farben hat, so denke ich, dass die Botschaft darauf hinweist, dass das Ornament auch hier zu finden ist. Thunderhill ist schließlich die heilige Stätte der Indianer und für *Thunderhorse* war das rote Pferd von besonderer Bedeutung, da es die indianische Kultur mit seinem Totem verband. Wenn es von so einer Bedeutung war, könnte ich mir vorstellen, dass *Thunderhorse* es selbst hier versteckt hatte, um der Weste nicht die volle Kraft zu lassen, falls Fremde in ihren Besitz kämen."

„Stimmt, und wir waren uns ja einig, dass er *White Wing* etwas mitteilen wollte", stimmte ich zu.

„Bei ‚Heilig' und ‚Schutz' müssten wir an dem heiligen Platz hier am Thunderhill suchen, wo gleichzeitig der Schutzgeist zu finden ist", meinte *Healing Hand*.

„Und wo Farben eine Rolle spielen", fügte ich hinzu, „und mir ist noch etwas gerade aufgefallen. Wir hatten doch bemerkt, dass das Wort ‚*Evils*' isoliert und eingerahmt vom Schutzzeichen war. Zum einen gibt das Aufschluss über den besonderen Platz des Schutzes und zum anderen ergibt das Wort ‚*Evils*' rückwärts gelesen das Wort ‚Slive', was Abschreckung bedeutet. Wir sollten nach dem Schutzzeichen Symbol suchen, um den Ritualplatz hier zu finden", erklärte *Healing Hand*.

„Was genau ist ein Ritualplatz?", fragte ich *Healing Hand*.

„Wie du weißt, war bei den indigenen Völkern der Glaube an übernatürliche Kräfte sehr stark ausgeprägt. Die Stämme suchten sich einen besonders heiligen Platz aus, an dem sie die göttliche Kraft empfangen konnten und ihren Schutzgeist anriefen, der ihnen bei der Jagd, im Kampf und bei der Gesundheit sowie für ihr Ansehen zur Seite stand. Der Ritualplatz war normalerweise umrahmt von heiligen Pflanzen, meistens

Bäume, in denen mehrere farbliche Stofffetzen hingen, deren Farben für die Visionssuche von Bedeutung waren. Der Platz war von Seilen umzäunt, an denen Tabakpflanzen zum Trocknen gehängt wurden, denn die heilige Pfeife musste immer genug Füllmaterial haben. Manchmal wurden auch Halluzinogene zur Bewusstseinserweiterung unter den Tabak gemischt, um seine Visionskraft zu verstärken. Die Pfeife, deren Rauch auch rituelle Bedeutung hatte, da er die Verbindung zu *Wakan Tanka* herstellte, hatte dort ihren festen Platz und wurde in der südwestlichen Ecke des Ritualplatzes aufbewahrt. Der Platz war meist sehr versteckt, damit derjenige, der zur unsichtbaren Welt Kontakt aufnehmen wollte, ungestört war", erklärte mir *Healing Hand*.

„Na, dann machen wir uns mal auf die Suche. Ihr beiden habt anscheinend noch nicht alles in der Höhle erkundet", forderte uns *Neil* auf.

„Wir müssen durch die weiteren Höhlengänge laufen. Hier sind wir aus der Höhle herausgekommen, also gehen wir wieder zu dem Punkt, wo wir die Öffnung gefunden hatten und herausgekrabbelt sind", meinte *Healing Hand*.

Wir legten Holz ins Feuer nach, so dass es nicht erlosch und stiegen wieder durch die Öffnung. Dann verschlossen wir sie, um den Ausgang zu dem Wasserbecken geheim zu halten, und hielten Ausschau nach dem Skinwalkerschutzsymbol, um die richtige Abzweigung zu finden. Und tatsächlich fanden wir es, sehr versteckt in einem der Gänge hinter einem getrockneten Zweig auf der Felswand. *Neil* hatte zum Glück eine Taschenlampe mit, so dass wir die Höhlengänge gut ausleuchten konnten. So folgten wir dem Symbol, das wir wie bei der Schatzsuche immer wieder neu suchen mussten. Mal war es auf der Felswand, mal hinter einem Zweig oder auf einem Stein, der zwischen den Wandfugen gelegt wurde. Und plötzlich erreichten wir eine wunderschöne Lichtung, die immer noch von den Felsen umgeben war. Auf dieser großen Lichtung waren Bäume mit violetten Früchten, die den Platz einrahmten. In der Mitte war ein Bärenfell und wie *Healing Hand* beschrieben hatte, war die heilige Pfeife in der südwestlichen Ecke platziert. Nur der Tabak fehlte. Östlich von dem Platz war ein kleiner Wasserfall, der in ein großes Wasserbecken platschte. Das Wasserbecken war ganz klar. Im Wasserbecken waren mehrere Steine, die mit Moos bewachsen waren. Wir waren erstaunt, über so viel Schönheit an diesem Platz. Er war erfrischend und man hatte das Gefühl, dass Körper und Seele hier wieder auftanken konnten. Das musste der richtige Platz sein, denn er befand sich am Ende einer Sackgasse.

Ich fragte *Healing Hand*, warum hier nicht das heilige Wasser sei, denn der Wasserfall musste den gleichen Ursprung haben wie das Wasser, dass als heilig erachtet wurde.

„Es sieht so aus als wenn dieses Wasser aus der gleichen Quelle stammt, wie das von außerhalb, wo die Kristalle waren? Es wäre doch viel geschützter, hier die Reinigung und den Prozess des Auftankens durchzuführen", stellte ich fest.

„Es hat an diesem Platz wahrscheinlich nicht die gleichen Bedingungen wie außerhalb. Du kannst dich doch an den Feuervogel erinnern, dessen Federfarben noch glänzender und rostbrauner nach einem Bad waren. Das kommt durch das Eisenerzgestein, das außerhalb zu finden ist, aber nicht Bestandteil dieses Wasserbeckens ist", erklärte sie ruhig.

Neil setzte sich auf das Bärenfell und war überwältigt.

„Könnt ihr diese Kraft spüren? Es ist einfach fantastisch, was gerade in meinem Körper passiert."

Wir setzten uns zu ihm und ließen diese überwältigende Kraft der vollsten Glückseligkeit auf uns einwirken. Der Duft der Bäume war genauso überwältigend wie ihre Schönheit. Mein Körper fing überall an, zu kribbeln und der warme kitzelnde Strom durch meine Körperzellen löste ein Lachen in mir aus. Genauso ging es *Neil* und *Healing Hand* und wir lachten zusammen. Es war ein unbeschreiblich tolles Gefühl. Ich schaute mir die Bäume an. Farbliche Stofffetzen gab es hier nicht.

Als wir fertig gelacht hatten, fragte ich neugierig: „Könnten die Farben nicht auch Symbolik für die heiligen Bäume sein?"

„Warum eigentlich nicht? Das ist eine gute Idee, auf die du da gekommen bist, *Charlotte*", fand *Neil* und *Healing Hand* nickte zustimmend.

„Ja, du hast recht. Diese Art der Bäume vereint Liebe, Schutz und Heiligkeit. Man nennt diesen Baum auch Liebesperlenbaum, der bei uns heilig und zugleich abschreckend ist, denn er enthält ein natürliches Insektizid, um sich zu schützen. Sein lateinischer Name ist Callicarpa americana und wird auch als Schönfrucht bezeichnet. Ausnahmsweise trägt er hier in der schützenden Höhle essbare Früchte schon jetzt im Frühjahr. Der Liebesperlenbaum gilt als Rarität und bietet recht früh im März violett-rosa Blüten, die zu diesen wunderschönen violetten Früchten jetzt im April heranreifen. Die Bäume werden zwischen zwei und drei Meter hoch und haben eine nicht zu dichte Blätterkrone, so dass hier genug Sonnenschein einfällt und einen idealen Platz bietet, um ungestört zu meditieren und Kraft zu tanken", analysierte *Healing Hand*.

Ich nahm einige Früchte und probierte sie. Das Gleiche tat *Neil*.

„Na na na, das sind Liebesperlen. Was denkt ihr, was diese für ein Wirkung haben?", fragte *Healing Hand* schmunzelnd. Wir schauten uns an und lachten beide.

„Oh hoho, ich merke es schon", witzelte ich und tanzte um *Neil* herum.

„Ist das dein Fruchtbarkeitstanz?", fragte er laut lachend, während er mich beobachtete, wie ich kreisende Dribbelschritte um ihn herum machte.

„Ich denke, ich lasse euch hier später allein zurück, dann könnt ihr euren Fruchtbarkeitstanz fortsetzen", meinte *Healing Hand* mit ernster Miene.

Wir stoppten sofort in der Annahme, dass wir für sie zu albern waren, aber dann wurde ihre Miene wieder weich und sie hatte wieder ihr gut gelauntes Gesicht aufgelegt. Wir schüttelten den Kopf und verneinten vehement mit dem Argument, dass wir nicht erfrieren wollten, auch wenn der Platz noch so verlockend zum ewig verweilen war.

„Wir sollten uns weiter auf die Suche nach dem roten Pferd machen", meinte *Neil*.

„Wo könnten wir denn anfangen?", fragte er uns. Plötzlich kam ein heftiger Windstoß und die Zweige von den Liebesperlenbäumen peitschten hin und her. Wir hörten ein klapperndes Geräusch und schauten nach oben. Dort hing etwas im südwestlichen Baum, dessen Zweige sich über der heiligen Pfeife erhoben. Ich forderte *Neil* auf, Handleiter für mich zu sein und stieg in seine Hände, um das Unbekannte zu erforschen. Es hing an einem Lederband und ich versuchte es zu lösen, was mir nach einiger Zeit auch gelang, bevor *Neil* kapitulierte und zu Protestieren anfing.

Es handelte sich um ein rundes Ding, an dem an jeder Seite Bänder mit Lederkugeln hingen. Der Rahmen war mit Leder bespannt, auf dem innerhalb des Skinwalkerschutz- Symbols das Totemzeichen Pferd gezeichnet war. Das Totem bestand aber nur aus einem Pferdekopf mit Federschmuck. Es war nicht das rote Pferd. *Neil* erklärte mir, dass dies eine Trommel sei. Er nahm sie und schwang sie immer wieder hin und her, so dass die Kugeln auf das Leder klopften, wenn auch etwas dumpf.

„Hm, das ist nicht richtig klangvoll, wie es normalerweise sein sollte", meinte er kritisch. Er drehte die Trommel um, und wir konnten kaum glauben, was wir sahen. Das rote Pferd war auf der Rückseite befestigt.

„Natürlich! Wo könnte es anders sein, als unter dem Schutz des eigenen Totems?", sagte *Healing Hand* seufzend, dass wir nicht gleich darauf gekommen seien.

„Und dann noch am heiligen Baum der Liebe", ergänzte ich.

„Mehr an Symbolik gibt es kaum, oder?", fragte ich rein rhetorisch.

Ich entfernte das Lederstück von der Trommel und passte es an der Weste an. Es war zum Glück unversehrt und passte hundertprozentig. Wir freuten uns alle und *Neil* und ich umarmten uns. *Healing Hand* lächelte, gab uns aber zu verstehen, dass Umarmung mit ihr gar nicht ging. Ich verbeugte mich wie ich es aus Thailändischer Kultur gewohnt war, um meinen Dank auszudrücken. Provisorisch, weil wir keine Nadel hatten, band ich das rote Pferd in die verbleibenden Nähte der Weste und zog sie wieder über. Und jetzt kam die volle Kraft dieser Weste zum Vorschein. Ich spürte die ganze Power, die mich zugleich schwindelig machte. Ich musste Luftsprünge machen und schrie vor unfassbarer Freude. Dieses Gefühl übertraf alle Emotionen, die ich bisher in meinem Leben gefühlt hatte. Ich tanzte jetzt noch mehr, bis ich außer Atem war, und ich mein Gesicht im Wasser abkühlen wollte.

Als ich in das Wasser schaute, lächelte mich ein Spiegelbild an. Aber nicht das meinige, sondern das eines gut aussehenden Mannes mit Federschmuck, der einen vollständigen Talisman um den Hals trug, wie der von meinem und *Neil's* Teilen zusammengefügt. Er nickte mir lächelnd zu.

Es war mir ganz klar, dass es mein Ururgroßvater *Thunderhorse* war und ich lächelte ihm stillschweigend zurück. Es kam in mir ein Gefühl der Liebe und Geborgenheit auf, auf das ich so lange gewartet hatte. Tränen rollten mir vor Glück und Erleichterung die Wangen hinunter.

Healing Hand legte ihre Hand auf meine Schulter und bedankte sich bei dem großen *Wakan Tanka*: „Mögest du lieber Vater und ihr, die mit *Charlotte* in Ewigkeit verbundenen Seelen, ihr Mut und Kraft für ihre Mission und für ein erfülltes Leben geben." Und zu meinem Erstaunen fügte sie noch hinzu, dass auch *Thunderhorse* und *White Wing* immer an meiner Seite wären, so lange ich das zulassen würde. Genau wie *Thunderhorse* gerade zu diesem Zeitpunkt hier wäre, bräuchte ich ihn in Zukunft nur zu rufen und er würde für mich da sein.

Dann verweilten wir noch ein wenig an diesem wunderschönen Ort und tankten nochmals Energie auf, bevor wir dann wieder zurück zu unserer Feuerstelle gingen.

Es war inzwischen dunkel geworden und wir konnten in einen wunderschönen Sternenhimmel schauen. *Neil* und ich kuschelten uns in eine Decke, als *Healing Hand* etwas abseits von unserer Feuerstelle einschlief. *Neil* umarmte mich fest und flüsterte mir ins Ohr:

„Eine Legende unserer Kultur erzählt folgendes: Einst verliebten sich die feurige Sonne und der kühle Mond ineinander und heirateten. In der Hochzeitsnacht aber wollte der Mond seine Ruhe haben und schlafen. Er drehte sich im Bett zur Seite, was die heißblütige Sonne wütend machte. Sie sprang aus dem Bett und schwor sich, nie wieder mit dem Mond eine Nacht verbringen zu wollen. Am nächsten Morgen tat dem Mond leid, was geschehen war. Er eilte seiner Braut nach und wollte sich entschuldigen. Die Sonne aber wollte davon nichts wissen. Seitdem eilt der Mond ihr nach, um sie umzustimmen. Doch nur sehr selten (bei Sonnenfinsternis) vereinigt sich die Sonne mit ihrem Liebhaber und teilt eine kurze Nacht mit ihm."

„Das ist eine wunderschöne Legende. Und du meinst, dass ich jetzt die Sonne bin und du der Mond und ich nur diese eine Nacht mit dir teile?", fragte ich ihn und zwinkerte ihm zu.

„Ich bin ein unwiderstehlicher Mond. Das könntest du doch gar nicht aushalten, nur eine Nacht, nee, nee", antwortete er überheblich.

„Angeber, typisch Mann, immer von sich überzeugt", erwiderte ich trocken.

Neil schaute mir tief in die Augen mit seinem unwiderstehlichen Blick, der mich immer wieder weich werden ließ. Er näherte sich meinen Lippen ohne meinem Blick zu weichen. Ich konnte ihm nicht widerstehen und die Liebesperlen taten ihr Übriges. *Neil* lächelte mich glücklich an und küsste liebevoll meinen Hals. Seine Hand glitt über meine Beine an meinen Innenschenkeln entlang. Meine Brustwarzen versteiften sich und waren durch mein weißes Hemd sichtbar. Er berührte meine Brust und küsste sie. Dann legte ich mich auf ihn und unsere Körper schmolzen zusammen. Der Wind sang das Lied der Liebe und wehte durch mein Haar. Er trug das Geräusch der Leidenschaft davon. Wir beide vergaßen die Umgebung. Unsere Lippen hafteten zusammen, bis der Höhepunkt des Liebesspiels endete und wir beide erschöpft von der Erregung auseinander fielen. Unsere Körper glänzten in der Helligkeit des Mondes.

Nach einigen Minuten, die wir still genießend nebeneinander lagen, fragte mich *Neil*, was ich in der nächsten Zeit vorhabe. Ich erklärte ihm, dass ich zuerst mit meinem Boss reden und dann wieder nach Thailand zurückgehen müsste, da dort zur Zeit mein Wohnort sei. Außerdem sollte ich dann ja auch mit meiner Mission beginnen.

Neil schwieg einen Moment, dann nahm er meine Hand und fragte: „*Charlotte*, kannst du dir vorstellen, bei mir zu bleiben? Ich bräuchte noch einen Buddy, und du hast eine Gabe mit Pferden umzugehen. Und Schreiben kannst du auch von hier. Du musst doch sowieso noch viel mehr Recherchen machen, um über mich und meine Methode zu schreiben, nicht wahr?" Ich fragte mich, ob das jetzt seine Art der Liebeserklärung war oder ein ganz nüchternes Arbeitsangebot.

„Hm, Buddy, ja?", fragte ich zynisch.

Er lachte laut, drehte sich zu mir und sprach: „Ich wusste, dass du das beanstanden würdest."

Er schaute etwas unbeholfen auf den Boden: „Na, ich möchte dich nicht nur als Buddy. Ich denke, dass wir zusammengehören. Das hat *Wakan Tanka* schließlich beschlossen und das ist auch ein Teil deiner Mission." Er nahm seinen Talisman und passte ihn auf meiner Brust meiner Hälfte an.

„Also, wenn ich es mir so recht überlege…", antwortete ich und verharrte mit ernster Miene und setzte dann lachend fort, „aber nur, wenn ich jeden Sonntag ein ausgiebiges Frühstück ans Bett bekomme und natürlich einen echten Criollohengst reiten darf."

„So, so, einen echten Criollohengst. Na, das könnte ich vielleicht einrichten." *Neil* lachte laut und wir umarmten uns leidenschaftlich.

„Pst, leise!" Dann schliefen wir seelenruhig und zufrieden an dem Ort ein, der einst als heilig auserkoren wurde und auch heute noch ist - Thunderhill.

Nachwort

Dieser Roman basiert auf eigenen Erfahrungen, die ich in Thailand erlebt habe. Ich wollte anderen Menschen aufzeigen, dass es viele Dinge zwischen Erde und Himmel gibt, die uns sehr unwahrscheinlich erscheinen und ihnen Mut auf den Weg geben, zuversichtlich in die Zukunft schauen zu können.

Ich bin Naturwissenschaftlerin und für mich galt immer, was ich nicht beweisen kann, existiert auch nicht. Ich musste mich eines Anderen belehren lassen. Wie die Hauptfigur in meinem Roman *Charlotte* musste ich durch eine harte schmerzhafte Schule gehen, um letztendlich zu erkennen, dass der einzige Weg aus der so scheinenden Aussichtslosigkeit die Kraft Gottes ist.

Heute weiß ich, dass es viele für uns unsichtbare Kräfte gibt, die starken Einfluss auf unsere Seele und Körper haben können und viele der seelischen Ursachen daher rühren. Bevor ich meine eigenen Erfahrungen hatte, hätte ich jeden, der mir von Seelenwesen berichtet hätte, die nach dem Tode auf der Erde um uns verweilen, für verrückt erklärt und diese Personen als Spinner abgetan.

In anderen Kulturen ist die Präsenz von sogenannten Geistern aber gegenwärtig und wird im normalen Leben als selbstverständlich mit eingebunden. So ist es auch ganz normal in Thailand zu sogenannte Medien zu gehen. Dies sind Personen, die Kontakt zu der Übersinnlichen Welt aufnehmen können und somit auch die Ursachen von Krankheiten erkennen können. Auch die Zeremonie der Abspaltung von fremden Seelen, die sich im menschlichen Körper mit der eigenen Seele verfestigt haben, ist dort selbstverständlich. Bei uns würde man dies Teufelsaustreibung nennen und dieses Wort ist alleine schon angsteinflößend. Jeder in unsere Kultur würde so etwas meiden wollen, weil die Praktiken mehr als zweifelhaft sind. In Thailand war diese Abspaltungs- Zeremonie eine lebenswichtige Erfahrung für mich, bei der viel gedankt, gelobpreist und um Vergebung gebeten wurde. Das Außergewöhnliche dabei war allerdings, dass buddhistische Mönche nicht die thailändische Glaubensleitfigur Buddha, sondern Jesus Christus zu dieser Seelenabspaltung eingeladen haben, deren kraftvolle Gegenwart und unermessliche Liebe ich während der Entzweiung so deutlich spüren konnte, wie noch nie zuvor. Letztendlich hat sich nach Abschluss der Zeremonie mein seelischer wie auch körperlicher Zustand von einer Sekunde auf die Andere so normalisiert, als wären die ganzen Schmerzen und Symptome nie da gewesen. Wie bei *Charlotte* war dieser Stein, der in der Brust auf ihr lastete und das starke Herzrasen, die Atemnot und das Brennen der Beine wie weggeblasen.

Heute habe ich durch meinen starken Glauben kaum Ängste mehr und wenn diese doch mal kommen, so berufe ich mich auf die Kraft Gottes und denke immer daran, wie diese Kraft unmöglich Erscheinendes möglich macht. Falls mal eine schlechtere Phase kommt, die allerdings immer seltener ist, dann gibt mir mein Glaube Mut und die Weisheit, dass jede Phase auch ein Umdenken mit sich bringt. Krankheit kann ganz einfach das Signal zur Umkehr oder zur Veränderung seiner Lebensumstände sein und darauf höre ich jetzt mehr als zuvor.

Letztendlich habe ich viel aus einer der tiefsten Phasen meines Lebens gelernt, um mich neu zu orientieren und jetzt viel besser mit Situation umzugehen. Natürlich immer mit dem Wissen, dass die göttliche Kraft mein Wegbegleiter ist.

Liebe Leser, ich wünsche mir, dass mein Buch Sie zum Nachdenken bewegt oder sogar Ihnen die Hoffnung gibt, dass es Wege und Möglichkeiten gibt, aus schwierigen, für einen unüberwindbaren Situationen herauszukommen und ein glückliches Leben zu führen; ein Leben mit der schöpferischen Quelle, die nie versiegen kann.

Ihre *Kirsten Antonia Naumann*

Quellen

*H*eide Bode-Paffenholz (1997), Indianische Frauen Nordamerikas, Centaurus Verlag & Media UG, Seite 201

Nicholas Evans (2004), Der Pferdeflüsterer, Goldmann Verlag

Gawanii Pony Boy (1999), Horse, Follow Closely. Indianisches Pferdetraining - Gedanken und Übungen, Franck Kosmos Verlag Stuttgart

Klaus Hempfling (2012), Dancing with Horses, The Crowood Press Ltd.

Karl May (Erstausgabe 1893), Winnetou I, Karl May Verlag, Verlag Bamberg

Monty Roberts (Aufl. 2011), Der mit den Pferden spricht, Bastei Lübbe Verlag, Eichborn

A.F. Tschiffely (11. Aufl. 1965), Zehntausend Meilen im Sattel, Albert Müller Verlag Zürich und Leibzig

http://www.spirits-of-earth.de/manitu.html (13.12.2017)
indian.corner.de (12.12. 2017)
Wakan-Tanka.org (05.04. 2018)
schauungen.de (Prophezeiungen der Hopi Indianer 05.04. 2018)
http://www.mara-thoene.de/html/farbensymbolik.html (Die Symbolik der Farben, 10.10.2017)
http://horsedream.de

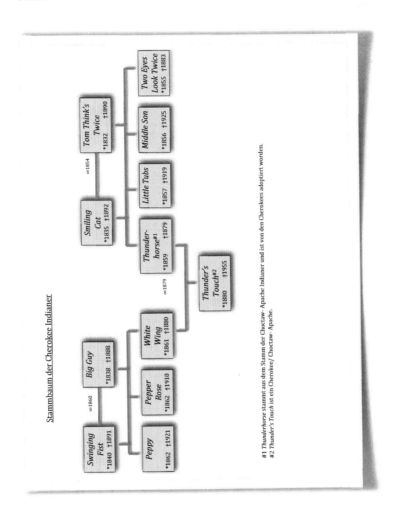

Stammbaum der Cherokee Indianer

#1 *Thunderhorse* stammt aus dem Stamm der Choctaw- Apache Indianer und ist von den Cherokees adoptiert worden.
#2 *Thunder's Touch* ist ein Cherokee/ Choctaw- Apache.

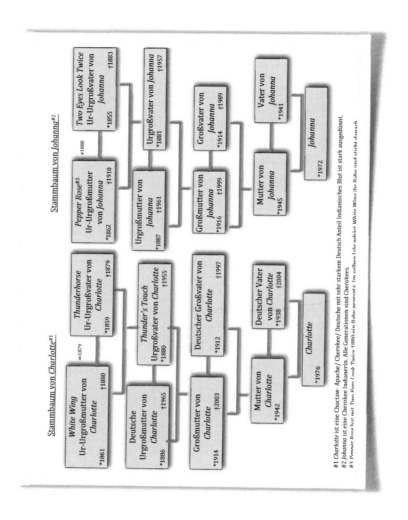

Stammbaum von *Johanna*[#2]

Stammbaum von *Charlotte*[#1]

Two Eyes Look Twice
Ur-Urgroßvater von
Johanna
*1855   †1883

Pepper Rose[#3]
Ur-Urgroßmutter
von *Johanna*
*1862   †1910

∞1880

Urgroßvater von *Johanna*
*1881   †1957

Urgroßmutter von
Johanna
*1887   †1961

Großvater von
Johanna
*1914   †1989

Großmutter von *Johanna*
*1916   †1999

Vater von
Johanna
*1941

Mutter von
Johanna
*1945

Johanna
*1972

Thunderhorse
Ur-Urgroßvater von
Charlotte
*1859   †1879

White Wing
Ur-Urgroßmutter von
Charlotte
*1861   †1880

∞1879

Thunder's Touch
Urgroßvater von *Charlotte*
*1880   †1955

Deutsche
Urgroßmutter von
Charlotte
*1886   †1965

Deutscher Großvater von
Charlotte
*1912   †1997

Großmutter von
Charlotte
*1914   †2003

Deutscher Vater
von *Charlotte*
*1938   †2004

Mutter von
Charlotte
*1942

Charlotte
*1976

#1 *Charlotte* ist eine Choctaw- Apache/ Cherokee/ Deutsche mit sehr starkem Deutsch Anteil Indianisches Blut ist stark ausgedünnt.
#2 *Johanna* ist eine Cherokee Indianerin. Alle Generationen sind Cherokees.
#3 *Pepper Rose* hat mit *Two Eyes Look Twice* 1880 ein Baby gezeugt. Im selben Jahr gebärt *White Wing* ihr Baby und stirbt danach

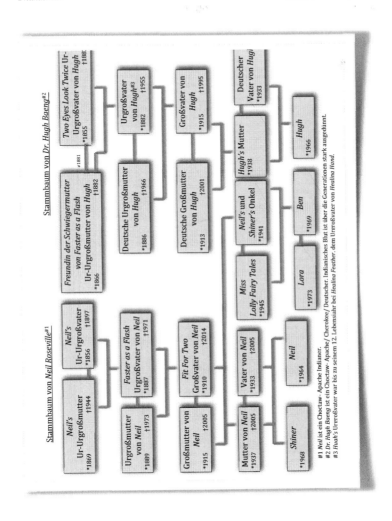

Stammbaum von *Dr. Hugh Baeng*#2

Stammbaum von *Neil Roseville*#1

#1 *Neil* ist ein Choctaw- Apache Indianer.
#2 *Dr. Hugh Baeng* ist ein Choctaw- Apache/ Cherokee/ Deutscher. Indianisches Blut ist über die Generationen stark ausgedünnt.
#3 *Huah's* Urgroßvater war bis zu seinem 12. Lebensjahr bei *Healina Feather*, dem Urgroßvater von *Healina Hand*.

Hier kannst Du mit mir in Kontakt bleiben.

ki.do@web.de

Printed in Great
Britain
by Amazon